U0738726

想象，比知识更重要

幻象文库 ————————

地球纪元II：星辰之灾

彩虹之门 著

新 星 出 版 社　NEW STAR PRESS

目录

第一章　海山二

　　这是一颗火红色的小小星球，在人类的脚步踏足之前，它已经维持了数千万到数亿年的荒凉和孤寂。原本这个数字可以扩大到四十亿年——这是计算之中太阳系诞生的时间——但是就算人类文明已经在火星上建立了可容纳数十万人生存的大型基地，人类也始终无法完全排除火星上曾经存在生命的可能。所以，严谨起见，这个时间范围被划定为数千万到数亿年。至少，人类文明可以确定，在过去的数千万到数亿年间，火星上并不存在生命。

　　此刻，距离太阳危机已经过去三百余年。在那场差点毁灭整个人类文明的危机过去之后，人类文明的科技终于再一次迎来了爆发式的发展。这种爆发式的发展并不仅仅因为绝境之下的求生本能，更多的是因为太阳文明制造出的逆聚变层给人类文明关于可控核聚变方面的科技带来了极大的启发。在太阳危机过去五十年之后，可控核聚变科技终于被研究了出来。正是在可控核聚变科技的驱动下，人类文明才真正踏入了太空。

　　曾经为赵华生建造的月球基地是人类文明第一次在地球之外的星球上建造人类建筑。赵华生回归地球后，月球基地就成为人类文

1

明进军深空的标志性建筑及港口。以月球基地和天空实验室为跳板，借助可控核聚变科技所带来的更强大的推动力，人类文明终于将自己的脚印印在了火星荒凉的大地之上，并在随后的一百五十年间建造出了这座可容纳数十万人生存的、伟大的火星城市。这座城市以赵华生的名字命名，以此纪念赵华生曾经为人类文明做出的卓越贡献。

不仅仅是火星，人类文明还登上了小行星带中的灶神星和智神星，金星的厚重云层上也有了人类文明建造的半永久式太空基地。人类文明正在筹备向更远的星空出发，对木星及其卫星系统的载人登陆计划已经开始了筹备……

这是一个科技大发展的时代，也是一个充满了希望，充满了求知和探索欲望的时代。大航海时代曾经为欧洲带来了辉煌，而此刻，对整个太阳系进行探索的星际大航海时代，也注定会将人类文明带上一个新的巅峰。

人们相信，第一个火星基地——华生市的建造，仅仅是人类文明殖民整个太阳系的第一步。在不远的将来，人类文明的足迹将遍布整个太阳系，就连遥远而寒冷的冥王星，乃至比冥王星更远的齐娜、赛德娜，终有一天也会插上代表着人类文明的旗帜。

生产力的进步带来了极高的福利，任何一名人类文明的成员都丝毫不用担心自己的生存会受到寒冷和饥饿的威胁；具备一定技能且愿意付出自己劳动的人更是可以过上舒适到以往不敢想象的富足生活。同时，因为星际大航海时代序幕的拉开，自然科学相关领域的从业人员真正成为社会的顶层，他们不仅拥有最完善的科研环境，也拥有和贡献相匹配的社会声誉。人们发现，哪怕适龄青年大学入学率已经高达百分之九十七，哪怕自然科学相关专业的毕业生每年都会创下新高，相关的科技人才仍旧不够用。于是，在高福利的刺激下，生育率大幅提高，人口数量出现了爆发式的增长……

可控核聚变可以带来近乎无限的能量供应，对于星空的探索则会带来真正无限的生存空间。人们所害怕的只是没有足够的人口去占领那些新开发出来的土地，而不用担心因为人口太多导致生存资源和生存空间被压缩。

人类文明从未像现在这样繁荣过，也从未像现在这样充满希望过。华生市就是这种繁荣和希望的最具体的表现。

一条繁忙的商路连通了华生市和地球。每当火星和地球运转到太阳的同一侧，相互间距离缩短时，这条商路就会开启。满载着各种物资的各式飞船会以超过每秒一百千米的速度往返于两颗星球之间。这是人类文明开辟出的第一条星际航道。来自地球的物资会支撑起华生市百分之三十的能源和物资消耗，而来自华生市的各种火星特产则会在地球上卖出高价。

与此同时，人们休闲度假的方式也在悄然改变：品尝来自火星的特色美食，抽出几十天的时间来一次火星旅游，亲眼看一看水手峡谷，瞻仰奥林匹斯山，感受火星上的超级风暴……已经成为人类文明中新兴中产阶级最时髦也最热衷的选择。

不过现在并不是火星旅游的好时候。因为火星和地球公转速率的不同，这两颗星球间的距离时刻都在发生着变化。而此刻，火星和地球之间的距离已经超过了一亿千米。在如此漫长的距离下进行旅游或商业贸易都不是一个明智的选择。所以，此刻这条航道中只有一些执行任务的飞船，显得冷冷清清。

受飞船数量降低影响最直接的是太空港口。此刻，位于华生市上方的巨大的太空港口中，除了一些仍有工作人员值班的区域之外，其他大部分区域都被关闭了能源供应，陷入黑暗和冰冷之中。

就在黑暗的掩饰下，一艘造型华美的小型飞船悄悄离开港口，向着黑暗的太空进发。这艘飞船与港口自动通信系统始终保持着符合规定的应答联系，成功地避开了港口中所有工作人员和电子系统的注意。

这艘小飞船不断加速，一直加速到每秒一百一十三千米，在它所能携带燃料的限制下，这个速度已经接近了极限。按照这个速度，只需要十几天时间它就可以抵达地球附近，完成一次跨越火星和地球的星际旅途。

不过这艘小飞船并没有按照已开辟出来、铺满了导航卫星以及物资补给点的固定航道前进，离开火星后不久它就主动偏离了航道。前方是硕大而明亮的太阳，身后是浩瀚无垠的星海。就在这样美丽的景色环绕下，这艘小飞船默默地悬浮着、静止着——只有通过电子仪表上不断变换的数字才能察觉到这艘小飞船是在前进着。

十三天的时间悄悄度过，太阳变得更大更亮，前方那颗淡蓝色的星球也终于从一个点变成了一个圆盘。

这里距离地球已经不足五百万千米了。在星际大航海时代拉开序幕之后，五百万千米的距离已经不算遥远。前方不远就会出现太空巡逻和补给站，以及检查基地，任何试图接近地球的飞船都没有办法逃过这些基地的观察。而此刻，这艘小飞船的驾驶者已经准备好了一整套欺骗和隐藏程序来应对这些基地了。

但就在此时，就在驾驶者准备接近地球的现在，小飞船前进方向的左前方，遥远的星空中，一颗黯淡的甚至不能被肉眼直接看到的星星在极短的时间内忽然变得明亮起来。它的亮度提升得如此迅速，仅仅过了几秒钟，它的视星等就从六点二一提升到了负十三——这个亮度几乎比满月还要亮。

这颗亮星出现得如此突然，它就这样出现在了那里，相隔着数千光年的遥远距离，将自己的光亮投射到了这个小小的恒星系，进入到了飞船驾驶者的眼中。

飞船驾驶者知道那颗星星名叫海山二。

海山二是位于船底座的一个恒星系统，这个恒星系统由两颗恒星组成，不过因为遮挡的星际尘埃云太过厚重，人类一直没有直接观测到海山二的伴星。

海山二是一颗蓝超巨星，质量最低为太阳的一百二十倍，光度则是太阳的五百多万倍。这样强烈的光度已经接近爱丁顿光度[①]，这会导致它表层的辐射压力接近甚至超出星体自身的引力。这会让它极端不稳定，让它以极高的速率爆发抛射出大量的物质。事实上，科学家们估计，自从它诞生以来，已经抛射出了至少相当于三十颗太阳的质量。

这是一个年轻而暴躁的庞大恒星。通常来说，这样的恒星寿命都很短，在诞生数千万甚至只有数百万年时间后就会以一场壮烈的大爆炸来结束自己的生命。人们将这种恒星的死亡过程称为超新星爆发。

很显然，就在刚刚，恒星海山二爆发了，它以这种壮烈到无法形容的方式结束了自己的生命。以强烈到跨越了超过七千光年仍旧如同满月一般的光芒，将自己的死亡信息传递到了太阳系。

飞船驾驶者知道，海山二的爆发同时也宣告了一个黑洞的诞生。它的质量太大了，这种规模的爆发会直接在它的核心造就出一个黑洞而不是一颗中子星。因为爆炸能量抛射出来的物质一部分会重新落入黑洞中成为它的粮食，另一部分则会形成一个围绕着它运转的吸积盘，而速度更快的那些爆炸残骸则会不断扩散，最终形成一片

---

①爱丁顿光度（Eddington luminosity）也被称为爱丁顿极限（Eddington limit）。爱丁顿光度是吸积天体所能达到的最大光度。天体在吸积周围介质的同时发出辐射，当吸积物质累积到一定程度，辐射压会阻止物质的进一步下落。此时天体作用在一个粒子上的引力与其受到的辐射压力达到平衡。

星云。

海山二的爆发虽然壮烈，但它并不会对地球和太阳系造成太大影响，因为距离实在是太远了。除了星际航行需要将自己的抗辐射功率调高一点，普通人会看到天空中多了一颗亮度如同满月的星星之外，并没有更多的影响。

但海山二的爆发对于这艘小飞船的驾驶者来说是一件好事。飞船驾驶者知道，海山二爆发后，整个人类文明的注意力都会被吸引过去，几乎所有的观测力量都会对准那里。相应地，对飞船的盘查力度也会降低，这有助于飞船驾驶者更安全地蒙混过关。

但这艘小飞船最终并没有靠近地球。在和地球之间的距离缩短到三百万千米时，没有任何征兆地，飞船忽然间消失了，就像海山二的爆发一般突然。

星空仍旧静谧，就像这艘小飞船从未曾出现过一样。

第二章　希尔维雅号

华生市市中心某处住宅楼的某处房间中，沉睡的赵蓝被一阵急促的电话铃声惊醒。赵蓝从枕头下摸出手机，睡眼蒙眬地按了一下按键，一段录制好的视频通话讯息出现在她眼前。

因为火星和地球之间最短的距离也有超过五千万千米，电磁波需要超过三分钟的时间才可以走完单程，也就是说两颗星球之间的通信存在至少超过六分钟的延时，所以实时通信是不可能做到的，取而代之的是将信息录制下来后发送出去。现在赵蓝所接到的信息就是这样一段录制好后发送过来的视频。

赵蓝看了一眼联系人信息，发信人是星海巡天观测基地中自己的同事——张雅。

"赵蓝，有紧急突发事件，你必须提前结束自己的假期回来工作了……"

视频信息中，张雅那张总是精致的面庞显得有些晦暗，头发也有些凌乱——很显然是因为事情太过紧急，张雅没来得及化妆就赶到基地了。

身为朋友，赵蓝知道不化妆就出门对于张雅来说意味着什么，赵蓝脑中的睡意在这一刻消失无踪，一挺身就从床上坐了起来。

"……海山二终于爆发了，就在半个小时之前！我们接收到了极强烈的来自海山二的伽马射线以及 X 射线爆发，这不同于一八四三年的假爆发，我们确定，这一次海山二是真的爆发了！"

"什么？"看着张雅那张满是激动的面庞，听着她那因为过于激动而变得有些嘶哑的嗓音，赵蓝也震惊地捂住了自己的嘴巴。

海山二是非常出名的一颗恒星，观测这颗恒星的演化对于人类构造完善的超新星爆发机制以及恒星演化机制有着极为重要的作用。预测中，海山二大概会在一万年之内爆发，所以人们一直未曾放松过对它的观测。

张雅同时确定了这次是真正的爆发，而不是以往曾经发生过的假超新星爆发。

超新星爆发也分真假。

在一八四三年的时候，海山二就假爆发过一次。在那次"爆发"中，海山二的亮度甚至超过了天狼星，白天都可以看到。不过那次爆发最终被证实是假的，是因为海山二内部活动太过剧烈，导致它的光度超过了爱丁顿光度，内部辐射压力超过了它自身的引力，于是有大约相当于五分之一颗太阳质量的物质被它抛射了出去，并最终引起了它的光度异常提高。

而这一次爆发则不同，这是真正的爆发。一颗硕大无朋的恒星瞬间化为飞灰，无穷的恒星物质被抛射到星际空间中，一个代表着它尸体的黑洞会在它内部形成……

这必将是迄今为止人类文明天文发展史上最为浓重的一笔。人类文明在历史中不是没有经历过超新星爆发，最著名的一次超新星爆发在国家时代的宋代被观测到，那一次的爆发形成了著名的蟹状星云。但是在人类文明拥有足够精密的观测设备，且距离地球如此近、观测条件如此良好的超新星爆发却是第一次。海山二的超新星爆发必将吸引全人类的目光，成为人类社会中最为热门的话题，让全世界的天文学家和物理学家为之疯狂。

赵蓝以最快的速度从床上爬起来，收拾好东西冲出门去。

透过华生市硕大而透明的全封闭玻璃护罩，赵蓝亲眼看到了天空中那颗明亮的星星。在赵蓝的眼中，那颗星星好像拥有着某种奇特的魔力，让赵蓝只想紧紧地盯着它，一刻都不想移开自己的视线。

但赵蓝知道，仅仅凭借肉眼是看不到什么的。以最快的速度赶到星海巡天观测基地去，借助那里的仪器观测并进行数据分析才是最妥当的。身为一名天文学家，赵蓝必须在这次事件中尽到自己的职责。

赵蓝拦了一辆车，迅速往空天交互基地赶去。空天交互基地中建有连通地面和太空港口的太空电梯，通过太空电梯，人们可以迅速进入太空港口搭乘航船前往地球。

在星际时代早期，人们曾经探索过近地和太空两用型飞船的设计方案，但这种方案最终被科学家和工程师们抛弃了。不是人类文明的技术达不到标准，而是两用型飞船的建造成本太高——它必须拥有极其坚韧的装甲系统对抗与大气层摩擦所带来的高热，起飞和降落过程中也必须要有极为精密的船控系统参与。这会导致它的建造成本上升三倍不止。不仅如此，它还必须携带足够多的燃料以保证既能在离开星球时挣脱星球引力，又能在再入大气层时控制速度。这导致它必须要被设计得很大，而过大的体积又会让外层装甲以及整体结构的设计再提高几个难度……种种原因综合下来，人们便放弃了这种设计方案。

于是空天交互基地、太空港口，加上太空单用型飞船的组合交

9

通模式应运而生。在这种交通模式中，空天交互基地连接着地面和太空港口，太空港口则连接着星际飞船。星际飞船直接进入港口中停泊，不必进入大气层，它所装载的货物和人员会通过空天交互基地中的太空电梯从太空进入地面。

赵蓝的座驾希尔维雅号飞船就停泊在太空港口中。那是一艘设备先进、造型华丽的私人小型飞船。航行速度最快可以达到每秒钟一百二十千米，它上面装载的能源和生存物资可以供一个人在里面舒适地生活至少十年时间。在民用飞船范畴内，希尔维雅号飞船可以算是最为顶级的私人座驾了。

原本以赵蓝的经济实力是绝对没有可能买得起这样昂贵的飞船的，就算赵蓝是人类文明中待遇最高的科学家团体的一员也不行。不过赵蓝是赵华生唯一的直系后代，她继承了人类文明政府对赵华生所授予的荣誉和物质奖励，这才得到了这艘造价高昂的小飞船。

现在的赵蓝正在赶往空天交互基地的路上。司机虽然已经将车子开得飞快，在火星的低重力环境下，这辆车子都快要飞起来了，但赵蓝还是感觉太慢了。在现在这样的情况下，每一秒钟的耽误都是对赵蓝兴趣以及职业生涯的犯罪。

超新星爆发在初期阶段会释放出最多的信息，随着爆炸过程的平缓，可观测到的有价值信息就会随之减少。赵蓝已经错过了最为壮烈的爆发初期阶段，不能再错过后续爆发。否则回到星海巡天观测基地时，赵蓝大概就只能面对着一片爆炸残骸发呆了。

在焦急的等待中，赵蓝终于来到了空天交互基地。验证了身份之后，赵蓝搭乘最近的一班电梯离开了华生市，踏上了前往太空港口的旅途。

太空电梯全长四万八千五百零三千米，由最新研发出的超高强度材料制成。强度极高，重量却很轻。它一端连接着地面，另一端连接着太空港口。太空港口拥有和火星相同的自转速率，这意味着太空港口在太空中的运转速度已经超过了火星的环绕速度，所以它会一直悬挂在太空中，永远不会掉下来。

太空电梯开始缓缓加速，透过巨大的玻璃窗，华生市在赵蓝的眼中迅速缩小，最终和苍茫的火星大地融为一体。而在前方等待着赵蓝的，则是长达三个小时的太空之旅。

随着高度的增加，赵蓝终于将奥林匹斯山的全景收入眼底。虽然赵蓝已经来过好几次火星，但每次乘坐太空电梯看到这一幕时，赵蓝心中仍旧有些激动——这是火星，距离自己的母星有数千万千米远的火星。而此刻，身为人类一员的自己却在火星的上空观看着火星的风景。

每当这个时候，赵蓝心中都会为自己的人类身份感到自豪，庆幸自己拥有足够的智慧去探索和思考这个宇宙。

奥林匹斯山最终也和火星大地融为一体，这时赵蓝已经可以看到火星的全貌了。这颗硕大的火红色星球就这样完全呈现在了赵蓝眼中。

赵蓝的视线从火星上收回，看向了自己的头顶上空。太空电梯所倚靠的那一束粗大的缆线直直蔓延到了无尽漆黑的太空之中，根本看不到尽头。在无尽的太空远处则有一颗明亮的星星，赵蓝知道，那就是太空基地。它的光芒不是反射太阳光，而是自身内部光源散发出的光亮。

上方有一架电梯快速落下，以肉眼无法看清的速度从赵蓝眼前闪过，迅速坠向广袤的火星大地。几分钟之后，又一架电梯快速落下……

那是太空电梯的下行部分。太空电梯连通着地面基地和太空港口，自然不会只有上行或下行单一功能。现在是火星旅游的淡季，几乎没有地球游客来到火星，那些下行的电梯中满载着的大多是来自地球的各种物资，正是这些物资支撑起了华生市的生存和发展……

视线错过那些下行的电梯，赵蓝再一次看到了明亮的海山二。海山二仍旧维持着它的亮度，在寂静幽深的太空中静静地放射着光芒，看起来绚烂无比。但赵蓝知道，这光芒不可能维持太长的时间。在最长不超过两个月的时间内，海山二的光芒就会渐渐黯淡下去，最终完全从宇宙中消失，肉眼将不会从那个方向再看到任何东西。

那里会留下一个威力强大的黑洞以及一片行星状星云，海山二这个名字则会成为历史。

一颗恒星死去了，一个黑洞诞生了。这是星辰的变幻和生灭，对此，人类只能仰望。

随着高度的不断增加，赵蓝感觉自己的身体越来越轻盈。束缚着赵蓝的重力越来越小。赵蓝知道，自己虽然一直在垂直上升，可是火星也是有自转的，随着半径的增大，要在同样的时间中运动过同样的角度，那相对于火星的环绕速度就必然会越来越高，所以重力才会越来越小。再过一会儿，估计自己就要完全失重了。

就在赵蓝焦急而又略带烦躁不安的等待中，太空电梯开始了减速。已经提前坐在座位上并且用安全带束缚住自己的赵蓝感觉到了安全带对自己的压迫感，她知道，自己距离太空港口已经不远了。

太空电梯终于平缓地滑到了太空港口的停泊站台上。整个太空港口是圆柱体的结构，通过自身的旋转，借助于离心力，营造出了介于火星和地球之间的人造重力。

赵蓝对于太空港口已经相当熟悉了，出了太空电梯，赵蓝直接走向一个服务窗口，出示了身份证明之后，服务人员就带着赵蓝乘坐摆渡车往停泊港口行去。赵蓝的希尔维雅号飞船就停泊在其中一个泊位之中。

十五分钟后，赵蓝来到泊位前，出示身份证明，输入密码，一切都驾轻就熟。可是，当巨大的屏蔽门打开的时候，呈现在赵蓝面前的却是一个空荡荡的泊位。那里除了泊位本身配备的仪器设备之外，什么都没有。

赵蓝的第一个反应是自己走错了地方，可是自己的身份证明只能打开自己的泊位。赵蓝想，是不是自己记错了，自己来华生市的时候并没有驾驶飞船，而是乘坐航船来的？但她马上否定了自己的这个想法，她清晰地记得，自己确确实实是驾驶着希尔维雅号飞船来的，并且确确实实将它停泊在了这里。可是，飞船呢？飞船哪儿去了？

赵蓝看向身边的服务人员，服务人员额头上已经冒出了汗珠。且不说赵蓝的特殊身份，就算是一艘最普通的民用飞船都造价不菲。而且停泊在港口中，港口就有保管的职责，现在飞船失踪了，这毫无疑问会是一件大事故。

"赵蓝小姐，请您稍等，我立刻就去联系港口主管人员。"服务人员忙不迭地说着，手忙脚乱地掏出通信仪器开始向管理人员汇报情况。

飞船失踪的事件此前在太空港口中从未发生过。每一艘飞船，不管是离开还是进入港口，都会被严格记录，得到允许之后才可以进出。如果一艘飞船失踪，那就证明港口的安保机制出现了严重的问题，而港口的安危关系着华生市中数十万人的生存。这是一件大事，一件可以惊动人类文明领导层的大事。

"我的飞船呢？"赵蓝喃喃自语着，"它明明就停在这里的，怎么会失踪呢……"

但现在海山二爆发的事情已经完全占据了赵蓝的脑海，赵蓝根本不想在这里耽误时间。反正港口担负着飞船的保管职责，如果飞船遗失了，港口自然应该赔偿自己一艘。所以现在对她来说，以最快的速度回到观测基地对海山二展开研究才是最重要的事。

"赵蓝小姐，主管人员已经接到了我的汇报，他们正在组织人员对此次事件进行核查，请您放心，港口方面一定会给您一个让您满意的答复。"那名服务人员擦着汗说道，"我代表我们港口，再一次为给您带来的不便道歉。"

"现在暂时先不忙说这个。"赵蓝说道，"最近的一趟返回地球的航船是哪一艘？航程是多长时间？我要求港口方面立刻为我协调一艘飞船带我返回七号港，至于我遗失飞船的具体赔偿事宜，我的律师会和你们联络。"

"好的，好的，我这就去帮您协调。"那名服务人员一边说一边不停地点头，带领赵蓝进入贵宾室休息后就立即离开去协调这些事情了。

等待了两个小时之后，赵蓝终于登上了一艘货运飞船，踏上了返回巡天观测基地的旅途。

巡天观测基地在七号港口附近，而七号港口则是地球至火星航道上数百个中间港口中的一个。七号港口距离此刻的火星大约两千万千米，以这艘货运飞船的速度，赵蓝需要大概三天时间才可以到达。这比预想中驾驶希尔维雅号飞船到达的时间又晚了一天，但这也是没有办法的事情——下一艘出发的客运飞船要在三天之后。赵蓝等不了那么长的时间。货运飞船内部空间狭小，生活环境十分恶劣。但此刻的赵蓝已经顾不得这些了。

在经历了如同地狱一般煎熬的三天后，赵蓝到达了七号港口，转乘观测基地的员工专用航船，又耗费了六个小时，终于抵达了星海巡天观测基地。终于坐在了专用的观测设备前，终于亲眼见到了海山二爆发后的残骸，赵蓝的全部心神便迅速沉浸到了工作中。

此刻，全人类文明中的相关科学家都在注视着海山二，全人类文明中的相关科学家都在对收集自海山二的信息进行着解析。这颗庞大恒星一丝一毫的细微变化都在牵动着科学家们的心。而赵蓝，仅仅是这无数科学家中普通的一个。

海山二和太阳系有着七千七百光年的距离。这意味着，此刻来到太阳系的各波段辐射以及可见光已经在宇宙中长途奔袭了七千七百年。其实海山二早在七千七百年之前就已经爆发了，人们此刻所看到的，不过是已经过去了七千七百年的影像而已。

但也正是因为如此，赵蓝和她的同行们，以及所有关注海山二的人才更惊叹于海山二的强大——间隔如此遥远的距离，却仍旧可以让这里的人们像是看到明亮的满月一样……面对这种伟岸的力量，赵蓝想不出该用什么样的词汇来形容它。

"海山二爆发所引发的伽马射线暴持续了三十秒，所释放的能量相当于整个银河系所有恒星超过两百三十年的总辐射能量。海山二用这种壮烈到语言无法形容的爆炸，向全宇宙宣告了自己生命的终结。"赵蓝默默地想着。

呈现在赵蓝眼前的是经过电子系统处理后的一张高精度合成照片，在这张照片上，赵蓝看到海山二的位置出现了一片浓密的云团。它们在可见光波段呈现出不同的颜色，而不同的颜色就意味着不同的温度、能量，以及元素构成。目前因为浓密云团的遮挡，科研人员们暂时看不到因为海山二爆发而形成的黑洞，不过通过观测 X 波段辐射的爆发已经基本上可以肯定这一点了——此刻有一颗黑洞在原本海山二的位置上，正在用自己强大的引力操控着周围的云团环绕着自己运转，并且不断吞噬它们……

尘埃云会被黑洞的强大引力最终加速到接近光速的速度。在这样快速的运动中，它们不断旋转、不断碰撞，在这旋转和碰撞的过程中产生出极强的辐射，这些辐射大部分是伽马射线和X射线，它们将顺着黑洞的两极向外喷薄而出，一同被喷射出来的还有极高能量、高速度的等离子体喷流……

得益于伽马射线暴高速精准定位系统的存在，布置在不同区域的相关观测仪器在监测到爆发所产生的高强度伽马射线后，一秒钟之内就将自己的观测方向对准了射线来源，开始观测并收集资料。所以，此次对海山二爆发进行的观测会是人类历史上观测条件最好、收集资料，最多的一次。科学家们希望这个观测过程所收集到的资料可以解决困扰了人类许久的超新星爆发模型、巨恒星的演化等难题。

对海山二爆发残骸进行的观测已经持续了一个多月。现在海山二残骸在可见光波段的辐射已经降低了许多，用肉眼已经无法再看到它了。对于普通人来说，海山二已经彻底消失了，人们永远不可能再看到它。不过对于天文学家来说则有所不同。在科学仪器的帮助下，人们仍然可以观测到相当强烈的可见光以及X射线、伽马射线辐射。它仍旧具有很高的观测价值，所以观测行动仍在继续。

观测行动一直持续了一个多月，赵蓝便在观测基地中连续工作了一个多月，如果不是火星港的工作人员主动联系她，她几乎都已经忘记了自己的座驾——希尔维雅号飞船在那里离奇失踪的事情了。

"赵蓝女士，很抱歉过了这么长时间才和您联络。这段时间我们一直在对您的希尔维雅号飞船离奇失踪的事情进行调查，调查工作比我们想象中艰难许多。直到现在我们才有了一个初步的结论，所以才和您联系。"

从火星港发送过来的视频通信信息中，一名略微秃顶的中年男子向赵蓝说出这段话。赵蓝记得，这名中年男子名叫许铭，是火星港的第一任管理者。

　　从许铭亲自向自己进行解释这件事来看，火星港方面对自己的事情还是相当重视的。这一点让赵蓝感受到了火星港方面的诚意。

　　"我们在电子系统的记录中找到了您飞船的入港记录，却始终找不到飞船的离港记录。我们耗费了大量的时间对电子系统进行了人工排查，终于在您离港前的十五天排查到了一段视频记录信息。摄录设备清晰地拍摄到了您飞船离港的全部过程，但不知道为什么电子系统将此次离港事件直接忽略了，没有记录到数据库中。同时我们还查找到了您飞船的维护记录、燃料及生存物资加注记录，但同样的，这些记录也被电子系统忽略掉了。

　　"同样是通过人工排查的方式，我们查找到了如下记录……

　　"如您所见，一名男子在没有引发任何电子设备注意的情况下，毫无阻碍地进入了您的飞船泊位中开走了您的飞船。我们确定，一定是这名男子入侵了港口的电子系统，篡改了电子系统中的评审和报警系统，然后偷走了您的飞船。"

　　许铭苦笑着说道："虽然让人难以置信，但是事实确实实就是这样。当然，我们不会推卸我们的责任，对于您的损失我们也一定会按照程序要求进行赔偿。我们只是想向您确认一下，您认识这名男子吗？"

　　随后出现在赵蓝眼前的是一张普通青年男子的脸庞，属于在人群中一抓一大把的那种非常普通的大众脸。赵蓝可以确认，自己完全不认识这个人。

　　不久之后，许铭的第二段信息发送了过来："我们联系了警方、安全部，还有军方的人，都无法确认这名男子的身份，他是一个我们文明的信息系统中没有记录的人。而可以在不知不觉中绕过严密的电子设备监控，并且拥有出神入化的易容技巧，拥有无数张不同脸孔，从来没有人知道他的真实容貌，也从未在公民身份系统中留下任何记录的人只有一个，那就是——李云帆。当然，我们并没有说我们已经确定了偷走您飞船的人就是李云帆，我们只是这样怀疑。因为除了李云帆，我们实在想不出哪一名窃贼会拥有这样高超的能力。"

李云帆是人类文明中最富有传奇色彩的一名盗贼。除了这个名字，任何人都不知道李云帆任何确切的信息。且不说他的容貌、年龄、现实身份，甚至连他的性别都不确定。

李云帆从十年前开始第一次作案，十几个震惊整个人类文明的偷窃大案都出自他手，这些案件中，包括人类文明政府中央银行关于最新一套货币的制作模板，包括人类文明元首准备第二天出席活动庆典时佩戴的领带，包括元首夫人的一套珍贵首饰，以及中央金库储备的三十吨珍贵矿产……李云帆每一次做出的案件都匪夷所思，如果不是他每次事成之后都会宣布对这些案件负责并公布作案的全部过程资料，人类文明的安保力量根本就没有办法查出这些事情到底是谁做的。

而这一次的案件和以往李云帆做出的案子也有许多相似之处，所以许铭才会怀疑这件事情是李云帆这名大盗做的。

赵蓝可以确定，自己和李云帆根本就是两个不同世界的人。而现在，她竟被告知李云帆从火星港之中偷走了自己的飞船，这让赵蓝感到难以置信，赵蓝想不出任何值得李云帆盯上自己那艘飞船的理由。要知道，希尔维雅号飞船仅仅是在民用飞船范畴内可以称得上高端罢了，以李云帆的能力，如果要偷飞船，为什么不去偷性能更加强悍的其他飞船？更何况，既然是飞船，那就必然需要在补给港口中加注燃料、补充物资，在希尔维雅号飞船失窃后，人类文明必然会对该飞船施加严密的关注，只要希尔维雅号飞船一出现在补给港口就会被控制，面对这样的天罗地网，它想跑都跑不掉。难道它还能一直不进港口不成？

"这太荒谬了。"赵蓝低声说道，"李云帆……他来偷我的飞船做什么？"

视频中许铭继续苦笑着说道："联安部已经接管了此次事件，目前正在对希尔维雅号飞船进行尾焰痕迹分析，试图还原出它的飞行轨道，然后通过定位系统追踪到它，更进一步的调查结果请等联安部的通知。为了补偿您的损失，我们已经向船厂定做了一艘新飞船，性能一定会优于希尔维雅号，大概半年后就可以造好。船厂方面的工程师这几天会与您联络，确定飞船的内饰、造型、动力、布局等。在新飞船交付您使用之前，您的一切交通费用都会由我们承担。赵蓝女士，我代表火星港再次对您表示真诚的歉意，希望您能接受我们的赔偿方案。"

赵蓝最终答应了这个赔偿方案，与许铭签订了在线合同。

第三章　消失的星星

对于海山二的观测仍旧在进行，现在资料收集已经进入到了尾声，接下来的工作便是对前期收集到的影像和资料进行分析，将隐藏在这些资料中的宇宙奥秘揭示出来。

这是一项十分庞大而漫长的工程，可能需要十几年的时间才能将这些资料解析完毕。换一种夸张一点的说法，参与了海山二爆发情况解析的数万名天文学家，会将自己职业生涯的至少四分之一都贡献在这件事情上。

时间就在这样平静而略显枯燥的节奏之中悄悄度过。转眼间一个月过去了。一天下午，赵蓝忍不住又将那一串熟悉的参数输入望远镜控制台中，将望远镜的方向调整到了那个熟悉的角度，一个黯淡微弱的光点便再一次进入到赵蓝的眼中。

赵蓝知道，那是一颗类星体，距离地球至少有一百亿光年的类星体。赵蓝的工作内容中包括对这颗古老类星体的研究，所以此刻调用望远镜来观测这颗类星体并不能说是以权谋私。不过只有赵蓝自己才知道自己的私心。

赵蓝不想研究解析这颗类星体，因为她不想将这颗美丽而遥远的星体化作一连串描述它物理状态的数字，她认为那样十分没有美感。在对这颗星体进行观测的时候，赵蓝更多只是静静地看着。

这颗类星体对于赵蓝来说有着十分特殊的意义。

赵蓝是这颗类星体的发现者。赵蓝记得那是自己第一次进入父亲的研究院，或许是父亲嫌自己太过淘气，不想让自己影响到他工作，便给了赵蓝一张经过技术处理之后的照片，并告诉她，如果能从这上面找出隐藏的五十个光点，周末就带她到游乐场去玩。

可是赵蓝找来找去只找到了四十九个，剩下的一个光点无论如何都找不到。年幼的赵蓝为了能让一向忙碌的父亲抽出时间带自己到游乐场去，对着那张照片一直找了一个上午，一行一行、一个像素一个像素地寻找。最终，在第某行某列的一个角落，赵蓝找到了一个和周围像素比较起来略微明亮一点的光点。

那是十分微小的差异，如果不是赵蓝静下心来一直寻找，是不可能发现这一点的。找到了这一个光点的赵蓝兴奋地将这个发现告诉了父亲，或许是不忍心打击自己的积极性，父亲仍旧动用自己的工作权限，将望远镜的观测角度对准了照片上所显示的那个亮点，于是，他便真的发现了一颗遥远而古老的类星体。

这颗类星体太遥远了，它虽然极其强大，但它所发出的光线经过一百亿光年的漫长旅途，到达地球时只能在高精度望远镜的底片上增强仅仅一个像素的亮度。

父亲如约带着赵蓝去游乐场玩了一整天，赵蓝通往天文世界的大门也被打开了。正是因为这件事情，赵蓝在日后才走上了和父亲相同的道路，成为一名天文学家……

这件事一直埋藏在赵蓝的记忆深处，这颗类星体对于赵蓝来说不仅意味着年少时候的梦想，也意味着父亲那慈爱而宽厚的目光。

赵蓝已经看这颗类星体看了数百次，但是今天情况似乎有一点不一样。就在赵蓝的注视下，不知道为什么，那颗类星体的光度忽然开始缓缓降低——这一点降低通过数字的变化清晰而直观地呈现在了赵蓝面前。大概十分钟后，这颗类星体从显示屏与望远镜的镜头中同时消失了，再也看不到了。

赵蓝有些不敢置信地眨了眨眼睛，再一次看向了显示屏。可是显示屏上仍旧是漆黑一片。漆黑一片就意味着望远镜所对准的这个方向没有任何可以被捕捉到的光源。

那颗星星就在赵蓝的注视之下，没有一点征兆地消失了。

赵蓝马上向观测基地的负责人报告了这一情况，得到了更高的权限调用巡天望远镜更高的使用份额。赵蓝可以确定，自己输入的位置和方向参数绝对没有错误。可无论是伽马射线、软 X 射线、硬 X 射线、红外波段……所有的观测结果都显示，那个方向没有任何可以被人类文明察觉到的物体。可是赵蓝以往的观测记录又清楚明白地记录着，就在那个方向，就在那个位置，明明就存在着一颗类星体。两个小时之前赵蓝还在痴痴地注视着它。

宇宙中到底发生了什么事？

很显然，一颗强大的类星体是不可能无缘无故消失的。类星体由处于中心的超大质量黑洞和环绕着它运转、被它强大引力所束缚的吸积盘组成。类星体的直径只有几光天，它的辐射功率却要比直径有十万光年的银河系还要强出许多。它的辐射功率来自吸积盘物资的互相碰撞和摩擦，无论是可见光波段的辐射还是其他波段的辐射都是如此。

一颗类星体当然是会"死去"的。当它终于将围绕着自己的吸积盘中的物质吞噬一空后，中央黑洞就会安静下来，不再释放辐射，人们自然也就无法再观测到它。只是，这个类星体从光度正常到完全消失仅仅用了十分钟。十分钟的时间，它怎么可能走完从健壮到死亡的漫长路程？这是绝对不可能的事情。赵蓝最终放弃了继续寻找，将今天的发现记录到观测日志中。

"或许是一片尘埃云恰巧路过，将这颗类星体的辐射遮挡住了。"赵蓝这样安慰自己。宇宙中因为尘埃云遮挡而导致星体消失的事情并不罕见，最明显的例子就是人类直到现在都无法从可见光波段看到银河系核心的景象——因为尘埃云遮挡的缘故。

"过不了几天那片尘埃云应该就会飘走，到时候这颗类星体就会重新出现，暂且等等吧。"赵蓝这样想着。

在之后的一个多月，赵蓝每天都会抽出时间对这颗类星体进行观测，可是始终一无所获。赵蓝写了一份工作报告提交到中央科学院，希望能借助中央科学院的力量来为这件事情找到一个合理的解释。

此时，赵蓝又一次接到了火星港负责人许铭发送来的信息：

"赵蓝女士，您好，依据人类文明现行法律的要求，我来向您通报一些关于您的希尔维雅号飞船失窃案的最新进展。

"在我们联合政府部门进行了大量的调查之后，我们在火星港内部发现了一些李云帆独有的作案手段，以及他故意留下来的一些宣告自己身份的标记，因此我们确定是李云帆偷走了您的飞船。

"负责追踪飞船去向的部门进行了大量的工作，终于锁定了飞船最后出现的地点，那是距离地球只有三百万千米远的一处区域，属于一零八号太空基地的监控范围，任何从这个方向出入地球的飞行仪器都会受到一零八号太空基地的检查和记录，但一零八号基地并没有记录到关于您飞船的任何数据。在那个时间段以后，所有记录设备再也没有见到您的飞船。也就是说，在希尔维雅号飞船到达一零八号观测基地附近之后忽然消失了，谁都不知道它去了哪里，不知道李云帆到底采用了什么样的手段。到现在已经过去了好几个月，我们仍旧无法取得任何进一步的发现。"

听许铭说到这里的时候，赵蓝心中稍微动了动。她觉得，希尔维雅号飞船和那颗类星体的消失之间似乎有着某种共同点——这两者都是忽然间莫名其妙地消失的，以人类文明的力量，无法为这种消失找出任何合理的解释。

但赵蓝随后就打消了这个想法———一颗一百亿光年之外的类星体，和一艘人类文明的现代小飞船，如果说它们之间存在什么联系，这才是最不可思议的事情。

"这大概是巧合吧。"赵蓝这样想着。

"我们仍旧在对这件事情展开调查，但是我以私人身份说一句，赵蓝女士，您还是不要对找回您的飞船抱有什么幻想了。"许铭说道，"李云帆太过神出鬼没，除非他自己冒出来，否则我们大概是抓不到他的……"

"好吧。"赵蓝回答道，"我知道这其实并不怪你们。只要你们最终赔偿了我新飞船，我就不再对这件事情继续追究。"

虽然对希尔维雅号飞船的失窃很是有些惋惜，但赵蓝是一个随和的人，并不想太过为难许铭。

"谢谢您的配合。"一段通信延时之后，许铭的身影再一次出现在了通信仪器之上，且对着赵蓝连连鞠躬，"我们一定会尽快将新飞船交付到您手中。"

停顿了一下，许铭有些犹豫地继续说道："赵蓝女士，有一件事情我们认为应该提前告诉您，那就是，您出名了。

"您知道的，作为最富传奇色彩的盗贼，李云帆在我们的社会中拥有许多狂热的粉丝和极高的关注度，任何跟李云帆扯上关系的人都会受到公众的关注。李云帆采用不可思议的手段盗窃了您的一艘普通飞船这件事情已经被媒体挖掘到，并且已经做了报道。您知道的，这是李云帆第一次与一名您这样年轻优秀漂亮的女士产生关联，并且由于您身为人类拯救者赵华生的唯一直系后代，身份也相当特殊……所以现在已经产生了许多关于您和李云帆之间的猜测，您现在比明星的知名度还高。"

"都有哪些媒体报道了这件事情，提到了我的名字？"赵蓝猛然冒出了一股怒火，"我要去法院告他们侵犯了我的隐私权！"

李云帆是一名十分富有传奇色彩的盗贼，直到现在，除了这个名字之外，关于李云帆的一切个人信息都没有被泄露出来。他所做出的案子每一件都匪夷所思、惊天动地，但是这些案子有一个共同点，那就是——并没有什么社会危害性，并没有什么人因为李云帆的这些案子而遭受痛苦。严格说来，李云帆的这些案子更像是一些恶作剧。

一是因为神秘，二是因为恶作剧的娱乐性，李云帆自然就拥有了极高的知名度，甚至拥有了众多狂热的粉丝和崇拜者。在这种情况下，赵蓝因为李云帆而连带着被公众关注也是一件很自然的事情。

"这件事情也有我们保密措施处理不当的缘故在内。"许铭继续说道，"我们会配合您的控告，为您提供您所需的一切控告证据，同时，因为我们的工作失误而给您带来的麻烦，我们也会给予您妥善的补偿……"

赵蓝最终没有去控告那些侵犯了自己隐私权的媒体，因为她觉得太麻烦了。反正自己大部分时间都待在距离地球数千万千米远的巡天观测基地，要控告那些媒体还得回到地球上去，耗费大量的精力和时间去准备材料，应对诉讼。赵蓝没有那个兴趣也没有那个时间，便懒得再去理会他们。

只是有一些好事者不知道从哪里打探到了赵蓝的私人联络方式，让赵蓝在这段时间承受了一番被骚扰的痛苦。在关闭掉一切非必要的通信方式之后，赵蓝的世界终于重新清净了下来。

时间便在这日复一日的工作和偶然的休闲之中慢慢度过，在火星港方面将新飞船交付到赵蓝手中后，大盗李云帆以及希尔维雅号飞船也渐渐淡出了赵蓝的脑海。生活很平静，而赵蓝一向认为，平静才是生活的真谛。

来自中央科学院的一封信打破了赵蓝平静的生活。随信附带一张调令，要求赵蓝立刻移交巡天观测基地的工作，到一个新成立的、名为"一零五研究所"的机构报到。

赵蓝对此感到十分困惑，一零五研究所是什么机构，主要职责是什么，调令之中一点都没有提及。但命令还是要服从的。于是赵蓝交接完工作，驾驶着自己的"新希尔维雅号"飞船来到指定地点，见到了前来迎接自己的一零五号研究所所长——张弘。

张弘是一名略显严肃的清瘦中年人。他穿着笔挺的制服，头发整整齐齐，表情如同一块石头，毫无变化。

"赵蓝你好，欢迎你来到一零五研究所，成为一零五研究所的一员。希望在以后的工作中，你能和同事们相处愉快。"和赵蓝握过了手，张弘满脸严肃地说着："一零五研究所是新建立起来的机构，许多生活配套设施还不齐全，生活条件可能艰苦一点，希望你可以尽快适应这里。"

赵蓝有些疑惑地问道："张所长，生活条件方面都是小事，我对此一向没有什么要求。只是，我们一零五研究所是负责什么的？为什么要将我调到这里来工作？我具体负责什么？"

"将你调到这里来工作是因为你首先发现了天体消失现象。"张弘言简意赅地回答道，"我这里有一份资料，你看完之后就明白了。

需要提醒你注意的是，资料密级为绝密，在得到许可之前，严禁外泄。"

"好的。"赵蓝点了点头，从张弘手中接过那份资料。

"你是最后一名前来报到的同事，现在研究所的员工已经到齐。晚上七点有一次全体会议，全体工作人员都会参加。会议结束之后还会有一次晚宴，你注意一下时间，不要误了点。对了，从现在开始，这间办公室归你了。"张弘说完转身离开。

"我知道了，谢谢。"赵蓝目送张弘离开后，坐到办公桌前，打开了那份资料。首先映入眼帘的是文件的标题，一行十分醒目的漆黑大字——

对天体异常消失现象的初步研究和资料汇总

自编号为23490917DA1E的类星体被确认消失后，经过数月的观测，又确认了一百零四颗星体的异常消失现象。

与第一颗消失的类星体相同，这些星体全部都是在极短时间内就失去了全部辐射，所有波段的观测设备都无法再找到它们的踪迹。而在消失之前，均未表现出任何异常征兆。

经统计发现，这一百零五个消失的星体全部都是河系级别的存在，而以我们人类文明现有的观测实力，在如此遥远的距离下，我们只能观测到河系级别的存在。所以我们有理由相信，在这一百零五个异常消失的河系级别天体之外，应该有更多的、我们原本就无法观测到的天体消失了。

统计表明，这些消失的天体呈现出了相同的特性，位置分布也没有任何逻辑关联。所以我们可以初步确认，异常星体消失现象不是宇宙中某一个地方的特殊事件，而是宇宙中普遍发生的事情。

同时，这一百零五个消失的天体与地球全都有着异常遥远的距离。最远的天体是编号为23490917DA1E的类星体，也即第一个被发现异常消失的天体，最新的数据表明它和地球之间的距离在九十九点七一亿到一百零四点六二亿光年之间。最近的天体是编号为23350812BQ2W的河系，它是一个不规则星系，直径约为九万光年，总质量约为银河系的三分之二，与地球之间的距离为八十三亿到八十六亿光年之间。

同时，依据发现时间和距离而制定出的表格显示，越迟发现的异常消失星体距离地球越近。

中央科学院组织专家对此类天体异常消失事件进行了分析，试图以现有已知理论框架之内的原因来解释此次事件，但到目前为止尚无进展。一共有七个假说被提出，包括星云遮挡说、引力透镜说、光线偏折说等等，但是这些假说全部都存在着难以自圆其说的漏洞。

一种说法提出星体异常消失现象可能与最近发生了超新星爆发的海山二有关，因为从时间线上来看，第一颗异常消失的星体就发生在海山二爆发之后不久。但在现有理论框架中，我们很难找到这两件事情之间可能存在的因果关联。

另一种说法认为，海山二的爆发并不是产生星体异常消失现象的原因，而是星体异常消失现象的另一种表现形式。换句话说，正是导致了一百零五颗星体异常消失事件的原因，同时导致了海山二的爆发。

建议中央科学院组建专门研究此类现象的研究所对此类事件进行持续关注和研究，继续寻找和统计后续消失的天体，探究此类现象背后所存在的物理机制。

附录：异常消失天体列表：编号一：类星体……编号二：

河系……

之后是一连串长长的名单，每一个都代表着一个河系级别的天体，其中有许多天体的质量和直径比银河系还要大。但它们已经从人类的视线中消失了，人类进行了许多努力都无法再次找到它们。

至于这些星体消失的原因，没有人知道。

赵蓝陷入了震撼：

"原来，我所发现的类星体消失现象并不是一个孤例，还有许多星体也消失了。一百零五个河系级别的天体啊……到底是怎么样的力量才能导致这种事情的发生？最重要的一点，星体异常消失现象并没有集中在宇宙的某一个方向，而是近乎随机地分布在了宇宙各处，难道这种力量可以同时对整个宇宙产生影响？"

宇宙太过浩大，而人类又太过渺小。面对这样的力量，任何一名人类都会生出敬畏之心。但科学家团队就是这样的一群人，越是敬畏，便越要将这一切搞清楚。

这注定会是一件很艰难的事情，但只要对人类文明有意义，无论多么艰难的事情也需要人去做。赵蓝知道，自己在接下来的几年，也有可能是一生的时间，都要奉献在这件事情上了。

一零五研究所建造在距离地球二百万千米的太空中，以和地球相同的周期围绕着太阳旋转——这样它就可以始终藏在地球身后而不会受到阳光的干扰。研究所目前是一个仍在扩建中的中型太空科研基地，各种观测研究设备正在不断从地球及月球基地运来，等到最终建造完毕，它将成为人类文明所建造的最大的一个太空科研基地。

异常消失天体的数量持续增加着。在一零五研究所及其他基地的观测下，这个数字已经从一百零五增加到了八百七十六，而这一切仅仅发生在不到一个月的时间内。

赵蓝隐隐感觉到，星体异常消失的速度正在加快，并且正在不断地向地球靠近。截至目前，最近的一颗异常消失天体距离地球只有不足七十亿光年。

赵蓝仰望星空的时候，甚至会感觉在那无穷无尽的宇宙深处出现了一头巨大的怪兽，这巨大的怪兽正在从边缘部位开始吞噬地球所存在的这个宇宙，距离地球也越来越近，最终会将地球也吞噬下去……

赵蓝心中总是忍不住出现那样一幕可怕的场景：地球夜空中的漫天繁星一颗接一颗地消失……最终，地球的夜空变成了一片漆黑，一颗星星都没有……

因为这些可怕的场景，赵蓝整夜整夜地睡不着觉。她无法想象漆黑一片、没有任何星星的夜空会是多么可怕。

地球的夜空中，肉眼可以察觉到最暗的星星是六等星，整个地球，包括南半球和北半球在内全部可以看到的星星不超过一万颗。这不到一万颗星星和地球之间的距离大部分没有超过一万光年。肉眼可以看到最远的天体是仙女座星系，而仙女座星系和地球之间的距离是二百五十多万光年。

二百五十多万光年相比起七十亿光年是很小的，但赵蓝知道，只要星辰仍在不断消失，并且不断缩小和地球之间的距离，总有一天，仙女座星系会消失，那些距离地球只有几千光年，甚至几百光年、几光年的星星也会消失……

消失的星体去了哪里？赵蓝不知道。

地球也会消失吗？地球消失了，人类也会跟着一起消失吗？赵蓝也不知道。

赵蓝的情绪始终有些低沉，心中的忧虑总是盘旋不去。她甚至开始惧怕天亮——研究所因为处于地球背面，其实是没有天亮的，不过包括赵蓝在内的研究员们仍旧习惯按照地球上的作息时间来安排工作，仍旧习惯于将每天早晨六点称为天亮——因为天亮了就要开始工作，而不出意外的话，一旦开始工作，总能察觉到异常消失天体的数量又有或多或少的增加。是的，少则十几个，多则几十个，每天总会有新的消失报告递交上来。

每到下班的时候，研究所中的研究员们就会聚集在一起召开例会，商讨这一天中所收获的消息和产生的新想法。但是截至目前，仍旧没有可以合理解释这件事情的设想被提出来。

有一个共识已经被所有研究人员接受，所有人都认为这个推论是合理的，且是符合事实真相的。

这个推论是——星体异常消失现象和星体本身没有什么关联。

这个推论听起来很是奇怪，也十分违反常理，但它却有坚定的逻辑推理作为支撑——如果这些星体异常消失现象是因为星体本身的缘故所导致的，依据距离和光信号传递所需时间的数据来看，它们就要满足"星体消失的时间和与地球的距离呈一比一的关系"，也就是说，距离地球八十亿光年的星体要在八十亿年之前消失，距离地球六十亿光年的星体要在六十亿年之前消失。它们必须严格满足这个条件，站在地球上观测到的星体消失时间才能像现在这样，聚集在这短短的几个月内。

而这绝对是不可能的。那些消失的星体毕竟不是一个小数目，那是几百个、近千个星体的异常消失现象。如果两颗星体在地球看来同时消失还可以用巧合来解释，近千颗星体都严格遵循这个规律，用巧合就解释不通了。

所以一零五研究所的工作人员做出了推论——星体异常消失现象和星体本身没有关系。那些"消失"的星体其实并没有消失，它们仍旧好好地存在于这个宇宙中，只不过因为某些特殊原因，从地球上看不到它们了。

基于这个推论，研究员们提出了大量假说。

尘埃云遮挡说：此刻的太阳系运转到了一片星际尘埃带中，浓密的星际尘埃云遮挡了四面八方照射向地球的星光，所以才导致了星体消失现象。

这个推论满足以上条件，但它同样有不可解释的致命漏洞——要将上述星体全部遮挡，该尘埃云必须很大、很厚重，那么它就一定可以被人类观测到。可是人类并没有察觉到太阳系周围存在任何具有一定规模的星际尘埃云。而且，星体异常现象在最近几个月时间之内密集出现，如果用尘埃云遮挡说来解释这个现象，那么很显然，在几个月之前太阳系还没有进入到这片尘埃云中，而难道仅仅几个月的时间，太阳系就运动到了这片尘埃云足够深的内部，以至于那么多星体的辐射都被遮挡住了吗？

引力透镜说同样有漏洞。它可以解释一颗或几颗星体的异常消失现象，可是这种现象是发生在宇宙各个方向的，难道在宇宙那么多不同的方向之上，同时出现了那么多的强引力源？这也太过巧合了一些。

今天例会时，研究所负责人张弘对于星体异常消失现象提出了自己的新想法："现在对异常消失天体的关注点全部在它们的遥远距离上，大家都在试图从距离上发现问题，试图用尘埃云遮挡、引力透镜、空间机制等来解答。不过大家不要忘了，距离同时也意味着时间。那些异常消失的星体全部存在于几十亿年之前的宇宙诞生初期，那个时候的宇宙环境可能和现在的宇宙环境并不相同。所以，大家或许可以从时间这方面来寻找一些可能存在的解释。"

"张所长，我不赞同您的观点。"赵蓝站起来说道，"我认为，星体异常消失事件并不是一件必然事件，并不是宇宙演化所导致的。无论是星云遮挡说，还是引力透镜说，又或者您现在提出的宇宙环境说，我都可以用一个逻辑来反驳——为什么以前我们从来没有发现过这种现象？为什么以前我们从来未曾发现过因为尘埃遮挡而导致彻底消失的星体，也没有发现过因为宇宙环境的变化而消失的星体？"

"我认为，星体的异常消失现象，其实并不是因为某些'必然'的原因，而是因为偶然。"赵蓝继续说道，"只有偶然现象才可以解释这次事件，才可以解释'为何我们在以前从未发现过'这个逻辑漏洞。我认为我们以后的工作方向，应该向寻找偶然事件方面靠拢。"

张弘沉默了一下，然后缓缓说道："偶然事件嘛……赵蓝，你似乎是在暗示这次事件是由某些力量有意为之的，你似乎在暗示拥有超级力量的外星人的存在。"

张弘的话语看似有些无头无尾，但是就像张弘可以迅速理解赵蓝的话一样，赵蓝也可以清晰明了地理解张弘的话语——

一颗恒星形成，经过了漫长的岁月，因为质量的不同而拥有了不同的结局，或者平缓地化作了一颗白矮星，或者在超新星爆炸之后化作了一颗中子星，又或者在极超新星爆炸之后化作一个黑洞……这些都是必然事件，它们遵循着物理定律的规定。

必然事件是可重复和可验证的。比如，一颗恒星爆炸这样的事情必定不会只在宇宙中出现一次。在过去它会出现，在未来它同样会出现。它是可以被人们观察到然后探究其中所存在的规律的。而偶然事件则不同。偶然事件具有随意性，或许在宇宙范围之内它也是会重复出现的，但至少相对于人类文明这个集体来说，它是不具有或者只具有极低频率的可重复性。

假设宇宙中存在一条物理定律,该物理定律会导致宇宙每过一万年就闪烁一次,而又假设人类文明的寿命只有不足一万年,那么在人类文明的整个生命周期中,人类就只能看到一次这种闪烁。那么它对于人类文明来说就是具有偶然性的,因为它仅仅出现一次。所以人类想要解析它无疑会更加困难。

这就是偶然事件和必然事件之间的差别。

任何试图解释星体异常消失现象的理论首先必须满足一个前提——该理论必须要有至少为期四百年的周期间隔。因为四百年时间是人类拥有相应观测技术的时间长度。

以这个标准来衡量,星云遮挡说、引力透镜说,以及张弘所提出的宇宙环境说都是不合格的。所以,从现在开始,任何试图解释星体异常消失现象的理论首先必须满足两个条件:一、该现象和星体本身没有关系;二、该现象属于"偶然现象",它不能用现有的任何理论体系来解释。

这样一来,星体异常消失事件是一次"宇宙自然事件"的可能性就大大降低了,相应地,星体异常消失事件是"人为力量导致"的可能性就被大大提高。而"人为"之中的这个"人"自然不可能是指人类文明,那么,它就是在说某种拥有强大力量,且拥有自我意识的个体或者个体聚合体。

而个体聚合体,在人类文明通用的语言中通常被称为——外星文明。

所以张弘才直接说赵蓝是在暗示拥有超级力量的外星文明的存在。

面对张弘的质疑,赵蓝并没有退缩:"由某些拥有超级力量的外星文明出手干预才导致的星体异常消失现象,这个解释并不是一点正确的可能性都没有。"

"要什么样的外星文明才能拥有同时影响宇宙不同部位的众多河系级别天体的能力呢？"张弘喃喃地说道，"我有些不敢想象。"

"如果按照卡尔达肖夫指数的分级来划分，可以利用一整个河系能量的文明是 K3 级，可以利用一整个星系团能量的文明是 K4 级，可以利用一整个超星系团能量的文明是 K5 级，可以利用一整个超星系团复合体的文明是 K6 级，可以利用整个可见宇宙能量的文明是 K7 级……那么，我认为，可以利用科学手段导致如此众多河系级别天体消失的文明，其等级至少是 K6.5 级。而我们人类文明此刻不过刚刚踏过 K1 级文明的关口。"赵蓝毫不避讳地说着，"那样的文明对于我们来说是真真正正的神级文明，面对这样的文明，我们不可能有丝毫反抗的能力。这和当初的太阳文明不同，太阳文明在逆聚变层技术上达到了 K2 级文明等级，但是它们的综合科技实力，甚至还比不上当初的人类文明。"

"K6.5 级文明……"这让例会之中的所有工作人员都陷入了沉默。

那是让人感到绝望的差距。

"如果真是由 K6.5 级文明导致的星体异常消失现象，我们的一切努力还有什么意义呢？我们的科技就算再发展一万年，最乐观的估计也不过是发展到 K2.6 级文明程度而已。而我们人类文明能不能延续一万年时间都不知道……"一名同事喃喃地说道。

赵蓝继续说道："依据之前我们确定的两个原则，我认为完全还有另一种可能，那就是这个超级外星文明所影响的仅仅是我们的太阳系，比如它们制造了某种超级屏障，用这个屏障覆盖了整个太阳系，选择性地遮挡某些天体的光芒。如果是这样，它所需要的文明等级就会降低许多，大概 K2.3 级文明就可以做到。最乐观的估计，和我们现在有五千到八千年的科技差距。"

"K2.3级吗？我不认为它和K6.5级文明对于我们来说有什么差别，反正都是我们无法想象，也无法对抗的超级文明。我们之间的差距仍旧足以让我们感到绝望，我们所做的这一切仍旧是没有意义的。"

"如果这一切真的是由超级外星文明导致的，我们所做的一切确实没有意义。不过我认为有超级外星文明参与的可能性很低。因为不管是K2.3级和K6.5级文明都属于超级文明范畴，就算是比较低级的K2.3级文明也拥有远航万光年等级空间的能力，K6.5级文明说不定都已经突破我们这个宇宙了，面对着这样的超级文明，一颗地球，或者一个太阳系，又有什么值得它们来谋划的呢？"赵蓝说，"我认为，我们还是脚踏实地，继续在遵循之前所提出的两大原则的前提下，从物理层面寻求解释。"

"我们讨论得太远了。"张弘适时阻止了这个话题的继续深入，"我决定接受赵蓝的建议，将我们研究所以后的研究方向往寻找'偶然因素'方面靠拢。至于超级文明的事情，大家当作一个茶余饭后的消遣就行，不必在这方面思考太深。"

"我认为我们应该从星体差异着手探索这件事情。"一名研究员说道，"虽然现在已经有许多距离遥远的星体从我们的视野中消失，但是我们不应该忽略，有更多距离我们同样遥远的星体仍旧存在着。如果星体异常消失现象找不到原因，我们不妨去探查一下，为什么更多的星体仍旧好好地待在那里。"

"说不定那些没有消失的星体只不过是因为暂时还没有受到那种未知原因的影响和波及而已，也许说不定什么时候，那些星体也会消失。"另一名研究员用一种玩笑般的口吻说道。

"你说的很有可能。"赵蓝的语气严肃，认真地说，"我们不得不做最坏的打算。宇宙中的所有可见星体，可能最终会全部从我们的视野中消失。在不远的未来，我们的视野中可能再没有任何星星，不管这些星星是距离我们几十亿光年远的类星体，还是距离我们仅仅只有不足五光年的比邻星，这些星星可能全部消失掉。我们的天空将变得漆黑而单调。"

赵蓝这略有些耸人听闻的发言让会议室之中的气氛再一次沉默了下来。片刻之后，一名研究员强笑着说道："赵蓝，你想得太过遥远了，现在的我们没有任何证据证明星体异常消失现象会发生在和我们较近的地方。"

"没有证据不代表它不会发生。"赵蓝轻轻摇了摇头，"我注意到，那些异常消失的天体和我们之间的距离正在不断缩短。一个月前，离我们最近的异常消失天体和我们有七十多亿光年的距离，而现在，这个数字已经缩短到了不足六十亿……"

"好了，今天的例会到此结束，大家都回去休息吧。"张弘打断了赵蓝的话，宣布散会，"赵蓝，你不是要回地球去度假吗？提前祝你假期愉快。"

会议在沉重中结束，研究员们三三两两地散去，赵蓝则来到了飞船停泊区。赵蓝有一个为期十天的假期，从今天开始，赵蓝打算驾驶自己的小飞船回到地球去。

赵蓝输入了密码，打开泊位库门，看到了静静停泊在这里的新希尔维雅号飞船。新希尔维雅号飞船的建造还是令赵蓝相当满意的。相比自己过去那艘飞船，它拥有更完美漂亮的外形，更强大的动力和更舒适的环境，内饰和布局等方面也要比上一艘飞船强出许多。以赵蓝的经济实力是根本没有可能拥有这样的飞船的，所以现在的赵蓝不仅不再怨恨偷走了自己飞船的李云帆，在内心深处反而对他有一点点感激。

"这也可以算是因祸得福了吧。"赵蓝这样想着。

飞船缓缓开出停泊区，进入漆黑冰冷的太空中。远处依稀可见地球那黯淡的影子，视线再偏离一点，就可以看到比地球黯淡许多，但在漆黑星空背景衬托下仍旧显得十分明亮的月球。这一大一小两颗球体构成了一个静谧而安静的天体系统。

　　赵蓝将自己固定在座位上，设定好航行参数，新希尔维雅号飞船便开始向着地球出发。

　　这一段时间的工作实在是太繁忙、太压抑了，那种看着星辰一颗颗消失的压迫感总是会让人在不知不觉之中就沉重起来。赵蓝可不是一个喜欢自虐的人，从来都是能放松自己就放松自己，所以对这次假期赵蓝可是充满了期待的。在大概八个小时的航程之后，赵蓝将抵达地球港，然后顺着空天交互系统回到地球。

　　就在赵蓝憧憬即将到来的假期时，新希尔维雅号飞船忽然接到了一段不知道从哪里发送来的信息。赵蓝原本以为又是哪个不择手段弄到自己最新联络方式的骚扰者——在那些无良媒体曝光了赵蓝的照片和个人身份信息后，那种骚扰者就多了许多，搭讪方式也是千奇百怪，搞得赵蓝不厌其烦。

　　可是这段信息的内容引起了赵蓝的注意：

　　"这里是远望号飞船，飞船编号为238909DA7，我在前往木星探险的过程中迷失了方向，如果你可以接收到这段信息，请立即将我的相关信息发送到冒险者拯救组织，我现在急需帮助。"

　　人类文明虽然已经在火星上建立了可供人类生存的城市，但是直到现在人类都还没有真正登上木星或它的任意一颗卫星——因为火星距离地球最近只有五千多万千米，而木星距离地球最近也有六亿多千米，明显不是一个数量级的。而且木星及其卫星系统的环境过于复杂和混乱，虽然人类文明已经对木星系统发射过多次无人探测器，但为了确保万无一失，针对木星的载人登陆活动一直没有展开。

但人类文明中从来都不缺乏冒险者。这些人或许是因为一腔热血，或许是因为低估了登陆木星的难度，又或者仅仅是为了争夺登陆木星系统第一人的称号，就完全不顾人类文明政府的禁令，偷偷出发，乘着自己的私人小飞船就踏上了前往木星的旅途。

很显然，现在给赵蓝发送信息的就是这样一个倒霉鬼。

人类政府已经三令五申严禁冒险者私自展开太空冒险，并且明确说明不会对任何因为违反禁令进行太空冒险的人员提供帮助。这条禁令虽然看似残酷，但是却有很合理的利益均衡考量在内——如果政府为冒险者提供帮助，势必坚定部分原本意志摇摆的冒险者展开冒险的信心，导致更多的资源支出，同时导致更多的冒险者葬身太空；而如果提前宣称"不提供任何帮助"，那么最终真正选择进行太空冒险的人数就会大量减少，避免资源浪费的同时因为冒险而葬身太空的人的数量自然也会大大减少。

在苍茫无垠的太空中，迷失方向是最危险的事，离开了仪器的协助，你根本不可能有生存下来的机会。

由于飞船所携带燃料的限制，宇宙航行的轨道必须被设置得十分精确，所以就算你可以看到太阳，依靠目视太阳来为飞船导航也是不可行的。因为目视的误差太大，在这样的航行中，仅仅是频繁调整轨道所导致的燃料浪费就可以将一艘飞船陷入死地。

迷失方向和燃料耗尽是那些私自前往木星的冒险者遭遇的最普遍的困境。在这种情况下，他们一般会向大概的地球方向发送广播，如果这些广播被地球方面接收到，他们还可以得到帮助从而返回地球，但是因为信号强度限制，又缺少地面基地配合，那些信号往往不会被察觉到。这完全就是一件碰运气的事情。

冒险者拯救组织就是一个专门救助这些冒险者的公益性组织。

在接到冒险者发送的求救信息或收到其他接收者转发的求救信息后，冒险者拯救组织会尝试与冒险者联络，为其提供飞船维修及确定方位等方面的专业建议，帮助他们返回地球。

"算你运气好，遇到了我。"赵蓝想着，查询到了冒险者拯救组织的联络方式，将这段信息转发过去，并附上了该信号的大概方位、频率等信息。

同样因为信号强度的限制，赵蓝直接联络那艘遇险飞船是不现实的。赵蓝能接收到这段信号是因为巧合，但那个冒险者大概没有足够好的运气接收到赵蓝的回信。而冒险者拯救组织则不同，那里有专业人员和专业设备来处理这样的事情。冒险者拯救组织的回信很快来到："我们已经接到了您的信息，我代表冒险者拯救组织感谢您对我们组织的信任与支持。因为您的帮助，那名冒险者有可能最终顺利回归地球，您的善举可能拯救了一条生命。"

赵蓝本以为此事就此告一段落，没想到在接下来的旅途中，赵蓝又继续接到了五次相同的求救信息。赵蓝的飞船也在高速前进中，偶然一次接到求救讯号还可以说成是巧合，连续五次接到同一个信号就有些问题了。于是赵蓝再一次联系了冒险者拯救组织，可是还没等赵蓝说完，冒险者拯救组织的讯息就先一步来到了赵蓝这里："很抱歉再一次打扰到您。赵蓝女士，请问，您确定你转发给我们的讯号是从宇宙深处接收到的冒险者的求救讯号，而不是您的恶作剧吗？您声称您接收到了五次求救讯号，可是我们采用专业的大功率通信天线对准了您所描述的方向，却没有接收到任何讯息。"

冒险者拯救组织中的人员和设备都是专业的，他们甚至可以动用三台直径达十八米的巨型天线来接收无线电讯号，赵蓝的飞船所配备的天线自然不可能和他们相比，既然赵蓝都能接收到讯号，那么冒险者拯救组织没有理由接收不到。

赵蓝几乎要被冒险者拯救组织所发来的那段信息气笑了，回应道："难道您觉得我看起来像是一个喜欢用恶作剧去捉弄别人的人吗？"

　　冒险者拯救组织发送来的信息仍旧十分谦恭："抱歉，我们只是向您再次确认一下相关信息。我们冒险者拯救组织只是一个公益组织，经费和人手都有限，我们不能将资源浪费在没有意义的地方。"

　　"随便你们好了。"赵蓝没好气地回应道，"反正我已经尽到了我身为人类一员的义务，接下来会发生什么事情也和我没有关系。"

　　这一次冒险者拯救组织的回信来得很快："赵蓝女士，感谢您对我们工作的配合和支持，祝您生活愉快。"

　　随后通信切断，冒险者拯救组织再也没有了音信。

　　可是就在这个时候，赵蓝再次接收到了那条幽灵鬼魅一般的求救讯号："这里是远望号飞船……我十分需要得到帮助。"

　　赵蓝皱起了眉头，没有理会。十几分钟后，这条求救信息又一次出现了。

　　"或许真的有一名冒险者遭遇到了危险。"赵蓝这样思考着，"毕竟是一条生命，我还是不要太轻率了。"

　　于是赵蓝再一次将这条信息转发给了冒险者拯救组织。

　　接下来的两个小时，赵蓝又重复接到了四次求救讯号，在收到第四次求救讯号之后，冒险者拯救组织的回信也终于来到。这一次回信人的语气已经变得相当不客气："赵蓝女士，我们十分感谢您对我们的信任，但是请您不要再用恶作剧来打扰我们了。我们的工作人员都是志愿者，每个人都负担着高负荷的工作，他们希望尽自己最大的努力为冒险者提供帮助，请您结束这种无聊的恶作剧行为，我代表我们冒险者拯救组织所有工作人员对您表示感谢！"

　　还没等赵蓝反驳，通信就被切断了，她几次试图重建信息联络都被冒险者拯救组织拒绝。

赵蓝知道，自己大概已经被他们加入了通信黑名单，对于冒险者拯救组织来说，自己已经成了一个不受欢迎的人。

赵蓝悻悻地放弃了继续联络，可是就在这个时候，那条鬼魅般的求救讯号再一次出现在了新希尔维雅号飞船的通信台中。

赵蓝终于确定，这大概真的是一次恶作剧，一定是某个别出心裁的骚扰者想出来的搭讪自己的新点子。而自己则被他利用，在冒险者拯救组织那里充当了一次傻瓜和无良的恶作剧者。赵蓝再也忍受不住心中的怒火，不客气地回应道："先生，请您自重！请您不要再来骚扰我了，为了您，我已经被冒险者拯救组织加入到黑名单了！"

赵蓝并不奢望自己这段信息可以被对方接收到，这么做纯粹是为了发泄一下心中的怒火，可是赵蓝竟然接到了回答。

两段信息之间间隔一分四十秒，这就意味着，那个信息源和赵蓝的距离最远不会超过一千五百万千米。而以赵蓝现在的位置来计算，那个信息源的位置一定在火星轨道内。那么他之前所说的，自己在前往木星的途中迷失方向就很显然被证明是谎言了。

所以赵蓝心中的怒火更盛。可是新接收到的信息内容，却让赵蓝陷入了更大的疑惑中。

"请问，你是人类吗？"

这个问题让赵蓝愣了一下。片刻之后，赵蓝回答道："我当然是人类，难道你不是人类？"

"请问你在哪里？现在是什么年代？"

赵蓝没好气地回答道："我正处在地球旁边，距离地球一百四十万千米，现在是二四零五年，这位先生，请问，您是从未来穿越过来的吗？"

回应赵蓝的是长久的沉默。赵蓝便也暂时将这件事情放到了脑后。可是，一两个小时之后，又一段信息来到了新希尔维雅号飞船的控制台之中："原来如此……我明白了。"

这个回答之中似乎隐含了一些信息，但赵蓝对此并不感兴趣。因为这个莫名其妙的人的连累，导致自己被冒险者拯救组织加入了黑名单，现在这个人又来说一些如同疯子呓语一般的话语，赵蓝实在是没有耐心再陪他继续扯下去了。

赵蓝干脆将这个信号源屏蔽掉，再也不打算理会他。可是紧接着，让赵蓝感到有些惊悚的事情发生了。

在赵蓝屏蔽掉这个信号源之后，不知道为什么，在仅仅几分钟之后，赵蓝再次接到了来自那个信号源的信息："如果我没有猜错的话，此刻的地球大概已经发现了遥远星体异常消失的事情了吧？"

第四章　大盗李云帆

来不及去追究为什么自己屏蔽了这个信号源却仍旧可以接收到这段信息的原因，在看到这一段信息之后的一刹那，赵蓝的眼睛就眯了起来。

星体异常消失现象，除了一零五研究所的工作人员以及极少数的人知道外，其他人应该都不知道才对。这不是普通大众甚至普通的天文科研工作者可以接触到的事情，因为如果没有专业设备、专业知识还有可靠的资讯来源的话，根本就不可能接触到这些隐秘信息。

这个神秘人既然可以说出"星体异常消失"这件事情，证明他必然和赵蓝处在同一个圈子中，至少从事的工作应该有很多的交集。

赵蓝的大脑开始了急速的转动。片刻之后，她问道："你到底是谁？为什么要来捉弄我？"

回复信息很快就来到了："果然是这样吗？看来我猜对了。"

赵蓝并不知道这到底是真的还是假的，但她感觉，这个神秘人似乎并不仅仅是来捉弄自己这般简单。"你到底是谁？"赵蓝紧接着询问道。

回复信息再一次很快来到："你不必关心我是谁，在合适的时候我自然会告诉你。如果我没有猜错的话，你应该是赵蓝对不对？"

赵蓝哼了一声，没有回答。于是新的一段信息再次来到："我可以告诉你的是，我明白那些星体为什么会异常消失，我也知道在接下来地球将面对怎样的状况。一场笼罩了整颗地球、整个人类文明的灾难已经悄然出现，如果这次灾难处理不好，整个人类文明都会灭亡。这些话并不是危言耸听。"

赵蓝确实推测出了这个神秘人话中所说的东西。如果地球夜空中的所有星辰都消失了，包括太阳系内的行星，甚至连太阳也消失掉，不管它们去了哪里，对于地球和人类文明来说都毫无疑问是一场巨大的灾难。

这场灾难不会让人类文明很快灭绝——就算没有太阳，在可控核聚变科技的支持下，人类也可以在地球上支撑很长的时间，如果再一次发生太阳变冷之类的太阳危机，人类文明也不会受到致命的威胁。但是有很重要的一点，这一点将会是摧毁整个人类文明的最关键因素——

地球始终只是人类文明的摇篮，而人类文明不会也不应该永远被限制在摇篮中。这浩大的宇宙和无尽的星空才是人类文明发展的乐园。而如果所有的星辰都消失了，人类文明又该去哪里发展呢？

人类文明会被永远限制在地球上，永远无法向星空迈出自己探索的脚步。因为在人类文明的视野中没有任何可供登陆、可供探索、可作为补给点的星球存在。只有一颗地球可供人类生存，而地球的承载力和资源储备终究有限。

这样一来，人类文明将会在资源日渐枯竭、空间日渐缩小、环境日渐恶劣的地球上，在绝望中慢慢死去。这将会是比地球爆炸更为恐怖的灾难。

赵蓝知道这些，但这并不能成为赵蓝信任这个神秘人的理由。任何一个知道内情、知道最新资讯的科研工作者都可以通过自己的思考推测出来，能说出这些只能证明那个神秘人的一部分身份。可是，他为什么要来捉弄自己？为什么要通过这样一种方式来接触自己？

　　赵蓝仿佛嗅到了一点阴谋的味道，这种感觉让赵蓝十分不舒服。赵蓝自认身无长物，既没有敌国的财富，也没有倾城的容貌，自己似乎并不值得某个人这样费尽心机地来谋划。所以赵蓝并没有回应神秘人的话语，而是直截了当地说道："回答我三个问题，一、你到底是谁、二、你到底想做什么？三、你这么做的理由是什么？如果你不回答，我拒绝相信你所说的任何话，也不会再与你做任何沟通。"

　　在赵蓝不客气地发出最后通牒之后，没过多久就收到了新的回复信息，足以让赵蓝震惊："你似乎对我有了很深的敌意。既然如此，那么我不介意告诉你我的真实身份。赵蓝，我是李云帆，偷走了你飞船的那个李云帆。"

　　"李云帆？"赵蓝的瞳孔再次缩紧，"你来找我做什么？你为什么要偷走我的飞船？你对我有什么企图？你到底想做什么？"

　　李云帆这个名字在赵蓝脑海中掀起了惊涛骇浪。赵蓝自认为和李云帆根本是两个世界的人物，在自己和李云帆之间不应该有任何的交集。李云帆将自己的飞船偷走已经是一件很意外的事情了，现在，李云帆竟然主动来找自己？而且在一开始的时候还说了那么多莫名其妙的话语，李云帆到底想要做什么？

　　几乎是同时，赵蓝就察觉到了不对劲的地方——这个人真的是李云帆吗？那个在人类社会之中做出了诸多惊天大案，政府倾尽全力都无法将其抓住的大盗，这样一名传奇人物，会如此轻易地暴露自己的身份？这也太过不可思议了。

所以赵蓝又迅速补充上了一个疑问："你有什么证据证明你是李云帆？"

"哦，抱歉，赵蓝小姐，你的疑问实在是太多了，我该先回答你哪一个问题好呢？"李云帆的回复中，语气十分无奈，"不如你先冷静一下，一个一个地问我问题可好？"

赵蓝冷哼了一声，不过却采纳了这个神秘人的建议，深呼吸了几次，勉强平复了一下自己的心情，整理了一下自己的思绪，又思考了片刻，才回复道："首先，证明你是李云帆。"

"我无法证明我的身份，不过你可以看一段这个。"

在这段音频信息之后紧随而来的是一段视频信息。这似乎是某个手持设备拍摄而来的，画面有许多旋转和颤抖，并且拍摄得也不甚清晰，但赵蓝还是看到了一些景象，这些景象让赵蓝心中再一次波动起来。

赵蓝看到了被漆成粉红色的飞船控制台，看到了贴在椅子上的卡通画贴，顺着画面的移动，赵蓝又看到了熟悉的船内走廊，看到了当初自己特意挑选的玫瑰造型的顶灯，紧接着，又看到了摆在角落里的巨大的棕熊玩偶……

这分明就是自己的上一艘飞船——旧希尔维雅号内部的装饰。这段视频画面之中的每一个细节，每一处装饰，都在明确无误地告诉赵蓝这一点。

此刻赵蓝的第一个反应是报警，立刻联系警方将这家伙抓起来。但李云帆似乎早就猜到了赵蓝的心思，所以紧接着李云帆的第二段讯息来到了："赵蓝小姐，我对你并没有恶意，所以请你不要暴露我的存在。更何况，就算是报警了也是没有用处的。我现在正处在一个特殊的环境中，没有人可以抓到我。还有，难道你不好奇我偷走你飞船以及此刻又找到你的原因吗？你为何不等我将事情讲完再做决定呢？"

李云帆的话语中没有丝毫慌乱，他的声音仍旧平缓而镇定，赵蓝思考了一下，决定先听听他的话也好，暂时不必着急报警。

于是赵蓝对李云帆做出了回复："好，我暂时不会报警，那么现在请你解释，为什么当初你要偷走我的飞船？"

"这只是一个意外。具体的情况我以后会向你解释的。或许你可以问我一些别的问题？"李云帆回答道。

赵蓝眉毛一竖，压下了心中怒火，再次问道："你这一次为什么又要用恶作剧来捉弄我？依据信号延时来算，你一定处在火星轨道之内，你不可能像你说的那样，在前往木星的航程中遇到危险或者迷失的。"

"抱歉，这真的不是我在捉弄你，"李云帆的话语之中有一丝苦笑的意味，"我也不知道具体该如何向你解释这些东西，这很复杂。还是从头说起吧。我成功偷走你的飞船之后，就驾驶着它前往地球，在距离地球还有三百多万千米航程的时候，海山二忽然超新星爆发了。紧接着，我面前的星空忽然变幻了一下，然后不知道为什么我就来到了一个莫名其妙的地方。地球、太阳、月球和爆炸的海山二，以及一切一切的星空全都消失了，在这个莫名其妙的地方我看不到任何东西，除了黑暗还是黑暗……我原本以为是超新星爆发导致仪器出了故障，可是在将仪器排查了一遍之后，我发现所有的仪器都完好无损。"

伴随着这段话发送来的又是一段视频信息。这段视频很明显是对着飞船舷窗外拍摄的，于是赵蓝就看到了一幕令人心悸的场景。

这不是赵蓝记忆和认知之中那个熟悉的宇宙，这里什么都没有，只有黑暗。

顺着视频，赵蓝的视线延伸到了宇宙的无穷远处，可是视频中的那个宇宙始终是一片漆黑，没有任何光亮。视频的镜头转了一圈，无论哪个方向都看不到任何东西。

这似乎是一个空旷而孤寂的宇宙。

伴随着视频信息一同传递过来的是一些仪器的观测结果。通过那些数据，身为天体物理学家的赵蓝看到，在那里，飞船的仪器无论是从可见光波段、伽马射线波段、紫外线、X光波段，乃至于最容易观测到的红外波段都监测不到任何东西，甚至连微波背景辐射都观测不到。

没有任何物质，没有任何光源，没有任何辐射，有的只是黑暗和空旷。

视频信息还可能作假，但这些仪器不会说谎。赵蓝可以确认，这些仪器的观测数据都是真的。

所以这才更让赵蓝心悸，赵蓝无法想象那到底是一个什么样的宇宙。赵蓝听过一句话——在宇宙中，陨石乱飞、恒星乱炸的地方不是最危险的地方，什么都没有的地方才是最危险的。只要飞船足够先进，一般的宇宙灾难就不大可能对它造成损伤。而空旷的地方则不同，在那里飞船无法得到任何补充，可能飞船航行了几万年的时间却连一块石头的补充都得不到。四面八方，无论往哪个方向航行，最终迎来的都将是物资耗尽、动力耗尽之后化作冰冷的宇宙尘埃。这才是最令人绝望的。

现在，李云帆所传递过来的信息中就真切地描述了一幅这样可怕的场景。

"我不知道这是哪儿，不知道为什么我会莫名其妙地来到这样的地方。我曾经尝试着向一个方向航行，可是除了飞船加速所带来的压迫感告诉我飞船在动之外，我察觉不到任何飞船在动的迹象。我航行了几个月的时间，航行出了十几亿千米的距离，但我眼前的场景仍旧没有任何变化。所以我最终绝望，开始尝试着向这空旷的宇宙之中广播求救讯息，我一连广播了一个多月的时间都没有收到任何回复。就在我以为我将被困死在这空旷宇宙之中的时候，我接到了你的回信。你在回信中虽然是在骂我，可是我却感觉，那声音简直要比人类第一美女向我表白的声音还要动听。"

李云帆的声音中满是感慨。

赵蓝可以体会那种心情，甚至可以想象出那样的局面到底是怎样可怕。现实宇宙就已经广袤到让人绝望，一个完全空旷的宇宙至少要比现实宇宙可怕一千倍一万倍。事实上，现在的赵蓝甚至对李云帆生出了一些敬佩的心思。赵蓝知道，如果换成是自己在那样空旷的宇宙中，不说几个月的时间，恐怕几天时间自己就会疯掉了。而李云帆在经受了几个月的折磨之后，竟然还保持着镇定。

"如果这个人所说的这一切都是真的，那么这个人到底有多么强大的心理素质啊……"赵蓝在心中这样感叹着。

李云帆继续说道："一开始我并没有想明白这些缘由，所以在求救讯息中做了一点欺骗，将我描绘成了一名前往木星进行探险的冒险者。所以在意外接到你的回信后，我才会问出你是不是人类这个问题。因为我无法确定接收到我求救讯息的人是不是人类，也无法确定接收到我求救讯息的人处在哪个宇宙中……"

这个解释相当合理，但赵蓝仍旧无法仅仅凭借一段视频就完全相信这个人，所以赵蓝仍旧保持着沉默，继续听这个自称是李云帆的人述说下去。

"在之前我已经对我的处境，以及到底发生了什么事情做了一些推测，只不过一直无法肯定而已。直到你默认了星辰异常消失现象的存在，以及试探出你就是赵蓝之后，我的推测才基本上得到了证实。我现在大概已经知道在我身上到底发生了什么事情。

"事实是，我已经脱离了我们熟悉的那个宇宙，来到了另外一个宇宙中。之所以会发生这样的情况，我想大概和海山二的爆发有关。或许是海山二的爆发能量来到了太阳系，导致太阳系所处的空间产生了某些变异，而我又足够倒霉，所以才在那一瞬间脱离了我们的宇宙，来到了这个陌生的宇宙中。我的遭遇仅仅是我们人类文明遇到灾难的前奏而已，此刻，星体开始异常消失就是灾难的征兆……如果我的推测正确，此刻的地球大概也正处在向这个空旷宇宙坠落的过程中，正是因为空间出现了变化，远处星体的光线才无法再传递到地球。而随着空间曲率的增加，星体的异常消失现象也会距离地球越来越近，直到地球完全坠入这个宇宙，可以看到的星辰全部消失。"

　　赵蓝的嘴角露出了一丝冷笑：

　　"李云帆……如果你真的是李云帆，你到底对我有什么企图？竟然连这样的鬼话都扯了出来，我真是不得不佩服你的撒谎能力。不过不管你到底想对我怎样，我都已经懒得再和你纠缠下去了，我会直接报警，将这件事情交给警方处理的。再见。"

　　赵蓝再也不打算理会这个自称李云帆的家伙，但在按下报警按钮之前，她产生了一点迟疑。想一想，最终决定再给这个家伙一个解释的机会。

　　果然，在通信延时过后短短一瞬，那个家伙的回信就发过来了："不要报警！你为什么不肯相信我说的话？"

　　赵蓝冷笑着说道："一、海山二爆发的能量虽然庞大，但是传递到地球之后，它的能量已经极其微小，甚至无法对地球造成生态环境上的影响，现在，你却说是因为海山二的爆发导致了此次事件？二、空间曲率的增加为什么会导致星体的消失？这个解释不合理。三、你完全没有直接的证据来证明你所说的话，当然，我也没有办

51

法证伪。不过，就像是在大街上有一个人跑过来跟我说，有一个神灵就在我头顶之上看着我一样——这种情况同样无法证明也无法证伪，那么我就该去相信他吗？不，我只会把他当成疯子。所以现在，我也将你当成疯子，一个异想天开的疯子。对于你这样的人，交给警方处理是最好的方法。"

"你的三个疑问，我都可以解释。"片刻之后，李云帆的信息来了，"关于第一个疑问，我的理解是，地球所接收到的海山二爆发能量确实很微小，但是整个太阳系呢？整个太阳系的体积又比地球的体积大了多少倍？这样的一个宇宙级灾难事件对太阳系造成影响难道是很难理解的事情吗？当然，我并不知道具体的物理过程会是怎样，这需要你的配合我才能搞清楚这一切，毕竟我现在处在另一个宇宙中，并且只能和你通信。

"第二，空间曲率为什么会导致远处星体消失，想象一下：假如你正处在星空下的平原上，正常情况下你躺在地上可以看到全部的星空。现在，假设你所躺的地方出现了一条浅沟，你在沟里面还能看到接近地平线的那些星辰吗？不。因为沟壁的阻挡，你是看不到的。如果这条沟越来越深，你的视野便会越来越狭窄，会有越来越多的星辰从你眼中消失。而现在，地球便处在这样一条沟中，现在的这条沟并不算深，所以消失的只有远方的星辰。因为这条沟的深度正在不断增加，所以消失的星体便距离地球越来越近。直到这条沟最终将地球吞没，地球便完全坠入这个空旷的宇宙，再也看不到任何星辰。

"第三，我有直接的证据来证明这一点。如果你肯信任我，回到地球后，你可以到我的实验室去看看，那里有我对于太阳系中某处特异空间的研究资料。只要你亲自验证了这些事情，你就会相信我的话了。在我们太阳系中存在一处很特殊的空间，我从很早就开始了对它的研究并且取得了大量的资料，所以我才会从空间的变化这个方向来推测我现在所遇到的这些事情。对了，我很怀疑此刻地球所遭遇到的事情，是海山二的爆发激发了那处特殊空间导致的。可惜之前的我没有想到这些，疏忽了，也太倒霉了，这才莫名其妙地到了这个鬼地方。"

李云帆的话语之中满是叹息，以及一副"我怎么就这么倒霉"的意味。

"为什么你只可以和我通信？"赵蓝再次问道。

李云帆说道："具体的原因我也不太清楚，不过我可以做一些猜测。我认为大概是这样的，因为地球正在坠向现在我所在的这个宇宙，所以两个宇宙之间的壁垒可能被打通了一些，又或者说可能存在某些裂缝，而这些裂缝允许以光速运动的电磁波的通过，所以我的信息才可以传递到我们原本的宇宙。至于这些信息为什么只能被你接到，大概因为我现在乘坐的这艘飞船本来就是你的飞船吧。你回想一下，你有没有对你的这艘希尔维雅号飞船做过某些特殊设定？是否在你新的座驾飞船上同样做了这些设定？"

赵蓝拍了拍脑袋，立刻想起自己设定过飞船与自己个人之间的私人通信频道加密，不由得有些窘迫："原来是这样……我确实为我的飞船做了些设定……怪不得只有我才能接到你的信息，而冒险者拯救组织就接收不到。可是你为什么用这个频道，飞船的广播系统并没有采用加密和隐藏措施啊。"

"哦，你的希尔维雅号飞船出现了一些故障，导致我只能使用这个频道进行广播。"李云帆略有些无奈地说道，"不过这样也好。只要能维持和你的通信就好，我并不希望我的信息被泄露出去。毕竟我的身份有些特殊。"

"好吧。"面对这种情况，赵蓝也有些无奈。

"如果你仍旧不肯信任我那也没有关系，我可以指引你到我地球上的秘密实验室，那些实验数据会让你相信这一切的，"李云帆说道，"而在你完全信任我之后，我会告诉你下一步的行动计划，我希望你可以帮我找到办法返回我们的宇宙。"

李云帆的话语让赵蓝再一次陷入了短暂的沉默。片刻之后，赵蓝回应道："可是李云帆，不将你的相关信息告诉警方就已经算是仁至义尽了，我为什么要帮助你呢？毕竟，我们之间的关系似乎并没有好到那个地步，就在不久之前，你还偷走了我的飞船，给我造成了不便。"

"我并没有帮助你的理由。"赵蓝重复着说道，"也没有帮助你的义务。"

"不，你有足够的理由来帮助我。"李云帆的回应中已经带上了一点笑意，"为了你我之间的良好合作，我不介意告诉你一点关于我的身份信息。唔，如果我没有料错的话，你这次回到地球，除了度假之外，还有着去拜访希德教授的打算，对吧？"

希德教授是一名有着极高声望的理论物理学家，为了表彰他在科学界做出的贡献，人类文明的第一学府曾经授予了他荣誉教授的职位，所以人们一般称呼他为希德教授。但此人性情古怪，极少与人交流，所以除了科学界之外，普通大众一般都不知道这个人的存在。

赵蓝确实有拜访希德教授的打算。赵蓝在一个偶然的机会之下才得到了这次机会，能当面接受一名科学家前辈的教诲是十分难得的，所以赵蓝对这件事十分重视。

"你怎么知道我要去拜访希德教授？"赵蓝有些疑惑地问道。

李云帆笑着回答道："因为我就是希德教授。这只不过是我明面上的数个身份之一而已。除此之外，画家孙维、心理学家威尔逊、凝聚态物理专家戴维斯、黑洞专家安德森……这些人都是我。当然，这些都是我随手搞的副业而已，我的本来职业是一名盗贼，我是李云帆。"

"什么？！"赵蓝惊讶地捂住了自己的嘴巴，震撼到简直有些不敢相信。因为李云帆所提的这几个名字，每一个在所处的行业之内都可以算得上翘楚，可以说是大师级的人物。比如画家孙维，他的画作曾经数次在拍卖行中卖出创纪录的高价；比如心理学家威尔逊，他甚至担任过元首的心理顾问，又比如安德森，他曾开创性地发表了好几篇关于黑洞的论文……这些人是如此著名，甚至连赵蓝这个行业之外的人都曾经听闻过。可是现在，李云帆却说，那些只是他的数个身份而已，并且，仅仅是随手搞的副业？

赵蓝不敢相信。

最最重要的一点是，这几个人虽然都是著名人物，但性格、外貌、成长背景、社会交集等圈子各不相同，简直可以说是风马牛不相及的人物，又有谁能想到这些人其实都是一个人？

"你一定是在开玩笑，一定是的。"赵蓝喃喃地说道，"这不可能，这绝对不可能。"

"你现在不相信没有关系，等你回到地球之后，你会用你自己的双眼和双耳来证实这一切的。"李云帆继续说道，"那么现在，你相信我的能力了吗？尤其是，现在我就亲身处在这个空旷宇宙中，对于太阳系内所存在的那个奇特空间又一早就开始了研究，所以，如果说我们人类文明中有一个人可以阻止这一次灾难的话，那么这个人只可能是我。所以，你并不仅仅是在帮我逃离这个空旷宇宙返回到我们的宇宙中去，你更是在拯救整个人类文明。这样的话，你肯不肯帮我呢？"

"可是……既然你有如此众多杰出的身份，我相信财富、荣誉、社会地位之类的一切对你来说都是予取予求的，为什么你还要去做一名盗贼呢？"赵蓝喃喃问道。

李云帆继续笑着说道："因为我喜欢。我喜欢将所有人玩弄在股掌之中的感觉，我喜欢看别人就算想破了脑袋都想不明白我的布置，喜欢以不同的身份出现却把所有人都蒙在鼓里的这种感觉。难道你不感觉这很有趣吗？"

"包括偷走我的飞船这件事情在内？"赵蓝无力地摸着自己的额头问道。

"这件事情有点特殊，具体的原因我要在以后才能对你解释。"李云帆回答道，"好了，我们之间的交流就先这样吧，你回到地球后，不妨先去联系一个名叫罗德里格斯的家伙，具体的联系方式和接头密码我会稍后发送给你，他会带你到我的实验室去。等你看到了我的实验数据之后，你就会相信我所说的一切了。"

今天的所见所闻实在是太过惊人，这个名叫李云帆的家伙所说的一切话语听起来都像是在胡说八道，如同疯子的呓语，但是偏偏这其中又有一种让人找不出破绽来的逻辑和说服力。尤其是那一句"等你见到我的实验室你就会完全相信我"，更是让赵蓝心中不由得开始相信这一切是真的。

"好吧，一切就等我见到你的实验室数据之后再做决断。"赵蓝回答道。

在这一句话之后两个人便断开了通信。在这一段时间的交流之中，赵蓝的飞船已经前进了一百多万千米的距离。此刻的赵蓝距离地球港已经不再遥远，飞船之中也接到了来自地球港的航道和速度等轨道参数，于是赵蓝便提起了精神，准备将飞船开到地球港中去。

地球港位于首都市上空，而首都市则位于地球赤道。首都市以太阳危机时的生命之城为基础渐渐发展而来，因为特殊的地理位置，最终成为地球上的政治、科技和经济中心，同时，它也是地球上人口最多的城市。

在港口工作人员的指引下，新希尔维雅号飞船平缓地停泊到了港口中。离开飞船前，赵蓝特意保持了飞船的通信接口打开，还特意将一个小巧的通信设备带在了自己身上。飞船上打开的通信接口可以让飞船保持和李云帆之间的联系，而带在自己身上的通信设备则可以让自己和新希尔维雅号飞船之间保持联系。通过飞船的中转，不管赵蓝身处地球哪里，都可以和李云帆通话。

和李云帆的谈话始终在赵蓝脑海中盘旋不去。关于那个空旷的宇宙，关于地球的命运，关于那消失的星辰和即将到来的灾难，关于李云帆这个人的神秘……这一切都沉甸甸地压在赵蓝心中，让赵蓝的情绪始终高涨不起来。

"说不定那所谓李云帆根本就只是个骗子，他说的一切都是无稽之谈呢。可能导致星辰消失的原因有很多，说不定事实的真相只是某个我们尚未发现的、根本就不会对地球造成影响的物理过程，哪里会是什么空间的褶皱和向空旷宇宙之中的坠落……"赵蓝这样安慰着自己。

时间在赵蓝的胡思乱想中度过，终于，太空电梯停下，赵蓝解开安全带走到了外面，呼吸到了久违的地球上的新鲜空气。

抬头看去，太空电梯一如火星之上那样延伸到高空中，一直到看不见。

就像许久之前，飞机场总是建造在城市之外一样，空天交互基地距离首都市市区也有很长的距离。赵蓝一边适应着地球上比火星和一零五研究所都更大一些的重力，一边乘坐通勤车向着市区出发。

在太空或者火星上生活习惯了的人，回到地球反而会感到不适应。火星上有重力，太空基地也有通过旋转带来的人工重力，但那都比地球上的重力小。长期在那种环境中生活会造成骨骼密度降低以及肌肉力量下降，而这些都会让人感觉在地球上一举一动十分吃力。在科技高度发达的今天，私人小型飞行仪器已经取代汽车成了人们交通出行的首选。相应地，天空中也被政府划定了许多像是以往公路一样的航道，那些私人小型飞行仪器便在电子系统及人类驾驶员的双重操控下安全而快速地飞行在城市的各个角落。

赵蓝所乘坐的通勤车便是这样的车辆。以每小时数百千米的高速仅仅行驶了片刻，它便将赵蓝从空天交互基地送到了市中心的华生广场。

华生广场是为了纪念赵华生而建造的广场，这里严禁一切社会车辆通行，并且汇聚了人类社会之中最多、最奢华的娱乐休闲购物等场所，所以这里总是人流如织。赵蓝地球之旅的第一站便是这里。

找到了住的地方安置下来，赵蓝便在华生广场之上开始了漫步，看着这里的繁华，感受着这里的喧闹，赵蓝的心情也不自觉地放松了下来。微风吹拂着赵蓝的脸庞，温度也是恰到好处，既不冷也不热，目之所及都是绚丽的显示屏幕，看起来缤纷异常。

远处，华生广场中央，赵华生的巨大雕像清晰可见，还有许多人在和雕像合影。不管什么时候雕像前总是摆满了鲜花，并且有专门的工作人员负责打理。这让赵蓝知道，就算过了数百年的时间，赵华生曾经为人类文明做出的贡献仍旧被人类所铭记，从来没有被忘却。

"不知道我的先祖看到人类文明现在的模样，心中会是什么感觉。想来，他一定会感到很欣慰吧。"赵蓝这样想着，"不过现在人类文明的天空中又一次开始笼罩乌云，这一次……不知道还有没有类似我先祖那样的人物站出来力挽狂澜。"

赵蓝出神地看着赵华生的巨大雕像。在那里，赵华生静静地站着，平静地看着远方，眼神中满是深邃、智慧的光芒。他就那样静静地看着，似乎在眺望着人类文明的未来。

虽然赵蓝也和此刻人类文明中的其他人一样，只从影视资料中见到过赵华生的身影，但赵蓝知道，自己和其他人不同。自己是赵华生的后代。

赵蓝买了一束鲜花放到了巨大雕像前，恭恭敬敬地鞠了一个躬，之后就离开了这里，回到了自己下榻的酒店。

这一夜在平静之中度过。第二天一早，赵蓝来到一处幽静的早餐厅，在这里开始了等待。赵蓝已经按照李云帆的指引，和那个名叫罗德里格斯的人取得了联系。在报上了李云帆交代的暗号之后，罗德里格斯的态度就变得异常恭敬。赵蓝和他约好在这里碰面，然后罗德里格斯会带领赵蓝前往属于李云帆的一处秘密基地。李云帆说，在那里，赵蓝可以找到足以让自己信任他的一切证据。

等待了十几分钟时间以后，一名穿着板正西服，外貌普通的男子来到了这家餐厅，径直走到了赵蓝面前，在赵蓝对面坐下，问道："赵蓝小姐？"

这名男子四十多岁，虽然外貌普通，但是举手投足之间有一股严谨庄重的气息散发出来，让人在面对着他的时候不自觉地严肃起来。听到这名男子询问，赵蓝说道："我是赵蓝，您是罗德里格斯先生？"

"是我。"罗德里格斯点了点头，伸出手来和赵蓝轻轻握了一下，"老板已经几个月时间没有和我们联系了，虽然老板经常这样失踪，但从没有像这一次持续这样长的时间。很高兴终于从您这里得到了老板的消息，知道老板没事，我们也就放心了。"

赵蓝察觉到，罗德里格斯在提起"老板"这个称呼的时候，神态总是会不由自主地变得恭敬。赵蓝可以看出来，罗德里格斯具有良好的修养和丰富的学识，并且有着强大的自我，又身居高位，这样的人物竟然对李云帆保持着近乎崇拜的尊敬。这让赵蓝忍不住在心中将李云帆的评价又提高了一个等级。

赵蓝紧接着说道："罗德里格斯先生，您的老板现在正在一个很隐蔽的地方，只不过暂时不方便出来而已，他现在很安全。"

"我知道的。"罗德里格斯点了点头，"老板和我们约定了数千个暗号，每一个暗号都有着不同的表明自己当前状况以及暗号持有人受信任程度的隐含信息。您所持有的暗号表明老板现在暂时安全，同时表明了您的受信任程度为 A 级，基地中除了绝密信息之外，其他信息都可以对您开放。"

"哦？还有这种说法？"赵蓝吃了一惊，"数千个暗号？每一个暗号都有不同的含义？我原本以为这仅仅是个普通的暗号而已。数千个暗号……您能清楚记起每个暗号的不同含义吗？"

"我做不到这一点，但是老板可以做到。"罗德里格斯说道，"老板可以清晰地记得每一个暗号的含义。我们则需要在接到暗号持有人的相关讯息后，通过电子系统的查询才能确定暗号所代表的具体信息。"

"原来是这样。"赵蓝点了点头，心中暗暗想着：这个李云帆看起来倒真有些门道。

"你们并不知道我前来的目的对吗？"赵蓝继续问道。

"是的，我们只知道您的受信任程度为 A 级，相应地，我们会对您开放所有密级为 A 以及更低密级的信息，您可以自由查询这些资料，或者要求我们帮您做所有难度为 A 级以及更低难度的事情。"

赵蓝心中的好奇便犹如猫爪一般，忍不住问道："这样……那么我具体可以要求你们帮我做出什么样的事情呢？唔，就挑选一件 A 级难度的事情来举例吧。"

"比如，刺杀一名省级行政区的行政长官。"罗德里格斯的声音没有一点波动，表情也一如既往地严肃，他的一切动作都在表明，他说的话语并不是在开玩笑。

"你们的势力庞大到了这种地步？"赵蓝十分吃惊。

"不，在行动方面我们的势力并不强大。"罗德里格斯摇头否认，"你要知道，现在是和平时期，政府防备松懈，刺杀一名行政长官其实只需要一个特别行动小组就可以了。而且，在刺杀之后，可以肯定政府会对我们展开严厉打击，我们将为此付出惨重的代价。所以，我们具备在暗中搞搞小动作的实力，却完全不具备和政府对抗的实力。事实上，如果不是因为老板的智慧，我们早就被政府剿灭一万次了。"

"原来是这样……"赵蓝拍了拍自己的胸口，悄悄出了一口气，"我不想了解你们组织太多的东西，我可是良民，不想参与也不想知道太多。你还是快一些带我到基地去吧。"

此刻，赵蓝已经下定了决心，到达基地之后，除了寻找可以证明李云帆话语的资料之外，自己绝对不多看别的资料一眼，以免和这个神秘的组织产生过多交集。

赵蓝的生活是按部就班的，度过温馨而幸福的童年之后，赵蓝进入学校接受教育，获得博士学位之后参加工作，一直平静地生活到了现在。赵蓝认为，所谓地下势力之类的东西不应该出现在自己的生活中。如果这次不是因为特殊情况，赵蓝绝对不会和这些东西产生任何交集。

"好的，赵蓝小姐，请您跟我来。"罗德里格斯站起身来，赵蓝便跟在他身后一同离开了早餐厅。

两人一同乘坐上一辆飞行小轿车，小轿车将两人送到地下车站之后便离开了。

科技发展到现在，长途大宗运输已经不再采用旧式的铁轨运输了，最新发展起来的是磁悬浮列车以及全封闭真空轨道技术。人们在地下建造了四通八达的交通轨道，这些轨道都是全封闭的，而且被抽成真空以避免空气阻力的存在，磁悬浮列车则避免了摩擦力的存在。这种列车的运行速度极其惊人，甚至比几百年前的飞机速度还要快。赵蓝曾经看过一则报道，地球上运行速度最快的磁悬浮列车已经到达了每小时四千五百千米，这个速度几乎是音速的四倍。不过赵蓝和罗德里格斯此刻所乘坐的这趟列车速度可没有这么快。赵蓝从地下车站门口的标识牌上看到，这趟列车的平均速度大概在每小时两千八百千米，是音速的两倍多。

　　一个多小时后，罗德里格斯和赵蓝下了车，这里已经有飞行小轿车在等着两人，两人换乘这辆飞行仪器开始往城市边缘那绵延的山地出发。

　　高楼大厦、车水马龙的繁华景象渐渐被甩到了身后，风景秀丽、设施完善、人流如织的景区也被甩到了后面。这是一座绵延的大山，除了外部的一些地方被开发成了风景区外，它的内部仍旧维持着罕无人烟的苍凉和大自然原生态的优美。

　　"难道李云帆的那个基地建在这里？"赵蓝暗暗想着，就算现在人类的科技实力大大超出以前，可是要在山地建造一个基地仍旧是耗资庞大的事情。

　　罗德里格斯和飞行小轿车驾驶员一路都没有说话，赵蓝便也一直保持着沉默。看着车下起伏的山峦和苍翠的绿色，赵蓝的心情也在不知不觉中平静了下来。

　　飞行了一段时间，飞行小轿车忽然开始降低高度，最终在一处略有些低矮、和周围山峰比起来丝毫不起眼的小山面前停下，地面上一处长满了野草和树木的平地忽然直直升了起来，露出了下方漆黑幽深的通道。飞行小轿车从这个通道飞了进去，那经过完美伪装的平地便重新降了下来，和周围的环境融为一体。

小轿车在漆黑通道中飞行了一段时间，便来到了一处似乎是停车场的地方。驾驶员将车子停在那里，罗德里格斯下了车，拉开赵蓝旁边的车门，然后做了一个请的手势。

"就是这里了。"罗德里格斯说道，"我们掏空了一部分这座山峰的内部并且对它进行了特殊的加固，然后在它的内部建造出了我们的基地。我们的基地总计占地约一平方千米，共有超过三百名工作人员在这里工作。"

罗德里格斯带领着赵蓝乘坐电梯上升到了基地的最高点。站在看台上，赵蓝手扶着栏杆，眯起眼睛打量着自己面前的这一切。

就像罗德里格斯说的那样，呈现在赵蓝面前的是一个长一千多米、宽数百米、高几十米的封闭式空间。灯火通明，到处都是林立的巨大建筑以及叫不出名字的巨大机械，有许多穿着白色制服的工作人员以及造型各不相同的机器人在这基地之中穿梭，有无穷无尽的仪表和指示灯在这里闪烁。

虽然早就做好了心理准备，但是赵蓝还是对这里感到了极度的震撼。人类科技的力量就以这样一种直观的方式展现在了赵蓝面前。

"政府并不知道这里，这里的一切，包括基地的初期建造、设备安装、人员调拨、物资补给……这一切都是秘密的，对吗？"赵蓝对着站在自己旁边的罗德里格斯低声问道。

"是的，这里的一切都是秘密。只有基地内部的工作人员，以及获得了老板 A 级授权的人才可以进入到这里来，只有这些人才知道基地的存在。"罗德里格斯回答道，声音之中有一种掩饰不住的自豪。

"可是，你们是怎么在政府的监视之下建造出这个基地的？你们当初是如何掏空这座山峰的？掏空山峰之后的岩石废料你们堆在了哪里？那是至少数千万吨的岩石啊，天空中时刻都有属于政府的卫星在运转着，无论你们将数千万吨的岩石废料堆积在哪里都绝对不可能躲过政府的监视。"

"那些岩石废料就在基地中。"罗德里格斯说道，"基地中的这些仪器是通过地下通道从外界运输进来的，挖掘地下通道所带来的数千万吨泥土和岩石同样也在基地中。"

"可是它们在哪里？"赵蓝满是不解地问道，"它们的质量最少也要以亿吨来计算，而一亿吨的岩石体积将近两千万立方米，为什么我在基地中看不到它们的影子？"

"哈哈。"罗德里格斯发出了爽朗的笑声，"赵蓝小姐，事实上，不仅仅是建造基地和挖掘地下通道的那些岩石废料，我们的工作人员在这里日常生活以及进行科学研究所产生的废料也从未运出过基地。坦白告诉您，这是一个只进不出的基地，我们需要的物资会由地下通道从外界运进来，我们丢弃的物资则堆放在基地中，从来不会运到外界去。至于它们到底在哪里，抱歉，赵蓝小姐，这是属于我们基地 S 级机密的范畴，您的权限不够，所以我不能告诉您。"

赵蓝拍了拍自己的脑袋，心中已经冒出了一个大概的猜测，但是这个猜测太过惊人，也太过震撼，她甚至都不敢去仔细思考这个猜测的可能性。

这个基地留给赵蓝最突出的一个印象便是震撼。看到这个基地之后，她心中对于李云帆的怀疑已经降到了最低。赵蓝无法想象李云帆到底拥有多么高绝的智慧和超众的能力，她甚至怀疑李云帆是不是外星人，又或者是从未来穿越到现在的人。否则，李云帆为什么会有这样的能力，能拥有那么多不同行业翘楚的身份，还能在人类文明政府的严密监视之下，在这座山峰中建造出这样庞大的基地？

而最不可思议的是，这样一位杰出的人物，竟然费尽心机偷走了普通的自己的一艘普通的小飞船，然后还莫名其妙地和自己产生了交集。赵蓝始终不知道这一切到底是为什么，李云帆似乎也对此讳莫如深。

摇摇头，甩开自己脑海之中的疑惑以及对自己所见所闻的震撼，赵蓝决定还是先解决自己此行的目的——找到证据来证实李云帆所说的话。

如果李云帆所说的那处存在于太阳系之中的"奇特空间"真的存在，并且李云帆真的对它进行过研究，那么那些研究资料很可能揭示出星辰异常消失现象的真相。而明了这一切真相之后，赵蓝，又或者人类文明才能找到应对这一场灾难的办法。

"罗德里格斯先生，请将你们基地对于那个存在于太阳系之中的奇特空间的所有研究资料交给我。"赵蓝低声说道，"我应该有这个权限的。"

"当然，赵蓝小姐，请跟我来。"

赵蓝便跟着罗德里格斯一同乘坐电梯走下了看台。在行进的过程中，赵蓝再一次领略到了这个基地的庞大与先进。那无数交错的电缆和显示屏幕以及按钮让赵蓝感到有些眼花缭乱。她还看到了一处相比其他建筑占地更加庞大的全封闭式的建筑。刚才在看台上的时候赵蓝就已经注意到了这里——这是一处长宽大概各有两百米、高有十几米的长方体盒子似的建筑。跟其他建筑不同，它的顶部也是被金属板封闭住的，看不到内部构造。从这处建筑的大门前经过的时候，赵蓝看到厚重的金属板大门紧紧关闭着，上面安装着一看就知道十分先进且复杂的密码锁，并且还有显眼的文字警示语："如非允许，任何人禁止入内"。

罗德里格斯注意到了赵蓝的神情，也看出了赵蓝对于这处长方体建筑物的好奇，但他只是礼貌地笑了笑，并没有对此做出任何解释。

一路走到了罗德里格斯的办公室，这间办公室很宽敞，各种布置也充满了现代化的科技感。赵蓝可以从中看出，这间办公室的主人在这个基地中的地位一定很高。罗德里格斯拿起话筒吩咐了几句，片刻之后，一名工作人员就送来了一份厚厚的资料。

"您可以在这里慢慢看，看多久都行。"罗德里格斯说道，"如果有什么需要帮助的，请按一下这个警铃，我会立刻赶来。"

"好的，谢谢您。"赵蓝答道。

罗德里格斯离开了办公室，顺便把门关上了。赵蓝拿起那沓资料，第一页资料上那一行显眼的标题大字就进入到了赵蓝的眼帘——

第七次木星科考航行日志

文件描述的明显是一次太空航行，而这次太空航行的目的地明显就是木星。资料中详细讲述了一艘星际飞船出发、旅途、到达目的地以及返航的诸般事宜——大到实地勘探的最新科研发现，小到飞船航行中的空气循环系统资料。赵蓝对这些细节并不感兴趣，但是这份资料总体讲述的事情却让赵蓝感到有些惊讶。

人类文明政府还没有主导进行木星及其卫星系统的载人登陆活动，私人的木星探险活动也被严格禁止——几乎每年都会有媒体报道冒险者遭遇不测最终葬身太空的事情。但依据这份资料上的记录来看，名为李云帆的这个基地的缔造者，已经进行了至少七次木星登陆活动，并且每一次都成功返航。

"如果一个地下人物都有能力登陆木星及其卫星系统，代表着整个人类文明、可以调动整个人类文明资源的人类政府当然也有能力登陆木星系统，但是人类政府一直没有在这方面有所行动。从这方面来看的话，政府实在是太过保守了一些，或许人类政府已经丧失了继续探索太空的勇气和兴趣，仅仅满足于现在的成就。"

这个推测让赵蓝心中有些感叹。赵蓝翻过这些杂乱的记录资料，直接翻到了最为关键的一处记载。

这是以李云帆为第一视角做出的记录。在这份记录中，李云帆写道：

在第七次木星探险返航的路途中，我选择了一条全新的、以往从未有人走过的航线。但在旅途中，我发现了一些十分奇怪的事情。

在此次返航途中，我一直在对编号为23920917BQ1的河系进行观测。这是一个距地球十分遥远的、最少也有七十亿光年距离的遥远河系。这个古老河系似乎正在经历着新一轮的恒星诞生运动，这意味着许多东西，所以我一直对它很感兴趣。可是不知道为什么，在我前进到距离火星轨道还有大概七千万千米的时候，我的望远镜之中忽然失去了这个遥远河系的踪迹。

我所乘坐的远望号飞船相对于太阳的前进速度是每秒钟二百二十千米，而在我继续航行了大概八个小时之后，这个遥远河系再次出现在了我的望远镜中。这让我十分疑惑。远望号飞船中的燃料储备还很充足，于是我便控制飞船减速，慢慢回到了刚才经过的区域中，果然如我所料，这个遥远河系再一次从我的视野中消失。

远望号飞船不断在这个区域来回，经过数百次尝试之后，我终于大概测定出了该区域的长度、宽度和高度，分别是六百万千米、两百万千米和一百三十万千米。只要处在这个区域中，我的望远镜便无法观测到那个遥远河系，只要离开这个区域，它便会重新出现。

因为所带燃料限制的缘故，我不得不离开了这个奇特区域返回地球。在经过几个月休整之后，我再一次驾驶着飞船来到了这个地方。这一次我对该奇特区域进行了更为详尽的测定，终于描绘出了大概模型，并且测定出它正在以大约一千米每秒的速度向内太阳系前进，如果没有意外的话，它将在大约四年后接近地球轨道，届时它有可能和地球重叠，会为地球带来什么样的影响还不得而知。

这段话之后附着李云帆测定出的那块奇特空间的图像。

借助我在科学界中的声望，我带领着一些科学家，在确保这一奇特空间的存在不被暴露的前提下，获取到了其他科学家的一些帮助，然后对该奇特空间的性质以及来历展开了研究。在研究中我发现，除了编号为23920917BQ1的河系之外，还有其他总计三百多个已记录河系在这片空间中观测不到，并且这些河系在天球中的位置各不相同。这就否定了是由于星际尘埃云遮挡之类的原因导致的可能。

我所带领的团队对此进行了许多猜测，进行了许多研究工作，最终得出了"星体异常消失现象和星体本身没有关系"，以及"该现象属于偶然现象，它以前从未被我们观察到过"两个结论，但也仅限于此。除此之外，我们的研究一直没有什么收获，一直到某次无意间我在这片奇特空间之内测量了一次圆周率。

毫无疑问，圆周率是一个固定的数值，它不会因为环境的变化而变化。无论你在哪里测量圆周率，它都应该是同一个数值才对。可是我在这一片空间中所测量到的圆周率，比正常情况下的圆周率稍微大了一点。正常圆周率小数点后第八千万位是二，我在这里测量到的圆周率小数点后第八千万位并不是二，而是三。紧接着我又测量了三角形的内角和，结论是，这里的三角形内角和要小于一百八十度。

赵蓝的脑海中立刻冒出了一个词——罗巴切夫斯基空间。李云帆这份资料中所描述的情况和罗巴切夫斯基空间太契合了，只有在罗巴切夫斯基空间中，圆周率才可能大于 π，三角形的内角和才可能小于一百八十度。

"可是，罗巴切夫斯基空间仅仅是数学中的一个概念啊，它怎么可能会出现在现实世界之中……"赵蓝脑海中满是疑问。

就像赵蓝所想的那样，罗巴切夫斯基空间仅仅是数学概念中的一个空间，它是由罗巴切夫斯基几何来描述的一个空间。这个空间中具有诸多奇特的现象，比如，圆周率要比正常空间大，三角形内角和则比正常空间小。同时，在罗氏空间中，过直线外一点，至少可以做两条平行线，过不在同一直线上的三个点不一定能做出一个圆等等。

这原本只是数学中的一个概念，可是李云帆却在记录中说自己在真实的宇宙空间中找到了这样的一个空间，并且通过实地测量确定了这一点。

如果说正常空间，也即用欧几里得几何来描述的空间是"平直"的，那么罗巴切夫斯基几何所描述的空间则是"弯曲"的。如果一个空间是弯曲的，那么在这样的空间内观测不到正常空间中所能观测到的星辰，似乎也是合理的。赵蓝可以想象出那样的画面，因为罗氏空间中的空间曲率以及弯曲，有些空间部位可能因为空间的"褶皱"而被隐藏了起来，星辰的光线并没有完全顺着空间传播，而是直接越过了这一段被褶皱的空间，传播到了褶皱的另一面。那么身处在褶皱空间中的人自然也就无法看到那些星辰了。

这就像是空间中出现了一条河流，又或者出现了一条沟。光线则是直接从沟壑或河流上跳跃过去的动物，它是直接跳跃过去的，并没有顺着沟壁来到沟壑底部。

至于为什么越远的星辰消失得越早，这一点则可以用空间的曲率来解释。二维平面虽然可以类比空间，但到底不确切，空间的特性并不能用一张二维的纸来完全描述。赵蓝猜测，距离地球越远的星辰相对来说空间曲率就越大，所以也更容易从地球的视野中消失。

"难道……此刻我们的地球，便处在罗巴切夫斯基空间之中吗？"赵蓝默默地想着，"可是，我们在地球或者火星上所进行的对几何数据的测量并没有发现过什么异常。"

只要通过测量发现了圆周率或者三角形内角和的变化，就可以证明这一点，并且可以通过具体产生变化的数值差异来推算出空间弯曲的角度，然后再由此通过罗氏几何计算出此刻地球周围完善的空间模型。如果能做到这一点，那么星辰消失之谜便会被解开。

"可是我们现在仍旧没有任何证据。"赵蓝摇了摇头，继续看了下去。

我猜测这应该是处在我们宇宙中的一块罗巴切夫斯基空间。数学计算中罗氏几何的一切定理都在这处空间中得到了完美的验证，所有的一切实验和观测数据都在诉说着这块空间的与众不同。我并不知道这块奇异空间到底来自哪里，又是如何诞生的——它可能诞生在无穷的宇宙深处，因为某些超级文明的战争或者某些特殊的宇宙环境物理过程而产生；也不知道它诞生在什么年代——它可能一直处在漂流运动中，一直在无尽的宇宙中飘荡了千万年时间才飘到了我们太阳系，最终被我在一个十分偶然的机会之下发现。

罗氏空间和正常空间并不相同，按照这个道理来说，适用于正常空间的飞船以及机械设备应该无法在罗氏空间中存在。最简单的一个例子，由于圆周率的变化，以往可以正常运转的滚珠或轴承在罗氏空间中可能就变得不那么圆润，摩擦力也会大大增加，最终导致机械损坏。不过通过我个人的实验，我的飞船仍旧可以在这一块奇异空间中正常运行。我猜测，这大概是因为空间数据变化太过微小，而我们现在的机械工艺远未达到那样的精度，所以它才不会对我们造成可以被观察到的影响。

赵蓝认为这一点猜测是十分符合逻辑的。这就像是一个孩童随手用三根木条拼出了一个三角形，因为这个用三根木条拼出来的三角形原本就是不精确的，所以就算三角形的内角和调整到了一百八十一度，它大概也不会对这个三角形造成什么影响。

人类文明的机械科技所能达到的机械精度，从某种程度上来说也就和一名孩童随手用三根木条拼出一个三角形差不多，这两者其实并没有本质上的差别。所以圆周率以及其他诸多空间数据的改变并没有对当时李云帆所乘坐的飞船造成什么直观的影响。

罗氏空间的真实存在似乎暗示了空间曲率航行的可行性。毕竟，如果光线可以直接从某些空间褶皱上越过而不完全顺着空间前进，那我们人类应该也可以通过科技手段制造出可以越过空间褶皱的飞船。正是这种原因导致了处在罗氏空间之中的时候，遥远星体异常消失的现象，这似乎为人类文明制造超光速飞船指明了一条道路。

我和我所带领的科学家团队对此十分感兴趣，于是我们将科研力量集中到这个方面，全力以赴对该奇异空间展开了研究。

李云帆所留下的文字叙述记录到此为止，接下来就是许多对该空间的数学模型描述、物理特性描述，以及一些猜想和计算过程。

可以看出，这些计算过程很深奥，并且每一个步骤之间都衔接自然、逻辑严密。这样的一份资料，就算是想要作假都需要极其高深的专业知识作为基础。普通人或者普通的科学家就算想作这样的假也作不出来。

赵蓝翻过了这些计算过程，看到后续的研究记录执笔人由李云帆变成了罗德里格斯。很明显，在李云帆失踪以后，对于该奇异空间的研究并没有停止，在罗德里格斯的带领下，这个游离在人类政府视线之外的科学家团队继续对此展开了研究。

赵蓝自然知道李云帆去了哪里。几个月前，在李云帆驾驶着自己那艘希尔维雅号飞船返回地球的过程中，或许是因为海山二最终爆发的影响，李云帆莫名其妙地从这个宇宙穿越到了另一个宇宙中，那个宇宙除了黑暗之外什么都没有，李云帆被困在了那里，始终无法逃离……

后续由罗德里格斯执笔的记录文件中最主要的一点记录是，他们发现，自从海山二超新星爆发后，该奇异空间的空间曲率不知道因为什么原因开始了异常增大，体积也迅速膨胀，将整颗地球都笼罩在了里面，并且该奇异空间的构造产生了更加复杂的变化。由罗德里格斯带领的科学家团队正在紧张地计算和观察奇异空间的这种变化所可能对地球带来的影响，但是直到目前为止，他们都没有什么具体的发现。

罗德里格斯所带领的科学家团队不知道这片奇异空间给地球带来了什么影响，身为一零五研究所成员的赵蓝可是知道得很清楚。遥远天体不断异常消失，可被观测到的消失星体和地球之间的距离越来越近，便是这影响的最直观表现。

可被观测到的异常消失的星体和地球之间的距离越近，便证明地球所处的这片空间的曲率越大。当曲率大到一定程度的时候，或许真的会像李云帆的遭遇一样，两个宇宙之间的通道被打通，地球会从这个宇宙坠落到那个完全空无一物的宇宙中去，自此被黑暗和孤寂所封锁，人类文明迈向太空、跨入星际时代的道路被完全斩断，人类文明将在耗尽地球的一切资源之后被活活困死在那里……

这一片奇异空间并不仅仅是一片空间这样简单。它是足以陷灭一颗星球，足以让整个人类文明在绝望之中灭绝的无底深渊，它是悬挂在全人类头顶上的一柄利剑。

通过罗德里格斯文件之中的描述，赵蓝大概知晓了此刻那片奇异空间和地球之间的交互情况。或许是因为地球引力或者其他一些特殊原因的影响，罗德里格斯所带领的科学家团队并没有在地球以及近地空间中观测到几何数值被改变的情况，也就是说，地球所处的空间是正常的。但那片奇异空间差不多已经将整个地球包裹在了自己体内，外部延伸了多长距离则不得而知。也就是说，这片奇异空间影响范围的大小暂时无法确定。

不过此刻，就算是距离地球最远的、装备了足以观测遥远天体的探测器都已经观察到了遥远天体异常消失的现象，这就足以证明，恐怕整个冥王星轨道之内的太阳系空间都受到了影响。

一零五研究所和李云帆所带领的基地科学家团队分属于两个互不交叉的研究队伍。属于政府势力的一零五研究所知道站在地球角度所发生的星体异常消失现象，却并不知道那一块奇异空间的存在；属于李云帆的基地科学家团队知道奇异空间的存在，并且已经对它展开了相当详细而深入的研究，但或许是因为疏忽，又可能是因为没有相应的布置在地球周围的观测力量，他们发现了那几颗星辰消失的事情，却没有发现越来越多的星辰正在消失，并且和地球之间的距离越来越近。

现在，赵蓝就充当了沟通这两个科学家团队的桥梁。她既是一零五研究所的成员，可以接触到政府层面的最新研究成果，又因为李云帆的授权接触到了基地科学家团队方面的研究情报。

赵蓝基本上可以确信手中这份资料的真实性，但还是无法百分之百地确定。赵蓝拥有一名科学家所应该具备的严谨思维——在亲眼看到观测数据之前，任何人的描述都不可信。所以赵蓝必须要找到办法验证一下。

赵蓝按下了警铃，罗德里格斯很快出现，询问道："赵蓝小姐，您有什么需要吗？"

赵蓝点了点头："我已经看完了资料，我想问一下你，在我的权限之内，我可否将这份资料带走？或者将内容告诉别人？"

这份资料实在太重要了，如果能将它带回一零五研究所，或者由赵蓝将这些资料内容转述，那么一零五研究所面对的困境将迎刃而解。如果这一切可以得到验证，那么人类文明就可以将精力放到寻求解决问题的办法上，而不是在探究"到底发生了什么事情"上继续纠缠。

这是对于整个人类文明都至关重要的大事，最终赵蓝无论如何都会将这份资料公布出去，但如果可以得到罗德里格斯的授权，自己毫无疑问将会减少许多麻烦，这才是两全其美的局面。赵蓝可不想自己以后的生活时刻受到这样一个强大地下势力的威胁。

罗德里格斯思考了一下回答道："我没有答应或者拒绝您的要求的权限，这需要您亲自去和老板交流。这份资料最终可否泄露出去，要看老板的意思。"

赵蓝叹息了一声，说道："好吧，我会亲自向您的老板征求这件事情的。不过，有一件事情我想我大概可以告诉你们，这一点应该可以算是你们的疏忽，你们原本可以发现这一点的，但是似乎并没有发现。"

罗德里格斯怔住了："什么事情？"

"关于遥远天体异常消失的事情。"赵蓝回答道，"这件事情并不像你们认为的那样简单。根据现在的观测情报，我们确认已经有超过一千个遥远星体从人类的观测视野中消失，截至目前，这个数字仍旧在快速提升之中，而且，那些异常消失的天体和地球之间的距离越来越近。罗德里格斯先生，我想，您大概可以理解这意味着什么。"

罗德里格斯额头上冒出了细密的汗珠："赵蓝小姐，真的像是你所说的那样吗？这……这件事情太严重了，这意味着地球，不，有可能是整个太阳系所处的空间曲率正在不断增加，我们正在不断'下陷'，最终我们的太阳系可能脱离这个宇宙，坠落到一个我们完全陌生的空间中去。"

罗德里格斯擦了擦额头上的汗珠，苦笑了一下继续说道："政府最近似乎加大了对我们基地的侦察力度，而老板又不知道去了哪里，所以我们的行动收敛了许多，连一次大规模的巡天观测都没有进行过。真的没有想到，在我们蛰伏的这段时间中竟然发生了这样重大的事情。赵蓝小姐，谢谢您告诉我。我立刻组织人手对这件事情展开调查，并展开后续的相关计算。"

赵蓝说道："罗德里格斯先生，您应该知道我的身份，我为隶属于政府的一零五研究所工作，而一零五研究所正是对此次遥远天体异常消失事件展开研究的机构，您也知道这件事情意味着什么，所以，我想将这些情报上报政府，借助政府的力量对这件事情展开研究，寻求避免我们全人类陷入危机的办法。"

政府的科研力量终究要比这处基地中的科研力量强出许多，之所以这处基地可以发现奇异空间的事情，完全是因为李云帆的运气好，在恰当的时候恰好经过了那处奇异空间，并不意味着政府的科研力量比不上这里。在面对这次可能影响到全人类的危机的时候，如果说能有一个机构力挽狂澜，将地球以及人类文明从危机中拯救出来，那么这个机构只可能是代表了整个人类文明、可以调动整个人类文明资源的政府，绝对不会是其他的某些机构或者组织。

面对赵蓝的询问，罗德里格斯再次思考了一下，然后回答道："披露这些资料可能会导致我们基地相关情报的泄露。您也知道的，我们基地的存在对于政府来说有些敏感，这件事实在不在我的处理权限之内。您还是直接征求一下老板的意见，只有他可以做出决定。"

"好吧，我会去询问你们老板的。"赵蓝叹了一口气，"好了，我已经获取到了我想要的资料，对于你们基地其他的事情我并不感兴趣，也不想去探究，所以我可以离开这里了吗？"

罗德里格斯立刻说道："赵蓝小姐，您是拥有 A 级权限的贵客，当然拥有决定自己行程的权力。您如果想要离开，我这就安排人送您出去。"

"好的，请将我送到希望市吧，其余的事情我自己处理。"赵蓝说道。希望市就是赵蓝在来到这个基地之前到达的那个城市。这里是绵延的崇山峻岭，如果没有合适的交通工具，赵蓝自己一个人还真是没有办法回到希望市去。

赵蓝在大概一个小时之后就回到了希望市，和送自己来到这里的人告别之后，看着希望市熙熙攘攘的人流，感受着文明和科技的力量，赵蓝颇有一种再世为人的感觉。

赵蓝转过身，再一次看向了远方。从这里依稀可以看到远处群山的影子，而如果不是亲眼见证，赵蓝怎么都不会相信，在人类政府没有注意到的地方，在那群山深处，竟然存在着那样一个庞大的基地。

强压下心中对于那处秘密基地、尤其是秘密基地中那处全封闭长方体建筑的好奇，赵蓝取出了自己随身携带的那个通信仪器，说道："李云帆，有一件事情我需要征得你的同意。我已经在你的基地中找到了我想要的资料，现在我想问你，我是否可以将这些资料告诉一零五研究所的科学家们？"

李云帆很快回复："你可以将这些事情告诉其他人，但你必须要答应我一个条件。"

"什么条件？"赵蓝立刻询问道。

"你要自己为这些信息来源找到解释，不能说这些资料是从我的基地中得到的，你要说这是你自己获取到的。"李云帆带着笑意说道，"千万不能牵扯到我的基地，否则，这可能对我的基地造成影响。"

"说是我自己找到的？"赵蓝喃喃道，"可是这是一整个科学家团队的劳动成果，我就这样将它据为己有？"

"不然呢？"李云帆说道，"难道在明面上的关系中，你想和这样一个地下势力扯上关系？或者暴露我基地的存在，导致政府对我的基地展开围剿？"

赵蓝思考了一下，然后说道："好吧，我会自己为这些信息来源找到解释的。我打算亲自去计算中的一个罗巴切夫斯基空间点实地测量一下，验证一下这份资料的真实性。如果这份资料确实是真的，我才会向其他人公布这一点。"

　　"随便你。"李云帆回答道，"借助于政府机构的力量来解决这个问题是最合适的。我希望你能一直记得你的承诺。我向你公布这些资料，帮助你了解到这次危机的真相，甚至也为人类文明解决这次危机做出帮助，但你要记得，你一定要想办法帮助我逃离这个宇宙返回到我们的宇宙中去。这里真的是太没有意思了，这里什么都没有，我在这里已经快要被闷到发疯了。"

　　"我当然记得我的承诺。"赵蓝回答道，"不过，我认为有更合适的人选来代替我做这件事情。你在那个宇宙之中只能以这个频率来发送信息，而这信息只能被我接收到，不如这样，我向罗德里格斯公布信息频率和密码如何？这样一来，你就可以直接和你的手下保持联络，比起我来，他们的能力更加突出一点。"

　　"不用了。"李云帆的话语之中仍旧带着笑意，"赵蓝，难道你真的信任我会全心全力地帮你？你真的信任我在此次行动中没有什么其他阴谋或筹划？不，你完全没有办法确定的，而在这种情况下，将我和外界联络的关键接口放置在你身上，有助于你对我形成一定的威慑，我想，这样可以让你更加信任我一点。"

　　赵蓝拍了拍自己的脑袋："可是李云帆，你要知道，我是否信任你这件事情对你来说有什么意义吗？如果你可以和你的手下直接通信了，我是否信任你又有什么关系？"

　　这件事是赵蓝心中最为疑惑的地方。赵蓝已经主动表示要将李云帆的"把柄"交出去，而李云帆却以了能让赵蓝更信任自己这个理由做出了拒绝。赵蓝不认为对李云帆来说自己有什么重要的地方，那么李云帆为什么这么重视自己的感受？

"这一点你现在无须关注，以后就会知道的。"李云帆讳莫如深地说着，"如果没有别的事情，你还是尽快去验证这份资料的真实性吧。危机的征兆已经出现，留给我们的时间可能已经不多了。"

"好吧。"赵蓝思考了一阵，最终答应了下来，然后便切断了和李云帆之间的通信。

赵蓝需要去采购一些专用的测量仪器，然后驾驶自己的新希尔维雅号飞船前往测量地点之中亲自测量一下，以验证这份资料的真假。

圆周率是可以通过单纯的数学计算而不是实地测量测出来的。如果有需要，完全可以通过数学计算将圆周率小数点之后一千亿位的数字算出来，在这样的精度之下，通过实地测量毫无疑问是不可能达到的。

但这一次测量任务不同。无论是在欧几里得空间还是在罗巴切夫斯基空间之中，一些最基本的数学运算过程并不会产生变化。通过计算来得出圆周率，在欧几里得空间之中算出来是一个数字，在罗巴切夫斯基空间之中算出来的仍旧会是这个数字，那样做没有意义。所以赵蓝必须要用到实地测量的办法。

拥有如此之高精度的测量工具是很难得到的，不过身为一名科学家，身处在这个圈子中，赵蓝还是有一些办法的。赵蓝联系了几名身在地球上的朋友，提出了自己的要求。测量工具的获取需要一定的时间，赵蓝便决定趁着这段时间在希望市中逛一逛。离开地球时间太久了，赵蓝感觉自己已经和社会有一些脱节了。

随意漫步在林立的高楼之中，看着熙熙攘攘的人流、琳琅满目的各种店铺，赵蓝的思绪在不知不觉中也慢慢地平静了下来。赵蓝随意走进了一处大楼，打算乘坐电梯到三十五楼的商场中去逛一逛。

电梯门打开，赵蓝看到电梯中已经有了几个人。这几个人中有一个年轻女人非常显眼，她穿着一身裁剪合体的裙装，留着披肩长发，精致的面容上戴着一副露边的黑色眼镜。这个女人十分漂亮，漂亮到有些像是工艺品的地步。

赵蓝虽然也是女人，但也忍不住对这个漂亮得有些过分的女人多看了几眼。察觉到赵蓝的目光，这个女人对着赵蓝十分友善地笑了笑，于是赵蓝也点了点头，回以微笑。

电梯在平缓中上升，在到达二十多层楼的时候，这个女人来到了电梯门口，站在了赵蓝身边。又过了片刻，电梯停下，那个女人便走了出去。在走出去的时候，她似乎不小心碰了赵蓝一下，所以在走出电梯门之后，那个女人再次回头，又对着赵蓝露出了一个表示歉意的微笑。赵蓝便也微笑着回应了一下，示意没有关系。

电梯门关上，继续开始上行。

慢慢地，电梯中的人全部走了出去，只剩下了赵蓝一个人。而这一次的电梯运行过程似乎慢了一点，在赵蓝几乎认为电梯出现了故障的时候，电梯上的数字才终于跳到了三十五，于是电梯门打开，赵蓝走了出去。

赵蓝面前出现了一处走廊，在走廊两侧是两扇门，一扇门关着，一扇门开着，这和预想之中的商场似乎有些不同。赵蓝的第一反应是自己走错了，可是回头看一看楼层标识，确定了这里是三十五楼后，她的心中有些疑惑。

随着科技的发展，大楼越建越高，一些大楼会将不同的楼层划分出不同的用途，商业和居住区同在一栋大楼之中也并不是什么稀奇的事情，现在来看，似乎赵蓝来到了这栋大楼的居住区。

"大概是标识牌弄错了吧，那个商场并没有在三十五楼。"赵蓝这样想着，便打算返回电梯之中，重新回到一楼去。可就在这个时候，那扇打开着的门之中忽然传出了孩童的哇哇哭叫声。哭声十分凄厉，并不像是寻常时候饿了又或者感觉不舒服之时发出的那种哭声。

赵蓝心中微微动了动，脚步稍微迟疑了一下，但最终还是走向了电梯。那是别人家的孩子，就算哭叫也会有别人来管，自己一个陌生人，在这种情况下突兀地去往别人家中并不合适。

在等待电梯到来的过程中，那个孩童的哭叫声一直持续着，并且感觉越来越凄厉，似乎那个婴儿真的陷入了某种危险状况，而赵蓝并没有听到预料中父亲或母亲前来照看婴儿的声音。

赵蓝心中有些犹豫，转身走到了那扇门前，对着里面大声说道："您好，请问有人吗？您的孩子一直在哭……"

赵蓝重复了几次，却并没有听到回答。而那名婴儿的哭叫声已经变得愈发急促，并且在哭喊之中有断断续续的、似乎喘不上来气的声音。赵蓝知道，这可能是窒息的症状，而对于一名婴儿来说，窒息毫无疑问是十分危险的。

于是赵蓝再也忍耐不住，终于走进了这间屋子，顺着声音走过去，却并没有找到哭泣的婴儿，仅仅看到了一个音响设备。很显然，这阵婴儿的哭叫声就是从这里发出来的。

赵蓝松口气的同时也感到有些无语。这里毕竟是别人家中，自己并不方便在这里待着。于是赵蓝便向着门口走去。可是刚走出门口，一个威严的声音就霍然响起："我是警察，我宣布，你被捕了。"

那阵婴儿的哭叫声不知道在什么时候已经停止了。而当那名警察的威严声音传进赵蓝耳中的时候，赵蓝刚好走到门口。她转过头去，就看到了几名身穿制服的警察正拿着枪械瞄准自己，而且是一副如临大敌的模样。自小经受的教育让赵蓝知道对抗警察是不明智的行为，就算自己有什么冤屈也不能违抗警察，尤其是用枪指着自己的警察的命令——配合警察的调查是每一名人类公民的义务，每一名刚刚入学接受教育的人类孩童都会被告知这一句话。如果拒绝配合的话，警察有权采用更进一步的武力行为来制服嫌疑人。

"你因为涉嫌入室盗窃重大商业机密罪而被捕。"那名警察掏出证件摆在赵蓝面前，同时一脸严肃地说着，"我们要求你配合我们的调查，在这个过程之中你的一切权利都会得到保障。但如果你违抗命令的话，我们有权采取强制行为。"

赵蓝便立刻举起了自己的双手，示意自己不会反抗警察的命令，然后说道："抱歉，我不知道我的哪些行为涉嫌这些罪名，我对此一无所知。我会配合你们的调查，但我要求立刻联络律师来为我辩护。"

"你有这个权利，但现在请你先配合我们。"那名警察仍旧一脸严肃，"现在请你转过身去紧贴墙壁，同时将双手伸到身后来。"

赵蓝心中并没有感到慌乱，仅仅是因为这些遭遇而感到有些疑惑而已。依言而行，一名女警走过来用一副手铐将赵蓝铐住了，然后便和另外一名女警一同押着赵蓝，顺着另一处电梯下了楼，然后将赵蓝塞到警车里一溜烟地开走了。

此刻，在距离这处大楼几千米远的地方，那名曾经和赵蓝同乘一台电梯的年轻美女正坐在一台显示屏幕前紧紧地盯着。那台显示屏幕被划分为几十个小窗口，每一个小窗口都代表着一个位于不同位置的监控摄录设备。在这名年轻女人的注视下，赵蓝的身影不断地从一个窗口转移到另一个窗口，最终，在赵蓝被押上警车的时候，她大声叫了起来："快看快看，赵蓝被警察抓走了！我们的计划终于成功了！周晓明！克鲁斯！你们两个快来看！"

伴随着她的叫喊，一名戴着眼镜、略显瘦弱、看起来无精打采，似乎连续几天没有睡觉的矮小年轻男人凑了过来，只看了显示屏幕一眼就转过头去，满是不屑地说道："我们冒险者小组亲自出手去对付一个胸大无脑的科学家白痴怎么会失手？倒是安丽雅你，连转移一下赃物都做不好，将芯片塞到赵蓝口袋里的时候还差一点被她发现，依我看，你真该加强一下训练了。"

"周晓明，你是在嘲笑我吗？"安丽雅眯起了眼睛，伸出纤细洁白如玉的手臂抓住了这个名叫周晓明的瘦弱男人胸口的衣服，稍微一用力竟然将周晓明整个儿提了起来："还有，胸大无脑，你是在说谁？我的胸难道比赵蓝要小么？你是在说我没有脑子么？"

周晓明被憋得不断咳嗽不断挣扎，却始终无法挣脱安丽雅那看似纤细柔弱的手臂的掌握："安……安丽雅！你不要忘了，上一次我专门为你开发了一套自拍软件之后，你已经答应不再对我使用暴力了！你……你不能违背你的诺言！"

安丽雅仍旧维持着笑眯眯的表情，声音却充满调侃："诺言是你们男人的事情，有谁会去要求一名美丽温柔可爱的女士来遵守诺言呢？克鲁斯，你说是不是？"

克鲁斯是一名脑袋已经半秃、看起来十分普通的胖乎乎的中年男人。此刻他也凑在显示屏前观看着赵蓝被警察带走的画面，手中却在不断把玩着一颗小石子。那只是一颗普通的小石子，却在他手中被玩出了万千复杂至极的花样，在他十根手指灵活的操控之下，那颗小石子简直就像是拥有了自己的生命一般。

"不要问我，这和我没有关系。"面对安丽雅的询问，克鲁斯十分明智地选择了中立，"不过，我认为你应该暂时放下周晓明，让他继续去操作他那台破电脑。否则的话，我们对警方监控系统的入侵很可能会被发现。"

安丽雅随手放下周晓明，周晓明一脸晦气地迅速逃离了安丽雅身边。安丽雅拍了拍手，对着克鲁斯说道："我的大机械专家，克鲁斯先生，请问您将我的丽雅号飞车改装好了吗？如果您还是没有将它改装好的话，我不介意将您当成哑铃来举一百下哟。"

克鲁斯立刻回答道："马上就好，马上就好。我还有一个零件没有制作好，等我做好了这个零件安装在你的飞车之上，我保证，只要你一踩油门，你的飞车甚至能直接挣脱地球引力冲到太空中去。"

"那我的音响……"

"我知道，我知道！放心，音响系统不会受到任何影响，你喜欢的那种血腥暴力风格的音乐一定会在经过我特意改装的音响系统之下最完美地呈现出来！"

"那就好。"安丽雅满意地点了点头，克鲁斯如蒙大赦，也迅速逃离了安丽雅身边，重新跑到自己的工作台旁边忙碌去了。

安丽雅取出一把指甲刀，一边漫不经心地修剪着自己那本就整齐的指甲，一边通过不同的监控窗口看着关押赵蓝的那辆警车飞驰的画面，一边说道："老大已经好几个月没有和我们联系了呢，不知道老大跑到哪里去了，没有我的贴身保护，不知道他现在有没有遇到危险。唉，整天待在这冒险者拯救组织里面混日子，整天面对那些白痴到了极点的木星冒险者，真是太没有意思了。"

"老大是谁？老大可是地球第一传奇人物李云帆，他怎么可能会遇到危险？"周晓明说道，"就算是地球炸了，恐怕老大都能好好地活着。"

"不知道老大什么时候才能回来。"克鲁斯叹息道，"没了老大这个队长，我们这冒险者小队总感觉少了点什么。话说老大自几个月前消失后就再也没有给我们指派过任务了，想我克鲁斯身为不世出的机械天才，现在竟然靠改装一辆烂飞车来混日子，这真是对我生命的极大浪费。"

"你如果敢再说一句我的丽雅号飞车烂的话，我不介意让你体验一把被当哑铃的滋味。"安丽雅脸上的笑容愈发地绚烂，克鲁斯则立刻噤若寒蝉，闭上了嘴巴。

"哟，快看快看，赵蓝这家伙被押进警察局了，唔，现在进了审讯室了。哈哈，敢骚扰我们冒险者小队，这就是你的下场！不好好地整蛊你一次，我怎么能出得了心中这口恶气。"

画面之中，一脸茫然的赵蓝被押到了戒备森严的审讯室中，安丽雅脸上的笑容更加灿烂了。

"我说安丽雅……"周晓明的双手不断在键盘之上跳动着，"赵蓝好歹也是我们人类英雄赵华生的后代，那次对我们冒险者拯救组织发送的空白信息说不定只是无心之失，你犯得着这样大张旗鼓地去整蛊她么？"

"无心之失？无心之失能将老大的飞船名字和飞船编号都说对？"安丽雅冷哼道，"若是单纯地传递假信息也就罢了，反正这样的人我们见得多了。可赵蓝这家伙竟然拿老大的远望号飞船编号来糊弄我们，害得我真以为老大出了危险，在信号源那搜索又搜不到信号，让我白白担心了好几天时间……好吧好吧，知道你怜香惜玉，舍不得这么个大美人受苦，我保证，最多只整蛊她三天时间。三天之后就将真实录像视频泄露给警察那帮蠢货知道，到时候那帮蠢货自然知道自己抓错了人，赵蓝就会被放出来的。"

"快！周晓明你给我快一点，能不能把视频精度调一下？声音呢？怎么听不到声音？"安丽雅忽然间大叫了起来，"警察开始审讯赵蓝了！现在赵蓝的表情一定很精彩！"

"已经是最高精度了，这是硬件问题，没法调整。"周晓明满是无奈地说着，"声音也没法弄，不过警察审讯犯人都会留下声音和视频记录，等过一段时间我入侵一下警方数据库，将这记录调出来给你看好了。"

此刻，警察局中，赵蓝满脸茫然地坐在审讯椅之上，感觉自己面前的这名警察说的话语就像是外星语言一般。

"赵蓝，女，现年二十五岁，毕业于中央首府大学天体物理系专业，目前在中央科学院某下属研究所工作，是人类英雄赵华生的后人……"赵蓝面前那名年轻警察十分刻板地念出了这段话，"今天上午，通过某些手段进入'天宏集团'某高管位于华星大厦的住处盗窃记录着机密商业信息的芯片并得手，在试图逃离的过程中不小心触发警报最终被捕……赵蓝，对以上信息，你可有异议？"

赵蓝感觉自己的眼睛简直快要冒出小星星了。赵蓝可以保证，自己完全不知道这到底是怎么回事，自己分明只是随意走到了一处商业大厦中准备逛商场的，却莫名其妙地被婴儿哭声引到了一个房间里，然后自己就莫名其妙地被捕了。

"我有异议。"赵蓝叫道，"我要求见我的律师，由我的律师来和你们交涉。"

"可以。聘请律师来为自己辩护是你的权利。"那名警察说道，"不过赵蓝，你要考虑清楚，你真的打算拒绝承认罪名吗？你要知道，我们有完备的证据来证明你的罪行。"

"证据？"赵蓝叫道，"我都不知道你们说的到底是什么。"

"那么你如何解释这个东西？！"那名警察严厉地拍了拍桌子，指了指被装在证物袋中的那枚芯片，"这枚芯片中满是天宏集团内部的机密信息，它为什么会出现在你的口袋里？还有，监控视频完整地拍下了你的所有动作，从你进入到专用电梯中的那一刻起，你的所有行为就全部被记录了下来。"

"这不可能。"赵蓝叫道，"我明明只想去逛一逛商场的。"

"这台专用电梯只在十八点到八点之间提供前往三十五楼的传送服务，我们察觉到在上午十一点的时候它的软件数据遭到了篡改，然后你就在十一点左右乘坐它来到了原本无法到达的三十五楼。我们还发现，那名集团高管的专用加密门禁同样受到了破坏，我们拍摄到了你进入民宅的全部过程。"

"可是一楼的指示牌上明明写着三十五楼是商场的。而且，我是听到了婴儿哭声才进入到那间房间，在察觉到婴儿哭声是从一台录音机中发出来的之后，我立刻就离开了那间房子。"赵蓝继续叫道。

"是吗？"警察眯了眯眼睛，然后切换出了一幅画面给赵蓝看。赵蓝看到，那张明明写有"三十五楼商场"的指示牌不知道为什么变成了"十五楼商场"。

"这一点你怎么解释？"警察继续说道，"还有，我们确实在那里发现了这台录音机……可是经过我们的专家分析，它在过去二十四小时完全没有被使用过的痕迹，储存空间中也没有关于婴儿哭声的数据。你所说的一切都是不成立的，没有任何证据支持。你自己好好考虑一下要不要认罪吧。你的律师会在三个小时后到达这里，或许，你的律师会从量刑时间长短方面给你一些专业建议。"

此刻的赵蓝已经彻底无语了。她根本就不知道在自己身上到底发生了什么事情，也不知道这些警察到底是从哪里取得的所谓证据，但是有一点她很清晰地认识到了——自己被人陷害了。

赵蓝回想起了自己在电梯中遇到的那个漂亮得有些过分的女人。虽然没有直接的证据，但赵蓝从本能上就感觉，自己被陷害的事情，一定和那个女人有关。

赵蓝是个与世无争的人，在工作中和生活中都一向如此。她的交际圈也极小，除了一些以前的同学和工作中的同事之外基本不认识什么其他的人。赵蓝更是可以确信，自己从来没有得罪过别人，也从来没有和别人有过利益冲突，到底是谁会陷害自己？那个异常漂亮的女人到底是什么人？

赵蓝仔细思考着，李云帆这个名字再一次出现在了赵蓝脑海中。并不是赵蓝在怀疑是李云帆陷害的自己，而是在最近一段时间中，自己生活中唯一的意外便是李云帆这个人了，那么此刻，未知人士对自己的陷害，会不会和李云帆有关？

　　李云帆是某个庞大地下势力的首领，而且学识丰富，智商极高，或许在这件事情上，自己要向李云帆请教一下，借助李云帆的力量来搞清楚这件事情。可是现在赵蓝的通信仪器已经被收走了，就是想联系李云帆也做不到。

　　赵蓝心中暗暗生起了闷气。不过面对这样的事情也没有其他办法，赵蓝现在唯一能做的就是等律师到来，然后再设法联系一零五研究所，让负责人张弘出面来帮自己处理这件事情。

　　审讯赵蓝的警察离开了审讯室，房间中便只剩下了赵蓝一人。不知道等了多长时间，审讯室的门忽然被推开了，但走进来的既不是律师，也不是原先负责审讯赵蓝的警察，而是一个全新的面孔。

　　这是一个十分肥胖、留着大背头的中年男人。他竭力绷着脸试图做出一副严肃的表情，可是脸上的肥肉总是在不受控制地颤抖，一副充满喜感的样子。

　　中年男人用十分严肃的嗓音对着赵蓝说道："我是负责处理此次商业机密盗窃案的警官尼尔松。有几件事情我要提前通知你，赵蓝女士，鉴于你所犯下的罪行，你可能将要面临十到二十年的监禁，并且被处以数额巨大的罚款，你的积蓄可能会被全部没收。同时，你所就职的工作单位可能将你辞退，你所犯下的罪行在社会上公布以后，你'人类英雄赵华生后人'的身份，也会成为对你最大的嘲讽，你甚至会让你的祖先蒙羞。"

　　"我可以认为这是你对我的恐吓吗？"赵蓝冷笑道，"在我的律师到来之前，在法官对我做出最终宣判之前，我拒绝和你交谈。"

尼尔松满是无所谓地说着："就算是恐吓那又如何？你放心，我已经关掉了这里的监控设备，我对你说的一切话，对你做出的一切行为都不会被记录下来。同时，我要告诉你一个不好的消息，现有的证据已经形成了对你罪行指控的完整证据链，就算你不认罪，法官也可以凭借现有证据对你做出宣判，所以就算你请律师来也是没用的。"

赵蓝心中隐隐有了一点不好的预感："你到底想要说什么？"

尼尔松微微笑了一下，走到了赵蓝身前，用居高临下的目光看着赵蓝："我想说的是，你的罪行以及对你的宣判会毁掉你的一切，你的人生、你的名誉、你的工作都会受到影响，你会失去这一切。而我可以帮你解决这些事情。只要你答应我一个小小的条件，我可以和天宏集团的那名高管进行协调，让他改变证词，撤销对你的指控，你的罪名便不会成立，你仍旧会拥有你的一切，你什么都不会失去。"

赵蓝微微皱了皱眉头，然后问道："你的条件？"

赵蓝隐隐感觉这个名叫尼尔松的家伙大概和自己受到陷害这件事情有所牵连。既然如此的话，尼尔松接下来所提的要求很可能便是他们陷害自己的真实目的。只是，自己到底有什么东西值得让人这样大张旗鼓地谋划？

赵蓝的心神渐渐开始紧绷。因为赵蓝感觉到，尼尔松接下来所说的话，大概会将谜题完全解开。

可是尼尔松接下来的动作大大地出乎了赵蓝的预料，尼尔松弯下了他那肥大的身躯，然后用粗短的指头抬起了赵蓝的下巴，声音也开始变得淫靡："只要你答应陪我一晚上。呵呵，人类英雄赵华生的后人，拥有丰富专业知识的天体物理学家，最关键的是长得这么漂亮，我可是对你很感兴趣呢。只需要陪我一晚上，你的所有罪名便会全部洗脱。"

在这一瞬间，赵蓝感觉自己浑身都冒起了鸡皮疙瘩，一种恶寒的感觉瞬间传遍了全身。尼尔森说话间嘴里的气息喷在赵蓝脸上，让赵蓝产生了一种想要呕吐的感觉。赵蓝双目圆睁，猛地一甩头挣脱了尼尔松那摩挲着自己下巴的手指头，一口口水吐在了尼尔松脸上，同时大叫道："你这恶心的家伙！我要告你性骚扰！我要让你身败名裂，让你下半辈子在监狱里度过！"

赵蓝感觉自己快要气炸了。出生二十五年以来，赵蓝什么时候受到过这样的羞辱？现在，一个不知道从什么地方冒出来的恶心家伙，竟然声称要让自己陪他一晚上。在这一瞬间，一向平和的赵蓝甚至有了一种杀人的冲动。

面对赵蓝的唾弃和愤怒，尼尔松却没有生气，他慢条斯理地取出一条手帕，将赵蓝吐在自己脸上的口水擦掉，然后说道："告我？你有什么证据来告我呢？一个秉公办案的警官，以及一个偷窃商业机密的罪犯，你认为法官会相信谁呢？等你过段时间吃到了苦头，你大概会主动过来求我的。赵蓝，祝你好运，我在等着你。"

此刻，安丽雅面前的监控屏幕上一片空白，一旁的周晓明快速敲打着激光键盘，脸上神情有些凝重。只听安丽雅不停催促着："快点，快点，周晓明你快点把监控给我调出来。我只是想整蛊一下赵蓝，可没想着让尼尔松这老色鬼占便宜。周晓明你到底行不行？算了，别弄了，直接把原始监控视频资料交给警方吧，我宣布，对赵蓝的整蛊到此结束。克鲁斯，快点把我的飞车开出来，我亲自到警局那里看一看，有必要的话我会下手直接抢人，你们俩注意做好后方配合……"

话音未落，安丽雅就直接跑到车库中，坐进驾驶室，也不顾飞车的改装还没有完毕，一脚油门踩下去，飞车引擎就爆发出了恐怖的轰鸣声，然后像是一阵风一般飞了出去。

赵蓝仍旧待在审讯室之中，不知道为什么，在尼尔松离开审讯室之后就一直没有人再来理会赵蓝。赵蓝心中又是愤怒又是郁闷，还有一些隐隐的担忧。赵蓝又饿又困，却始终不敢闭上眼睛休息。不知道到了什么时候，一名年轻的警员急匆匆地来到审讯室中，快速打开了对赵蓝的禁锢，对着赵蓝连连鞠躬："赵蓝女士，十分对不起，是我们的工作出现了失误，您的行为已经被证实并不涉及偷窃商业机密罪，在您身上所发现的那枚芯片是其他人栽赃到您身上的，现在我们已经取得了原始视频记录资料，您的嫌疑被洗清了，您现在自由了。"

这转变让赵蓝感到稍微松了一口气，但是仅仅片刻之后，赵蓝心中的愤怒就冒了出来，赵蓝愤怒地拍着桌子，大叫道："工作失误？因为工作失误就将我监禁了这么长时间？还有那个什么尼尔松，刚才他竟然对我进行性骚扰！我一定会告你们，不将尼尔松绳之以法，不赔偿我的损失，这件事情一定没完！"

赵蓝从来没有像现在这样愤怒过，也没有像现在这样委屈过。赵蓝的生活虽然不能说是顺风顺水，但也一直风平浪静到现在，哪里遇到过这样的事情？

"对不起，赵蓝女士，我们警局内部已经在商讨对您的后续赔偿事宜，等事情一有结果就会立刻通知您。您控告尼尔松警官对您实施了性骚扰？那请您来做一下记录，我们会对这件事情展开调查……"

赵蓝又在警局之中耽误了差不多一个小时才最终离开。在踏出警局大门，再一次呼吸到外面空气的时候，赵蓝甚至有一种两世为人的感觉。

刚走了没有几步，一个满是阴森意味的声音从身后传了过来：

"赵蓝小姐，这么着急走吗？不如一起吃顿饭怎么样？"

赵蓝被尼尔松的轻佻话语气得几乎要疯掉，脸上却慢慢挂上了笑容。赵蓝走向尼尔松，伸出手来搭在了尼尔松的肩上，尼尔松笑着也伸出手来，想要搭到赵蓝的肩上，手刚刚伸出，赵蓝忽然抬起了腿，膝盖狠狠地击中了尼尔松双腿之间那个部位。

尼尔松嘴中发出凄惨到不似人声的呼叫，他捂着受到赵蓝膝盖撞击的部位，一边号叫一边在地上打滚。一辆通体火红的飞车从天而降，停在赵蓝面前，车门打开，一条纤细洁白如玉的胳膊伸出，一把抓住了赵蓝的肩膀，将赵蓝拉进车内，然后车门迅速关上，飞车猛然加速，一瞬间就离开了这里。

过了好一会儿赵蓝才回过神来，转头看到了驾驶位上那个漂亮到有些过分的女人。刹那间，回忆如同潮水般涌来，赵蓝心中再一次冒出了怒火："是你！是你陷害了我，让我被抓到了警局！你到底是谁？！你为什么要陷害我？！"

面对赵蓝的怒火，安丽雅自知理亏，只是大喊道："喂！喂！我正在开车，你安静一点，一会我再告诉你！"

这辆火红色的飞车终于降落在了地面之上，车门打开，安丽雅抓住赵蓝的肩膀一甩，于是赵蓝又从飞车中回到了地面上。飞车中飘出安丽雅的声音："赵蓝，对不起了，我已经帮你甩开了尼尔松那老色鬼，我先走了。如果我们有机会再见面的话，我再来向你解释这其中的误会吧……"然后飞车车门迅速关闭，像是逃难一般一溜烟飞走了。

"见鬼！"赵蓝气得浑身发抖。

赵蓝几乎要被今天这一连串的事情搞到神经错乱了。也就在一瞬间，赵蓝终于下定了决心："地球已经不适合我生存了，我还是回到火星上去住吧。"

赵蓝以最快的速度来到了磁悬浮车站，乘坐列车返回了首都市，然后又以最快的速度来到了空天交互基地中。赵蓝的朋友已经提前带着赵蓝所需要的仪器等候在这里了，于是赵蓝便在简短的寒暄之后，逃难似的乘坐太空电梯返回了地球港。

　　进入新希尔维雅号飞船，关上飞船舱门，将飞船的防撞击、防辐射等保护层的功率开启到最大，赵蓝这才感觉稍微松了一口气。

　　这段时间的经历简直就像噩梦一般，事到如今赵蓝都不知道那个漂亮的女人到底是什么身份。但现在的赵蓝已经不愿意再去想这件事情了，赵蓝想离开地球返回一零五研究所或者回到火星的华生市，赵蓝想，只要逃离了地球，这些古怪的事情大概就会远离自己而去。

　　更何况自己还有重要的事情要去做。那是关系到整个人类文明命运的重大事件，这才是需要赵蓝全力以赴去做的事情。

　　平复了自己心中的各种情绪，赵蓝终于冷静了下来，决定仍旧按照原计划行事：先去计算之中的罗巴切夫斯基空间验证一下那份资料的真实性，然后就返回一零五研究所。

　　期待已久的地球度假就这样草草结束，赵蓝不仅没能放松身体或精神，反而收获了噩梦一般的经历。随着新希尔维雅号飞船缓缓离开地球港，身后的巨大蓝色星球逐渐缩小并最终失去了所有表面细节，赵蓝的思绪才真正平复下来。

　　"我已经在前往罗巴切夫斯基空间的路上了，预计三天后到达预定地点。"赵蓝再一次对李云帆发送出了信息，"你那边情况如何？"

　　"我这边的情况仍旧是那样。幸亏你的飞船中常备着可以支撑许久的燃料和生存物资，我现在生活还不错，就是这里什么都没有，实在是太过无聊了一些。"

赵蓝没好气地回答道："你就知足吧，吃着我储备的食物，住着我的飞船，还敢抱怨那里无聊。"

　　"因为确实很无聊啊……"李云帆感叹道，"而且，你为什么这么偏爱甜食？你不感觉你所储备的食物中，糕点类和高含糖类的食物太多了吗？你为什么没有储备一些辣椒？你知道吗？我现在感觉就算喝水也总是有一种让人感到恶心的甜味。"

　　赵蓝柳眉倒竖，毫不客气地开口训斥道："你爱吃不吃，不想吃甜食就饿死好了！"

　　"你今天的情绪似乎有些不对劲，我的经验告诉我，你在地球上一定遇到了事情。"李云帆的声音仍旧懒洋洋的，"不如你给我讲讲，或许我可以给你一些帮助。"

　　李云帆似乎永远不会生气，无论赵蓝用什么语气来和他说话，他的回复始终带着一种慵懒的味道，但却又蕴含着一种让人心安的力量，似乎李云帆这个人天生就是一个领导者，天生就有让人信任的能力。

　　赵蓝强自镇定地将自己今天的遭遇一五一十地说了出来。当赵蓝愤愤不平地将事情讲述完毕，并为那个漂亮的女人送上了又一个"神经病"的评语之后，回复赵蓝的，却是李云帆那有些怪异和压抑的笑声。

　　"你笑什么笑？"赵蓝问道。

　　"唔，咳咳……没事，没事。"李云帆满是笑意地说着，"我想我大概知道那些捉弄你的人是谁，以及为什么要捉弄你了。"

　　"哦？他们是谁？为什么要捉弄我？"赵蓝立刻急切地问道。

　　"你还记不记得你被冒险者拯救组织加入黑名单的事？"李云帆笑着说道，"捉弄你的那个人一定就是我的小队中的一名成员，安丽雅。我的小队还有另外两人，周晓明和克鲁斯。安丽雅拥有十分强悍的武术造诣，并且精通各种枪械和武器的使用，曾经一个人干掉了超过五十名训练有素的黑帮暴徒。克鲁斯是机械专家，大到一艘货运飞船，小到一个电动剃须刀，没有克鲁斯搞不定的机械。周晓明则是计算机专家，只要连接着网络，我敢说这世界上没有周晓明入侵不了的系统。这三人就是我的冒险者小队的成员，而我，则是冒险者小队的队长，李云帆，心理学家、物理学家、画家、偷窃专家等。

"这三人在我的组织中地位仅次于我，比负责整个基地运转的罗德里格斯地位还要高。他们不担任日常的行政工作，只在我发布命令的时候才会和我一起执行任务。而在其他的日子里，他们就会在冒险者拯救组织中混日子。没错，冒险者拯救组织也是我创建的，它名义上是为了帮助那些在木星探险途中迷失的冒险者，实际上，它是我展开木星探索的地球基地，负责为远在木星的我提供信息和情报支援。

"事情一定是这样的：你将我那条包含着我的专用飞船编号的求助信息发送到冒险者拯救组织时，恰好被这三人收到，这三人看到了我的飞船编号和求救信息非常紧张，但却又因为你的飞船设定了隐藏和频道加密机制的缘故，他们无法直接接收到我的信息，所以，他们大概认为你是在恶作剧，并且是有预谋的恶作剧。我敢肯定他们对你进行了身份调查，确定你没有威胁之后，为了出一下被耍的怨气，所以就小小地整蛊了你一下。

至于你在警局中被那个尼尔松调戏，这就完全是意外事件了，他们三人也没有预料到这一点。所以在察觉到你处于危险中的时候，他们立刻就停止了整蛊行为，并且将你从那里捞了出来。"

"这样说来，我反而要感谢他们了？"赵蓝冷笑道。

"感谢倒不必了，不过我可以保证，他们其实是没有恶意的。不如这样吧，我让他们向你当面道歉如何？如果你仍旧不满意，我让他们去找那个尼尔松的麻烦，要生要死就看你一句话。"

李云帆的话中满是无所谓，但正是这无所谓让赵蓝感到有些心惊。不管怎么说，那毕竟是一条人命，而李云帆很显然并不认为一条人命算是什么大事。

赵蓝以往并没有接触过这样的情景。虽然心中愤怒，但赵蓝毕竟是一个平和的人，于是便说道："算了……那个尼尔松虽然可恶，但是动不动就要人性命什么的太血腥了，把他从警官的职位上搞下来，不要让他再去祸害更多的人也就可以了。"

"很好。"李云帆大笑着说道，"赵蓝，你总是对这个世界充满善意吗？就算别人那样冒犯你，你也总是在努力克制自己吗？你这种性格虽然好，却很容易吃亏的哦。"

"那是我的事情，不关你事。"赵蓝没好气地说道，"我一般都在研究所待着，哪里像你的交际圈那样混乱。我安安心心做我自己的研究，一般也不出去，难道别人还能主动跑到研究所去欺负我？"

李云帆说道："好吧，就按你说的办。你将以下暗语附带上你的要求发送到以下这个网络地址，你的事情自然有人替你去办。"

第五章　罗巴切夫斯基空间

赵蓝的新希尔维雅号飞船已经在苍茫宇宙中航行了三天。在这三天时间中，李云帆又给赵蓝发送了一些关于他所在的那个空旷宇宙的观测信息。因为李云帆所乘坐的那艘飞船并不是专业的科考飞船，这些发送过来的信息并不完备也不精确，但就算如此，也足以让赵蓝感到心中沉重。

那个宇宙真的太可怕了。一片死水，一片空旷。赵蓝甚至怀疑那个宇宙中是否有"时间"这个概念。时间是描述物质运动的一个物理量，没有物质，自然也就没有时间，或者说时间并没有意义。对于那个宇宙来说，一万年、一亿年的时间没有任何差别。而李云帆所乘坐的那艘飞船竟然可以维持时间的正常流逝，这才是最让赵蓝感到不可思议的事情。

而且，它似乎也并没有受到熵增或能量流失的困扰。一个空旷的宇宙拥有固定的熵值，而物质按照某种规律排列的一艘宇宙飞船毫无疑问拥有较低的熵值。按照宇宙学规律来说，飞船的物质会倾向于发散，最终完全均匀地遍布到整个宇宙中去。虽然按照现有宇宙学理论来说这个时间会很长，但那并不是正常的宇宙，谁知道在那个宇宙中会有怎样奇怪的物理定律。

在那里一切都是未知的，同时，一切也都是危险的。李云帆的性命可以说随时处在危险中。但就算如此，李云帆却仍旧维持着正常的心理和情绪，丝毫不受到环境的影响，这才是最让赵蓝佩服的地方。

有时候赵蓝甚至会产生这样的想法："如果这一次星辰之灾是真的，如果人类文明真的会面临生死危机的威胁，说不定真的要依靠李云帆才能渡过这一次危机，李云帆说不定真的可以像我的先祖赵华生那样力挽狂澜。"

经过三天的航行之后，赵蓝距离计算之中那个罗巴切夫斯基空间点还有不足一百万千米的距离。在和李云帆最后确认了一些事情之后，赵蓝将飞船设定成自动航行模式，然后离开了驾驶位，来到了控制舱，准备操纵那些最为精密的观测仪器开始进行测量。

光学仪器首先在处在真空环境中的平整幕布之上投射出一个圆，并将这个圆的周长数据储存在了仪器之中，赵蓝则操纵着观测仪器测量这个圆的直径。在得到直径数据之后，赵蓝将周长和直径相除，就得到了一连串的数据。

"三点一四一五九二六五七……"赵蓝默默地念着这串数字。这一串数字赵蓝很熟悉，事实上，早在十几年前，赵蓝便已经记住了这一串数字小数点之后一到一千位的所有数字。赵蓝通过程序将这一连串数字和通过数学计算得出的精准圆周率数字对比了一遍，得出了结论：该仪器对圆周率的测量精度高达小数点之后三十万位。

因为这一串数字和标准圆周率前三十万位数字完全一致，在三十万位之后才产生了一点略微的差异。这就表明，这台仪器的测量数据中，至少前三十万位是正确的。

赵蓝改变了光学仪器投射出来的圆的大小，反复测量了几次，最终确认了这一点。将精度确定之后，赵蓝便不再操作，而是开始了等待。

飞船仍旧行驶着。因为飞船正在不断减速，所以耗费了足足八个小时的时间才行驶完这最后一百万千米的距离，然后飞船就维持着和太阳相对静止的状态停在了这里。

赵蓝的视线透过舷窗仍旧可以看到满天的繁星，看到远处明亮的太阳，以及太阳旁边那个微微泛着蓝光的星球。飞船在这里正常地工作着，导航仪和陀螺仪也同样正常工作着，没有一点异常。

但赵蓝知道这里是不寻常的。因为数学模型计算表明这里一定和别处不同。如果这里是正常空间的话，那么就意味着是数学计算过程出错了，而赵蓝认为那样的事情不可能发生。

赵蓝深吸了一口气，操纵着光学仪器在真空环境中再一次将一个圆映照了出来，然后用测量仪器再一次对它展开了测量。两个数字很快得出，并被输入到计算程序中开始计算，很快，那个数字就延伸出了几十万位，并且仍旧在快速延伸着。

这台仪器的测量精度是三十万位，所以太多的位数完全没有必要。赵蓝停止了计算过程，然后通过程序将这一次得出的圆周率数据输入到比对程序之中。程序仅仅运行了一刹那就将运算结果呈现出来。

——在这一处罗巴切夫斯基空间中测量到的圆周率数据和之前在欧几里得空间中测量到的圆周率数据前二十三万七千六百八十四位完全一致，在二十三万七千六百八十五位则产生了偏差，标准空间之中测量到的数据是四，而在这里测量到的数字却是六。

赵蓝已经知道，这台仪器的测量精度是三十万位。也就是说，这两串不同的数字前三十万位都是准确的，但它们却互不相同，这就只能证明是空间产生了变化。在这里存在着空间的某些扭曲或者不平，正是空间的这种变化导致了圆周率的变化。

一次测量的结果可能有些不精确，于是赵蓝又反复进行了几十次测量。可是每一次测量得出的结果都完全相同，那个位数之上的数字每一次都是六。

赵蓝轻轻地吐出一口气，停止了测量，将这些运算数据全部存储到了计算机之中。事情发展到现在，李云帆所说的一切都已经得到了证实，并且真实情况要比李云帆所说的还要恶劣一些。

空间曲率的增大似乎正在加速。空间曲率越大，星辰消失的速度就越快，地球向那个空旷宇宙中坠落的速度便越快。这对于人类文明来说很明显不是好事。

赵蓝心中有了一点紧迫感。

"我已经测量完毕了。"赵蓝低声说道，"你的话得到了证实。地球周围，或者说太阳系中的空间确实产生了变化，地球……确实正在向那个空旷宇宙之中坠落。"

测量结果出现之前，赵蓝在心中祈祷这一切不要发生。赵蓝宁愿这些经历仅仅是自己受到了李云帆和他的组织的欺骗，也不愿意这一切是真的。因为欺骗只针对自己一人，而如果星辰之灾是真的，它所影响的是全人类。

现在，赵蓝心中所有的希望终于完全破灭。最残酷的真相已经呈现在了赵蓝面前。

李云帆的回复在通信延时之后到达，声音仍旧懒洋洋的："现在你终于相信我了？"

李云帆话语之中的慵懒终于消失，取而代之的是如同钢铁一般的坚定："赵蓝，你要相信我们人类文明的潜力是无限的。在太阳危机之中，你的先祖赵华生是英雄，而在这一次危机之中，也一定会有可以比肩赵华生的英雄出现。"

李云帆话中的强大自信和坚定让赵蓝的情绪平复了下来。赵蓝低声说道:"我现在就返回一零五研究所,将这些情况向全人类的科学家公布。相信在全人类的努力之下,我们一定会找到解决问题的办法的。"

"你们的研究结论不要忘了和我共享。"李云帆说道,"我现在并没有进行科研的能力,但我想,只要有数据和资料的支撑,我的大脑还是可以为人类做出一点贡献的。"

确定了共享研究资料之后,赵蓝继续问道:"李云帆,以你的判断,以现有这些已知条件作为推导的话,你认为,采用什么样的办法才可以将这一次危机终结掉?"

"我推测,终结这一次危机的关键点是能量。"李云帆说道,"我认为海山二的爆发和此次星辰之灾的出现不可能没有关系。有极大的可能是海山二的爆发能量最终导致了这次危机的出现。这就意味着,能量是可以对空间产生影响的,虽然现在的我们暂时还不知道空间和能量之间相互作用的具体机制是什么。但只要能量可以对空间产生作用,海山二的爆发能量既然可以让空间坠落,那么理论上就有另外一种类型和强度的能量让空间恢复正常。"

"那种能量一定很庞大。很明显,氢弹爆炸级别的能量是不够的。"赵蓝低声说道。

此时距离氢弹被发明已经有了数百年的时间,但氢弹仍旧是人类文明中威力最强大的武器。而氢弹的能量不可能和整个太阳系所接收到的、也是引发了此次星辰之灾的海山二的爆发能量相比。这两者根本不是一个数量级的。

从广义上来说,氢弹这种武器是没有当量上限的,一亿吨当量或者十亿吨当量的氢弹都可能被造出来。只要氢弹的当量足够大,人类就可以掌握到足够高的能量,但实际情况却不是这样。

氢弹通过核聚变释放能量，从这方面来看，太阳其实也只是一颗大号的氢弹而已，只不过太阳的核聚变燃料并不会在短时间内将能量全部释放出来，它会在长达近百亿年的时间之中缓慢完成这一过程。而太大当量的氢弹同样面临这样的问题。如果当量太过巨大，它就无法在短时间内将能量全部释放出来，而是会展开和太阳类似的缓慢燃烧过程。这样的话，当量太过巨大的氢弹就失去了它的意义。

　　对于赵蓝的话，李云帆表示了赞同："确实是这样，氢弹爆炸的能量级别确实不够。不过这并不意味着我们陷入了绝路。我们现在想不到办法，不代表别人也找不到办法。说不定我们最后发现根本不需要那么高级别的能量就可以解决问题呢。"

　　"希望如此吧。"赵蓝的情绪有些低落，"我要尽快返回一零五基地，人类文明的注意力早一点放到这件事情上，我们获得胜利的希望就大一点。"

　　测量已经结束，赵蓝也获取到了自己想要的资料和数据，于是她便将新希尔维雅号飞船设定好了航线，开始向一零五研究所出发。

　　向研究所负责人张弘办理了销假手续后，赵蓝将自己早就准备好的资料递给了张弘："张所长，在我度假的这段时间偶然发现了一些东西，我想我大概已经找到了那些星辰异常消失现象的原因。"

　　张弘神色一紧，从赵蓝手中接过资料快速浏览起来。张弘用了大概半个小时的时间看完资料，然后又用了大概半个小时的时间思考。

　　终于，张弘问道："这上面的一切资料和数据你都经过验证了吗？"

　　赵蓝点了点头："我已经在我力所能及的范围内验证过了。当然，如果可以动用研究所的力量，用更加精密的仪器和更强大的计算能力再对这些数据加以验证那就更好了。这毕竟是关系到我们全人类的大事，由不得疏忽。"

张弘将这份资料放到桌子上，站起身来，背着手踱着步子走到窗户前，看着窗外漆黑的星空，良久无语。半晌，张弘才说道："赵蓝，你知道吗……在你度假的这短短几天里，异常消失天体的数量已经从不足一千个上升到了超过十万个。和地球最近的一个异常消失天体距离我们只有不足一亿光年，可是研究所对于该现象的研究仍旧没有一点进展。我们每一个人都知道，灾难的进程正在加快。我们每一个人都被无奈和恐惧等负面情绪笼罩着。赵蓝，感谢你做出的这些贡献，你所提供的这份资料很可能改变整个人类文明的命运。虽然这份资料揭示的真相是如此残酷，但真相就是真相。"

面对张弘的话，赵蓝不知道该说些什么好。因为她心中十分清楚，自己不过是担任了一个搬运工的职责而已，自己并不是真正的发现者。但又因为和李云帆有约在先，不能暴露秘密基地，所以虽然心中不安，赵蓝也只好将这些夸奖承受了下来。

张弘拍了拍赵蓝的肩膀："我会立刻动用研究所的力量进行验证，验证通过后我会立刻将它提交到中央科学院，公布给全人类的科学家来评审。你先去工作吧，我会随时和你保持联系。"

赵蓝如蒙大赦，立刻离开了张弘的办公室。

几天时间匆匆而过。这段时间中，研究所内部对赵蓝提交的资料进行了数次评估，各领域的科研人员全都参与了讨论，极大地丰富了资料细节。同时，张弘动用研究所内的先进科研仪器，以及人类文明最强大计算机百分之三十的计算份额对那些数据和模型进行验算，终于将这份资料敲定下来，提交到了中央科学院。

由李云帆所带领的那个科学家团队毫无疑问是很优秀的，但他们所拟定出来的资料仍旧有些粗糙，就像是一棵大树只有主干而没有枝叶。一零五研究所的工作人员从数学结构、高能物理、极超新星爆发、翘曲空间、引力场、磁力场及宇宙高能射线等方面对这份资料做出了极为详尽的补充，将这份资料的页数由三十页扩充到了二百多页。这还仅仅是一个研究所的工作，赵蓝知道，在这份资料被提交到中央科学院，接受全人类范围内所有杰出科学家的补充和研究之后，它的页数至少还会再翻上十倍。宇宙环境中每一个最微小因素所可能对罗巴切夫斯基空间造成的影响都会被考虑到，人类文明会在综合了一切因素和情报之后再来试图寻求解决问题的办法。

这不是某一个团队、某一个基地或某一个研究所可以完成的工作。就算以李云帆的能力，她也不敢说自己可以完成这一份工作的万分之一。

时间悄悄度过。将这份资料提交到中央科学院后，一零五研究所的工作内容又变成了单纯的统计和记录每天新消失的星体。因为异常消失的天体数量实在太多，研究所的工作人员索性开发了一套自动记录软件记录新获取到的数据。

在这短短不到半个月的时间之内，数据便由十万余个暴涨到了数百万个。天体异常消失的速度正在加快，赵蓝知道，这意味着地球坠落的速度也在加快。

一天，张弘通知赵蓝，中央科学院已经对资料初步审核完毕，即将召开一场集合了全人类各学科各行业专业人才的大会，他和赵蓝都在被邀请之列。会议在五天之后开始，赵蓝和张弘两人不敢怠慢，简单交接完工作之后便一同搭乘赵蓝的新希尔维雅号飞船踏上了返回地球的路途。

会议在首都市中央政府一处大礼堂中举行。与会者囊括了人类社会中所有举足轻重的人物，不仅有各学科的科学家、政府要员，就连人类文明的元首都亲自参加了这次会议。与会者总数超过了两千人。

在元首致开幕词之后，第一个被会议主持者邀请到主席台发言的人便是赵蓝。第一次经历这样的场合，她的心中有些激动，同时也有些惭愧。激动是因为在科学界中赵蓝毫无疑问是一个后辈，参加这样高规格的会议还是第一次，以一名科学界后辈的身份竟然也可以得到这样的待遇；惭愧则是因为赵蓝知道这一切成果其实是李云帆和隐藏在他基地中的那些游离在主流科学界之外的科学家团队做出的，自己不过是顶了一个虚名而已。

"我并不是贪慕虚荣之辈，如果有一天你们可以站在阳光下，我一定会将这一切荣誉还给你们的。"赵蓝默默想着。

站在聚光灯下，站在话筒前，面对着大礼堂中两千多双眼睛，赵蓝平复了一下自己激动的心情，开始了讲话："大家好，我是来自一零五研究所的研究员赵蓝。几个月前，我观测到了第一例天体异常消失事件，那是一个距离我们八十多亿光年远的遥远类星体。上一刻它还好好地存在于我的望远镜视野之中，可是下一刻，它就消失了。

"为此我向中央科学院提交了观测报告，然后我得知星体异常消失现象并不是孤例。在其后几个月时间中，异常消失星体的数量迅速攀升到了数百万个。一开始我们并不知道这意味着什么，但是在一个偶然的机会之下，我发现我们地球周围的某一处空间中，圆周率的数值和我们计算出来的圆周率数值并不相同……"

赵蓝用了十几分钟时间简略讲述了事情的经过以及自己的发现，然后用虚拟动画的形式向所有与会人员讲解了罗巴切夫斯基空间以及空间弯曲、地球坠落等相关事件。

大部分与会科学家其实并不知道此次事件。他们昨天还在遍布内太阳系及地球表面的各个空间站、研究所进行着各自的工作，在接到紧急通知前来参加这次会议之后，突然得到了如此重磅的消息，得知了地球很可能在一段时间之后坠落到另一个宇宙。

"依据对空间曲率的计算，我们推测，如果没有意外，地球将在不到五年时间之后完全脱离现在这个宇宙，完全进入到另外一个陌生的空间之中。届时，我们夜空中的星辰会完全消失，一颗不剩，甚至连太阳都会消失——因为计算结果显示，太阳并不会一同坠入那个陌生空间。至于那个空间里面到底有什么东西，是什么样的环境，我们一无所知。但是我们几乎可以肯定，在那个陌生空间中，并不会有一颗恰好处于平稳状态的恒星正在合适的距离上等着我们。"

因为无法泄露李云帆相关事情的缘故，赵蓝并没有说出那个空旷宇宙的事情。

"而这，对于我们人类文明来说毫无疑问是灭顶之灾。我们最大也是最幸运的可能是坠落到一处空旷的空间之中，在那个空间中，可能距离我们最近的恒星都在数百万光年之外，没有任何距离我们在十光年量级内的恒星集团可以作为我们发展星际航行手段的跳板。换句话说，我们将被困死在地球上，在耗光地球上的资源之后，我们人类文明就将灭亡。"

有一名科学家举起了手，于是赵蓝停下问道："您有什么问题，请说。"

那名科学家说道："虽然我并不知道此次星辰之灾的详细情况，但通过您的讲述，我仍旧有了一个疑问，那就是，您是如何确定地球即将坠入的那个空间是十分空旷的呢？"

赵蓝回答道："正是因为地球不断向那个陌生空间坠落所以才导致了我们视野之中的星辰消失，而如果那个宇宙中也有众多星体，那些星辰的光芒也应该因为地球的坠落而有一部分到达地球才对。

我们在地球上观测到的变化应该是：一部分旧有的天体消失，另有一部分新的天体出现。而现在我们只观测到了旧有天体消失，却并没有观测到新的天体出现，所以我们基本上可以肯定，那个陌生空间一定是空旷的。另外，我们也没有观测到新的 X 射线源、伽马射线源，或者其他任何波段的新的辐射源出现。这从另一个方面也证明了那个宇宙的空旷。"

这名科学家点了点头，坐下了。紧接着，另外一名科学家举起了手："我之前已经初步接触过此次星辰之灾的内容，我心中一直有一个想法——既然我们已经提前知道了空间的各处曲率并且为此建立了空间模型，那么我们完全可以通过计算找到一个存在于地球附近的、空间平直且不受到周围弯曲环境影响的'点'，在这个点上我们应该可以观测到所有那些在地球视野之中消失的天体才对，不知道您曾经对这个问题做过验证吗？"

"我们做过验证的。"赵蓝点了点头，"验证的结果是，那些所有在地球以及附近看起来消失的星辰，在那个特定的观测点上全部又出现了。这就强有力地证明了我们关于'星体本身并没有发生变故，是地球或地球周围的环境发生了变化所以才无法观测到它们'的观点。同时这次验证也表明，我们关于罗巴切夫斯基空间的模型和计算是完全正确的，它也意味着，我们关于地球将会坠落到陌生空间的预言也是正确的。关于此次验证过程的详细资料，稍后将会随着此次事件的详细介绍分发到在座每一位手中。"

又有一名科学家站了起来："请问，您对于该扭曲空间的形成原因有过研究吗？"

赵蓝回答道："有过，但是完全没有收获。或许是某个路过这里的超级外星文明随手扔出来的一块扭曲空间武器，又或者是因为某些未知的、发生在宇宙中的物理过程形成的一片特殊区域……可能的原因太多了，谁知道到底是怎么回事呢。"

这名科学家坐下，又一名科学家提出了自己的疑问："我注意到，天体异常消失事件的发生时间和恒星海山二的爆发时间几乎重合，请问，关于这两者之间是否存在关联的事情，您有过研究吗？"

"我们有过研究。"赵蓝回答道，"虽然不能确定，但我们认为这两者之间基本上不会是巧合关系，它们之间有极高的几率是因果关系。我们认为最可能的情形是：在太阳系中原本就存在着较小的，且对地球以及太阳系空间没有影响的扭曲空间区域，因为受到海山二爆发所发出的能量的激发或影响，这一块区域才忽然扩大，并最终对地球造成了影响，导致了我们现在的危机。关于高能伽马射线、中微子暴和空间的交互作用的可能，我们将附在详细的研究资料之中稍后一并发送给大家。"

又一名科学家站起来说道："我有一个问题。请问，宇宙中有这么多星球，就连我们太阳系中，矮行星级别以上的都有几十颗之多，为什么偏偏是地球？为什么偏偏是地球要遭受这种厄运？"这名科学家的这个提问让整个会场都陷入了寂静。确实就像他所说的那样，由于罗巴切夫斯基空间的影响而导致整颗星球从宇宙中消失，坠入另外一个陌生的空间，这毫无疑问是一个小概率事件。在人类拥有现代科技的数百年时间以来，人类文明对于这样的事情简直是见所未见、闻所未闻，无法想象。

宇宙中有那么多河系，河系中有那么多恒星系，恒星系中又有那么多行星，为什么偏偏是地球？为什么偏偏是养育了人类文明，并且仍旧在支撑着人类文明生存和发展的地球？难道地球有什么特殊的地方吗？

"我的回答是，这个问题没有意义。"赵蓝叹息道，"在以前的地球时代，人们也会困惑这样的问题——吸烟的人那么多，为什么他们都没有得癌症，偏偏是我这个不吸烟的人得了癌症？假如你拥有一个养鸡场，养着十万只鸡，某天你决定要抓一只鸡宰杀吃掉，那只恰好被你抓住的鸡是不是也会这样想：一共有十万只鸡，为什么偏偏要抓住我？明明只有十万分之一的几率啊……"

"所以你的问题没有意义。"赵蓝说道，"这样的小概率事件无论发生在哪颗星球上，都可以问出为什么偏偏是这一颗。但是它还是会发生的。既然它已经发生了，再去抱怨命运的不公或者运气不好，只会是徒劳。"

那名科学家沉默了一下，对着赵蓝鞠了一躬："多谢您的回答。我只是对人类文明的命运有些感叹而已……就在数百年前，我们才刚刚经历过一次差一点毁灭了我们文明的灾难，如果不是您的先祖赵华生力挽狂澜，说不定我们已经灭绝了。现在，和平时光还没有度过多长时间，就再一次遭遇了这样的事情，人类文明的命运似乎太过坎坷了一些。"

"可是我们又有什么办法呢？与其抱怨命运不公，不如抱怨自身不够强大。"赵蓝有意无意地看了元首一眼，继续说道，"我注意到，从技术层面来说，我们人类文明此刻已经完全拥有了进军木星乃至土星的能力，可是我们迟迟都没有迈出这一步。我们似乎已经满足了我们现在所取得的成就，没有危机，我们便沉浸在了醉生梦死、繁花似锦之中，失去了继续向太空出发的进取心。上一次太阳危机造就了我们人类文明科技的高速发展，这才有了地球港和火星港两座伟大建筑，但这高速发展仅仅维持了一百年的时间便陷入了停滞。现在我们又一次面临了生死危机，不知道这一次我们的科技又会发展多少？"

一抹潮红因为激动出现在了赵蓝脸颊上，这些话语曾经在赵蓝脑海中盘旋了许久，现在终于有机会在这关系到人类文明命运的重要场合上说出来。她不知道说出这些话会给自己带来什么样的后果，她只知道，如果现在不说，自己一定会后悔一生。

"可是我想问，为什么只有等到危机降临的时候我们才开始发愤图强？为什么在往日的和平时光中，在拥有更宽裕的时间、更充足的物资支持的时候不能全力发展科技？如果上一次科技爆发期可以维持三百年时间而不是一百年时间，我们或许早就跨出了太阳系，区区一颗地球的陷落，又何至于能威胁到我们人类文明的根本？"

赵蓝说着转过了身，对着坐在旁边的人类文明元首以及人类文明各部门负责人深深地鞠了一躬，问道："元首，您可以回答我这个问题吗？"

会场之中轰然爆出了议论声，在下方席位坐着的张弘脸上则出现了一抹焦急。张弘很清楚地知道赵蓝的这番话以及这个问题意味着什么，这是在对这一任元首以及前好几任元首的整个施政方针提出质疑，而赵蓝又是什么身份？要知道，赵蓝仅仅是中央科学院下属研究所中的一个普通研究员而已……

"赵蓝啊赵蓝，你的胆子也太大了，真是初生牛犊不畏虎……"张弘在心中满是焦急地感叹着，"在这样的场合当面质疑元首，你……你还真是……"

超过两千名与会者中不乏德高望重的科学界前辈，也不乏对人类文明发展进程有着深刻理解的专家学者。可是在过去两百多年间，在无数耀眼新星升起又随着时间的逝去而陨落的过程中，从来没有一个人对着元首问出这样的问题。

比起赵华生，赵蓝并不杰出。就算在赵蓝所属的学科之中，她也仅仅算是普通而已。如果不是她的运气好，她甚至连第一个发现天体异常消失现象的头衔都捞不到。赵蓝是那样的平凡，可是此刻，在无数杰出者都没有意识到这个问题，或者意识到了这个问题，但因为各种各样的顾虑而没有向整个人类文明的领导者提出的现在，平凡的赵蓝毫不顾忌地将这个问题问了出来。

面对赵蓝的当面质询，元首显得有些尴尬。不仅是元首，坐在元首两侧的各部门负责人也感到有些难堪。元首咳嗽了一声，有些无奈地回答道："我当然知道发展科技的重要性，可是在社会资源有限的情况下，我只能在不同的需求之间做出权衡。民生问题、经济发展动力问题、基础设施建设问题、暴恐分子问题等，都需要消耗很多的社会资源，我无法将那么多的社会资源倾注到科技发展上。"

"那么我想问，在科技维持高速发展的那一百年时间中，您所说的那些问题就不存在吗？事实上，那段时间中所存在的问题只会更多，而绝不会比现在少。那时候太阳危机刚刚结束，百废待兴，社会混乱，各种绝望和悲伤情绪笼罩着整个社会，可是为什么那时候我们就能维持那样快速的科技发展？"面对元首的解释，赵蓝的追问显得凌厉而不留情面。

"现在的情况毕竟和那个时候有所不同，我们不能简单地将不同时期的情况套用。"元首思索了一下，然后做出了回答。

"可是危机的降临不会管这些。"赵蓝紧接着说道，"危机不会管我们有多少理由没有去发展科技，当危机降临的时候，如果我们的科技不够先进，就只有死路一条。在两百年之前我们就登陆了火星，我们最先进飞船的最高航速就已经达到了每秒一百八十千米。可是在两百年之后的现在，我们甚至还没有登录木星，我们最先进飞船的航速甚至还无法达到每秒三百千米！"

面对赵蓝的质问，元首思考了很久，然后起身离开座位，先是对着赵蓝鞠了一躬，然后转身，对着所有在座的科学家又鞠了一躬。

"是我的执政理念出现了错误。"元首十分诚恳地说道，"面对赵蓝女士的质问，我反思了我的过去，然后不得不承认这一点。我总是在追求民生和经济的发展，我虽然也知道科学技术的重要性，但在实际操作中，却总是不由自主地削减科学方面的投入而转投到了其他地方，这导致我对科技发展方面的投入不足，导致我们现在没有足够的科技水平来面对现在的危机，是我的眼光太狭隘了。我不推脱我的过失，我会对我犯下的错误展开深刻的检讨。赵蓝女士，多谢您的提醒。您对我们人类文明的爱心和责任感并不下于您的先祖赵华生。"

说完这段话，元首再次对着所有在座科学家弯下了腰。也就在这一刻，所有科学家，包括主席台之上的所有人全部起立，热烈的掌声几乎要将屋顶都掀起来了。

张弘也在起立鼓掌的行列之中，而且尤其以他鼓掌最为热烈。

张弘知道，在这一刻所有人不仅仅是在为元首鼓掌，同样也是在为赵蓝的勇气而喝彩。如果赵蓝的这一番话可以对元首的施政理念带来一些改变，或者对在座众多科学精英以及政治精英带来一定的影响，长久下去，"科学第一"这个理念必定会深入人心。

人类或许可以依靠运气解决这一次危机，可是好运气不会总是眷顾人类。依靠自身的实力，依靠科技的发展而获取到解决危机、抵御灾难的能力才是王道。

元首双手稍稍下压，平息了会场中的掌声，之后便回到了自己的座位，将主席台重新还给了赵蓝。

赵蓝也重新询问道："大家还有什么问题吗？"

又一名科学家站了起来，询问道："您对于该如何解决这次危机有什么想法吗？"

这一刻，包括元首在内，所有人的目光都聚集到了赵蓝身上，这让赵蓝感觉自己像是在被无数道火焰炙烤一般。赵蓝可以感觉到那些人视线中的期盼，但很遗憾，赵蓝并不知道该如何解决这件事情。

所以赵蓝垂下了头，然后说道："抱歉，我们并没有找到解决此次危机的办法。我们仅仅找到了事情的成因以及探究出了此次危机可能对地球带来的影响。至于该如何渡过这次危机，还仅仅是有一些方向性的想法，具体的办法，还需要借助大家的智慧才能找到。"

"那么请问，方向性的办法是什么？"那名科学家继续问道。

"是能量。"赵蓝毫不犹豫地将自己和李云帆之间讨论的结果说了出来。对于李云帆给出的这个答案，赵蓝也十分赞同，"那一片罗巴切夫斯基空间的成长一定和海山二的爆发有关系，这一点我们之前已经进行了论述。几乎可以确定的是，是来自海山二的能量促成了扭曲空间的发展，那么，应该也存在着某一种类型和强度的能量可以让这一片扭曲空间恢复正常。"

"您认为这一点正确的可能性是多少？"那名科学家继续问道。

赵蓝停顿了一下，然后说道："我认为至少有百分之六十。"

"好的，我没有问题了。"那名科学家说着重新坐下了。

赵蓝再一次环视全场，再一次询问道："大家还有什么问题吗？"

没有人回应。于是赵蓝又问了一遍，仍旧没有人回应。赵蓝便对着会议主持者示意了一下，然后说道："既然大家都没有疑问，那么我的任务也完成了。"

赵蓝走下主席台回到了自己的座位上，元首则走过来代替了赵蓝的位置。

"现在大家都已经清楚了这一次发生在我们身上的危机到底是什么，也都十分清楚我们现在的科技水平。那么，现在我需要大家探讨一下，该如何才能解决这次危机，如何才能拯救我们人类文明的根本。"

人类文明的根本毫无疑问是地球。虽然此刻人类已经在火星上建造了足以容纳几十万人生活的华生市，可是华生市实质上是依靠地球的输血才可以存在的。如果失去了地球的物资供应，单单依靠华生市自身的资源循环，能支持五万人的生存就已经是极限了。虽然现在人类文明的科技比起太阳危机时已经有了长足的进步，可是人类文明在这一次危机中所受到的威胁程度并不比上一次小，如果无法渡过危机，人类文明同样会就此灭亡，不会有第二个结局。

坠落到一个完全陌生的、很有可能空无一物的空间，在经历了资源耗尽、科技倒退、文明和秩序的崩塌之后，在永恒的黑暗之中慢慢死去，要比地球直接爆炸导致全体人类一瞬间死去还要恐怖上一千倍一万倍。

"以我们现有的科技水平要去解析空间是十分困难的，虽然我们有'能量'这个解决问题的大方向，可是要寻找到具体的解决办法却不太可能。"一名科学家站起来说道，"我认为我们或许可以将地球推出这一片罗巴切夫斯基空间，在地球陷入另一个宇宙之前，就让它离开这里。"

"我注意到，最近的一个空间正常的点和地球只有不超过五百万千米的距离，我们只需要改变地球五百万千米距离的轨道就可以了。"这名科学家继续说道，"我们已经掌握了可控核聚变科技，建造规模庞大的星球发动机阵列，推动地球改变轨道，这对于我们来说是完全可以做到的。"

另一名科学家立刻站起来说道："我反对该计划。原因有两点：第一、罗巴切夫斯基空间仍旧处在不断变幻中，现在是正常空间的点，在五年之后可能也受到扭曲空间的侵蚀，我们可能仍旧无法挣脱向其他空间坠落的命运；第二、建造星球发动机耗资太过巨大，对地球结构的影响也太过巨大，它可能让地球直接陷入不稳定的状态，导致地震和火山爆发以一个我们无法接受的频率出现。同时，星球发动机会完全破坏地球上的生态环境，完全破坏大气层，让地球变得再也不适合人类生存。采用这个计划，我们所需要付出的代价实在是太大了。"

这名科学家的提议引起了大家的讨论，一时间会议室中响作一团。又有一名科学家站起来发表了自己的看法："以地球港和火星港为支撑，全力建造可以远航到木星系统的飞船，在地球最终坠落到其他宇宙以前，逃到木星的卫星上去。要知道，木星周围并没有受到扭曲空间的影响，就算地球坠落到了其他空间，木星系统也仍旧会好好地存在于这个宇宙中。"

这名科学家的提议也立刻遭到了反对："我们的建造能力还达不到，首先不说在木星卫星上建造基地的问题，也不说它可容纳人口数的问题，单单是飞船的建造就足以拖死我们的工业系统。就算工业系统全力开动，在危机最终爆发之前，我们也不可能将超过一亿人运送到木星卫星上去。那么新的问题又会产生，哪些人拥有逃离的资格？哪些人没有？在太阳危机中，生命之城计划已经被验证为不可行的，难道在这一次危机中，我们又要重蹈生命之城的覆辙吗？"

"生命之城计划仅仅是从伦理道德以及人权方面被论证为不可行，不代表它从技术层面来说不可行。如果我们人类文明真的面对生死危机，保留一部分种子当作火种，又有什么错么？"

"我反对这个计划。"

"我有一个新的提议……"

……

这场由全人类文明所有精英参加的会议足足开了两天，至少有三十几条建议被提出。科学家们进行了激烈的讨论和争辩，每一个计划被提出来之后都会面对质疑，每一个计划都有着这样或者那样的缺点。

但无论是谁都不会奢望在脱离了实地观测、计算以及精确数据的支撑之下，仅仅凭借思维的运转，就在短短两天时间内将问题的解决方案找出来。人们心中都十分清楚，这一次会议其实主要目的是将这些杰出的科学家聚集在一起，给他们提供一个通过交流和思维碰撞以便产生灵感的场所而已。在这里，无论多么荒诞的提议都会被记录下来，在会议之后交由专门的机构进行可行性分析。不同的计划之间可能也会产生融合，专家们不会放过任何一个计划中的任何一个闪光点。

人类文明的大脑已经开始了最为高效的运转，在不久之后就会有海量的关于此次危机的资料出现，人类文明中每一个个体都会参与到对抗这一次危机的事业中来。赵蓝知道，那个偷走了自己飞船、此刻正陷落在空旷宇宙之中的人也不例外……

在这次会议中，除了商讨应对危机的办法之外，还有一个新的组织宣布成立。这个组织被命名为星辰之灾指挥部，和上一次太阳危机时成立的应急组织一样，由元首担任总负责人，下辖科学、政治和社会等分部。

这个指挥部可以调动人类文明中的一切资源，所有的科学家、所有的工业机构在有需要的时候都必须接受该组织的指挥。原有的一零五研究所被裁撤，研究所中的工作人员都被改编成了星辰之灾指挥部下属的工作人员。赵蓝和张弘两人也留在了地球，开始在这个新成立的组织中担任科学顾问。

大量科研飞船——包括无人探测飞船——以及卫星，从地球港和火星港出发，进入太空。这些探测设备将全面而详尽地将罗巴切夫斯基空间的空间结构和数学模型构建出来。有了充足的数据支持，科学家们才可以展开下一步的工作。

与此同时，人类政府主导对该次危机和计划的真相进行了严格的保密。这次危机和太阳危机不同。太阳危机直观而全面地影响到了每一个人，气候的变化以及生存环境的变化是每一个人都可以察觉和感受到的，所以在太阳危机时期，保密并没有意义。而星辰之灾并不会在短时间内给人类文明中的大部分人带来切身的生活改变，就算地球最终坠落到了空旷的陌生空间中，地球上的资源也足以支撑人类文明继续生存好几百年的时间。而且，这次的星辰之灾大概并不会用到普通民众的力量。所以在经过综合考虑之后，元首决定对社会大众保密，以免引起不必要的混乱和恐慌。

一场席卷了整个人类文明精英阶层的行动已经展开。身为星辰之灾真相的发现者，赵蓝当然也参与到了这次行动中。每天都会有巨量的资料产生，交付到数万乃至数十万名科学家的手中进行进一步的分析，每一天的工作成果都会汇总到指挥部执行委员会进行评审。

在庞大的数据和数百万名科学工作者的共同努力下，罗巴切夫斯基空间的详细空间和数学结构模型被迅速建立起来。通过这个结构模型，人们可以将有关这片扭曲空间的所有特性、所有结构都详尽地推算出来。

这是人类文明面对星辰之灾以来所取得的第一个重大成果。人类文明所面对的敌人已经完全明朗化，并且以数据的形式呈现在了眼前。

赵蓝自然有接触这些数据的权利。不过她还背着人类文明政府偷偷地做了另一件事情。她将这些数据资料全部发送给了李云帆，并且和李云帆保持着实时通信，人类文明的任何最新发现都会和李云帆共享。李云帆也确实没有让赵蓝失望，在得到充足的数据支撑之后，李云帆提出了许多赵蓝根本想不到的问题，提出了许多简直可以说是匪夷所思的建议。这些问题和建议也是需要验证的，于是赵蓝只好以自己的名义将它们提交到了执行委员会，借助政府的力量加以观测和验证，之后再将结果发送给李云帆。

这件事也关系到李云帆的切身利益——他最终能否逃离那个空旷宇宙、返回到现有宇宙也取决于星辰之灾的研究进展，所以赵蓝并不担心李云帆会搞什么阴谋诡计。赵蓝是连接李云帆和人类文明政府的桥梁。李云帆拥有出众的智慧，而人类文明政府则拥有庞大到不可想象的执行和情报收集、分析能力，两者是最为合适的合作对象。不过，在以往他们之间是不可能展开合作的，现在有了赵蓝，二者之间的路才终于被打通。

时间就在这样繁忙的工作中渐渐过去。每天各种各样的会议、各种各样的数据分析和研究以及推测工作占满了科学家们的所有时间。工作是繁忙和辛苦的，但没有一个人有怨言。所有人都清楚这意味着什么，所有人都知道，自己不仅是在为拯救整个人类文明而努力，同样也是在为拯救自己而努力。

就像一名普通科学家所说的那样："我不想我的子孙后代只能生活在空旷而漆黑的星空之下。我想让他们同样也可以领略到星空的壮美，领略到繁星密布的震撼。我不想我子孙后代的脚步只被限制在地球上，终其一生都无法领略到另外一颗星球的奇异风景。我不想我的子孙后代永远都无法看到超新星爆发、河系碰撞这样的壮烈事件，我不想他们的视野和人生只局限在这颗小小的地球之上……"

就算星辰之灾最终无法阻挡，生存在地球上的大部分人这一生大概也不会受到物资短缺的困扰，但是地球上的资源终有一天会被耗光的。

"我们是在为我们人类文明的子孙后代而奋斗，是在为我们人类文明的希望而奋斗。这是一次希望之战。"

在所有科学家共同的努力下，星球推进计划首先被否决了。如果执行星球推进计划，就算地球可以避免坠入陌生空间的厄运，地球的环境也会恶化到比火星好不了多少，到了那时，就算在地球，人们也恐怕只能生活在庇护所中了。

木星逃亡计划被有限度地执行了。在星辰之灾指挥部成立之后，人类文明以最快的速度制造出了一艘最先进、航速最高可达每秒钟三百千米、可以容纳几十人生存十年时间的宇宙飞船，然后在一年之内以这艘飞船为载体进行了两次木星系统实地探测活动。宇航员们亲自勘探了木星系统的环境，实地登陆了几颗主要的木星大卫星，并且带回了大量的资料。科学家们以这些资料为基础进行了大量的研究，全面论证了在木星卫星上建立庇护所的可行性。

最终的验证结果是可行性不大。木星和地球之间的距离太遥远，以人类文明现有的技术实力根本就没有办法展开太大规模的两地运输。论证结果显示，如果人类文明全力以赴，有可能在地球最终坠入陌生空间之前，在木卫二上建造一个可供不超过三万人生存的太空基地。而最新的遗传及社会学研究显示，要依靠三万人将整个人类文明传承下去是不可能的。人类文明所发展的科技实在是太过繁杂，就算这三万人每一名都是科学家，他们也无法涵盖整个人类文明科技的所有方面，更不要说还有后续的繁衍生息问题和后代的教育问题等。没有人口基数就没有一切。一个单纯的由精英阶层构成的人类社会是不健康的，也是不可能长久存在的。

可以预见，木卫二基地中的人类文明将会出现科技断代，并且开始不断退化，一直到在那里生存的人类后代失去维修木卫二基地的技能，最终在木卫二基地中灭亡。而这个时间最长不会超过一千年，所以木星逃亡计划最终也被执行委员会否决了。

"我们该怎么办呢？"赵蓝对着通信器喃喃说着，"时间已经过去两年了，我们最多还有三年的时间，我们真的可以找到应对危机的办法吗？"

赵蓝已经在地球上工作了两年，数百万科学家也和赵蓝一样在地球上奋斗了两年。可是在这两年时间之中，人类并没有取得任何关键成果。

从人类视野中消失的天体数目已经上升到了一个堪称恐怖的程度。赵蓝知道，距离地球最近的一颗异常消失天体已经推进到了和地球只有不足一千万光，如果没有计算错误，大概一年时间后，仙女座星系就会从人们的视野中消失。

而仙女座星系是地球上用肉眼所能看到的最遥远的一个天体。仙女座星系的消失意味着星辰之灾终于从仪器可察范畴，进入到了肉眼可察的范畴。

在仙女座星系从人类文明的视野之中消失之前，星辰之灾一直都没有进入到普通大众的关注点之中，但是在仙女座星系消失之后就不同了。

到了那个时候，人们抬起头来仰望星空的时候将再也看不到繁星密布的美景，天空中的星辰会一个接一个地消失……这并不是仅仅出现在天文观测仪器之中的现象，这是真切地呈现在所有人类个体眼中，只要抬起头来，只要用肉眼就可以看到的情景。

看着灾难一步步地逼近，却找不到任何对抗的办法，这让人很无力，也很挫败。现在的赵蓝甚至有点迷茫，她知道，此刻人类文明中大部分正在和自己一同奋斗的科学家们应该也有同感。

如何才能阻挡这一切的发生？如何才能将地球从坠落深渊的结局之中解救出来？

赵蓝不知道，人类文明之中也没有人知道。

通信器中传出了李云帆的声音："或许我们应该再回到最初的想法上去。既然是海山二的能量导致了这一切变故的发生，那么我们也应该从能量方面去寻求对策。"

"没有用的。"赵蓝有些黯然地说道，"在这段时间的研究中，虽然科学家们已经确定了能量和空间之间的交互作用，但是这种交互作用对于扭曲空间到底有没有用处却一直研究不清楚，我们根本就没有着手的地方。"

"我感觉，我们现在的研究方向走入了误区。"李云帆平静地说着，"我看到过所有我们对于空间和能量之间交互作用的研究，我发现，所有人的研究方向都是如何利用能量将这一片罗巴切夫斯基空间消除掉……但我觉得这种研究思路是不正确的。"

"不正确的？"赵蓝有些惊异地问道，"这怎么会不正确？正是罗巴切夫斯基空间的存在导致了地球不断向空旷宇宙的坠落，如果能将这一片罗巴切夫斯基空间消除掉，那地球自然就会停止坠落了。这有什么不对的地方吗？"

"有。"李云帆直截了当地说道，"我感觉一定有不对的地方。"

就在不知不觉间，李云帆的话语之中，那股似乎可以掌控一切的气势又悄然出现。赵蓝曾经有过许多次这样的感觉，在平常，李云帆或许没有个正经模样，可是在涉及重要事情的时候，李云帆立刻就会变得自信而强大。

李云帆继续说道："我们每一个人都认为要阻止地球的坠落必须要将这一片罗巴切夫斯基空间消除掉，可是事实很可能不是如此。其实并不需要消除掉这一片扭曲空间，我们只需要切断这片扭曲空间和地球之间的联系就可以了。如果可以切断地球和罗巴切夫斯基空间之间的联系，这一片空间它想要坠落就坠落好了，和我们地球有什么关系？"

"嗯？"赵蓝的眼睛猛然眯了起来。李云帆所说的这个研究方向倒是从来没有人提到过，包括赵蓝自己都没有想到过，"不是消除掉这片罗巴切夫斯基空间，而是切断罗巴切夫斯基空间和地球之间的联系？"

"对。"李云帆说道，"可以预见，切断扭曲空间和地球之间的联系，要比消除这片扭曲空间容易得多。或许我们人类文明的科技可以做到这一点。我有了许多新的想法，你借助政府研究机构的力量去帮我验证，如果这些想法可以验证通过，我们就有了奋斗的方向了。"

赵蓝的精神也迅速紧绷了起来，她知道这件事对于地球、对于整个人类文明来说意味着什么。

"首先请帮我验证第一个问题，人类文明可不可以做到在小范围内将罗巴切夫斯基空间抚平；其次，如果可以抚平，需要的能量强度是多少，还有……"

李云帆极快地说出了一连串的问题，赵蓝将这些问题记录下来，两个人之间的交流足足持续了半个小时才结束。之后，赵蓝急匆匆地打开了内网通信系统，写了一封汇报，直接将它发送给了执行委员会的收信邮箱。

执行委员会将会对赵蓝的提议进行初步审核，如果审核通过，执行委员会就会发动整个人类文明科学界的力量来对这些方法进行验证。

"我已经将它们发送给了执行委员会，审核结果很快就会出来。"赵蓝说道，"说不定你真的会成为拯救整个人类文明的大英雄。"

此刻李云帆的话又恢复了那种懒洋洋的感觉："我可没兴趣去当什么大英雄。如果真的通过我提出的方法解决了这次危机，我要求你不要将我泄露出去，这个英雄就由你来当好了。"

"为什么？"赵蓝吃惊地问道，"这意味着几乎至高无上的地位和荣耀，你对于这一切都不感兴趣吗？"

李云帆打了一个哈欠："没意思，想想就很没有意思。如果我真的成了受到万人敬仰的大英雄，我怎么还好意思去偷东西？你不要忘了，我是一名盗贼，人类文明之中最富传奇色彩的盗贼，我只对偷窃感兴趣，对英雄不感兴趣。"

面对李云帆这个回答，赵蓝有些无语，只得悻悻说道："好吧。不过如果你的办法真的可行，这份荣誉也不应该放到我身上来。"

"随便你，你看哪个人顺眼的话，就将这荣誉安在他身上好了。"李云帆满是无所谓地说。

赵蓝不知道该如何评价这种做法。说李云帆淡泊名利似乎并不合适，如果用其他的评语的话，似乎也并不是那么恰当。

赵蓝还想说些什么，可就在这个时候，一名穿着黑色制服的工作人员敲开了赵蓝办公室的门，急匆匆地说道："赵蓝小姐，接执行委员会命令，您必须要在最短的时间内到会议室，执行委员会要亲自和您讨论您所提交的报告，事情紧急，还请您尽快出发。"

"这么快？"赵蓝吃了一惊，不敢怠慢，立刻跟随那名工作人员乘坐内部通勤车一路风驰电掣，仅仅几分钟后便来到了执行委员会办公楼会议室。

执行委员会由十三名委员组成，全部都是人类科学界中在不同学科取得过最高成就、最德高望重的科学家，他们基本代表着人类科学界的主流声音。

现在，这十三名委员就全部坐在那里，神色凝重地低声讨论着什么。在看到赵蓝之后，他们之间的讨论停了下来，其中一名委员指了指前方的座位，对着赵蓝示意了一下："坐。"

赵蓝忐忑不安地坐下了，另一名委员说道："你所提交的报告我们已经看过了，对于这份报告我们还有一些不太明了的地方，所以需要你当面将你的构思向我们完整地讲述一遍。"

　　执行委员会的态度毫无疑问从一个侧面证明了这份报告的价值。这意味着，至少在执行委员会这十三名委员眼中，这份报告中所提到的方法很有可能最终达成解决此次危机的目的，所以他们才会如此重视。

　　"好的，我的具体构思核心是，我们不必消除整个罗巴切夫斯基空间，只需要切断这个扭曲空间和地球之间的联系就好。只要地球不坠落下去，地球周围的那些空间就算坠落到了其他宇宙，和我们也没有太大关系。"

　　赵蓝有条不紊地将自己和李云帆商讨的方案全部讲述了出来。在她的讲述过程之中，执行委员会的十三名委员不断就方案提出疑问，相互之间也频繁地低声交谈。赵蓝的汇报足足进行了半个多小时才结束。其中一名委员说道："赵蓝，经过我们初步的评估，我们认为你的方案很有可能是正确的，是可以解决此次危机的。我们决定立刻对你的方案进行验证，这段时间你就负责这件事情吧。你有什么资源需求，需要哪些人、哪些部门的协助，全部都可以向我们提出来，我们会尽量满足你的要求。"

　　"好的，感谢您的支持。"赵蓝站了起来，对着这十三名科学家委员鞠了一躬，然后转身离开了这里。

　　赵蓝的工作再一次产生了调动，这一次，以赵蓝为中心组建了一个专门的工作小组，在这个工作小组的协调和指挥下，有至少数百艘科研飞船再一次进入太空，来到了计算之中的罗巴切夫斯基空间的关键节点，在那里实地展开了实验。在地球基地中有数万名科学家开始对这些数据进行解析，全面分析和计算这些数据，以验证赵蓝所提出的这个计划的可行性。

群体的力量在这一刻展露无遗。李云帆的个人能力就算再强，他最多也只能提出一些建议和构思，这些建议和构思的验证和具体执行方案就需要至少数万名科学家以及不计其数的各种观测和实验设备来共同参与了。这根本就不是单独的一个人又或者某个小集体可以胜任的任务。从这个角度来说，人类文明的科技发展到今天，在人类文明所面对的危机越来越复杂的现在，以一人之力拯救世界的英雄不可能存在。每一名拯救世界的英雄背后都是一个庞大的团队，正是有无数科学家的智慧和汗水作为后盾，人类文明才有可能越过无数的障碍，跨越过重重危机。

赵蓝和李云帆保持着密切的联系，科学家集团所取得的每一个成果都会由赵蓝转交给李云帆，在获取到最新的研究资料之后，李云帆的下一步指示也会通过赵蓝转交给具体执行任务的科学家们。

随着时间的不断流逝，一个个的难题被解决，赵蓝的工作逐渐引起了整个科学家集团的注意。截至目前，赵蓝提出的方案是最具有可行性，且计划的执行对人类文明影响最小，付出代价也是最小的。而现有阶段的研究全部证实了该计划的可行性。

现在，几乎所有的数学计算以及模型建造都已经完备，赵蓝和李云帆决定执行最为关键的一次实验——在某个罗巴切夫斯基空间节点中放置一颗实验球体，在该球体周围放置一些其他东西，然后科学家们会通过专用设备增加该空间的曲率，以加速这一片空间向陌生空间的坠落速度。在实验过程中，科学家们会采用李云帆和赵蓝所提出的构思，尝试切断实验球体和周围扭曲空间的联系，然后观察在周围空间全部坠入到其他空间的过程中，实验球体是否会受到影响，是否也会坠落到其他空间去。

那个实验球体代表着地球，它周围的空间便代表着地球周围的扭曲罗巴切夫斯基空间。如果该实验最终的结果是实验球体并未坠落，那这毫无疑问就表明李云帆和赵蓝的计划方案可行，人类文明便会在这个方向上倾注全部的心血和资源。

此刻，距离计算中地球完全坠落到空旷宇宙之中的时间还剩下两年多。在之前两年多的研究中，除了赵蓝和李云帆所提出的阻断空间计划外，其他所有计划全部被证明为不可行的。除了阻断空间计划，人类文明没有任何其他可供替代的计划。阻断空间计划是人类文明目前唯一的希望。

地球上，夜空中仍旧繁星点点；超高速磁悬浮列车仍旧在地下快速运转着，连通着一个又一个的都市；城市的空中公路仍旧繁忙，每时每刻都有不计其数的飞车在空中穿梭；城市仍旧繁华，人群仍旧充满欢声笑语，娱乐明星们仍旧忙于制造新闻以供大众消遣，电视剧和电影仍旧在上映，上班族们仍旧疲于奔命……

几乎一切都和以往一样。这仍旧是寻常的一天，至少百分之九十九的民众都这样认为，只有那掌握了整个人类命运的百分之一的人们才知道，今天，从某种意义上可以说是决定人类文明未来命运的一天。

就在那漆黑的宇宙深处，一艘科研飞船来到预定地点，释放出了它所装载的实验所需用具——一颗直径半米左右的球体，并在球体周围的空间中散布了一批体积较小的颗粒。然后穿着宇航服的宇航员们出现了，他们将庞大的实验设备推送到了合适的地点……

在地球、火星，以及人类文明的各个太空实验基地中，至少有数百万双眼睛在注视着这里所发生的一切。由观测和监控设备所产生的海量数据每时每刻都在向各个科研基地传递，每一个数据都会被科学家们立刻进行最为详尽的分析……

人类文明的科学家们已经对能量和空间之间的交互原理进行了

126

大量的研究，在人类政府调动所有能调动资源的支撑之下，仅仅在这短短的两年多中，该方面的研究就出现了长足的进展，这也是此次试验得以展开的最有力支撑。但改变空间曲率这样的事情仍旧被限制在一个小范围之内，所以，就算人类文明已经初步掌握了这些科技，要抚平以数亿千米范围来计算的罗巴切夫斯基空间仍旧是一个奢望。所以截至目前，人类文明的唯一希望仍旧是李云帆和赵蓝提出的阻断空间计划。所以这一次实验才会受到如此程度的重视。

担任此次实验总指挥的赵蓝知道，就连元首都停止了其他一切工作专门守在自己的办公室中，全程观看此次实验的进行。

这一次实验的成败关系到人类文明的命运，必须慎重。

在一切实验设备布置完毕、相关计算进行完毕、所有需要的数据都已经得出之后，赵蓝深深地吸了一口气，下达了启动的命令。

通过摄像设备，赵蓝和所有关注着此次实验的人都清晰地看到，实验球体周围的空间忽然出现了一阵扭曲，就像是那里凭空出现了一团可以折射光线的烟雾一样。

科研飞船中所装备的核聚变熔炉正在源源不断地制造能量，在经过一系列复杂设备的转化之后，这些能量会和空间产生一种奇妙的交互作用，人们可以凭借自己的意愿来增大或者减小空间的曲率，由此来对空间进行操作。

实验球体周围的扭曲愈发明显了，但安装在实验球体上的监测设备却向人们报告说，那里的空间一切正常。除了以那里的视角看到的周围环境同样产生了一些扭曲之外，实验球体没有受到任何影响。

"将功率调到最高。"赵蓝低声下达了命令。在操纵仪器的宇航员们执行了命令之后，人们便看到，那阵扭曲再度增大，甚至让参与实验的那些颗粒的外形都产生了变化。片刻之后，实验球体周围的那些颗粒忽然凭空消失了。

宇航员们立刻停止了能量输入，于是那片空间瞬间就恢复了正常。

实验球体仍旧待在原地，而它周围那些体积较小的实验颗粒却消失无踪。

参与此次实验的科学家们自然知道这意味着什么。于是在片刻之后，热烈的欢呼声和鼓掌声就响彻了整个实验基地。赵蓝脸上也露出了如释重负的笑容。

毫无疑问，此次空间实验取得了最完美的成果。实验球体代表地球，实验球体周围的空间以及那片空间中所存在着的物质因为空间曲率的增大而跌入到了另外一个空间中，但实验球体却没有受到丝毫影响。

只要将这个范围扩大，地球周围的空间就算跌落到了另外的空间，地球也不会受到影响。这意味着，在星辰之灾发生之后，人类文明终于找到了一条理论上可行的对抗危机的道路。

在这一刻，欢呼声响彻整个控制大厅。

面对着星辰一颗一颗消失之时的恐惧，面对着地球不断向异空间跌落的绝望，所有的负面情绪在这一刻终于得到了发泄，人们终于第一次看到了希望的曙光。

"立刻将此次实验所取得的数据汇总，分发到不同的部门去进行解析。"赵蓝低声下达了一条新的命令。要阻断整颗地球周围的罗巴切夫斯基空间当然不会像是这一次实验那般简单，但两者之间的本质原理都是相同的，所以这一次实验所取得的数据至关重要。

实验结束之后，繁忙的数据解析和计算工作就开始了。在这个过程中，赵蓝仍旧保持着和李云帆之间的交流，任何数据分析结论都会交给李云帆，李云帆也会随时将自己的想法告诉赵蓝。

"如果是通过阻断空间计划来阻挡地球坠入空旷宇宙，你又该如何从那个宇宙回到这个宇宙？"赵蓝对着李云帆询问道。

"这点大概是不需要担心的。"李云帆回答道，"如果我们的计算没有错误的话，在空间最终坠落的时候，我所处的空旷宇宙和我们原本的宇宙之间会形成一条暂时的空间通道，到那个时候，只要通过这条空间通道，我就可以回到我们的宇宙中去了。"

"可是你如何确定这一条空间通道的出口在哪里？"赵蓝有些忧心忡忡地问道，"那个空旷宇宙是如此广大，我的新希尔维雅号飞船最高速度却只能达到每秒一百二十千米……这个速度相对于整个宇宙来说，实在是太慢了。"

李云帆沉默一下，然后说道："因为燃料限制的缘故，我无法在这个宇宙中行驶出太远距离，也无法做出太多验证。但据我猜测，这个宇宙其实是很小的，它远远没有我所看到和感觉到的那样广大。因为空间是三维的、有限却无边，就算是一个很小的宇宙在你看来也像是无穷无尽的一样。换句话说，我所存在的这个宇宙很可能只是一个小宇宙。"

"小宇宙？何以见得？"赵蓝下意识地问道。

"从我们之间的通信延时可以看出来。"李云帆回答道，"通过通信延时可以测算出，我们之间的距离是一千五百万千米。我曾经操纵飞船做出过短暂的位移测试，然后我们之间的距离也会相应地产生改变。由此推测，可能这个小宇宙的直径连一千五百万千米都没有。"

"只有不足一千五百万千米直径的小宇宙……"赵蓝惊讶地捂住了自己的嘴巴，"它……它到底是什么？"

"谁知道呢？"李云帆的话语之中又恢复了那种懒洋洋的腔调，"可能是依附于我们三维大宇宙之上的一个空间泡，也可能是某个子宇宙，有无限种可能。宇宙之间的奥秘无穷无尽，谁又能说得清楚呢？这样的事情，还是留给我们的子孙后代去研究吧，我们这一代人大概是搞不清楚这个问题了。"

赵蓝默默地点了点头。

"所以我并不担心连接两个宇宙的暂时性通道会距离我很远。"李云帆说道，"最远距离也不过一千五百万千米而已，以希尔维雅号飞船的航速，最多只需要一天多的时间就可以走完。"

"希望如此吧。"赵蓝回答道。短暂的沉默之后，赵蓝继续说道："这是我们最新解析出的一些资料，那次实验我们收获了许多东西，科学家们已经从罗巴切夫斯基空间模型上找到了三十七个关键空间节点，数据计算表明，只要我们在空间模型变化到曲率最高阶段的时候，以超高能量爆发的形式对空间施加影响，罗巴切夫斯基空间和地球之间的联系就会被切断，地球就可以继续留在我们的宇宙中，不会再受到影响。关于月球和火星周围空间模型的构造工作也已经完成了，我会把这些数据一同发送给你。"

"好的，我会对这些资料进行分析和验算，看看里面有没有什么漏洞。"李云帆回答道。

此刻，距离那次空间实验已经过去了几个月，距离计算中地球最终坠入到空旷宇宙中的时间还剩下不足两年。人类文明已经找到了解决问题的办法，目前在指挥中心的协调下正在进行前期准备工作。

一切看似都发展良好，科学界中参与了这件事情的科学家们从来没有像现在这样充满干劲儿过。可是赵蓝心中却总是有一种不好的预感。似乎哪里不对，但到底哪里不对，她又说不出来。

在那些资料交给李云帆的两天后，李云帆给赵蓝发来了一条信息。这条信息，让赵蓝的心立刻沉到了谷底。

"赵蓝，你交给我的计算方法有微小的错误，预计之中的能量爆发等级不够，它并没有办法完全切断地球和罗巴切夫斯基空间之间的联系。"

数学是最精密的一门自然科学，它不允许一丁点的误差。而这些计算是关系到人类文明生死存亡的关键，如果它出了差错，也就意味着人类文明无法阻挡地球向空旷宇宙之中的坠落。这样严重的后果谁都无法承担。

"地球。"李云帆简单而直接地吐出了这两个字，"在计算过程中，他们并没有考虑到地球本身对空间曲率的影响。虽然这影响微乎其微，却不可以忽略。我借助你交给我的这些计算公式和过程，在里面添加进了地球质量之后，计算结果显示，预计中的能量爆发等级还差了一些。这种层级的能量爆发不足以切断罗巴切夫斯基空间和地球之间的联系，它仍旧会带着地球一同向空旷宇宙坠落。"

赵蓝几乎要绝望了。因为就在刚刚，赵蓝才和一众科学家庆祝过一件事情——计算结果显示的所需要的能量等级，恰好是人类文明可以掌控的能量等级的上限。

人类文明现在所掌控的可爆发出最强大能量的工具是氢弹。氢弹虽然没有当量上限，但如果当量超过一定限度，它就会像太阳一样转化成一个燃烧的过程，而不是将所有能量在极短时间内释放出来。虽然可以通过技术手段尽可能增大氢弹的瞬时爆发威力，但这总归是有限的。并且，氢弹的当量越大，设计制造的难度便也会越大，这也会从侧面为氢弹带来一个能量上限的限制。而以人类现有的技术手段所制造出的威力最强大的氢弹，刚刚可以满足切断罗巴切夫斯基空间和地球之间联系的任务需求。

所以之前赵蓝才会和科学家们在一起庆祝。当时的赵蓝和科学家们感觉人类文明是如此幸运，解决此次危机所需的能量层级恰好在人类文明已经掌控的范围之内，简直没有比这更美好的事情了。

在结果公布的那一瞬间，甚至有许多科学家都在惊呼这是上帝的奇迹。因为除了无所不能的神灵之外，人们无法为这件事情找到其他合理的解释。

而现在，李云帆却将这美好的一切瞬间撕碎。他告诉人们，人类文明并没有受到上帝的眷顾，人类文明的运气并不是那么好，至少需要再将一颗氢弹一秒钟内的能级爆发提升百分之五的强度，才可以满足需要。

百分之五这个数字并不算大，但对于人类文明来说却已经是一道无法跨越的鸿沟。负责空间阻断计划的赵蓝十分清楚地知道，至少在十年时间内，人类文明无法做到这一点。这不仅仅是简单的聚变材料堆积的问题，它是一个涉及数百个学科的极端复杂的工程。

那三十七个空间节点是有着十分精确的位置描述的，该在哪个部位爆发多高层级的能量都是事先经过精密的数学计算的。氢弹本身也要占据空间，并且，像是那样巨大当量的氢弹体积并不会小。事实上，人类文明打算设计建造三十七艘单独的飞船来运载这些氢弹，又或者说，这三十七艘飞船便是三十七颗氢弹。所以，一个关键空间节点之上只能安放一颗氢弹。就算在其他地方安装再多的氢弹，它们的爆炸也不会对空间阻断计划有所帮助。

那么，采用多颗氢弹同时爆炸的方式来提升能量层级的可能性也被排除掉了。

但是除了这个可能性之外，还有另外一种可能——李云帆是错的。

中央科学院的科学家们在计算能量层级的时候并不是没有考虑到地球本身的引力影响，相反，众多科学家都想到了这一点，但是在计算过程中，科学家们不约而同地选择了将地球排除在外，他们经过试验和计算之后认为，地球的存在并不会对空间阻断计划造成影响。所以在计算过程中才没有将地球加进去，最终得出了那个堪称奇迹的结果。

可是现在，李云帆的意见和中央科学院数万名杰出科学家的意见产生了矛盾。

"我们并不是没有考虑过地球本身对于空间的影响。"赵蓝黯然说道，"但我们都一致同意在计算过程中不加入地球的因素。我们认为这样才是对的。"

"我才是对的，是你们错了。"李云帆直接说道。

"你的依据呢？"赵蓝反问道。

李云帆沉默片刻，然后回答道："我可以将我的计算过程和计算中用到的一切定理和公式交给你，但是验证我的计算过程可能需要几年的时间，我们的时间不够的。"

在人类文明的历史中并不是没有出现过这样的事情。曾经在地球时代的印度有一名游离在主流科学界之外的数学家，他曾经将自己的研究成果寄送给了当时世界上最著名的数学刊物，然后编辑发现，自己看不懂这些东西。于是一个由三名著名数学家组成的审核小组接手了这个任务，在漫长的工作之后，他们发表了自己的结论："这可能是对的，因为我们只弄懂了一半，剩下的内容我们不敢确定。"

于是这篇论文最终得以发表，它其中所记载的内容在其后很长一段时间之内才被人们弄懂并最终被接受。

这是人类文明历史中不世出的天才。他们的研究成果往往超出自己的时代几十年，面对这样的天才人物，没有办法用世俗的观念去衡量。他们的研究成果往往在当时不受重视，在很长一段时间之后，才像是储存在地窖里的老酒一般散发出诱人的香味，让无数人为之疯狂。

李云帆是这样的天才吗？面对这个问题，赵蓝不敢给出结论，但赵蓝又必须给出结论。因为赵蓝是空间阻断计划的总指挥，除了赵蓝，没有人有资格在这个问题上做决定。

信任李云帆，中央科学院数万名科学家的计算成果就要被推翻，人类文明必须重新寻找出路；不信任李云帆，万一李云帆才是对的，人类文明就将因为自己的错误而陷入万劫不复的深渊。

"我无法做出决定，我无法就这样简单地相信你，因为我身上背负着整个人类文明的期盼，我必须要慎重。"思考许久之后，赵蓝做出了回答，"将你的计算过程以及所用到的公式和定理尽可能详尽地交给我，我会组织地球之上最杰出的科学家来尝试解析这些东西。"

"可以，我这就将它们发送给你。"李云帆似乎早就料到了赵蓝会提出这个要求。在交谈结束之后，李云帆立刻将那些资料发送了过来。

赵蓝也是一名科学家，所以她对这些资料和计算过程也有评价的能力。这是很庞大复杂的一个计算系统，其中涉及的细分物理科目至少有数百个之多。赵蓝自然不可能全部精通，李云帆就算再厉害，他也不可能全部精通。

在"广度"这方面来说，一个人不可能比得上一个集体，但在"深度"这方面就不一定了。赵蓝看到，在这份繁复而庞杂的计算中，大部分计算步骤和公式推理都没有受到影响，李云帆仅仅是在有限的几个过程中稍微做出了一些改变，加入了地球的质量。于是最终的结果就产生了截然不同的变化。

最终的结果就像李云帆之前所说的那样，比中央科学院科学家们的计算结果高出了百分之五。

李云帆的计算过程在数学运算上很明显没有错误，那么问题的关键就聚集到了一点——到底是否要在这个计算过程中加入地球的质量这个因素。赵蓝看到李云帆为此做出了很复杂的解释，那一连串的数学运算符号和数字让她感到有些眩晕。

数学是这世界上最优美的语言，它极端精确且富含最为坚实的逻辑体系，通过它，科学家们可以描述整个世界。现在，赵蓝就感觉全世界最优美的一篇文章摆在了自己面前，它的每一个起承转合、每一个验算步骤都有一种奇妙的韵味在里面。看着这篇文章，赵蓝好像陷入了一个充满梦幻迷醉意味的世界。赵蓝不得不承认，这世界纵然优美，她却无法分辨出它的真假，是真实地描述这个世界的，还是仅仅因为某些错误而编织出来的虚幻世界。她看不懂这篇文章。

赵蓝知道，这就是自己和李云帆之间的差距。就算这篇文章是假的，能做到"假"到让赵蓝看不懂的地步，已经足够证明李云帆的厉害之处了。

赵蓝轻轻晃了晃脑袋，将仍旧徘徊在自己脑海中的虚幻感觉甩出去，她回复道："我会尽快召集相关人手对这篇文章展开解析，以最快的速度给你回应。"

李云帆的话语之中有一些叹息："你要尽快，我们的时间不多了。"

第六章　黑洞

　　现在距离计算中地球最终坠入空旷宇宙的时间还剩下不足两年，而进行准备工作至少需要一年时间。也就是说，李云帆其实并不认为自己这篇文章可以在几个月内得到验证。因为这不仅仅是单纯的计算问题，它还涉及诸多尚未验证的定理，如果要验证这些定理，就需要进行大量耗资巨大、耗时也相当长久的物理实验。

　　"如果……我是说如果，李云帆，如果你的计算过程最终被证明是正确的，那么，你有办法将氢弹的瞬时爆发能量层级再提升百分之五吗？据我了解，反正在人类文明主流科学界中，这个数据是不可能达到的。"

　　赵蓝的意思很明显。如果李云帆也无法做到这一点，那么去验证这份资料其实是没有意义的。

　　李云帆的回答简单而明确："对不起，我没有办法将氢弹的爆发能级提升百分之五，我做不到这一点。在未来十年时间之内，我们人类文明都做不到这一点。"

　　李云帆的这个回答让赵蓝有一种想要骂人的冲动。但片刻之后，李云帆的下一段信息又发送了过来："不过，我们可以寻找其他模式的能量爆发，我们的思维不应该只限制在氢弹上。"

"黑洞。"李云帆幽幽地吐出了这两个字，"微型黑洞。黑洞会通过霍金辐射不断损失自己的质量，黑洞的质量越低，它的蒸发就会越猛烈。随着黑洞质量的降低，它的蒸发速度将以指数形式上升。我们可以将黑洞的蒸发看作另一种形式的爆炸，因为它的蒸发太猛烈了，所以必然会有极高的能量释放出来。而根据我的计算，这种能量爆发形式要比最大当量的氢弹爆炸还要猛烈。那就像是宇宙大爆炸那样猛烈的爆发形式，由一个无限小的奇点，瞬间扩大数千数万倍……"

"什么？"赵蓝的眼睛猛然缩紧。

"又或者说，这种爆发模式就像是超新星爆发那样，因为来自内部的力量，导致外部物质猛烈向四周爆发。如果我们有一颗微型黑洞，我们完全可以通过它的爆发来切断罗巴切夫斯基空间和地球之间的联系。这是一种我们完全可以控制并且利用的能量。"

"可是我们有办法控制黑洞的爆发时间吗？"赵蓝问道，"不要忘了，一颗质量为一亿吨的微型黑洞，它的预期寿命就已经达到了一千三百万年左右，这还是在完全没有外界物质补充的情况之下，如果它可以吸纳一些星际空间中的游离物质，它的寿命将会更加长久，我们怎么可能控制它在预定的时间爆发？"

"有办法。"李云帆用低沉的嗓音说道，"黑洞的质量越小，温度就越高。而黑洞的寿命在没有外界物质补充的情况下取决于宇宙微波背景辐射温度，质量越大的黑洞温度越低，它就可以源源不断地从宇宙微波背景辐射中汲取能量增大自己的质量，但质量越小的黑洞温度越高，一颗质量为一亿吨的黑洞温度高达数千万亿开氏度。这个温度远远高于宇宙微波背景辐射，所以它会极其快速地损失质量。不过这只是在通常情况下，如果我们将黑洞放置在一个温度极端接近绝对零度的环境中，它损失质量的速度更会加快。温度越低，它损失质量的速度就越快。我们可以通过这种方法来控制黑洞的寿命。"

赵蓝知道，黑洞只具有质量、角动量和电荷三个物理量，其他一切物理量都不存在，当然也不存在温度这一说。不过李云帆话中的温度并不是指普通意义上的温度，这里的温度是指能量的辐射功率。从这个意义上来说，黑洞质量越低，能量蒸发速度就越快，自然温度就越高。李云帆所说的温度便是通过这样一个过程"计算"出来的。

这太疯狂了。

这真的太疯狂了。从来没有人想过要这样做，从来没有人想过要去控制一颗黑洞，并且利用黑洞爆发的能量来达成自己的目的。

赵蓝只感觉自己的大脑被一把铁锤狠狠地击中了，半晌才从震撼之中回过神来，忍不住说道："李云帆，你是个疯子，你真是个疯子。"

"不，我没有疯。"李云帆的话语一如既往的沉静，"一颗质量为一万吨的黑洞，其寿命只有几秒钟时间。想想看，在仅仅几秒钟的时间内，一万吨的质量，全部以高能射线的方式蒸发出来，这会是多么庞大的能量？这种层级的能量爆发足以满足我们的需求，我们不需要在氢弹上费尽心思，只需要一颗黑洞而已！"

"你是从哪里获取到这些实验和计算数据的？我该如何才能确定这一切的真实性？"赵蓝几乎要折服在李云帆的疯狂想法之下，但赵蓝知道，自己是空间阻断计划的总指挥，自己必须要为人类文明负责。面对赵蓝的疑问，李云帆沉默片刻，然后缓缓说道："因为在我的基地中就存在一颗黑洞，我对它进行了十几年的研究。赵蓝，你可以亲自去看一看它。"

赵蓝想起自己在李云帆的秘密基地中看到的那个全封闭的、面积高达数万平方米的房间。赵蓝曾经对这个房间表示出了极端的好奇，但是身为基地负责人的罗德里格斯却没有向自己透露该房间的任何信息。

　　现在李云帆说自己的基地中就存在一颗黑洞，赵蓝简直无法想象这样的事情。一颗黑洞能被存放，它的质量必然要以百万吨级来计算——这样质量层级的黑洞已经可以拥有数年的寿命。想想看，就在地球上某处山区中一座被挖空的山峰里，存在着一颗可以毁灭整颗地球的黑洞……

　　"你简直是个疯子！"赵蓝嚯地站了起来，声音也因为过于激动而变得扭曲，"你……你竟然将一颗黑洞存放在地球上！你知不知道这意味着什么，你知不知道这有多危险！你可能毁灭整颗地球！"

　　这是比地球上最大当量氢弹还要危险千万倍的东西，而根据李云帆的话语来看，这颗黑洞至少已经在地球上存在了十几年的时间。只要一想到自己和这么危险的东西共存在地球上，赵蓝就感到有些不寒而栗。

　　这是宇宙中最强大的存在，虽然它只是一颗微型黑洞，但它的危险性同样巨大。这是超出了人类文明目前科技水平的东西，掌握了黑洞，就掌握了毁灭地球、太阳，或者任何一颗巨恒星、任何一颗白矮星或中子星的东西。这东西太危险了，它不应该存在于现在的人类文明手中。

　　地球的质量要以万亿亿吨来计算，和整颗地球比起来，一颗一百万吨级质量的黑洞微不足道。根据引力公式计算，这样一颗黑洞，一个人站在距离它仅仅一米的地方就已经完全感受不到它的引力了——因为在距离一米处，它的引力只有地球引力的大约一百五十分之一而已，完全可以被忽略。

但是如果这个距离缩短到大约八点三毫米的时候，黑洞对于周围物体的引力就将达到地球引力水平，如果这个距离缩短到一毫米，其引力将达到地球引力的大概七倍，缩短到零点一毫米，它大概可以达到七百倍地球引力水平。

　　和黑洞之间的距离每缩短至十分之一，其引力将增大一百倍，到了一定程度之后，连光线都无法逃脱。

　　所以如果它接触到地面，因为它和地球之间巨大的引力，它将会像是一把烧红的刀穿过一块稀松的泡沫塑料一般迅速沉到地心，然后开始肆无忌惮地吞噬任何在它周围的地球物质，物质落入黑洞会具有极高的速度，物质的相互碰撞还会释放出极其强烈的喷流加热整颗地球。地心将会发生天翻地覆的变化，任何地心结构都会被这颗黑洞搅碎……大概仅仅在几分钟之后，纵横全球的波动就会被释放出来，高山会倾覆，大地会崩塌，史无前例的强烈地震会席卷整颗地球，地表之上的一切物质都会被撕碎。同时，地球体积会迅速缩小，地表则会被一片火热的熔岩覆盖，最终在几个月之内完全消失，完全被这颗黑洞吞噬。

　　而这颗黑洞的体积——如果以它的视界边境为边缘来计算它的体积——则会由比一颗质子还小增加到大概有一颗豆子大小。

　　与此同时，月亮、火星、水星、太阳以及人类发射到太空中的各种卫星，如果它们没有被之前地球被黑洞吞噬所释放出来的强烈辐射毁坏，它们大概是察觉不到地球的异常的。虽然那时地球已经消失化为了一颗黑洞，但仍将按照自己的固定轨道运转。影响它们运转轨道的因素只有两个，质量和速度，地球虽然化为了黑洞，但地球的总质量不变，这也就意味着，黑洞地球不会给外界带来其他影响。

　　但人类文明可以体会到这一系列的巨变意味着什么。人类文明在漫长历史中所创造出来的一切文化和知识，人类文明中所有的爱恨情仇、悲欢离合，人类文明所留下的一切伟大遗迹，以及地球在几十亿年中演化出来的一切壮观景色，一切千奇百怪的生命，它们所形成的最终的这个聚合体只需要三个物理量来描述——质量、角动量和电荷。任何外界的观察者也无法再将这曾经湮灭的一切还原出来。

这就是黑洞的可怕之处。哪怕它仅仅只有一百万吨级的质量，哪怕它比起地球来说微不足道，它也可以像碾死一只蚂蚁一样毁灭地球，甚至同样像碾死一只蚂蚁一样毁灭太阳、毁灭宇宙之中任何一颗白矮星或者中子星……

现在，李云帆说在他的基地中就存在着一颗黑洞，而且他对这颗黑洞已经进行过十几年时间的研究，掌握了整个人类文明科学界都不曾掌握的资料。

赵蓝知道，掌握超出自己科技水平的强大的东西有时候并不是一件好事，因为人类很可能最终用它来毁灭自己。将一颗黑洞交给人类，就像是将核弹按钮交给一个原始人。

此刻的赵蓝感觉自己的双腿有些发软，心中有一种控制不住的要立刻逃离地球的冲动。

这无关心理素质的好坏，面对这种完全超出了人类认知和掌控能力的事情，恐惧和惊慌是一种本能。

如果这件事情被散布到社会大众中去，可以想象会造成怎样的恐慌。人类文明所面对的一切洪水、地震、海啸，各种灾难，甚至包括太阳危机，乃至于此次星辰之灾在内，所有的灾难全部都比不上对于一颗黑洞的恐惧。这是足以压垮任何一名坚强者心灵的恐惧。

在这一刻，赵蓝所想的甚至不是如何应对此次星辰之灾，她相信，任何一名知晓了黑洞存在之后的人所想的都会跟自己此时一样——如何把地球上的这颗黑洞消除掉。它太危险了，危险到无法用语言去描述。

赵蓝无法想象李云帆到底是怎样的一个人。她和李云帆已经有了几年时间的接触，自认为已经足够了解李云帆，可是此刻李云帆还是再一次突破了赵蓝的认知底限。她不清楚李云帆到底是以何等强大的心灵去冷静地面对一颗可以毁灭整颗地球的黑洞的，不清楚李云帆如何做到在真实面对一颗黑洞的时候还能保持冷静、淡然以及严肃的，更想不明白李云帆是如何做到不仅自己冷静，还让自己研究团队的科研人员也保持冷静的。

"你真是个疯子，你真的是个疯子……"此刻的赵蓝除了重复这一句话之外，已经说不出其他任何话了。

"我确实是个疯子，但现在，人类文明需要我这个疯子来拯救。只有微型黑洞的爆发才能达到我们所需要的能量层级，只有这颗黑洞才能阻挡地球向空旷宇宙坠落的命运。"李云帆的态度难得地严肃，"赵蓝，我一手将你扶持到了空间阻断计划总指挥的位置上，我通过你在为拯救人类文明而努力着。现在，到了你真正承担起自己责任的时候了。你要抛开自己内心的恐惧，真正地以自己的理智来做出一个判断，你要到我的基地中去看一看，然后选择是否相信我，代替我去做完这一切事情。"

"我需要冷静一下。"赵蓝有些无力地说着，关闭了和李云帆之间的通信连接。

赵蓝将自己在房间中关了整整一天。一天后，她从房间中出来，此时的赵蓝眼窝深陷，头发蓬乱，但眼睛却异常明亮。她给李云帆发送过去了一条信息："告诉我暗号，我要到你的基地去看一看。"

"好的，你去看一看吧。"李云帆很快对赵蓝的话语做出了回应，

"以下暗号拥有对我的基地的 S 级，也即最高等级的权限，在你将它告知罗德里格斯之后，你可以查阅基地之中的任何资料，并且可以对基地下达任何命令。"

"好的。"发出这条回复之后，赵蓝切断了和李云帆之间的联系。

赵蓝已经习惯了在遇到难题的时候就去李云帆那里寻求帮助，习惯于接受李云帆的强大和神奇以及种种不可思议的能力，甚至在此次星辰之灾最绝望的阶段，赵蓝都不曾绝望过。因为有李云帆在，赵蓝坚信，李云帆一定可以为任何难题找到解决的办法。

而现在，赵蓝面对李云帆给出的难题，必须要以自己的智慧和决断能力来做出最终的决定——

是相信李云帆，摒除自己内心对于这颗黑洞的恐惧并且对它加以利用；还是相信科学院众多科学家的计算结果，并且向政府报告这颗黑洞的存在，然后借助政府的力量，消除这颗黑洞，以免它最终对地球造成不可挽回的灾难？

现在，从某种意义上说，地球的命运维系在赵蓝身上。

赵蓝再一次来到了希望市，联系了罗德里格斯，再一次来到了处于深山之中的秘密基地。

这一次的到来和上一次拥有截然不同的心境。上一次到这里来，赵蓝更多的是好奇，这一次，则是凝重中夹杂着恐惧。每当想到就在自己身边不足一千米的地方存在着一颗黑洞，赵蓝就感到自己的心像是被一只大手狠狠地捏住一般，几乎让她喘不过气来。

在赵蓝报出那一长串暗号后，罗德里格斯对赵蓝的神情立刻恭敬了起来："赵蓝小姐，从现在开始，您拥有这个基地中的最高权限。你所说的每一句话都等于是老板的命令，我们会无条件绝对遵从您的任何指示。"

"包括将这座基地摧毁这样的命令在内？"赵蓝有意无意地问了一句。

"是的。"罗德里格斯的回答没有丝毫的犹豫，"任何命令。我们不知道老板为何要将这样高的权限给您，但我们相信老板的判断。"

"你不怕我是在作假？不怕我是通过其他手段得知这段暗号的吗？"赵蓝问道。

罗德里格斯自信地笑了起来："那不可能的，您不应该对老板有所怀疑。在您看来，这仅仅是一段暗号而已，但在它内部蕴含了极端复杂的信息，这些信息甚至隐含了您的名字、身份、年龄，以及来到基地中的时间等。也就是说，每一段暗号都是唯一的，依据不同的状况，暗号也会有所不同。所以您就算将这段暗号泄露出去也是没有用处的。"

赵蓝对罗德里格斯提出要去看一看黑洞，

罗德里格斯毫不犹豫地带领着赵蓝直接走到了那栋紧紧关闭着的房间大门之前。在输入一连串复杂的指令后，大门被打开了。赵蓝深吸了一口气，跟随着罗德里格斯的脚步走了进去。

出乎赵蓝的预料。在这个房间中并没有众多奇形怪状的仪器装置，或者换一种说法，赵蓝确实看到了许多奇怪的仪器，但这里仍旧显得十分空旷。

房间太大了。

赵蓝粗略目测了一下，就得出了它至少有数万平方米面积的结论。所以，这间大厅里的仪器虽然众多，但看起来仍旧十分空旷。

赵蓝突然产生了一种几乎让她窒息的感觉——好像自己面前存在着一头最为凶残暴戾的远古巨兽，它此刻正在沉睡之中，但随时可能醒来。一旦它醒过来，整颗地球都会被它毁灭。

相比赵蓝，罗德里格斯的神情就轻松了许多。他带领着赵蓝在不同的仪器之间穿梭着，偶尔赵蓝还能看到穿着白大褂的研究人员。那些研究人员的表情也一如既往地平静，似乎他们早就习惯了和一颗黑洞待在一起。

脚下的大地很坚实，不仅坚实，还具有某种程度的弹性，走在上面感觉很是舒服。这些地表似乎经过了某种特殊材料的改造而拥有了某种特殊的性能，很显然，这种特殊的材料是为存在于这个房间之中的那颗黑洞而特意准备的。

赵蓝跟着罗德里格斯走了好几分钟的时间才来到房间的中央。跨过某一道界限之后，赵蓝感觉前方似乎有什么东西正在吸引着自己。这并不是心理上的感受，而是身体上的真实感觉，就好像赵蓝在这一刻化作了铁块，前方则存在一块磁铁。

这是很怪异的一种感觉。这种感觉十分轻微，若隐若现，赵蓝下意识地停下了脚步。赵蓝知道这是为什么——自己现在大概已经亲身感受到了一颗黑洞的引力了。

罗德里格斯看到赵蓝的反应，笑了笑："赵蓝小姐，无须担心，这颗黑洞是百分之百安全的，您无须担心它会将您吸进去。您看，在那里有一道玻璃屏障，只要站在玻璃屏障外就是安全的。"

赵蓝顺着罗德里格斯的手看过去，果然就看到了一面玻璃屏障，再往里十三四米远的地方有一个长宽高都有六米多的、似乎铁箱子的东西，静静地悬浮在空中。

罗德里格斯在一旁说道："您现在和这颗黑洞之间的距离是十五米，这颗黑洞的质量维持在一亿吨上下，所以，根据引力公式来计算，此刻您所感受到的黑洞的引力大概可以为您附加一个四五千克的拉力。"

赵蓝情不自禁地朝着那面玻璃屏障走了过去，双手扶在玻璃屏障上将脸凑了上去，注视着屏障内的那个铁箱子。

"整座基地其实都是采用特殊的材料建造的。"在赵蓝凝神观看那个大铁箱子的时候，罗德里格斯的声音再次在赵蓝耳边响起，"这颗黑洞太重了，所以我们通过强电场将它束缚在真空环境之后，还要想办法阻挡它向地球坠落。我们采取了完美的压力分散设计方案，将这颗黑洞的重量尽可能地分散到了整个基地之中，可是就算如此，基地中每平方厘米所承受到的重量也在一千克到一吨之间——距离黑洞越近，所承受到的压力自然也就越大。压力分散系统性能再好，也不可能将所有压力全部均匀地分散到每一处地方。而一头大象对地面的压力也不过才每平方厘米一千克多一点而已。这等于有一千万头健壮的大象同时踩在这个基地之中。"

　　"我想真切地看一看这颗黑洞，看看它是什么样子。"赵蓝说道。

　　"可以。"罗德里格斯毫不犹豫地答应了下来。

　　这颗黑洞已经在这处基地中存在了十几年的时间，这里的研究人员，包括李云帆在内，也对这颗黑洞进行了十几年的研究。所以很显然的，在这里一定会有很完善的实验和观测设备。

　　罗德里格斯带领赵蓝往旁边一处观察室走去，在路上，罗德里格斯用一种略显自豪的语气对赵蓝说着："赵蓝小姐，现在您知道为什么我们基地从来没有废弃物被丢弃出去了吧，包括挖空山峰和开凿地下通道的废料都没有扔出去。是的，我们将它们全部都扔到了黑洞之中。不管是多么难以处理的废弃物，甚至是危险性最大的辐射性废料或者一滴就可以毒死数十万人的超级毒药，对于黑洞来说统统都只是食物而已。"

　　赵蓝此刻仍处于震撼之中。这是一颗黑洞，但它也是一个神迹——一个只有神灵才能掌握的神迹。但现在它就这样出现在了赵蓝面前，这让赵蓝如何能不震惊？

　　罗德里格斯仍在继续说着："在我们基地组建的早期，老板和政府的某些科研部门签订了废弃物处理合同。你要知道，那些科研部门制造出来的废弃物全部都是极端危险的东西，在以往他们通常都是将这些东西发射到月球上存放，因为地球上根本就没有存放这种危险废弃物的空间。"

这一点赵蓝倒是知道的。人类文明的科技越先进、所掌握到的力量越庞大，危险性便越高。几十年前曾经发生过一起事故，某处海域方圆几十万千米之内的海洋生物全部患上了一种怪病，导致海洋生物大量死亡，经过调查，才发现是位于这里的某处深海填埋场里的废弃物产生轻微泄露，导致了惨剧的发生。那次事件之后，人类文明便制定了法律，规定所有Ｓ级及以上危险程度的废弃物必须发射到月球上去，严禁存放在地球上的任何地方。

"老板声称他掌握了一种新型的废弃物处理技术，并且在申请专利之后向政府公开了该技术的细节，于是老板在这种技术通过评估之后就取得了所有政府科研部门废弃物处理的订单。嗯，这种技术确实是真的，但是通过它来处理废弃物的利润很低，所以老板对制造这种设备并没有兴趣。他只是在明面上成立了一家采用该设备的废弃物处理公司，然后在暗地里将那些危险的废弃物全部运到了这里，投入到了黑洞之中——安全、高效、快捷、成本低廉。早期老板就是通过这种手段从政府手中获得了大量资金，这才逐渐将基地扩大，增添了许多设备，还成立了许多分支机构……"

罗德里格斯的话中一直有一种自豪感，但在赵蓝听来却有一种哭笑不得的感觉，将之前那种震撼感也冲淡了不少。

"这个李云帆还真是个人才，竟然将黑洞当成了垃圾处理厂。不过这从技术层面来说倒是完全可行的，不管多么危险的东西，遇到了黑洞也只能褪去自己除了质量、角动量和电荷三个物理量之外的一切'毛发'，乖乖地成为黑洞的一部分。"

"这个合同一直持续到现在，老板的那个身份甚至还接受过政府至少五次的荣誉嘉奖。要知道，处理这些危险废弃物对于政府来说是很麻烦的一件事情，而老板则以在政府看起来很低廉的价钱将这个麻烦完全解决掉了。虽然他从中赚到了大量的财富，但不能否认，这也为政府带来了很多好处不是吗？"罗德里格斯说道。

　　"好吧。"赵蓝点了点头，"从某些方面来说，这确实是一件双赢的事情。"

　　罗德里格斯的话让赵蓝想起了一个人。那个人是某家垃圾处理公司的负责人，他也确实像罗德里格斯说的那样，曾经接受过政府好几次嘉奖，赵蓝还在媒体上看到过对他的专访。专访中，那个人满脸虔诚地说了一通诸如"危险废弃物处理很危险，利润率也很低，但是身为一名企业家，我认为这是必须要承担的社会责任，为我们的文明做贡献是我应该做的""说实话，这个危险废弃物处理厂是完全不赚钱的，完全是靠我名下其他实业的输血才能支撑下去。但我甘愿这样做，我不想看到我们的科技研发机构将原本可以用来搞研发的钱浪费到废弃物处理上。只要我的这个工厂能为我们的科学进步节省哪怕万分之一的资源，我也就满足了"之类冠冕堂皇的话，当初的赵蓝还对这个人十分欣赏，认为这才是新时代有责任心的企业家。真是没有想到，那个人仅仅是李云帆众多身份中的一个，而且，李云帆就是靠这种行为才在初期积累了大量财富。

　　"不知道那些政府官员如果知道了真相会是什么表情。"赵蓝想。

　　在罗德里格斯的带领下，赵蓝来到了一处十分宽敞的控制室，里面有十余名穿着白大褂的工作人员正在忙碌着。控制室里摆放着二十多个显示屏，那些屏幕上不断滚动着大量让人眼花缭乱的数字。很显然，这些数字就是描述那颗黑洞以及束缚着它的那些仪器的状态的。

罗德里格斯带着赵蓝来到一处显示屏幕前，说道："这就是那颗黑洞的实时状态了。"

但这块屏幕一片漆黑，什么都看不到。罗德里格斯在旁边的控制台上调整了几下，于是赵蓝就看到在一片漆黑的屏幕中央出现了一个微弱的红色小点。除此之外，并无其他。

"这并不是可见光。"罗德里格斯说道，"这是霍金辐射，也就是黑洞的蒸发。微型黑洞的蒸发十分猛烈，所以我们可以观测到这些过程，并且以颜色的形式将它标注出来。"

霍金辐射这个概念早在太阳危机之前便被一个名叫霍金的伟大科学家提出来了，它具体是说：真空其实并不是空的，在真空中会完全随机地出现一种虚粒子对，这些虚粒子对其中一个有负质量，另一个有正质量。在出现之后的刹那间，正粒子和负粒子便会双双湮灭。所以在宏观世界中物质才会呈现出质量守恒的现象。如果虚粒子对恰好出现在黑洞旁边，就会有很有趣的事情发生——因为带有负质量的粒子可能会落入黑洞减少黑洞的质量，而拥有正质量的粒子则可能逃逸，看起来就像是黑洞发射出的辐射一般。这个理论兼顾了热力学第二定律以及物体无法从黑洞内部逃脱的守则，所以一度引起了众多科学家的关注，可是科学家们始终无法验证霍金辐射，无法观测到它的真实存在。就算在数百年之后的现在，虽然有越来越多的理论和数据支持，霍金辐射基本上已经得到了认可，人们也还没有用案列验证霍金辐射的真实性。

无法观测到霍金辐射的一个重要原因就是，越是质量庞大的黑洞，其辐射速率就越低。人们通常寻找到的都是超大质量的黑洞，对于这样的黑洞来说，辐射速率低到几乎可以忽略不计，人们要观测霍金辐射自然极其艰难。而小黑洞的辐射速率可以高到一个堪称恐怖的地步，观测起来也就容易许多。

"如果将这些观测数据公布出去，一定会让所有科学家都疯狂的。"赵蓝喃喃说道。

"下面我们来看一下在可见光环境中黑洞是什么样子……"罗德里格斯微笑着说道，他伸手按下了一个按钮，于是赵蓝面前的这块显示屏幕立刻变得白茫茫一片。除了在屏幕中央的位置有一点似乎扭曲的东西之外，赵蓝没有看到任何东西。

赵蓝也是一名科学家，虽然没有专门研究黑洞，但关于黑洞的一些基本知识还是略有了解。她在心中快速地计算了一番，然后有些无奈地摇了摇头："这个小黑洞根本就是看不到的。算了，你还是给我一些你们的研究资料让我看看吧。"

"我有办法让你看到。"罗德里格斯笑着说道。

按照罗德里格斯的说法，基地中的这颗黑洞质量在一亿吨左右。按照史瓦西公式来计算，这样的黑洞的视界半径只有大约一点五乘以十的负十六次方米。而作为对比，一颗质子的半径大约有八点五乘以十的负十六次方米，也就是说，一颗质量为一亿吨的黑洞的大小，大约只相当于六分之一颗质子大小。

这完全已经是微观世界的范畴了，人眼自然是不可能看到的。就算它的引力再庞大，根据引力公式来计算，在离开它一厘米之后的引力就已经急剧缩小到了只有地球引力的大概七千倍，而这个数字很难引起肉眼可见的光线变化。所以这颗黑洞其实是看不见的。但此刻罗德里格斯又说"我有办法让你看到它"，这就不由得赵蓝不感到奇怪了。

但片刻之后赵蓝又瞬间明白了过来——罗德里格斯大概是要给黑洞喂食了。

黑洞是隐身的，真实天文观测中的黑洞，除了通过它对周围空间以及物质产生的影响来推算它的存在之外，肉眼无法看到。而它对周围空间产生的影响一般分为三个方面：一是引力透镜，二是吸引周围星体围绕自己旋转，三是进食。

如果天文望远镜看到天空中某个河系的画面忽然产生了扭曲，又或者同时观测到了两个一模一样的河系，人们就可以知道这个河系和地球之间通过了一颗黑洞，因为黑洞的引力扭曲了河系传向地球的光线，所以在地球上的人才会看到那种奇特的现象。这就是引力透镜现象。

如果人们观测到一颗恒星或者一颗中子星之类的星体在围绕着一个看不见的点旋转，那么人们也可以知道那里有一颗黑洞。

而如果某一个地方忽然有极其强烈的伽马射线及 X 射线爆发，那么大概就是那里有一颗饥饿的黑洞正在疯狂吞噬周围的物质。

这三种现象可以将黑洞的存在标注出来。所以人们虽然无法直接看到黑洞，但通过种种现象仍然可以将黑洞找出来。但很明显，基地中的这颗小黑洞是无法通过引力透镜现象或者星体旋转现象标注出来的。那么就只剩下了最后一种可能——通过黑洞的进食将它的存在标注出来。

"赵蓝小姐，您是第一个真实地看到黑洞进食的基地之外的科学家。"罗德里格斯满是笑意地说着，"今天正好是我们基地帮助政府研究机构处理危险废弃物的日子，有大约一吨的危险废弃物要被投放到黑洞中去，您可以全程观看这个过程。"

"是吗？"赵蓝有些兴奋。

罗德里格斯点了点头："政府以往在处理这些危险废弃物的时候，大约要为每一克废弃物付出五千人类币的价格，而老板那个公司开出的价钱是每一克废弃物一千人类币。足足为政府节省了五分之四的废弃物处理资金。而我们所需要做的，仅仅是将它们投入到黑洞中去而已，就是这么简单。"

赵蓝心里默默地计算了一下，每一克一千人类币的话，一吨就是十亿人类币，这个价钱已经足以买下一艘希尔维雅号飞船了。

　　十亿人类币是普通人一生不吃不喝都无法积累到的财富，自己身为科学家，每个月所有的收入加起来不过才一万多人类币，如果不是政府的特殊嘉奖，看在自己先祖赵华生的面子上赠送了一艘飞船，自己这一辈子也别想买得起私人飞船。而十亿人类币对于李云帆的基地来说，却仅仅是将一吨危险废弃物喂给黑洞这样简单。

　　"这钱赚得也太容易了。"赵蓝默默地想着，"怪不得李云帆可以在短时间内积累那么多财富。"

　　"您看，他们已经要开始了。"罗德里格斯指着另一台显示屏幕说道。

　　于是赵蓝看到几名穿着全身防护服的工作人员操纵着一台叉车一样的机器，将一个严格密封起来的大箱子放到了一条传送带上。传送带不断地转动着，将这个箱子运输到了一台机器深处。

　　"这台机器是通往黑洞的入口。黑洞太危险了，为了防止意外发生，所有人，包括所有的物质，除了这条传送带，一律不准接近黑洞。"罗德里格斯介绍着，"你看，它已经经过了电场处理，束缚着黑洞的那台仪器会通过电场束缚的方式来控制它的运动，将它精准地投放到黑洞中去。"

　　通过另一台显示器，赵蓝看到包裹着黑洞的大铁箱子此刻开始缓缓扩大，一直从两米扩大到了八米左右才停下来。在它上面还被打开了一个长宽各约半米的洞口。

　　"在箱子打开之前，玻璃罩内已经被抽成了真空，所以不必担心黑洞意外进食的问题。"罗德里格斯说道。

　　赵蓝点了点头。如果玻璃罩子内不是真空，那颗黑洞就会首先吸光自己周围的空气，然后在空气压力的作用之下，其他部位的空气会不断地向黑洞汇聚，一直到黑洞最终将玻璃罩子内的所有空气吸完。而如果玻璃罩子和基地之间是互通的，那么这颗黑洞便会将整个基地中的空气吸光。而如果这个基地又和外界连通，那么这颗黑洞总有一天可以将地球的整个大气层都吸光。当然，最可能发生的情况是这颗黑洞在吸取了一定量的空气、质量增大到一定程度之后，电场束缚仪器无法再支撑它悬空，它会直接掉到地面，然后穿透一切来到地心，最终将整颗地球吞噬掉。

那个装着危险废弃物的箱子终于出现在了玻璃罩子内，然后悬浮在了空中，开始向黑洞缓缓坠落。随着它的坠落，显示器上的一个数字不断跳跃着扩大，赵蓝知道，那个数字代表这个密封箱子此刻所受到的黑洞引力的大小。

当它来到束缚着黑洞的那个铁箱子的缺口处的时候，引力读数是三十七分之一，距离是五米。也就是说，在距离五米的时候，它受到的黑洞引力是三十七分之一地球引力。

当距离缩短到三米的时候，它受到的黑洞引力大概是十三分之一地球引力。

当距离缩短到一米的时候，它受到的黑洞引力大概是三分之二地球引力。

再加上地球本身的引力，它受到的引力已经接近两倍地球引力了，但两倍地球引力没办法对这个密封箱子的材质造成什么影响。

随着它和黑洞的距离越来越短，一直缩短到只有零点二米的时候，奇特的事情发生了。这个黑洞可以近似地看作一个质点，而这个箱子是一个宏观物体，它是不可以被看作质点的。所以它的不同部位和黑洞之间的距离必然有差距。就像现在，它的中心和黑洞只有零点二米，可是它的边缘和黑洞之间还有约零点五八米。这就会造成巨大的引力差距，距离黑洞零点二米的部位受到的压力是十七

153

倍地球引力，它的边缘受到的引力则只有两倍地球引力。

于是密封箱子的中央就开始向着黑洞的方向鼓起，越向边缘的地方鼓起的幅度越小。随着电场控制仪器控制着它越来越接近黑洞，密封箱子的中央鼓起的幅度越来越大，直到距离只有零点零四米的时候，那个鼓包在高达四百多倍地球引力的拉扯之下，终于破裂了。于是一个细条便从密封箱子之上延伸出来伸向了那颗看不见的黑洞，在这些物质距离黑洞只有零点零一米的时候，引力已经上升到了地球引力的六千八百倍，当距离缩短到只有零点零零一米的时候，引力是地球引力的六十八万倍，当距离缩短到只有零点零零零一米的时候，就是地球引力的六千八百万倍……而这个数字，已经超过了中子星的引力强度。

于是整个箱子都被撕碎了。它被黑洞拉扯成了长条，开始围绕着黑洞疯狂地旋转，在旋转的过程中被黑洞逐渐吞噬。在旋转的过程中这些物质还有碰撞，于是极其明亮的可见光就发射了出来，在漆黑一片的箱子内异常耀眼。赵蓝知道，这仅仅是肉眼能看到的，在自己看不到的波段，还有大量的伽马射线及其他波段的辐射被释放出来。

这个过程持续了一段时间，直到所有物质都被黑洞吞噬，箱子里便重新恢复了黑暗和寂静。重达一吨的、需要人类文明付出十亿人类币代价才能处理掉的危险废弃物就这样被黑洞轻而易举地吞噬掉，彻底从可见宇宙之中消失了。

如果不是刚才亲眼看到，赵蓝无论如何都不会相信在这一片漆黑之中隐藏着这样一个恐怖的怪物。她无法形容这种力量的恐怖，它太极端，也太无敌了。

赵蓝过了许久才从震撼中回过神来。罗德里格斯恰好也在这时关闭了对黑洞的监视画面，然后笑着对她说道："赵蓝小姐，你还有什么想知道的吗？"

"你们的老板当初是怎么得到它的？不要跟我说是从超微型黑洞培育出来的，那不可能。黑洞这种东西完全超出了我们人类的科技极限。"赵蓝问道。

这个基地已经给了赵蓝太多的震撼，让她感觉自己以前简直就像是生活在电视剧中一般，那么虚幻。赵蓝完全想象不到，在自己未曾接触到的角落，竟然还隐藏着这般惊人的真相。

人类其实很早就有了制造微型黑洞的能力。早在数百年之前，人们便可以通过大型粒子对撞机来制造微型黑洞。其制造黑洞的具体原理是借助极高的能级在一瞬间产生一颗质量只有质子级别的黑洞——质量和能量其实是一体的，如果极高的质量浓度可以制造出黑洞，那么极高的能量浓度当然也可以制造出黑洞来。粒子对撞机就是这样一种仪器，两束以极其接近光速运动的粒子对撞之后，它们的瞬间能级甚至可以达到宇宙大爆炸之后几微秒时间的能量强度，于是一颗超微型黑洞便在粒子对撞机内被创造了出来。不过黑洞越小，可以存在的时间就越短，依据寿命公式来计算，一颗质子级别质量的黑洞只能存在普朗克尺度的时间而已，又因为微观世界是极端空旷的，在质子黑洞周围基本上不存在物质，它也没有进食的能力，所以在被制造出来之后仅仅一瞬间它就蒸发殆尽了。

就算人类文明的科技再发展几百年，人类文明都不会有将一颗质子黑洞培育成宏观黑洞的能力。所以赵蓝才会有这样的疑问。这颗黑洞不可能是人类制造出来的，那么，它从哪里来？

"它是老板偶然间捡到的。"罗德里格斯笑着说道，"你知道吗？在我们周围其实存在着很多黑洞，有无穷无尽的黑洞存在……"

"但这和我们有什么关系？那些也只是超微型黑洞而已，它们存在与否不会对我们产生任何影响。"赵蓝质疑道。

赵蓝可以理解罗德里格斯的说法。根据最新的研究结果显示，其实超微型黑洞是普遍存在的一种东西。她知道，此时此刻就在自己身边，就在地球表面乃至于地球内部，以及整个太阳系空间之内，都有着无穷无尽的超微型黑洞。它们不断地诞生，又不断地毁灭，但不管是生还是死，它们都不会对宏观世界造成任何影响。

　　这些黑洞的产生是因为高能宇宙射线。

　　高能宇宙射线同样具有极高的能量层级，它们所蕴含的能量并不比粒子对撞机之内对撞的两束粒子的能级低。既然粒子对撞机可以制造出超微型黑洞来，那么高能宇宙射线同样可以制造出超微型黑洞。它们和物质粒子碰撞之后就可能产生超微型黑洞，而高能宇宙射线几乎无处不在，所以超微型黑洞便也无处不在。

　　太阳风以及地球磁场是可以抵御高能宇宙射线的，不过也难免会有极微小剂量的高能宇宙射线到达地球表面。这也就意味着，就在此时此刻，说不定在赵蓝身体之内就存在着数亿个超微型黑洞，它们不断诞生与毁灭，但它们不会给赵蓝带来任何影响。

　　所以赵蓝才会对罗德里格斯的话产生怀疑。因为这些超微型黑洞和粒子对撞机内部产生的黑洞没有任何本质差别，人类没有技术去培育粒子对撞机内的黑洞，同样也没有办法去培育高能宇宙射线制造出来的超微型黑洞。

　　面对赵蓝的质疑，罗德里格斯微笑着摇了摇头："哦，我并不是这个意思，我只是在做一个类比而已。你知道的，黑洞很难被发现，除了它和它周围物质的交互作用之外，我们基本上很难找到它们，微型黑洞虽然存在十分剧烈的蒸发现象，但在大空间背景之下，这些所谓剧烈的蒸发，其实微不足道，我们同样无法通过黑洞的蒸发来寻找它们。这也就意味着，在我们看不到的星空中可能存在着许多黑洞，而我们对它们一无所知。"

罗德里格斯继续微笑着说道："那么假设一下这种情况，如果有一颗微型黑洞，质量等级在十几万吨上下吧，这样一颗黑洞忽然进入了太阳系，甚至来到了地球边缘，我们人类可以发现它们么？"

　　一颗只有十几万吨质量的黑洞，其寿命只有不超过十天的时间，要在十天时间长途跋涉这么远的距离是很难想象的事情，不过罗德里格斯的重点很明显不在这里，赵蓝便也没有在这个问题之上纠缠："我们大概是发现不了的。"

　　"如果你恰好来到它身边只有几千米甚至几百米的附近呢？你可以发现它吗？"罗德里格斯说道，"十几年前，老板乘坐自己的飞船进行环地球飞行的时候，忽然发现了一个就在自己附近的伽马射线辐射源，于是老板很好奇，就小心翼翼地靠近了这个辐射源，通过观察发现这竟然是一颗微型黑洞。当时它正在以大概七点七千米每秒的速度环绕地球运转，并正在快速地损失着自己的质量。如果没有外力干涉，它大概会在不断损失质量的过程之中逐渐远离地球，最终挣脱地球引力的束缚，并在太空中消散殆尽。"

　　"包括老板在内，我们没有人知道它从哪里来，经历了怎样的生命历程，不知道它在哪里诞生，不知道它是自然形成还是人为制造的……我们什么都不知道。老板恰好在它消散之前的十几天发现了它，然后小心地培育它，最终想办法将它带回了地球，这才有了我们现在看到的情景。"罗德里格斯摊了摊手说道。

　　"你确定这是真的？"赵蓝问道。

　　这种事情发生的概率实在太低了，这远远要比一个人连续几年时间每天都中彩票头奖的概率低得多，以赵蓝的人生经历很难相信这样的事情。就算一个人走在路上被一座金矿砸中从而成为人类第一富翁，都远远要比走在路上恰好捡到了一颗黑洞来得具有可信度。

　　"我当然不确定。"罗德里格斯摇了摇头，"但是老板是这样告诉我们的。或许这其中还有别的隐情，但老板不告诉我们，我们也不会去探究这些东西。话说回来，谁还能一点秘密都没有呢？更何况是老板这样的人物。或许您以后和他熟悉了，他会将更多的秘密告诉您。"

李云帆这个人在赵蓝心目中又神秘了许多。得到这颗微型黑洞的真实过程，除了他之外，恐怕这世界上没有任何一个人知道了。

但罗德里格斯话中那轻描淡写的语气仍旧让赵蓝感到有些心惊。罗德里格斯的话中，关于李云帆是从地球之外得到这颗黑洞的描述应该具有相当的可信度，也就是说，李云帆是真的想办法将这颗黑洞从地球之外带回了地球，然后安置在了这个基地中。

现在的赵蓝当然知道这个过程中并没有发生意外，但她还是会忍不住感到后怕。如果在这个"带回来"的过程中有哪怕一点点意外发生最终导致这颗黑洞坠入地球，后果都是灾难性的，地球会被完全毁灭。十几年前的赵蓝大概还在中学里面对题海奋斗，间或会对所谓爱情之类的东西有一点懵懂的憧憬。谁能想到，就在那个时候，地球的某个角落，有一个疯狂的家伙将一颗可以完全毁灭地球的黑洞带了回来……

"好吧。"赵蓝说道，"既然你们老板说是偶然捡到的，那就当它是捡到的好了。现在，请将你们关于这颗黑洞的所有研究资料交给我，并为我提供一个不受打扰的房间，我需要在这里待一段时间。"

"乐意为您效劳，请跟我来。"罗德里格斯彬彬有礼地说道。

现在赵蓝当然已经完全相信了黑洞的存在，也相信李云帆确实对这颗黑洞进行了十几年的研究，但这并不意味着赵蓝就可以完全而彻底地相信他的话。最关键的一点，也就是为什么要在计算能量爆发强度的时候加入地球质量的因素，赵蓝还没有找到证据。

在来到这个基地的时候，赵蓝随身携带了可以和李云帆通信的仪器，赵蓝打算在这里，在所有试验验证设备和试验资料都齐全的条件下，让李云帆详细而彻底地为自己讲述他的构思。

可她很快就发现这是不现实的。那些研究资料太过繁杂，其中所涉及的实验数据也如同天上繁星一般多不可数。要完全重现这些实验获取到第一手的实验数据，首先从时间上来看就来不及。

赵蓝没有办法，只好退而求其次，先默认这些实验数据是真实的，只从科学逻辑上理解一下李云帆的思路，但她随后又发现这也是不可行的。现在的问题仍然是——时间不够。

"我的智慧不足，这一点我不得不承认。李云帆，你可以将这些研究数据都公开吗？我去想办法来解释这些数据的来源，然后将它们交给星辰之灾指挥部，让执行委员会的人组织科学家来解读这些资料，他们一定可以理解这些东西。这样一来我们就可以说服他们，让他们意识到，借助大当量氢弹爆炸来阻断罗巴切夫斯基空间和地球之间的联系是不可行的，必须要借助黑洞的力量才可以做到。"

面对赵蓝的请求，李云帆先是沉默了一下，然后才有些无奈地说道："赵蓝，你把事情想得太简单了。就算我公开了这些研究资料，哪怕我公开了我的基地的存在，将这颗黑洞以及这里所有的实验设备全部交给科研部的人来接管，让他们实地验证这些资料的真实性，情况就会有所改变吗？不，不会的，他们仍然不会相信。"

赵蓝怔了一下，然后问道："为什么？"

"首先，你告诉我，你为什么相信我？"李云帆没有回答赵蓝的问题，反而问了另一个问题。

"我为什么相信？"赵蓝喃喃自语着这句话，陷入了思考，久久没有回答。

"去掉感情因素，仅仅以理智来思考，你为什么相信我？首先，一方面是人类文明的主流科学家们，他们不仅拥有话语权，他们的理论和计算结果也拥有完整而坚实的理论支撑，相比起来，我的计算过程所用到的这些数据你完全没有时间去逐个验证，甚至我的思考逻辑你也无法完全理解。其次，我是一名盗贼，我完全游离在主流科学界之外，恐怕你对我的印象也并没有太好。赵蓝，你是一个善良的人，在和我的相处之中你受到了我的感染，所以你相信了我，但你要明白，这是你感情的选择，而不是你理智的选择。"

"而其余的科学家，他们有什么理由来相信我而不去相信自己的计算结果呢？我可以肯定，如果完全公布我基地的存在以及我所有的研究资料，那么他们的反应会是这样的：首先会有荷枪实弹的大批士兵来控制这里，天空之中的卫星会对准这里，大量的武装飞行器会占满这里的天空，政府会将这里变成一个蚊虫难逃的禁地。然后大批科学家会进驻，他们会解析我基地内部的所有东西——哦，这些行为其实是没有关系的，如果他们可以相信我的研究资料从而采信我的结论来执行阻断空间计划，最终避免地球坠入空旷宇宙的命运，牺牲掉这个基地对于我来说也并不是不可接受的事。"

"可是在解析我的基地和资料的时候，他们同样会面临到你所面临的困境——时间不够，实验数据无法验证。他们无法确定大盗李云帆是怎样的一个人，但无论是政府还是主流科学界都不会对我有好印象，他们大概会将我看作一名隐藏在暗处的恐怖分子，他们会对我有很深的成见。再加上数据无法验证，所以他们必然不会采信这些数据资料，也就是说，这对事情结果不会有任何改变。"

"不仅如此，他们还会将这颗黑洞以人类有史以来最为严密的措施看管起来，同时想尽办法将它除掉。因为人类政府不会允许一颗随时可以毁灭整颗地球的东西存在于地球之上。这样一来，我们就全完了，包括地球也会因为错误的计算结果而坠入到空旷的宇宙中去，整个人类文明也就完了。"

赵蓝喃喃道："这似乎是一个死局啊……也就是说，无论你是否公开你的基地或者研究资料，人类政府都不会采信你的计算结果，地球就会坠入到空旷宇宙之中，人类文明便会灭亡。可是李云帆，你为什么不惜向我授予你基地的最高权限，也要让我相信你？在人类文明主流科学界已经注定不会相信你的情况之下，让我相信你有什么用处？"

"当然有用处。"李云帆笑道，"这就涉及接下来我的计划了。我想回到我们的宇宙中去，同时，我也不想让人类文明灭亡，但人类文明又不肯采信我的计算结果，那么我们就自己去执行好了，自己想办法将这颗黑洞运输到指定的空间点上，将它在那里引爆，以我们自己的力量阻止地球向空旷宇宙中的坠落。而如果要执行这个计划，你的位置就至关重要了。因为你是空间阻断计划的总指挥，你的身份和地位可以为这件事情提供许多助力。只有你完全相信了我，这个计划才可能成功。"

"我？"赵蓝惊讶地张大了嘴巴，"以我的身份……为这件事情提供助力？"

"是的。"李云帆说道，"这是我所能想出的最好的办法。以你的官方身份来提供掩护，我的冒险者小队以及我的科学家团队则负责具体执行，我们一起来完成这件事情。只有这样做才能让地球免于坠毁的结局。"

赵蓝迟疑着，没有说话。

李云帆继续说道："所以，这件事情会如何发展，决定权在你手上。"

做出这个决定对于赵蓝来说真的很难。因为赵蓝一直是一个普通人，从未经历过这样的事。赵蓝在自己二十多年的人生经历之中，所做出的最重大的一个决定就是在当初从政府提供的几个选项之中选择了希尔维雅号飞船，可是现在，她的选择关系到人类文明，关系到整颗地球的命运。

如果李云帆是错的，而赵蓝又选择相信了他，那么在成功执行了他提出的计划之后，在关键空间节点爆发的黑洞会对罗巴切夫斯基空间造成不可估量的影响，这影响很可能让原本会被切断的空间再度产生涟漪，将地球卷入到空旷宇宙中去。如果人类政府的主流科学界是错的，而赵蓝又选择拒绝相信李云帆，那么地球同样会坠入空旷宇宙，人类文明同样会灭亡。

到底该怎么选择？

赵蓝感觉到一股沉重的压力压在了自己身上。自己的一个决定可以改变整个人类文明的命运，这种事情说起来好像很有成就感，可是真的放到自己身上的时候，这种选择权所给自己带来的心理压力可能会让人发疯。

在这个时候赵蓝再一次想起了自己的先祖赵华生。无论哪个影视作品在演绎那段故事的时候都倾向于将赵华生塑造成一个英明果敢坚决到不似人类的形象，可是赵蓝知道，他其实也只是个普通人而已，那个时候，他所承受的心理压力一定不比此刻的自己小。

当自己面对相似的事情时，赵蓝才真正体会到了赵华生的伟大。这种伟大并不体现在智慧上，而是体现在心灵的坚韧上。

事实证明，那个时候的赵华生最终做出了正确的选择，最终拯救了整个人类文明。可是，现在的自己呢？能做出正确的选择么？

"赵蓝，我在等着你的回答。"李云帆的话再次传了出来。

赵蓝无疑是相信李云帆的，但如果这份信任牵扯到的东西太多，她也会有迟疑。而现在，这份信任背后关系到的简直是赵蓝所可以想象到的最为重大的事情，她实在不知道该如何做出抉择。

"我……我想去试一试。"赵蓝说道。

"怎么试？"

"将这份资料拿去交给执行委员会，让他们组织科学家来解析这份资料。我会全力以赴尝试去说服他们，同时，说不定他们真的会有验证这份资料的办法。你放心，基地的事情我不会泄露的，我明白保留基地以及黑洞的秘密的重要性，只有这样，在事不可为的时候才有一线生机，我们才可以通过自己的努力去改变这一切。我知道的，所以我绝不会将黑洞的事情泄露出去。"赵蓝说道。

李云帆的声音之中有一些叹息："好吧，你可以去试一试。"

赵蓝毫无疑问是在逃避，她在将原本该由自己承担的责任转嫁到了执行委员会的身上。但同时，她也是在逼迫自己。因为在现在的情况下，这种选择也可以算是一条退路，如果执行委员会真的拒绝采信这份资料，她就会被逼入绝路。到那个时候，她就别无选择了。

赵蓝现在无法做出选择，所以她将做出最终选择的时间延后了一点。

赵蓝回到科研部大楼的第一件事便是来到了执行委员会的办公室，向委员们汇报了这件事情。她想了一个借口将这份资料的来源问题糊弄了过去，并没有将李云帆和基地的事情透露分毫。

这份资料立刻就引起了执行委员会委员们的重视。空间阻断计划是牵扯到人类文明能否继续延续下去的重要事件，关于这个计划的所有事情都会受到最高程度的关切。在初步审核了这份资料、发现以自己的能力无法完全理解之后，执行委员会立刻将这份资料分发到了众多相关科学家手中，由他们分别展开解析，其间还召开了许多次碰头会议，足足商讨了将近两个月的时间。

就像李云帆当初所预料的那样，对于这份资料，有的科学家持反对态度，也有少数科学家持赞同态度，认为应当将地球质量这个因素纳入计算过程。但是有一个很严重的问题，那就是——所有持赞同态度的科学家，都没有办法拿出坚实的实验数据来支撑自己的结论。面对这种情况，执行委员会宣布召开一次全体科学家会议，所有参与解析赵蓝提交的这份资料的数千名科学家全部都会参会，他们将在这一次会议上决定是否采信这份资料。

"如大家所见，空间阻断计划总指挥赵蓝提交了这份解析资料。赵蓝女士认为我们现有的计算过程出现了错误，我们应该将地球质量这个因素纳入到计算过程中，这将导致计算中的切断空间连接所需要的爆发能量再度提升百分之五；而之前大家普遍认同的计算过程并没有纳入地球质量这个因素。这个问题事关空间阻断计划的成败，也直接关系到我们人类文明的生死存亡。在座诸位都是各自领域的领军人物，可以说，我们代表着人类文明的最高智慧集合。那么在这里，我要求大家就是否采信这份资料做出最终决定。地球和人类文明的命运就掌握在诸位手中。我希望大家以最为慎重的态度来参与这次会议，地球和人类文明的命运就取决于这一次会议。"

"首先请空间阻断计划总指挥赵蓝发言。"会议主持者简要说明了此次会议的意义，此刻，全场焦点聚焦在了赵蓝身上。

赵蓝轻轻呼了一口气，走上主席台，站在了话筒前。赵蓝环视全场，将在座的数千名最杰出的科学家全部看了一遍。这些人每一人都代表着各自领域的最高成就，这些人集合在一起，便代表着整个人类文明的最高智慧。此外，旁听席中还坐着元首及政府各部门的领导人物。这是关系到人类文明生死存亡的大事，他们自然不会缺席。

赵蓝心中略微有一点感慨，但这点感慨仅仅持续了一瞬间。在抚平心中波动之后，她缓缓地将早就准备好的理由说了出来："大家好，我是赵蓝，我支持该计算过程的理由如下：……"

每一名科学家手中都有一台电子设备，通过该电子设备，科学家们可以按照各自的学科和领域分成许多个不同的虚拟讨论小组，在这些虚拟的讨论室中，科学家们就赵蓝的发言展开了激烈的讨论。

在赵蓝发言结束之后，一名被推举出来的科学家提出了发言要求。会议主持者将发言权移交给了他，于是这名科学家的声音就传遍了整个会场："我并不赞同赵蓝女士所提出的计算方法。虽然我并没有办法否定它的正确性，但是同样的，也没有办法确定它的正确性。它更像是一种猜想，而不是一种得到了坚实实验数据验证的计算体系。考虑到此事的风险，我们认为，原本的计算方法和过程更为可靠。因为那个计算过程的每一步计算逻辑和所采用的数据都是可靠的，都是经受过检验的。"

他的发言得到了数百人的赞同。他的发言结束之后，另一名科学家得到了发言权："我部分同意赵蓝女士的结论。她所提交的这份资料拥有完美和自洽到像是艺术品一般的逻辑体系，虽然它仅仅只可以归类到猜想范畴之内，但是很难相信拥有如此完美逻辑体系的作品会是假的。根据经验，一般拥有这些特点的理论最终都会被证实为正确的。我提议，我们应该以最快的速度和效率通过实验去验证这些东西。"

"我们的时间是不够的，距离星辰之灾最终到来只有一年多的时间，这段时间我们能完全理解这份资料的逻辑体系结构就不错了，哪里还有时间去验证具体的数据？其实我们每一位在座的人都一样，既无法否定这份资料，也无法确定这份资料是真实的，只能以我们的经验和直觉，同时从风险和收益方面综合衡量，最终在两种选择之间做出一个。我认为，这两份方案最终相比起来，我们最初的计算过程拥有更高的可信度，我赞同执行第一份方案。"

"赵蓝女士，我有一个疑问，您提出了原有方案爆发能量不足的问题，那么请问，您有办法找到更高级别的爆发能量么？至少以我所知，人类文明现在的科技是没有办法在仅有的短短一年多时间中将爆发能量提升百分之五的。如果您的答案也是否定的，那么我认为您的提议其实没有意义。因为就算最终验定了您的方案是正确的，我们也没有与之匹配的能量爆发手段。与其如此，还不如继续执行原有方案，还有一定的成功几率。"

赵蓝看到，这名科学家的发言得到了几乎是百分之九十人数的赞同。

赵蓝回答道："我们现在所讨论问题的重点并不是这个。如果我们最终确定了需要去寻找更高层级的能量爆发模式，我相信以集体的智慧，一定可以找到具体可行的方法。对于这一点，我有绝对的信心。"

……

这次会议足足进行了两天的时间，现在终于进入了尾声，到了进行最后的投票，确定是否要采纳这份资料的时候了。

在场所有科学家——包括赵蓝在内都会自动获取一个投票名额。因为意见不一，又没有足够的时间通过实验验证，这样一个关系到整个地球以及整个人类文明的重大事件竟然要通过投票来决定，这不得不说是一件很不负责任的事。但现在人们并没有更好的办法，在这个时候，通过投票表决来做出最终的决定是最为合理的。

赵蓝打开了自己的个人电子设备，调出了投票界面。在投票界面上有三个大大的选项，分别是赞同、反对和弃权。赵蓝原本以为自己会毫不犹豫地按下赞同选项，但是在最终做出表决的时候，她犹豫了。

她忍不住在心中问自己一个问题："我在努力地说服其他人接纳

这份文件的计算方法，但是，我自己就真的相信李云帆了吗？"

赵蓝发现，在这一刻，自己竟然无法回答这个问题。她一直认为自己是相信李云帆的，但现在，在事情进展到最为直面内心的时候，她犹豫了。她发觉，自己好像并不是很信任李云帆。

"原来我一直在逃避啊。"赵蓝在心中默默地想着，"我对李云帆提出我要尝试一下说服主流科学界的科学家们接受他的计算过程，其实是因为我不敢承担这个责任而已。在我将这个计算过程公布之后，如果科学家表决没有通过李云帆的计算过程，在事情最终无可挽回、地球最终坠落到空旷宇宙的时候，我就可以将自己的责任推卸掉——因为这里所有的科学家都参与了表决，是科学家们共同否决了这个提案，责任并不在我一人身上。

"记得李云帆还有一个身份是心理学家，那么，对于我的心理活动，想必他是很清楚的。他察觉到了这一切，但他什么都没有说。想来，他对我一定很失望吧。

"可是这责任那么大，我怎么能承担起来呢？"赵蓝有些绝望地想，"当初赵华生在自己的推测还未获得最终验证的时候，他到底是怎样做出了那个决定，以一己之力承担起了所有的责任？还有李云帆，你又有多大的把握确定你是对的？如果你是错的，你可以承担起这个责任吗？"

赵蓝脑海之中好像又浮现出了李云帆的话："好吧，你可以去试一试。"

"事情的阴差阳错将普通的我推到了这个位置，我虽然不杰出，既没有过人的智慧，也没有出众的决断能力，但我此刻必须要做出决断。我已经没有退路了。"赵蓝这样想着，然后毅然按下了赞同按钮，之后就闭上了眼睛。

大会议室中不断响起窃窃私语声，许多人正在交头接耳。赵蓝没有和任何人说话，也没有观察任何人。只是在等待着最终结果的揭晓。

投票一直持续了十几分钟。在会议主持者用低沉的嗓音念出倒计时，并且直到倒计时归零之后，赵蓝才猛然睁开了眼睛，看向了大屏幕。

投票结果——一千九百七十五票反对，五十七票赞同，三票弃权。

赵蓝心中猛地一紧，但随即就放松了下来。赵蓝喃喃自语道："我为什么要对投票结果抱有期待呢？这个结果不是早就在预料之中了吗？"

会议主持者低沉的声音再一次传遍了整个大会议室："执行委员会决定仍旧执行原来的空间阻断方案。距离引爆时间还有一年零两个月，届时，我们会采用超大当量氢弹爆炸的方式来切断罗巴切夫斯基空间和地球空间之间的连接。"

会议室之中没有掌声响起，因为绝大多数人都预料到了这个结果。

元首站了起来，满是肃穆地宣布："散会！"

赵蓝知道，事情在这一刻已经变得不可挽回。无论如何，通过人类政府的力量来操控那颗黑洞的可能性已经被完全排除了。那么摆在赵蓝面前的选择同样还剩下两个：

第一、选择继续相信李云帆，并以自己空间阻断计划总指挥的身份为李云帆的计划提供便利，甚至在必要时亲自参与行动。

第二、选择相信人类文明主流科学界的科学家们。反正现在对于李云帆的方案已经进行过了表决，就算日后证明这是错误的，那赵蓝至少已经没有了责任。

地球就算坠落到空旷宇宙中，地球上的资源也可以支撑人类文明消耗几百年的时间。而几百年的时间，已经足以让赵蓝度过自己的一生。这就意味着，如果她拒绝相信李云帆，那么不管最终结局如何，她都可以安详地度过自己的一生。而如果她选择了相信李云帆，她就有可能被千夫所指，背负上毁灭地球、毁灭人类文明的责任，那将会是她穷尽一生都无法还清的罪孽。

赵蓝离开了会议室，离开了科研部大楼，再一次来到了华生广场。广场上仍旧人流如织，各色霓虹闪烁，将这里映成了一片彩色的世界。天空仍旧晴朗，黑色的天幕上点缀着一颗颗明亮的星星，看起来异常美丽。

欢笑声，打闹声，呼喊声……各种声音不断传到赵蓝的耳中，她的心绪却愈发地宁静。她知道，这里的所有人都不知道自己将要面对什么，也正因为如此，他们可以丝毫不关心明天会发生什么事情，可以尽情地享受现在。

而赵蓝不可以。

赵蓝继续漫步着，一直走到了广场中央，赵华生的塑像前。

赵华生的塑像前总是摆满了鲜花，此刻也不例外。赵蓝买了一束鲜花，弯下腰，恭恭敬敬地摆在了地上。

赵华生仍旧用平静而充满力量的眼神看着远方。赵蓝则站在地上怔怔地看着赵华生的脸庞，一直看了很久。

不知道是因为错觉还是什么，赵华生的目光明明是对着远方的，但赵蓝总是感觉赵华生在看着自己，看着自己这个直系后代。那目光十分亲切，满是温暖和鼓励。

"如果您在天有灵的话，如果是您在经历这一切的话……您会做出什么样的选择呢？"赵蓝喃喃自语着，站在赵华生的塑像之下久久不愿离开。

良久，赵蓝才叹了一口气，终于认清了这个残酷的事实：所有的事情必须要自己决断，就算是自己的先祖赵华生也无法来帮助自己。

塑像旁边的大屏幕上正在放映着描述太阳危机最为经典的一部电影，同时也是获奖最多、最广为人知的一部影视作品。就在赵蓝将自己的目光放到那块屏幕上的时候，采用虚拟技术合成的、还原度为百分之百的赵华生的影像恰好也在这个时候转过了头。他脸上带着微笑，用柔和却充满力量的声音对着赵蓝以及所有在场的观众说道："认准了的事情，就去做，犹犹豫豫、患得患失，只会带来悔恨和痛苦。"

这只是这部电影中的一个寻常片段，以前赵蓝不知道看了多少次。可是这一次不同。她只感觉自己心中好像有什么地方被击中了，自己心中那原本变幻不定的心思迅速地变得坚硬，并且不可摧毁。

赵蓝拿出通信仪器，眼睛看着大屏幕，脸上带着微笑，用平淡却坚定的语气对李云帆说道："李云帆，我决定了，我相信你。"

从通信仪器另一面传过来的李云帆的声音显得有些松了一口气的感觉："很好，赵蓝，你终于决定信任我了。放心，我不会让你失望的。"

"不。"赵蓝说道，"我只是在做我自己认为正确的事。在做出这个决定的时候，无论事情最后会怎样发展都将由我一人来承担，我已经做好了迎接任何后果的准备。这是我和自己的战斗，和你关系并不大。"

"我能理解，既然你已经做出了决定，那么就让我们开始吧。时间只剩下了一年零两个月，留给我们的时间已经不多了。"

这并不是一件简单的事情。一颗质量有一亿吨的黑洞，赵蓝想不到任何办法将它带到太空中去。如果倾尽全人类文明之力或许还可以做到这一点，但李云帆的势力毕竟不能和人类政府相比。最关键的一点是，在这次行动中，人类政府代表着掣肘。因为这次行动未经人类政府批准。

"我的计划其实很简单。"李云帆回答道，"先在我的基地中完成为黑洞瘦身的工作——罗德里格斯会帮助你完成这一点——将黑洞的质量从一亿吨降低到十万吨左右之后，将它从地面带到零号大推力宇宙飞船中，由零号飞船将它带到计算得出的空间节点，并通过添加或者减少质量来控制黑洞的最终爆发时间，让它在计划的时间、在计划的点上爆发出计划的能量，以此来完成斩断罗巴切夫斯基空间和地球空间关联的任务。"

黑洞虽然只有一颗，但需要如此之高能量等级的空间节点也只有一个。虽然关键空间节点有三十七个，但除了其中一个位于地球九百万千米处的空间节点之外，其余的节点只需要常规的大当量氢弹爆炸就可以满足要求。将黑洞运到那个特殊的节点上，借助赵蓝空间阻断计划总指挥的身份，暗中用这颗黑洞代替原本的大当量氢弹就可以了。一切都会在不知不觉中完成。

赵蓝在心中计算了一番，然后说道："十万吨的黑洞，如果不计算它摄入的物质，因为霍金辐射的存在，它只可以存在不足五天的时间。五天的时间足够将它从地面运输到那个空间节点去吗？还有，仅仅只有十万吨质量的黑洞，其辐射功率是极其恐怖的，我可以肯定，只要它一离开了基地的屏障，人类政府的卫星和其他观测设备立刻就可以发现它，这种情况我们又该如何应对？"

黑洞的辐射以伽马射线为主，一颗十万吨级的微型黑洞，其每秒钟辐射出的能量如果化作质量，将高达两吨重。并且随着黑洞质量的降低，这个数字还将继续快速增加。也就是说，每秒钟就有相当于两吨物质完全化作能量的辐射从这颗黑洞发散出来。这是极其庞大的能量，这几乎等于一座小型城市全部的能源消耗了。

可以预见，这颗黑洞一定是极其明亮的。它存在于地球上，就像是天空中的太阳一般显眼。人类政府布置在各处的观测站，运转在天空中的卫星不可能察觉不到这个东西。

在想到这一点的时候，赵蓝忽然又想起了另一个问题。之前罗德里格斯告诉她说，李云帆是在太空中偶然"捡到"这颗黑洞的。那个时候，这颗黑洞的质量也只有十万吨级左右。而十万吨级质量的黑洞是如此显眼，当初的人类政府为什么没有发现它，却只有李云帆发现了它，并且将它带回了地球？

这是一个无法解释的矛盾。这意味着李云帆一定还有什么隐瞒着自己，又或者罗德里格斯在隐瞒着自己。这颗黑洞的来源，一定不会是偶然间从太空中"捡到"的这么简单。

所以还没有等李云帆回答自己上一个问题的信息抵达，赵蓝就又问出了一个问题："李云帆，我不希望此刻在我们之间还存在猜疑和隐瞒。我希望你可以原原本本地告诉我这一切事件的真相。当初的你到底是如何得到这颗黑洞的？你又是如何将这颗黑洞运到地球上来的？"

片刻之后，李云帆的回答来了。赵蓝看了一下时间，发觉这次交流的通信延时是六分钟。这也就意味着，这段信息是李云帆在接到了自己两条信息之后才做出的回应。

李云帆的话中有一点苦笑的意味："赵蓝，不是我想隐瞒你，而是这件事情委实有些古怪，我也不知道该如何详细描述它。我确实是从外太空捡到的这颗黑洞，不过并不是在地球周围。这件事情有些复杂，等我们的计划成功之后，等我回到地球之后再向你解释这一切吧。至于我是如何将它带回地球的，这一点倒是可以告诉你。当初我是用零号飞船将它带回了地球大气层内，然后用一百架大功率喷流飞机将它运到了基地中。为了这次动作，我动用我全部的能力，以十几个不同的身份共同编织出了一个惊天谎言才将人类政府隐瞒过去。在这其中，我的冒险者小队的成员——周晓明以他对计算机系统的精通，克鲁斯用天才般的机械能力，安丽雅用她的操控能力，以及我的整个基地中所有科学家全部联合在一起，最终才完成了这个近乎不可能完成的任务。

　　"至于如何将这颗黑洞运离地球，我打算用逆向运到地球的方法。同样由周晓明入侵政府监控网络来篡改数据，由克鲁斯来制订计划细节，设计运输黑洞过程中需要用到的各种机械，由安丽雅来实地操控，由我的整个基地来做后方支援。只不过，我现在并不在我们的宇宙中，我没有办法再去制定那样庞大的谎言来隐瞒人类政府。所以，赵蓝，你的身份就十分重要了。只要你想办法利用你的身份解决人类政府对此事的掣肘，剩下的，将由我的冒险者小队和基地来完成。

　　"一颗十万吨级的黑洞太显眼了，我们根本没有办法将它掩盖过去，只要它离开了基地，人类政府就一定可以发现它。那么赵蓝，你所需要做的，便是为这件事情找到一个合理的解释，让人类政府对此不起疑心。对了，你还忽略了一件事情，在为这颗黑洞'瘦身'的过程中，我的基地也会有极其庞大的能量以热量的形式散发出来，这在红外波段同样是非常显眼的，你同样也需要为这件事情找到一个合理的解释，让政府不产生怀疑。"

　　李云帆的计划看似十分合理，但赵蓝心中却想起了一些别的东西。这些东西让赵蓝感到脊背发凉："确实，我空间阻断计划总指挥的身份在这件事情上拥有得天独厚的优势，大概也只有我才能找到足够合理的借口来将政府隐瞒欺骗过去。那么，李云帆，这一切都是你已经计划好的吗？在最开始的时候，在你开始将你天才般的科学思维灌注到我身上的时候，你就已经计划好了要将我扶持到空间阻断计划总指挥的位置上，然后再借助我的身份展开你的计划吗？你从一开始就知道了星辰之灾的真相，并且知道了只有空间阻断计划才可以拯救地球，知道大当量氢弹的能量无法满足需求，你在一开始就已经知道了全部？"

这些想法，让赵蓝感觉李云帆的身上再一次笼罩了一层神秘且恐怖的色彩。每当她认为自己已经相当了解李云帆的时候，就总会有事情再一次让他变得神秘。李云帆就像是一颗洋葱，剥开一层真相还有一层，剥开一层真相还有一层……赵蓝不知道自己到底还要再剥开几层才能知道他的真实面目。这让赵蓝对自己做出完全相信李云帆这个决定到底是不是正确再一次产生了怀疑。

回应赵蓝的，是李云帆深沉的叹息："赵蓝，我确实有一些事情在隐瞒着你，但请你相信，我所隐瞒的事情和此次星辰之灾并没有关系。在一开始的时候我也并不知道那些事情，只是事情的发展出乎预料地进展到了这个阶段。请你不要动摇，继续相信我，无论如何，'拯救地球，拯救人类文明'这个目的都是我们共同想达到的，一切，就等到星辰之灾结束，等到我成功返回我们的宇宙，我再完整地告诉你，好不好？"

面对李云帆似乎有些低落的话语，赵蓝感觉到自己心中似乎也有一丝涟漪出现。她努力将感情方面的因素抛开，而只以理智来梳理这件事情。片刻之后，赵蓝做出了回答："李云帆，我并没有动摇对你的信任，只是对你仍旧有事情隐瞒着我感到有些不舒服。不过既然你暂时不想说，我也不会去有意打探。我的目的，仅仅是解决此次星辰之灾，除此之外，一切和我无关。"

"很好，赵蓝，我要你以以下暗语和我冒险者小队的其余三名成员联系，你们四人将全权负责为黑洞瘦身以及将黑洞搬运到空间节点的任务。我知道你们之间曾经发生过不愉快，不过那都是误会，想来你也不是小肚鸡肠的人。在相处之后，你就会发现，他们都是很好的人。你们会面之后先商讨一下掩饰我基地存在的事情吧，在这里我也会想办法的，我们随时可以交流想法。"

"好吧。"赵蓝答应了下来，就此中断了和李云帆之间的联系。

华生广场上仍旧灯火辉煌，但夜已经深了，行人已经很少。那块放映着描述太阳危机电影的巨大屏幕也被关闭而恢复了黑暗。夜空中仍旧有无数星辰点缀着，赵蓝抬起头，看着天空。

不知道是不是错觉，赵蓝感觉天空中的星辰似乎减少了许多。天气很晴朗，现在的人类文明也早就将维护地球生态环境放在了很重要的位置上，所以也并没有什么大气污染的说法，但赵蓝看向天空的时候，却再也找不到那种繁星点点的感觉了。

赵蓝知道，截至目前，已确定的距离地球最近的一颗消失的星辰，和地球之间有三千万光年的距离。这个距离远远超出人类肉眼可以察觉到的范围，所以此刻自己感觉天空中星辰消失许多大概只是自己的错觉。可赵蓝知道，总有一天这一幕会真切地呈现在自己的眼前。

赵蓝叹了一口气，离开了华生广场，回到了自己的住所。

第七章　冒险者小队

　　李云帆的冒险者小队的三名成员，赵蓝仅仅见过其中一个叫安丽雅的。当初正是这个女人将赃物放到了自己身上然后捉弄了自己一把，也正因如此，他们在赵蓝心中留下了很不好的印象。不过现在和他们联合是必须要做的事，自己心中的喜好或者厌恶，赵蓝也只能先放在一边。

　　赵蓝拿起通信仪器拨通了一个号码，片刻之后，那边就传出了一个很动听的女声："你好，这里是冒险者拯救组织，请问您有什么事情？"

　　"我在前往木星的旅途之中迷失了方向，我的大概坐标是三零六五……"赵蓝慢慢地念着，将一串有二十多位的数字念了出来。这一串数字很显然代表着什么，而那个女声很显然也知道这一点。所以在赵蓝开始念这串数字的同时，那一边就陷入了沉默。一直到赵蓝将这一连串数字念完，那边才做出了回应："好的，请您稍等，我们马上就到。"

　　赵蓝放下电话，轻轻地松了一口气，然后倒了四杯果汁，摆在了桌子上。

赵蓝并没有等太长时间。仅仅十几分钟之后，她就听到了轻柔且有规律的敲门声。她将这一连串敲门声和心中记忆默默比对，确定一切无误之后，赵蓝起身将门打开，就看到门口有三个人正站在那里。

其中一人是一名年轻女性，有二十多岁的年纪，高挑漂亮，嘴角带着一抹若有若无的迷人笑容。正是赵蓝曾经见过的、捉弄过自己然后又将自己救出来的安丽雅。安丽雅身后有一名身材瘦弱、头发蓬乱的年轻男人，他的眼睛半眯着，似乎没有睡醒；还有一名秃头的中年男人，他的手掌肥厚而粗短，看起来却异常灵活。

看到赵蓝的一刹那，这三人同时做出了反应——安丽雅嘴角的笑容瞬间冷却，周晓明脸上闪过一种似乎做贼被抓住了的惊慌，秃头中年男人克鲁斯肥厚的手掌悄无声息地紧握在了一起。

赵蓝将这几个人的表情和肢体变化全都收在了眼底，却没有对此做出什么表示，而是直接说道："先进来吧，这里是我的私人居所，基本没有人知道这里，很安全。"

三人迟疑了一下然后进了屋，赵蓝对着沙发示意了一下，然后三人便都坐在了沙发上。赵蓝将三杯果汁推过去，每个人面前摆了一杯，然后端起剩下的那一杯，自顾自地喝了起来。

安丽雅在周晓明腰间掐了一下，周晓明的神色愈发尴尬起来："赵……赵蓝女士，对，对不起，我们并不知道您和老板有这样深厚的关系，当初我们只是……只是稍稍地恶作剧一下，我们……我们并没有恶意的，您也看到了，在发觉您有危险的时候，我们立刻就对您采取了救援措施……"

赵蓝没有兴趣去解释某些误会，看到三人安静下来，便直接说道："过去的事情就过去了，我并没有将它放在心上。我这次找你们过来，是遵从你们老板的命令，要你们配合我去做一件很重要的事情。你们老板说你们三个是可靠的，正好我也需要帮手，所以我才找你们三人过来。"

赵蓝的视线缓缓扫过三人，缓缓说着："周晓明，计算机专家，曾独自一人入侵政府核心数据库并全身而退未被发现；安丽雅，格斗和机械操纵专家，无论是飞车还是飞船都可以操纵得出神入化；克鲁斯，机械制造专家，无论什么机械看一眼图纸就可以将其制造出来……还有李云帆，拥有至少十几个身份以及十几个专家头衔，是你们这个冒险者小队的队长……"

随着赵蓝的话语，这三人也渐渐严肃了起来。

"我，赵蓝，天体物理学家，目前担任空间阻断计划总指挥。"在说出三人身份之后，赵蓝指了指自己，将自己的身份告诉了他们。

安丽雅拿起面前的果汁，慢慢喝了一口，然后若有所思地说道："那么你找我们来，是想让我们做什么呢？老板又有什么命令发布呢？为什么老板不直接联系我们，而是要通过你来和我们联系？"

赵蓝瞟了安丽雅一眼，回答道："你们大概还不知道你们老板现在的情况，也不知道我们人类文明现在面临着怎样的危机。这些事情，还是让你们老板亲自和你们说吧。"

"老板在哪儿？"周晓明、安丽雅、克鲁斯三人同声问道。

赵蓝取出自己用来联系李云帆的通信仪器，打开，然后说道："李云帆，我已经将你冒险者小队的三名成员全部找来了，接下来的事情，你来告诉他们吧。"

说完这句话之后，赵蓝对着对面三人示意了一下："你们老板很快就会回应的。"

通信延时之后，李云帆的声音通过通信仪器传了出来："键盘、暴龙、秃子，我是你们老板，好久不见……"

在李云帆那熟悉的、有些慵懒的声音传出来之后，赵蓝察觉到，周晓明、安丽雅、克鲁斯三人的呼吸都停顿了片刻。通信仪器恢复了安静，安丽雅则立刻尖叫道："老大，这段时间你到哪里去了？为什么几年都没有和我们联系过？"

安丽雅的话语让赵蓝心中也泛起了一丝涟漪："哎……是啊，距离我的希尔维雅号飞船被李云帆偷走，距离第一颗星辰异常消失，已经好几年的时间了啊……"

在安丽雅之后，周晓明和克鲁斯两人也同时叫了起来："老大，你到底去了哪里？"

通信延时之后，李云帆的声音再一次传了过来，这一次，他的声音中多了一股苦笑的味道："这件事情说来话长，在我身上有一些不可思议的事情发生……"

赵蓝静静地听着，周晓明、安丽雅、克鲁斯三人也一样。李云帆的话不断地从通信仪器中传出，李云帆一直在说着，说了半个多小时才将发生在自己身上的事情说完。

"事情就是这样了。"李云帆说道，"我莫名其妙地进入了另一个空旷宇宙，而只有借助斩断罗巴切夫斯基空间和地球空间之间的联系所造成的空间波动，我才可以从这个空旷宇宙返回到我们的宇宙中去。所以，拯救地球、拯救人类文明，和帮助我逃离这个空旷宇宙是同一件事情。我让赵蓝联系你们，就是要你们配合赵蓝，找到将这颗黑洞从基地运到空间节点去的办法。"

三人足足过了几分钟时间才将李云帆讲述出来的这些信息消化完毕，克鲁斯擦着汗说道："老大，我认为此次行动应该将基地负责人罗德里格斯也纳入进来。毕竟基地以及黑洞那边的事情一直是他在负责的，他对基地的状况最为了解。"

李云帆回答道："可以。在我陷入空旷宇宙前，我本来已经决定要将罗德里格斯的受信任程度上调到 A＋级了。只是这件事情还没有来得及宣布，在我身上就发生了意外。"

"好的老大，我这就去联系罗德里格斯，让他也来参加这次会议。"安丽雅立刻就拿出了一个通信仪器，等待了片刻之后，就对着仪器说道："罗德里格斯，请你速来如下坐标……有关老板的重要事情要和你商议。"

"好的，我马上就到。"通信仪器中传来罗德里格斯的答复，声音一如既往地沉静。

就像罗德里格斯说的那样，只过了不到一个小时他就到了这里。对于这群人的神通广大赵蓝早就习以为常，所以丝毫没有感觉到奇怪。

"赵蓝女士，您好。"罗德里格斯在进来之后先是彬彬有礼地对赵蓝问了好，然后转头问周晓明三人道："老板在哪里？"

"在这里。"周晓明随手指了指摆在赵蓝身边的那个通信仪器，克鲁斯就接过了话头："罗德里格斯，你先坐下，事情有些复杂，我先向你解释一下。"

安丽雅则说道："罗德里格斯，老大刚刚宣布将你的受信任等级上调到了 A＋级。从此刻开始，你就是除了冒险者小队之外，最受老大信任的人了。"

罗德里格斯的眼睛睁大了一下，随即就恢复了正常。他点了点头，随手拽过一把椅子坐了下来："我不会让老板失望的。现在，请告诉我在老板身上到底发生了什么事情。"

"我来告诉你吧。"克鲁斯说着，将李云帆的话语又向罗德里格斯重复了一遍。

罗德里格斯的心理素质好像要更好一点。在听完克鲁斯的讲述之后，他用手托着下巴，静静地思考了片刻，然后用平缓如常的声音问道："那么，老板有什么计划吗？"

安丽雅说道："科研部的猪猡们坚持认为依靠大当量氢弹爆炸的方法就已经足以完成切断罗巴切夫斯基空间和地球空间之间的联系，而老板则认为只有依靠黑洞爆发的方式才能满足能量需求。能否切断罗巴切夫斯基空间和地球空间之间的联系关系到老大是否能顺利返回正常宇宙。所以，我们需要做的就是，在隐瞒人类政府的前提下，将这颗黑洞的质量降低到十万吨级左右，然后将它偷偷地运送到那个关键空间节点上。罗德里格斯，黑洞和基地的事情一直是由你在负责的，对于如何在不引起政府关注的前提下将黑洞质量降低到十万吨级左右，你有什么建议？"

罗德里格斯沉默着思考了片刻，然后摇头道："我想不出任何办法。我们不可能在不引起政府注意的前提下完成这一点。你要知道，将黑洞质量从一亿吨级降低到十万吨级并不是短时间能完成的事情。我们必须将仪器的功率开到最大，全力以赴地工作至少一年多的时间才能完成这一点。而隐瞒政府一天两天还好说，连续隐瞒一年多时间，这不可能。

在降低黑洞质量的过程中，会有大量的能量以热量的形式散发出来，这股热量多到甚至可能完全改变某个小区域的生态环境。据我估计，就算是在冬天，在基地周围至少方圆一百千米的地方，气温都会维持在零上三十摄氏度左右，植被不会枯萎，绿色不会变成黄色，不会有积雪，动物也不会冬眠……这，这怎么可能隐瞒得过去？"

周晓明三人对视了一眼，也都默默点了点头。很显然，他们也认可罗德里格斯所说的。人类政府绝不会容忍一颗黑洞的存在，一旦发现就会将整个基地占领，一颗质量一亿吨的黑洞又完全没有办法运输，而降低黑洞的质量又会引起政府的注意……这个问题似乎成了一个死结，完全没有将它解开的办法。

"有没有可能将这些耗散的能量疏导到其他地方去？"赵蓝询问道。

"这是一个思路，但这不具备可行性。"罗德里格斯摇了摇头，"这需要大量的工程施工以及最为严格的疏导设计，这不是短短十年八年时间可以完成的事情，来不及的。而且，就算时间上能来得及，要将如此大规模的工程隐蔽起来，我认为难度并不比现在的问题低。"

"确实是这样。"机械专家克鲁斯说道，"我刚才在脑海中，以耗散的热量强度以及当地的地质、山地施工等数据进行了一番测算，结论是，难度只会比罗德里格斯所说的更高。"

"那该怎么办呢？……"房间中的气氛一时沉闷了起来。这是个很棘手的问题，但这个问题又是最为基础的，不解决这个问题，以后的一切事都没有办法进行。

"你们都进入了思维死角。"就在这个时候，李云帆的声音通过通信仪器传了出来，"我们的目的是在不受政府掣肘、不受政府关注的前提下完成为黑洞瘦身的工作。但是你们要知道，方法并不只有隐瞒这一个，除了隐瞒，还有欺骗。"

"假如你妈妈就在客厅中看电视，而客厅又是到达门口的必经之路，那么很显然的，你没有办法瞒住你妈妈跑出去和女朋友约会。但是隐瞒并不是唯一的办法。你完全可以和你妈妈说你出门去朋友家写作业，然后再跑出去见你的小女朋友。"李云帆淡淡地说着，"话题回到我们现在所面对的这个问题上，你们不要忘了赵蓝的特殊身份。赵蓝是空间阻断计划的总指挥，赵蓝第一个发现了罗巴切夫斯基空间以及第一个提出了具有可行性的拯救地球的计划，那么赵蓝就天然拥有很高的受信任程度。而这一点，可以为我们带来很多便利。"

"赵蓝，你可以去对执行委员会说你要借用军方的一个秘密实验基地，对军方和联安部报备说科研部的一个秘密基地最近要进行大量的核能试验，对元首申请提高该秘密基地的安保等级，对核能局，对监察部，你可以将不同的说法告诉不同的部门，而这件事情的真相则只有你一个人知道。"

　　李云帆的话沉静而缓慢，话中所蕴含的意思却让这里几个人全都陷入了沉默。

　　"因为很显然的，所有涉及这个基地存在的人不大可能全部会聚到一起来交流对于这个基地的看法以及他们所掌握到的信息，因为基地这件事情有赵蓝你的'信用'作为担保，人们会默认你所提供的信息。简单来说，即是借助信息不对称来隐瞒这个基地的真实情报。而以我对政府中那些家伙的了解，以及我在心理模型的计算中，这个方案将政府隐瞒住一年半时间的几率有百分之八十。这已经足够了。"李云帆继续说道。

　　"军方会以为这个基地是科研部的，科研部会以为这个基地是军方的，而科研部和军方都以为核能局和监察部以及元首知晓这件事情，核能局和监察部以及元首则会认为这是科研部和军方的事情……"赵蓝喃喃说着，忍不住用手掌盖住了额头，"这听起来很天衣无缝，但我感觉这像是在走钢丝。在布置这个骗局的过程中，只要有一点失误，我们就会全盘皆输，你基地的真相以及黑洞的真相就会暴露出来。"

　　"可是除了这个办法，我们还能怎么做呢？"李云帆说道，"我不是神，无法做到完美无缺。有百分之八十的成功几率已经足够我们去尝试了。赵蓝，周晓明会帮助你收集信息，罗德里格斯以及基地之中的行动专家会帮你制订具体的计划，你只需要带着你空间阻断计划总指挥的身份去完成这件事情就好。"

"可是老板……"在这个时候，一直沉默的罗德里格斯说道，"这会导致我们的基地暴露。我们隐藏在暗中的一切势力都会暴露在政府面前，就算我们成功解决了星辰之灾，在星辰之灾过去之后，这些事情的真相总会暴露出来的。到那个时候，我们许多年的辛苦经营就会完全毁于一旦。"

　　安丽雅撇了撇嘴，然后说道："现在摆在我们面前的问题不是基地会不会被政府摧毁的问题，而是基地一定会被毁灭掉的问题。我们面对着两个可能：一、基地和人类文明以及地球一同坠入到空旷宇宙中去，基地会随着地球一同毁灭；二、基地毁灭，人类文明解决星辰之灾幸存下来。这两个可能之中，基地都是会被毁灭掉的，既然如此，我们为何不选择拯救地球？我们也是人类文明之中的一员呢。罗德里格斯，你不会连这一点也想不明白吧？"

　　罗德里格斯这个严肃而沉静的男人此刻脸上竟然有些痛苦的表情："安丽雅，你不懂。这些年来一直是我在负责基地，我实在不愿意看到基地就此被政府发现然后收缴。基地对于老板来说只是手下产业的一部分，对于你们来说也只是一个合作伙伴，但是对于我来说是全部啊！我毕生的心血都倾注在了这个基地上……"

　　安丽雅三人没有说话，李云帆的话则在通信延时之后传递了过来，那声音中有一些赵蓝从未听过的寒冷："罗德里格斯，你是要质疑我的决定吗？"

　　罗德里格斯有些黯然地说道："不，老板，我并没有质疑你的决定，而是建议你，能不能另外想一个办法，既保全我们的基地，又可以为黑洞瘦身，借助黑洞的力量终结星辰之灾。"

　　看着情绪低落的罗德里格斯，赵蓝心中也有些不忍，她可以理解罗德里格斯的这种情绪。自己第一次到基地中去的时候，罗德里格斯带领着自己参观基地时眼中那股夹杂着自豪和骄傲的目光已经完全说明了这一点。

但是此刻，除了这个办法之外，又有什么别的办法呢？

通信延时之后，李云帆的声音再度传来："抱歉，罗德里格斯，我没有其他的办法，我只能这样做。我知道你对基地的感情，但这是我们唯一的选择。我答应你，在星辰之灾结束之后，在我返回我们的宇宙之后，我一定会再建造一个比这个更大、设施更完善的基地，交给你来管理。"

"好的老板，遵从您的命令。"片刻失态之后，罗德里格斯再度恢复了沉静和严肃。

"那就这样吧。留给我们的时间已经不多了，大家要快一点行动。键盘，你立刻去搜集情报。秃子，你去设计和维护为黑洞瘦身的设备，同时要将运输黑洞的喷流直升机以及容器再度优化。暴龙，你去熟悉零号重型宇宙飞船的大气层内操控，同时在赵蓝的配合下，提前勘探前往关键节点的航线，并且提前演练。罗德里格斯，你带领基地中的行动专家们去分析情报，分析每一个关键政府官员的性格，以及拟定向其透露基地信息的具体言辞。赵蓝，你负责执行欺骗计划，并且为基地事件提供掩护……"

一条条的命令从李云帆口中说出，清晰而有条理。而在李云帆发布命令的时候，无论总是精神萎靡的周晓明，还是严肃沉稳的罗德里格斯，或者总是玩世不恭的安丽雅，所有人同时严肃了起来，齐声对着通信仪器说道："是！"

李云帆的威严就在这一举一动之间表露无遗。

"对了，还有一件事情。"在命令发布完毕之后，李云帆说道，"根据我的计算，在大概九个月之后，也就是计算中的时间节点三个月之前的时候，随着空间曲率的增加，我将完全断开和我们宇宙之间的联系。届时我们就无法通信联络了。"

李云帆的话让包括赵蓝在内的所有人心中都沉了一下。片刻之后，安丽雅强笑着说道："老大，不用担心的，我们会按照你的计划执行下去，你只要在那个空旷宇宙中休息三个月，等到空间裂缝出现，顺着那道裂缝返回到我们的宇宙就好了。"

"希望一切顺利吧。"李云帆淡淡地说了一句，然后语气再度恢复了严肃："好了，都去干活吧。"

"是，老板！"几人异口同声地答应了一句，通信仪器中便再也没有信息传递过来了。很显然，李云帆已经将联络切断了。

"我会创立一个十分安全的虚拟会议室，这个虚拟会议室只有我们五个人可以接入。在执行计划的过程中，我们可以通过这个虚拟会议室来交流。"周晓明说道，"在稍后我会将会议室 ID 和接入方式告诉你们。"

"好的。"安丽雅点了点头，然后对着赵蓝伸出了手，"赵蓝，不管我们之前有什么样的误会，现在，我们都必须在同一个战壕中并肩作战了。希望我们以后合作愉快。"

赵蓝略有些不习惯地和安丽雅握了一下手，然后说道："合作愉快。"

四人向赵蓝告辞之后就各自离开了。赵蓝坐在沙发上静静地思考着什么，一直坐到午夜的钟声响起，才微微叹息了一声，回到卧室陷入了沉睡。

赵蓝知道，自己已经加入到了这个一共由六个人组成的团队之中。一般来说，在一个团队刚刚组建的时候总是斗志最为昂扬，信心最为坚定的时候，可是不知道为什么，她心中总是会感到忧虑和沉重。

这是和自己以往完全不同的生活方式，她的生活从此刻开始，彻底地发生了改变。

"或许，我以前做乖乖女的时间太长了吧。"赵蓝叹息了一声，"现在，我不仅要独自一人承担起责任，独自一人做出重大决定，还要亲自去欺骗别人，隐瞒别人……哎，不知道什么时候我的生活才能恢复平静。"

清晨的到来意味着一天忙碌的开始，赵蓝回到科研部继续自己的工作。身为空间阻断计划的总指挥，核弹当量计算、核弹制造、引爆方式、数学模拟及运输等等一系列的事情都需要赵蓝参与，现在的赵蓝说是日理万机也不为过。

周晓明的虚拟会议室在会面之后的第三天创建完毕，也就在这个时候，罗德里格斯所率领的行动专家们也将第一份行动计划提交给了赵蓝：

> 您需要先向军方报备此事，因为军方掌握着地球上最多的监控设备以及侦察卫星，只有先解决了军方，有了这个接触，您才可以继续进行下一步的动作。以下是军方五个关键负责人的相关信息……
>
> 依据您如今的身份以及重要程度，我们不建议您亲自前往与其面谈，您只需要通过电话口头告知一声就可以了。注意，务必要记得，千万不能在沟通过程中流露出对此事的重视，您只需将它当成一件小事，随口告知就可以了……

赵蓝心中对此事一直有些忐忑。一个从小接受良好教育并且有着良好修养，在和谐融洽氛围之中成长起来的人，对于主动欺骗或者主动做出损害别人利益的事情是会有一种天然的心理障碍的。虽然不能说赵蓝从来没有骗过别人，但是，在如此重大的事件上去欺骗如此重要的人物，虽然她早就在心中做好了相关的心理建设，在真正去执行的时候，却还是会感到有些慌乱。

不过在片刻之后，赵蓝就感觉到这件事情似乎也并不是很难。她只是拿起了电话，在和那名军方关键负责人开始通话，说出了"你好，我是赵蓝。"这几个字之后，对方的态度就变得十分热情真挚。

随意寒暄了几句之后，赵蓝将自己的目的说了出来，原本赵蓝还以为对方会提出什么要求，比如由军方人员亲自到现场去检查一番之类的，可是没想到对方根本连问都没有问，而是直接一口答应了下来，仅仅是要求赵蓝在事后递交一份公函以供他们存档。

第一名军方关键负责人就此搞定。然后是第二个、第三个……一直到第五个。这五名军方关键负责人无一不是位高权重，一语可决人生死的人物，但"你好，我是赵蓝"这几个字好像拥有某种魔力，这种魔力似乎大到让他们可以答应赵蓝的任何条件。

一直到五个电话打完，赵蓝才有些阴郁地吐出了一大口气。旁边的安丽雅立刻为赵蓝端上一杯水，笑着问道："赵蓝，感觉怎么样？"

赵蓝将杯中的温水一饮而尽，摇了摇头：

"原来骗人是这样简单的一件事……"赵蓝喃喃道。

"骗人并不简单，但有些人骗人很简单。"安丽雅说道，"你如今是空间阻断计划总指挥，身上担负着人类文明的未来和希望，所有知情者都在看着你，他们未来的人生、他们的荣誉、他们的地位、他们的财富、他们的亲人……他们所有的一切能否延续都要看你。现在，说你是我们人类文明中最重要的人都不为过。没错，现在的你甚至比元首还要重要。面对这样一个重要人物，不管是从感情上还是理智上来说，仅仅满足你一个小小的要求，有什么困难的吗？

"如果是一个普通人对军方提出这个要求，军方估计会派出防化部队将那个地方翻个底朝天吧。但是赵蓝你不同啊。他们都是人精，谁又会冒着惹你不高兴的风险，提出要检查你的基地呢？"

赵蓝叹息道："原来现在的我真的有这么重要了。"

赵蓝继续说道，"接下来该和哪些人通话？"

"罗德里格斯的行动小组还没有将后续方案传递过来，暂且等一等吧。"

这件事情看似简单，仅仅是打几个电话、说几句话而已，但这其中蕴含着很深的意味。赵蓝说话的内容、语气，每一点都是经过了缜密的思考的。行动小组不仅需要思考那些关键人物的性格，还需要思考他们的地位、行动方式等等许多东西。

时间就在日常的忙碌工作和偶然的欺骗行动之间缓缓度过。一直到五天后，赵蓝才完成最后一次通话。又等了五天时间，周晓明在虚拟会议室中上传了一些图片，这些图片每一张都有着不同的名字，有的是军方，有的是核能局，有的是监察部……

这些图片都是地图，很显然，它们是那些不同的部门用来对地球展开监视用的。赵蓝打开这些图片，看到无论是哪个部门的图片，基地所在的那片区域都标上了显眼的红色——这就意味着此片区域不在管辖范围之内，本部门人员无须对该区域内的任何变化进行任何方面的检查。

基地所在的那片山峰从某种意义上说已经变成了一片超脱之地。因为赵蓝的几个电话以及一些没有多少作用的告知公函，这片区域已经被整个人类政府的各个不同职能部门无视掉了。

事情简单得有些超出赵蓝的预料。这个困扰了赵蓝、罗德里格斯以及安丽雅等人的难题就以这样一种看似有些儿戏的方式解决掉了。

赵蓝当然不知道这种欺骗和隐瞒可以维持多长时间，但是想来，如果没有意外，维持到星辰之灾结束应该是没有多大问题的。

在基地被标为红色之后，大规模的建造工作便开始了。在基地建造之初，李云帆并没有考虑到有朝一日要为黑洞瘦身，所以并没有相关的设备被安装到基地中。现在有了这种需求，那就只能在基地的基础上进行相关的改造建设了。

降低黑洞质量的原理相当简单，它其实和冰箱的工作原理差不多，就是通过某些介质将某片区域的温度搬运到外界去以维持该区域的低温，这样一来，在极低的温度下，黑洞的辐射便会加剧，质量便会降低。

黑洞的辐射会提高该区域的温度，如果不加以干涉的话，该区域的温度很快便会被提升到和黑洞相当，那样黑洞的辐射便会停止，质量自然也就不会再降低了。为了让黑洞源源不断地损失质量，这台"冰箱"便需要始终持续不停地工作，将该区域的温度维持在极低的水平。

整个过程，和家用电冰箱以电能维持内部低温没有什么本质差别，只不过将其规模和性能提升千万倍之后情况就变得复杂了许多。普通电冰箱内部温度能维持在零下几十摄氏度便已经很不错了，而基地这里需要维持的温度是只比绝对零度高百万分之一度的温度。低质量黑洞的辐射异常猛烈，于是基地这台"冰箱"的功率需要十分大，相应地，对于能源的消耗也十分巨大，其散热设备也需要很大才行。

赵蓝见过机械天才克鲁斯所设计的基地散热图，在那张图纸中，从基地延伸出去的散热管道甚至铺设到了距离基地几十千米的地方，数量更是多到不可计数。

"只有伟大的自然才可以消化掉如此巨大的热量。"克鲁斯如是说，"这一片山区将会成为我们倾倒热量的垃圾场。以基地为中心，在距离基地八十千米范围之内，每过最多一百米便会设置一个散热点，散热点总量高达几千万个。黑洞瘦身计划开始执行后，这些散热点会向自然界排放热量，这些热量多到可以完全改变该区域的生态环境……"

这毫无疑问是一个庞大的工程。但与之对应的，却是人类文明经过数百年发展已经高度发达的科技。李云帆积累下来的财富极其雄厚，人类文明中各种社会组织，比如公司、工厂的组织建造能力早就今非昔比，所以完成这一项大工程其实并不算很难。更何况还有赵蓝这个空间阻断计划总指挥站在这里，必要的时候，赵蓝甚至还可以调动政府的力量来参与建设。

这一项工程虽然庞大，但比起太空电梯工程、太空港口工程、火星都市工程、遍布全球的磁悬浮列车建造工程以及其他不计其数的伟大工程就差了许多个数量级，完成这项工程仅仅用了一个月的时间，这还是为了防止机密泄露，没有让政府力量参与到其中的缘故。如果再算上政府机构的力量，这个工期还可以缩短至少一半。

于是，就在短短一个月之后，黑洞瘦身计划便正式开始了。

黑洞瘦身计划正式开始的这一天，赵蓝、周晓明、安丽雅、克鲁斯四人在罗德里格斯的陪伴下参观了基地的内部。距上一次来到这里仅仅过了不到一年时间，基地内部就发生了翻天覆地的变化。几乎所有和黑洞无关的设施都被拆除了，换句话说，此时此刻，基地中的所有设备都在为黑洞瘦身计划服务。那是密密麻麻不计其数的管道以及线缆，还有众多的电子设备以及来来往往穿着白大褂的科研人员。

赵蓝再一次真切地看到了那颗黑洞。它仍旧在电场束缚设备之中静静地待着，除了微微的一点光线扭曲之外，赵蓝找不到任何黑洞存在的迹象。但无论是赵蓝或者是其他人都十分清楚，它就在那里。

赵蓝亲手按下了开启按钮，于是一阵低沉又略显怪异的声音就响彻了整个基地。

　　电场束缚设备中的温度开始了极其快速的下降。此刻，这个巨大的冰箱已经开始工作了。随着温度的降低，处在设备中央的那颗黑洞逐渐明亮了起来。赵蓝知道，那是黑洞辐射开始加剧的表现。在监控设备中，赵蓝再一次看到了这颗黑洞的模样。它已经从安静中苏醒，开始肆意挥洒自己的庞大能量，它像是一颗小太阳一般，明亮到让人不敢直视。

　　赵蓝知道，可见光波段的辐射仅仅是黑洞总体辐射量的极少一部分。霍金辐射的主要表现形式是伽马射线，而伽马射线是不可见的，但它携带的能量也是最多的。

　　这些能量将全部由黑洞周围的电场束缚设备承接。那是六块巨大的特种钢板，每一块都有数百平方米大小。它们采用最坚韧的材料制成，但如果没有其余设备作为支撑，这些钢板会在不到一秒钟的时间之内被黑洞的辐射烧毁成铁水。

　　无数的管道及线缆就是这些特种钢板的支撑设备。它们会将多余的能量从这些钢板上带走，通过一系列极其复杂的步骤，将它们带到基地之外，再通过那数千万个散热点，将这些多余的能量释放出去。

　　"我们正在杀死一颗黑洞。"赵蓝默默叹息道。

　　安丽雅满是轻松地笑着："这家伙又不是什么好东西。说实话，和一颗黑洞待在同一颗星球上，我总是感到有些心惊胆战呢。"

　　赵蓝默默地摇了摇头，同时心中忍不住对安丽雅多了一点敬佩。

　　所谓无知者无畏，如果不知道一个东西的可怕之处，那么不害怕它也就不算什么本事。但是安丽雅一定知道这颗黑洞的可怕之处，那是足以毁灭一整颗星球的可怕力量，这种力量已经完全超越了人类文明现有的掌控能力。在面对这种力量的时候，赵蓝总是会忍不住感觉自己是一个手中握着可以发射核武器按钮的原始人一样。

那是对未知恐怖力量的本能恐惧，直到现在，赵蓝都无法摆脱这种恐惧的困扰。

"走吧，我们到外面去看一看。"罗德里格斯招了招手，于是一辆摆渡车便来到了五人面前，载着五人来到了港口处，换乘一辆飞行汽车，离开了基地。

此刻正是冬天，到处都是寒风呼啸，冰雪皑皑，尤其是这山区地带，气温就更低了。赵蓝看了看温度计，上面显示的温度是零下四十五摄氏度。

前面是一处平缓地带，赵蓝指了指那个方向，司机便将飞行汽车平缓地降了下去。穿上特制的保暖服，赵蓝等五人一同走了下来。

这里距离基地大概有五十千米，仍旧在黑洞瘦身计划所涉及的范围之内。

之前持续了一个月的繁杂施工留下的痕迹已经被苍茫的白雪遮掩殆尽。赵蓝放眼望去，除了起伏的山头和积雪之外什么都看不到。这里就像是任何其他山区一般，冰冷、肃杀、沉静，没有一点特殊的地方。但赵蓝知道，铺设在这些地方泥土之下错综复杂的管道正在将黑洞的能量以热量的形式运输过来，倾倒在这天地之间。

罗德里格斯说道："温度越低，自然环境消耗热量的能力便越强，现在这天气正是展开黑洞瘦身计划的好时候。"

"这里的温度预计会被提升多少？"赵蓝问道。

"温度模拟曲线显示，在计划开始一段时间之后，这里的温度会上升至四十到六十摄氏度。"罗德里格斯回答道。

赵蓝不再说话，只静静地站在这里看着远方。

不知道为什么，赵蓝突然感觉自己的视线变得有些模糊，就像是透过火堆在看东西——透过火堆看东西会变得模糊扭曲是因为空气的运动扭曲了光线的缘故，那么此刻的扭曲又是因为什么呢？

"大概是因为空气开始被加热的缘故。"赵蓝这样想着，仍旧继续看着，一段时间之后，无边的雾气开始出现，笼罩了赵蓝视野的全部。所有的群山，所有的苍白全部隐匿于雾气背后，能见度下降到了不足二十米。四周全部都是茫茫雾气，除了雾气之外什么都看不到。

"地面被加热，积雪被升华变成水蒸气，水蒸气遇到寒冷的自然空气开始凝结，就变成了雾气。"赵蓝自言自语地说着，"这雾气恐怕会持续一段时间。"

赵蓝察觉到自己脚下所踩踏的积雪也开始变得有些松动了。积雪被踩踏下去之后应该是很坚硬的感觉，但现在它们开始融化了。

"会持续一段时间，但不会很长。"罗德里格斯说道，"很快就会有风过来将这雾气吹散。因为热空气会上升，周围寒冷的空气会流动过来，空气的流动会带走这些雾气。"

克鲁斯也说道："在黑洞瘦身计划执行的这段时间，这里的降雨恐怕会变得很多。"

"看吧，我们多么伟大。"安丽雅仍旧轻松地笑着，"我们用自己的手改变了方圆近百千米范围内的天气。"

周晓明则不置可否地摇了摇头，没有说话。

就像罗德里格斯说的那样，在一段时间之后果然起风了。于是雾气便开始了翻滚，就像是海浪那样波动不休。赵蓝低下头甚至已经能看到脚下湿润而泥泞的土地了。

仅仅几个小时而已，从黑洞身上搬运出的热量就已经将积雪全部融化。那随后出现的雾气、风、雨，只不过是一些连带反应而已。

"看来那些机械运转得都很平稳。"赵蓝说道。

"当然，这可是我亲自设计的散热方案。"克鲁斯颇有些自得地说着，"以最低的能量消耗，达成最高的工作效率。在这件事情上，我是最好的，没有之一。"

赵蓝没有理会克鲁斯的自夸，同行几人也都没有理会克鲁斯的兴趣。克鲁斯讪讪地闭上了嘴巴，不再说话。

继续在这里停留了一段时间，确认一切平稳之后，赵蓝几人又乘坐上了飞行汽车，离开了这里。因为周围雾气实在太过浓重，飞行汽车需要先升空，脱离雾气笼罩范围之后才可以飞行。于是在高空之中，赵蓝再一次看到了一幕奇景。

浓重的雾气随着山势的变化而起伏，看起来就像是盖在山峰上的被子。它的高度只有一百多米，延伸出的长度则达到了几十千米远。这片被雾气完全笼罩住的范围内，完全看不到山体，也看不到地面之上的任何东西。

离开秘密基地，赵蓝径直回到办公室。三天后就是第一颗超大当量氢弹"氢弹一号"交付使用的日子，身为空间阻断计划的总指挥，赵蓝有义务在这个时候出面。

这些用于执行空间阻断计划的氢弹和传统意义上的氢弹完全不同，事实上，因为体积太大、内部机械也太过精密的缘故，它们必须被造得很大——足足有一艘飞船那么大。于是科学家们干脆将这种氢弹直接造成了飞船模样，为它们装备上了动力系统和导航系统。在任务开始执行的时候，它们将会在工作人员的控制下自行飞到预定地点。

赵蓝在厂房中就看到了这样一颗飞船模样的氢弹。而厂房位于太空电梯的另一端——地球港中。这颗氢弹是在地球港中组装的，因为它太大了，根本就不可能做到从地球发射它。这颗氢弹和赵蓝

195

的座驾——新希尔维雅号飞船差不多大小，但质量却是新希尔维雅号飞船的十几倍。普通飞船内部许多地方都是中空的，用来当作生活空间，这艘氢弹一号飞船则大部分都是实心的，里面充斥着核聚变燃料以及各种各样精密的控制机械。

赵蓝带领着任务组的科学家们花了几个小时详细检查了氢弹一号飞船，才最终在检查记录上面签下了自己的名字。之后，氢弹一号飞船就被发动，它直接从地球港中飞出，向着幽深的太空缓缓而去。而赵蓝一行人也在这个时候离开了地球港，返回到了地面实验观测基地。

氢弹一号飞船并不会被拿来执行空间阻断计划，事实上，它仅仅是一颗试验氢弹，将在太空之某个空旷的地方爆炸，然后人们会观测它爆炸所释放的能量以确定氢弹能级是否足够。这一点很重要，毕竟，这样巨大当量的氢弹只存在于计算模型中，在人类文明的历史中，人们从没有真正制造过这样巨大的家伙。

于是在氢弹一号飞船被交付后的第三天，东半球的人们在晚上十点多钟的时候忽然间发现天亮了。一束远比阳光要强烈的光芒从东方的天空中释放出来，瞬间驱散了整片大地的黑暗，但这阵光明并没有持续太长时间，仅仅持续了三秒钟就悄然而逝，然后天空就迅速恢复了黑暗。这突然而奇特的变化简直让人们开始怀疑自己之前所见到的光明是不是错觉。

赵蓝并不关心人类社会对于这次突来的光亮会有什么样的反应，也不关心社会舆论部门会用怎样的理由来解释这件事情，她只知道，最新型的氢弹通过了测试，仪器观测到的数据告诉赵蓝，这种氢弹完全可以胜任阻断空间、阻止地球坠入空旷宇宙的任务——当然，是在那颗黑洞的配合之下。

时间仍旧悄然流逝着，距离计算中的时间节点已经越来越近了。

赵蓝又一次前往基地，发现基地周围几十千米范围已经完全变了模样。飞行汽车前一段时间还在白雪皑皑的山峰上空飞行，下一刻，就来到了一片鸟语花香、绿色葱郁得好像世外桃源一般的地方。

前一段时间大规模的施工完全杀死了地表上的所有植被，但藏在泥土和山岩中的植物种子并不会被杀死。在大规模散热设备提供的热量支持下，那些种子误以为温暖已经重回大地，于是它们开始生根发芽，最终破土而出。

这里的温度很高，降雨频繁，植被也很茂盛。于是原本会冬眠的动物也没有进入沉睡而是来到了这个地方，在这里繁衍生息。

飞行汽车在一片空地上降落，赵蓝听到了周围传来的鸟叫声，以及隐隐约约的野兽吼叫。脚下是湿润的泥土，身边是葱葱的绿草，不远处是流淌的小溪……一切都像画一般美好。

赵蓝知道，支撑着这一切美好存在于这寒冬中的养分，全部都是从那颗黑洞上窃取而来的。一颗黑洞可以毁灭万物，但如果利用得当，它也可以滋养万物。

黑洞在星系的演化过程中扮演了极为重要的角色。正是它的庞大引力让恒星和星尘得以汇聚，星系才能形成。没有黑洞就没有这一切。就算是现在存在于基地中的那种极其微小的黑洞，它极其庞大的辐射能量或许在未来也可以作为驱动飞船前进的动力。

基地中的科学家们甚至做过相关的研究。他们的结论是，以黑洞作为飞船的动力来源是完全可能的，因为黑洞的辐射是持续且逐渐加强的，而黑洞的质量则是逐渐降低的，黑洞质量的降低就意味着飞船总体质量的降低，那么一定量的能量所产生的作用就会越来越大。如果有朝一日真的采用黑洞作为飞船发动机，那么它的加速模式大概是这样的：

在初始阶段，黑洞质量很大，辐射相比起来较为缓慢，同时，因为这颗黑洞是被安装在飞船上的，那么飞船的总质量必然也很大。那么相比起来较为缓慢的辐射可能仅仅产生一点点作用，于是飞船就只能以很缓慢的加速度前进。

但随着时间的流逝，黑洞以及飞船的总质量逐渐降低，而辐射速率则不断提高，于是飞船所得到的加速度便越来越大。

最重要的一点是，黑洞所提供的加速度是持续的，一颗质量为一百万吨的黑洞的寿命大概是十三年，也就是说，这颗黑洞可以源源不绝地连续提供长达十三年的能量供应和加速度。

和单纯携带一百万吨的聚变燃料相比，携带一颗一百万吨质量的黑洞最明显的好处是节省空间。很显然，一颗一百万吨质量黑洞的体积要比一百万吨聚变燃料的体积小无数倍，这就意味着飞船无须建造得太大，或者飞船可以将更多的空间节省出来充当其他用途。

除此之外，黑洞发动机相比起常规聚变发动机更为安全，且设备制造简便，还有最重要的一点就是燃料获取简单。

聚变燃料在空旷的宇宙中获取并不容易。如果想要在宇宙中补充聚变燃料，飞船控制者必须要冒险接近气态巨行星或者展开岩质行星地面冒险寻找水源以分解获得氢元素，又或者冒险捕捉彗星来获取燃料。而一颗黑洞则不同。无论是遇到了小行星还是彗星，乃至于放射性垃圾、星尘等等，只要是物质就可以被投入黑洞里以延续它的生命并充当燃料，在最极端的情况下，人们甚至可以拆卸飞船不必要的船体投入黑洞以充当燃料。与聚变燃料相比，黑洞发动机的优势可谓一览无余。

基地中的科学家甚至认为，黑洞发动机将会是展开恒星际航行的唯一备选方案。如果有朝一日人类文明希望可以踏出太阳系，在几十年之内来到比邻星或者天苑四、天狼星等外恒星处探险并顺利返回太阳系，黑洞发动机或许可以帮助人们达成这个愿望。

听着淙淙的溪流声与啾啾的鸟鸣声，赵蓝的思绪飘得有点远。一直到身边的通信仪器响起的时候，赵蓝才回过神来。

"怎么了？"赵蓝问道。

李云帆的声音从通信仪器中传了出来："赵蓝，这将是我们之间的最后一次通话。在这次通话之后，一直到我返回我们的宇宙，我们都无法再联系了。"

虽然早就知道了这个结果，但当这一刻最终到来的时候，赵蓝心中还是有些怅然若失。赵蓝说道："哦……好吧。"

赵蓝已经和李云帆交流了太多，计划的每一个细节都经过了再三确认，所有疑问都进行了详细的交流，所以在这最后一刻，赵蓝反而不知道说些什么了。

"你没有什么想要和我说的吗？"李云帆笑道，"毕竟，这有可能是我们这一生中最后一次通话了。"

赵蓝沉默了一下，"我在地球等你"这句话一直在涌动，却始终说不出口。于是赵蓝便一直沉默，李云帆再次笑着说道："真的没有什么话说么？那……呲呲……好……呲呲……"

李云帆的这句话还没有说完，通信便断开了。赵蓝心中便有些放松，又有些后悔，不知道是什么滋味。

"从今以后，所有事情都得靠我们了。"赵蓝转身，对着安丽雅一行人耸了耸肩膀，"你们的老板已经彻底和我们失去联系了。"

这一刻，赵蓝忽然感觉自己肩膀上的担子沉重了许多。虽然以往同样是赵蓝在忙活这些事情，虽然那时李云帆同样没有在赵蓝身边，但是，在和李云帆的相处中，赵蓝早就形成了一种思维定式，那就是——无论自己遇到什么样的问题，遇到什么样的阻碍，他都一定会有办法将其解决的。

可是现在李云帆和地球失去了联系，赵蓝再也没有办法借助他来解决问题了。

"好吧，迟早有这么一天的。"周晓明耸了耸肩膀，对赵蓝的话做出了回应。

于是赵蓝一行人便离开了这里。

此刻，距离计算出的最终时刻还有三个月，空间阻断计划已经正式进入到了最后布置阶段。在赵蓝和执行委员会的指挥下，三十七颗超大当量氢弹已经被布置到了太空中不同的位置，当然，这仅仅是阻止地球跌入空旷宇宙所需的布置，与之相对，月球、火星、金星三颗星球也有相应的布置。

时间一点一点溜走，转眼间，半个月又过去了。在这半个月中，星体异常消失现象愈演愈烈，终于变成了连肉眼都可以观察到的地步。天空中的星星越来越少，一颗接着一颗地消失，无论天空多么晴朗、观测条件多么良好，人们都再也无法看到繁星密布的景象了。

夜晚的天空逐渐变得稀疏暗淡。那一颗颗照耀了地球数千万年乃至数十亿年的星辰第一次离开了地球的夜空。它们见证了地球乃至太阳系的沧海桑田、生长变迁，它们见过三叶虫的蹒跚，见过恐龙的霸道，见过原始哺乳动物在陆地上的艰难繁衍，也见证过原始人类在寒风之中的艰难和困苦，现在，它们走了，还能不能再回来，却是个未知数。

第八章　变故

最近一段时间，关于星辰消失现象的言论充塞了整个新闻媒体和社交网络，所有人都在讨论着这件事，各种阴谋论也开始盛行，而政府方面除了辟谣之外，似乎并没有打算就此做出什么解释以安定人心。赵蓝可以理解政府的做法，如果空间阻断计划最终顺利执行完毕，那些消失的星辰便会回来，一切谣言便不攻自破，而如果空间阻断计划最终失败，地球最终跌入空旷宇宙，不妨等到那个时候再对这一切做出解释。现在就公布真相，容易引起更大的混乱。

一切都在有条不紊地进行着。明面上是空间阻断计划，暗中则是黑洞瘦身计划。这两套不同的人马在各自阵线上奋斗着，其目的却是相同的。不过这两班人马却无法和谐共处，只能依靠赵蓝作为其中的引线来协调，这倒是有些讽刺。

今天的基地一如既往地繁忙。周晓明、克鲁斯、安丽雅三人也在这里，和基地负责人罗德里格斯一同工作着。在这其中，克鲁斯及安丽雅两人的工作是重中之重。

克鲁斯负责一切机械层面的事情，计划中最终运送黑洞所需要的喷流直升机便是克鲁斯负责设计的。这些喷流直升机和通常意义上的直升机不同，它们其实属于无人机范畴，并不需要飞行员来实际驾驶。克鲁斯将飞机设计出来，周晓明则会开发一套十分完善的虚拟驾驶系统，然后将它交给安丽雅操作。安丽雅有机械操作方面的天赋，她将会在地面上，通过遥控系统指挥着高达数百架喷流直升机将黑洞运送到大气层的边缘，然后再操作零号重型宇宙飞船将容纳着黑洞的设备接收过来，最终将它运送到指定的地点。

这便是计划的全部内容。

但今天的情况似乎有些不同。不知道为什么，周晓明三人总是感觉今天的气氛有些不对。虽然一切都是原来那样，仪器照常工作，人员照常忙碌……

这是一种对于危险的本能预感。在跟随李云帆的十几年中，正是这种预感无数次地救了他们的性命。三人之间的默契在一次次历险中不断加深，最终达到了只需要一个眼神，就可以明白对方心意的地步。

虽然这三人平时总是吵吵闹闹，但他们心中都明白，这不过是相处的一种调剂而已。

正在熟悉虚拟控制系统的安丽雅站了起来，有些烦躁地在房间中转起了圈子。穿着工作服、满身油污像是一名邋遢工人一般的克鲁斯也放下了手中的工具，坐在旁边的椅子上点燃了一根烟，然后用力地吸了一口。

"我感觉好像有事要发生。"周晓明将脑袋从键盘上抬起来，说道，"不行，我得去找罗德里格斯看一看，可千万别是黑洞出了问题，要是黑洞出了问题，整颗地球都要完蛋。"

"快去，快去。"安丽雅有些焦躁地挥了挥手。

可是罗德里格斯消失了。周晓明问了好几个人，都没有找到罗德里格斯的身影。这是很不寻常的事情，罗德里格斯是基地的负责人，他在黑洞瘦身计划中有着极其重要的地位，他怎么可以随随便便就离开这里？这不符合常理。

万幸，经过周晓明的了解，他知道黑洞瘦身计划仍旧在顺利执行着，基地中并没有意外发生。

罗德里格斯的消失给三人的心头笼罩上了一层乌云，这似乎暗示着有什么事情发生了。周晓明立刻停止了手中的工作，开始调取基地的监控画面，试图将罗德里格斯找出来，可是还没有多少操作，周晓明的手就僵在了那里。

"键盘，你发什么呆？"安丽雅有些不耐烦地叫道，却见克鲁斯猛地站了起来，将头上的帽子一甩，大吼了一声："这是怎么回事！"

安丽雅闪电般转身，就看到周晓明面前显示屏幕上的某些画面中，至少数百架被漆成了军绿色的飞机正在向着基地汇聚，又看到许许多多的飞行汽车，以及不计其数的地面部队蚂蚁一般向着这里拥来。这个时候，就算三人是傻子，也明白发生什么事情了。

"是军方！好家伙，几百架飞机，几千辆飞行汽车，至少几万地面部队！这，这是谁将基地的事情泄露的！"周晓明大吼道，"政府是怎么知道这里的事情的！"

"我们得立刻离开！我们不能落到政府的手中！"安丽雅大叫一声，一手提起克鲁斯，一手提起周晓明就要离开这里。周晓明挣扎着拼命叫道："等……等一下！我要先关闭电场控制仪的操作通道！我要确保黑洞不会在混乱中受到影响，不会掉下去！如果黑洞出现意外，整颗地球都会完蛋的！"

既然军方的人已经出现，便意味着事情已经不可挽回，失去这个基地已经成了定局。既然如此，确保黑洞的安全便是第一要务。让这颗黑洞安全地落入政府手中，总要比黑洞落入地球，然后大家一起完蛋来得好。

安丽雅将周晓明随手一扔，周晓明便被稳稳地扔到了电脑前的椅子上。他迅速地在键盘之上敲打，试图将电场控制仪的操作通道关闭，可是仅仅敲打了一会了，他的动作便又停了下来。

"混蛋！电场控制仪的操作通道早就已经被关闭了！这件事情是早有预谋的！"周晓明叫了一声，然后迅速离开了椅子，一边跑一边叫："这件事情看来不用我们操心了，我们赶快离开这里！"

电场控制仪的操作通道被提前关闭这件事情意味着很多东西，但现在，几人都没有精力和时间来思考这件事情。此时此刻，离开这里，不落入政府手中是第一要务。

三人迅速向秘密港口跑去。那里有一条秘密通道，如果顺利，三人可以从秘密通道离开。

此时此刻，有几个穿着军方制服的人悄无声息地来到赵蓝的办公室。在她惊异地抬起头的同时，一名军人面无表情地说道："赵蓝女士，现在通知你，你已经被捕了。请你配合我们的工作。"

赵蓝并不是第一次被捕。上一次因为安丽雅三人的恶作剧，赵蓝"有幸"被捕了一段时间，不过最终安全离开了那里。但这一次不同。在看到面前这几名军方人员的时候，赵蓝的一颗心就瞬间沉到了谷底。

赵蓝的脸色瞬间变得苍白。她知道自己被捕的原因。自己一向奉公守法，唯一一件可能为自己带来牢狱之灾的便是黑洞的事。

赵蓝知道，自己暗中所进行的工作一定泄露了。政府方面一定知道了自己的小动作，知道了自己正在暗中为一颗黑洞瘦身，并且打算将这颗黑洞参与到空间阻断计划中去……

赵蓝可以想象政府方面在得知地球上竟然存在一颗黑洞的时候，所受到的震撼及产生的恐惧，所以赵蓝也可以想象政府方面参与这件事情时可能调动的力量会有多么庞大。无论这颗黑洞的所有人——赵蓝和李云帆——打算用这颗黑洞做什么，不管这些事情是好事还是坏事，政府方面都绝对不会允许一颗黑洞在自己的掌控之外。因为这意味着极大的风险——大到没有人可以承担。

这件事情到底是如何泄露的并不重要，重要的是泄露之后所带来的后果。赵蓝知道，政府方面一定经过了最为严密的策划，调动了最为庞大的力量，在暗中悄无声息地布置好了这一切。在这些事情布置的过程中，整个基地，包括安丽雅三人以及自己在内，所有人都没有察觉到。而当这些军人最终闯入自己办公室的时候，就意味着他们的计划已经执行完毕，一切都回天乏术了。

赵蓝同样可以想到，既然政府已经发现了基地的事情，知道了黑洞的存在，那么失去基地就已经成了定局。而既然结局不可更改，那么唯一可以期盼的便是那颗黑洞一定不要出问题。如果出问题，被毁灭的就是整颗地球。

在这一刻，赵蓝并没有想到自己的安危又或者即将失去的荣誉和地位，而是开始期盼政府在基地方面的行动一定要成功。赵蓝心中一瞬间闪过了千万个念头，但她只是表情平静地站了起来，伸出自己的双手，任由手铐将它们铐住，然后语速极快地说道："我要求和你们的行动总指挥直接通话，我有一些重要的事情要告诉他。"

赵蓝打算将整个基地的最高权限控制密码告诉这次行动的总负责人，好让他们在行动中可以提前将束缚着黑洞的电场控制仪的操作通道关闭。因为只有这样才可以确保黑洞的安全，确保黑洞不会跌入地球。

赵蓝最怕的是因为军方人员介入所带来的混乱导致电场控制仪出问题，又或者某个基地工作人员在绝望中生出了同归于尽的心思从而将电场控制仪关闭。那样整个地球、整个人类文明就全完了。

但赵蓝的要求并没有得到满足。那名神色冷峻的军人将赵蓝铐住后，拉着她就往外走，丝毫不理会她的诉求。赵蓝挣扎了起来，同时大叫道："这件事情很重要！很重要！你一定要听我的，让我和行动总指挥直接通话！这关系到我们整颗地球的安危！这很重要！"

这次行动很明显是完全保密的，所以不仅是赵蓝，整个星辰之灾指挥部的所有人都不知道这件事情。赵蓝的挣扎及喊叫引起了许多人的注意，他们离开了自己的工作岗位循声来到这里，但在众多军方人员的控制下，这里又迅速恢复了安静。

此时此刻，赵蓝已经完全来不及顾忌自己的脸面和形象，她心中只有一个念头——一定不能让黑洞出现任何意外！

但是抓捕赵蓝的军方人员始终没有满足赵蓝的要求，甚至在她表现出强烈的不肯配合态度后，一名军方人员直接用胶带将她的嘴巴封了起来，然后用一个黑色的头套将她的脑袋整个儿蒙住，接着两个孔武有力的军人直接一左一右将她架了起来，连拖带拉地将她塞进了一辆飞行汽车，迅速离开了星辰之灾指挥部，只留下了这里众多的工作人员面面相觑。

与此同时，基地中，安丽雅一手举着克鲁斯，一手拉着周晓明已经来到了秘密港口。但是眼前的景象让这三人再一次陷入了极端的愤怒。因为他们看到，秘密港口不知道在什么时候被彻底关闭了，秘密通道也已经被炸毁，完全无法再通行了。

"这……罗德里格斯！一定是罗德里格斯干的！这个卑鄙的家伙，一定是他将基地的情报泄露给了政府，这家伙想将我们一网打尽！"安丽雅怒吼了起来，"这家伙，他为什么要这样做！他难道不知道这意味着什么吗？他会将整个人类文明都毁掉的！"

在这个时候，反倒是一向萎靡不振的周晓明保持着镇定："先不要去管罗德里格斯了，我们必须要先确保自己的安全，我们一定不能落到政府手里，否则就一点希望都没有了。如果我预料不错的话，赵蓝此刻一定被抓起来了。她掌握着空间阻断计划的所有数据和情报，没有她，我们根本就不知道该让黑洞保持什么样的辐射频率。我们三人先逃走，然后再想办法将她救出来，等我们四个人聚在一起，再商量下一步的行动。"

"可是现在，军方一定已经对整个基地布下了天罗地网，秘密港口和秘密通道又已经被罗德里格斯这家伙毁掉了，我们怎么才能逃出去？"安丽雅咬牙切齿地说着，心中的怒火简直要从眼睛和鼻子里喷出来。

"我们只剩下最后一个办法，"克鲁斯说道，"原计划用于运送黑洞的数百架喷流直升机已经制造完毕，初步的虚拟控制系统也被键盘开发了出来。我们随意躲在一架喷流直升机里，然后暴龙你来操作这些直升机，操作着这数百架直升机一同从基地冲出去！如果我们运气好的话，或许可以趁着混乱逃走。"

周晓明喃喃道："可是虚拟控制系统还没有完善，有许多功能模块我还没有开发出来，现在就这样做，能行吗？"

克鲁斯拍了拍周晓明的肩膀："这是唯一的办法了。暴龙是机械操作方面的天才，我们只能将希望寄托在暴龙身上！走！快一点！暴龙，你去控制室取那台安装了虚拟控制系统的便携计算机，我和键盘先往停机坪去！我们在门口会合！"

安丽雅咬了咬牙："现在也只有这么办了。好，我这就去！"

说完这句话，安丽雅迈开自己两条长腿，一步就跨过了十几米的距离，转眼间就从这里消失了。克鲁斯和周晓明对视一眼，两人也迈开步子，迅速往停机坪跑去。

一路上遇到了许多工作人员，因为军方人员还没有真正到来，他们并不知道发生了什么事情。看到周晓明和克鲁斯两人如此焦急，心中不禁大感奇怪，有几个人还凑了上来，想问问到底发生了什么事情。不过在这个时候，周晓明两人又哪里有心情去理会他们。

两人心中都很清楚，就算军方人员最终来了，将这些人全部抓走了，他们大概也是没有生命危险的。就算自己被军方人员控制，也绝对不会受到生命威胁。不过自己身上还肩负着特殊的使命，并不能被抓起来。

两人急匆匆地来到停机坪，看到那数百架新建造出来的喷流直升机好端端地停在那里，心中都松了一口气，不禁感到有些庆幸："幸亏罗德里格斯这家伙没有来得及将这些飞机也毁掉。"

从秘密港口到达停机坪这里的距离只有一千米左右，而从秘密港口返回控制室，再从控制室来到停机坪的距离就有了好几千米。不过安丽雅的速度明显要比两人快许多，两人刚刚到达停机坪，片刻之后安丽雅便抱着那台便携计算机来到了这里。

"我们坐哪一架？"安丽雅问道，周晓明叫道："随便哪一架吧，都一样。"

说着，三人便一同跑向了数百架直升机之中的一架。拉开了舱门——因为是按照无人机规格建造的缘故，这里并没有座位，但容纳三人的空间还是有的。于是这三人便一同挤了进去。

"都坐好了，我们出发！"安丽雅叫了一声，手上已经开始通过虚拟控制系统操作。

在这之前，安丽雅已经进行过一些相应的适应性训练了，所以操纵这些机械对于她来说并不是什么难题。安丽雅有机械操纵方面的天赋，这一点周晓明和克鲁斯两人都是知道的，而现在，三人能否逃出政府军队布下的天罗地网，也要看安丽雅的能力了。

便携式电脑上的信号发射源很快便和这数百架喷流直升机上面的信号接收设备取得了联系。终于等到显示屏幕上的进度条走满，安丽雅狠狠地敲下了确认键，于是，一阵低沉的嗡嗡声就在一瞬间传遍了整个停机坪。在初始的低沉之后，这嗡嗡声很快就变成了轰鸣声。

这是数百架直升机一同发动所发出的声音。喷流直升机是最近几十年才开发出来的新型直升机，它并不依靠螺旋桨来获得动力，而是依靠类似于火箭的气流喷射口来获得前进或在空中悬停的能力。这就让它的灵活性和速度比起老式的螺旋桨直升机提升了不止十几倍。

由克鲁斯亲自设计建造出来的这些喷流直升机毫无疑问比普通的喷流直升机又要先进许多。它们的本来设计目的是运载那颗黑洞——而要运载一颗黑洞，在安全性、灵活性上都有极高的要求。毕竟克鲁斯也不希望那颗黑洞在运载过程中出现意外，万一让它坠入地球，整颗地球就全完了。所以这些喷流直升机的性能极其良好。

经过短暂的预热，炽热的强劲气流从直升机上不同的出口处喷射了出来，几乎就在短短一瞬间，整个停机坪的温度就升高了好多。这些直升机全部发动之后，安丽雅框选了其中一部分，操纵着它们依次起飞，从出口处飞了出去。

"我们什么时候出去？"克鲁斯问道。安丽雅回答道："不能是最先和最后。最先和最后是最容易引起注意的方位，也不能是在中间。普通人通常认为浑水摸鱼最佳的位置是中间，但其实并不是这样，根据我的理解，最佳的浑水摸鱼位置，大概在整个直升机军团的四分之三处。从那个位置出去，可能引起的关注最小。"

说话间已经有至少五架喷流直升机飞了出去，也就在这个时候，无线电通信接到了一段充满了威慑意味的信息："你们已经被包围了，不要试图抵抗，也不要试图逃走。任何不肯配合我方行动的动作都会被视为挑衅，我们会坚决采取攻击行动。"

安丽雅并没有理会这条警告讯息，仍旧操纵着喷流直升机源源不断地往外飞。于是那条警告又响起了两次。在第三次的时候，那信息之中便充满了愤怒："警告！警告！立刻停止你们的行为，否则我们将采取攻击行动！"

安丽雅面沉似水，没有对这条信息做出任何回应。于是片刻之后，操纵显示器上便出现了几道红点，红点从数百千米之外出现，一出现便极其迅速地向那十几架已经飞出去的喷流直升机靠近。很显然，因为安丽雅并没有按照军方人员的要求停止逃走动作，军方人员已经果断对这些直升机采取了攻击行动。

克鲁斯仅仅看了一眼显示屏幕上关于那些红点的读数，便将这些东西认了出来："三一八式大气层内攻击导弹，最快前进速度每秒六点三千米，战斗部装载一百千克高爆炸药，制导方式为红外制导。"

因为空气阻力的存在，物体在大气层内的运动速度是有上限的。这个上限的数值和物体的结构材料、大气密度、空气流动、物体的空气动力学结构等许多因素相关。以往大气层内每秒钟六点三千米的运动速度是完全不可思议的，要知道，这个数字甚至已经接近了第一宇宙速度，而能达到第一宇宙速度的物体，通常都是在真空环境中运动的。

在这样的高速运动下，导弹和大气层的摩擦之间会产生许多特殊的效应，比如导弹表面的温度可以被短暂加热到一万开氏度的高温。这个速度下强大的空气阻力和过载压力甚至可以将一块钢铁压扁，但得益于极其先进的材料和结构科技，三一八式攻击导弹却仍旧可以在这样的高速运动中保持一定程度的方向控制能力。

就算是在科技高度发达的今天，三一八式攻击导弹也属于不能轻易动用的大杀器。而现在，甫一出手就是这种尖端武器，这已经将军方对基地的重视完全暴露了出来。

简单来说，就算这种导弹战斗部完全不装载炸药，而是装载一堆石头，因为极高速运动带来的极其强大的动能，也可以轻而易举地摧毁一座山峰。它的威力就是这样强大。

在克鲁斯说出这个导弹的型号之后，周晓明忍不住暗暗骂了一句："浑蛋！把我们当外星人来打了？"

安丽雅却仍旧保持着镇定。似乎此刻的安丽雅已经忘记了外界的一切变故，而将所有的一切都化作了数据、化作了控制台中的一个个信号。

控制台的界面因为周晓明的恶趣味而被开发成了类似一种游戏的操作界面，此刻的安丽雅便像在打游戏一般。安丽雅快速地计算了那些导弹的弹道，衡量了己方喷流直升机的性能以及所处位置，又综合衡量了从各处可能前来的打击……无数数据在一瞬间之中就交汇完成，并最终让安丽雅做出了决定。她操纵着四架喷流直升机直接朝着某个地点运动了过去，另外几架直升机则做着近似无规则的运动，片刻之后，那四架喷流直升机被击中，立刻在空中爆成了一团火球，而剩余几架直升机则逃出了一段距离。

就在这个时候，周晓明看到了极其震撼的一幅画面。因为三一八式导弹前进速度实在太快，在视网膜上留下的影像实在太短的缘故，所以人眼其实是看不到如此高速运动的物体的。于是周晓明看到的便是，没有任何预兆、没有受到任何攻击，一架直升机忽然间爆炸变成了碎片。在直升机变成碎片之后，地面上大片的草木才像是受到了某种攻击一般，瞬间就被强大的空气压力压倒，一些大树甚至被连根拔起，整个飞起。有的杂草也被直接吹飞，露出了下面湿润的泥土和山岩，然后那些泥土和山岩也被吹起来，像是下面埋了炸弹一样，直接被炸了出去。

这一切都发生在直升机被击毁之后。因为三一八式导弹几乎可以说是贴地飞行的——它和地面之间的距离甚至没有超过两百米，它的极高速运动导致它所穿过的空气产生了极其剧烈的运动，正是这极其剧烈的运动导致了山石草木被破坏，但空气传递力是需要时间的，导弹的运动速度又太快了，所以看起来才像是直升机先被击毁，然后地面才受到了破坏。

在那架喷流直升机被击毁之后，仅仅是瞬间，在它背后不远处完全空白的一片空间之中又发生了一次爆炸。克鲁斯淡淡说道："为了防止引发意外灾难，三一八式导弹的设计决定了它在击中目标之后隔热层会被损毁，在如此高速之下，它的表层温度会极高，这种高温和内层低温的巨大差异会导致构成它的材料剧烈爆炸。正是因为有这种手段，三一八式导弹的杀伤范围才会得到控制，才不会波及非战斗区域。"

这种设置是极其有必要的。如果没有这种设置，一颗三一八式导弹仅仅依靠惯性便可能飞行出近百千米的距离，可能这里是战场，那里却是居民生活区，万一一颗导弹脱离了战场飞到了居民区怎么办？这种设计则完全避免了意外情况发生的可能。

除了三一八式导弹这种大杀器之外，军方还采取了许多种攻击手段。周晓明甚至可以肯定，天空中一定有不少于十颗卫星在注视着这里。政府已经布下了天罗地网，这所有的一切手段，全部都是为了防止任何一个人、任何一件物体从基地逃走。

安丽雅继续操作着，在她的操纵下，已经有三百余架喷流直升机从停机坪离开冲上了天空。也就在这个时候，周晓明和克鲁斯两人感觉到自己所乘坐的这台直升机也发生了一阵轻微的颤抖，片刻之后两人的视野就产生了变化——这架直升机也起飞了。

直升机平缓地飞着，和其余十几架飞机一同离开了停机坪来到了基地外。在这一刻，周晓明感觉自己的心脏似乎跳到了嗓子眼。

因为周晓明不知道在什么时候就会有一发三一八导弹冲着自己乘坐的直升机飞过来，而因为三一八导弹那恐怖的前进速度，直升机基本是不可能躲过它的进攻的。

但周晓明三人所乘坐的这架直升机终归没有受到导弹的进攻，有的仅仅是一些小型炮弹和枪械子弹的攻击。这些武器虽然会给喷流直升机带来一定的损害，但还无法将其彻底击落。周晓明就这样坐在机舱里的地板上，头晕目眩地看着安丽雅的双手像是跳舞一般在操控面板上跳跃，这架直升机像是坐上了过山车一般忽然飞高又忽然降低，时而和其余直升机结群逃走，时而又返回到基地旁边，时而往这个方向，时而往那个方向……

安丽雅的操作看似全无章法，就像是一个孩童在胡闹一般，但周晓明知道，事实并不是那样。事实恰好与此相反。战场上的每一个变故都会被安丽雅察觉到然后瞬间对此做出判断并找出应对之法，敌人阵型的任何变化都会被她精密计算，然后找出可以突围的路线。

这就像是一场实时的大型战争策略游戏。不同的是，这次游戏的赌注，是他们三人的生命，或者他们下半生的自由。这将决定三人是在牢狱中度过余生，还是在阳光和清风之下度过下半辈子——如果他们还有余生的话。

周晓明无法描述安丽雅的操作手法。似乎就在莫名其妙之间，他就感觉自己离开了基地近百千米的范围。五百余架喷流直升机此刻已经只剩下了不足两百架，而和自己所乘坐的这台喷流直升机在一起的只有三十多架。就在这个时候，安丽雅忽然间大叫了一声："注意，我们要迫降了！"

周晓明还没有来得及理解这句话到底是什么意思，就感觉一阵剧烈的晃动笼罩了整架飞机，刹那间，他的脑海中闪过一句话："我们被击中了！"

这架喷流直升机确实被击中了，但以周晓明的估计，这种程度的被击中还不足以让飞机坠毁。但不知道为什么，在安丽雅的操纵下，这架直升机竟然摇摇晃晃地像是断了线的风筝一般向着地面砸了过去。

于是周晓明便明白了："原来是这样，假装坠毁，我们三个人暗中从地面逃走。"

事实正像是他所预料的那样。在他被猛然降落的巨大冲击力震得七荤八素的时候，就被一根绳子捆了起来。捆完了周晓明，安丽雅又用绳子的另一端捆住了克鲁斯，然后安丽雅用力一甩，就将两人像是麻袋一样一前一后搭在肩膀上。安丽雅的手里拿着那台便携式计算机，一边继续指挥着剩下的喷流直升机对军方造成迷惑，一边迅速跑起来，一瞬间就钻入密林中不见了。周晓明和克鲁斯加起来接近三百斤的重量似乎完全没有给安丽雅的行动带来影响。

虽然已经平安降落到了地面上，但无论是安丽雅还是周晓明、克鲁斯，都知道自己并没有脱险。虽然可以借助地形来隐蔽，但政府方面同样在地面上布置了大量的部队。如果没有什么应对的办法，他们被政府军队搜索出来只是个时间问题。

安丽雅快速奔跑着，因为太过颠簸的缘故，周晓明和克鲁斯感觉自己的胃都快要跳出来了。但就算这样，周晓明还是用力叫道："暴龙，你停一下……先把电脑给我……"

安丽雅立刻停了下来，又在操纵终端上操作了一下，将剩余的那些喷流直升机设定成了自动运转，然后便将计算机交给了周晓明。周晓明先是哗啦啦地将胃里的东西吐了个干净，然后连嘴巴都来不及擦一下就将计算机接了过来，紧接着便开始敲打键盘。随着周晓明的动作，一个三维立体地图迅速展示出来，他又设置了几个参数，那地图的比例尺便开始缩小，几个红点渐渐出现，并且开始闪烁。

"最近的一个隐蔽基地距离我们五千米，暴龙，你要快点带着我们到那里去，那里有地下通道直通希望市，只要到了希望市，我们就算是脱险了。"

"还有这样的事情？隐蔽基地？我怎么不知道？"安丽雅有些疑惑。

周晓明苦笑道："这是我们基地最后的后备，是老大准备在万不得已的时候脱险用的。这是老大在和我们失去联系的前一天才告诉我的，因为没有想到会用到这些东西，所以我也没有告诉你们。"

克鲁斯并不关心周晓明的解释，他只关心一点："也就是说，这些秘密基地的存在，只有老大和你知道？罗德里格斯并不知道？"

"对，只有我和老大两人知道。"周晓明说道，"罗德里格斯不知道那里。"

"好，那就不要再废话了，五千米……如果是在平地上，又没有你们两个累赘的话，我最多只用八分钟就能到。现在加上你们，我至少要十五分钟才能到。走，我们这就出发。"安丽雅当机立断，立刻站了起来，将周晓明和克鲁斯两人又搭在了肩膀上，迅速向着目标地点前进。

安丽雅带着两人在密林间快速地穿梭着，天空中是不断飞过的各种武装飞行器，不时有隆隆的炮火及爆炸声出现。情况确实已经危险到了极点，而这种危险的环境，在三人的记忆中，已经许久没有出现过了。

这一切都是因为罗德里格斯。如果不是由于他的背叛，三人的处境再坏，也不可能到这种地步。

万幸，这一路都没有遇到什么意外。来到了预定地点，安丽雅将两人放下来，仍旧脸不红气不喘，她紧接着问道："秘密基地在哪儿？怎么我什么都看不到？"

这里确实没有一点秘密基地的影子。除了枯黄的落叶、散乱的山石和一如别处的树木及杂草之外，这里什么都没有。周晓明挣扎着站了起来，先是从电脑上调出了几个参数，然后稍微计算了一下，紧接着就输入了一长串密码，然后按下了确认键。于是，一阵怪异的"嗒嗒"声忽然响起，紧接着，三人旁边不远处一块石头毫无预兆地升了起来，露出了下方一个漆黑的洞口。

"走，我们进去。"周晓明毫不迟疑地钻了进去，安丽雅和克鲁斯两人也紧跟着钻了进去。三人都进入地洞后，那块大石头又缓缓落下，原地仍旧只是密林、杂草、落叶和山石，没有任何人活动过的迹象。

周晓明拿着那台便携式计算机，用单手在上面不断操作着。过了一会儿，不知道周晓明按下了什么开关，这漆黑的通道一瞬间便亮起了灯光。这时三人才看清眼前的布置。这是一个小小的地下室，在地下室中央停放着一辆造型怪异的汽车模样的东西。周晓明又敲打了一下键盘，那汽车模样的东西上面就有灯光闪烁了两下。周晓明点了点头，说道："我们走。"

三人依次坐上了这辆汽车，那汽车便向着地下沉了下去。周晓明在旁边摸了摸，摸到了几个呼吸器接口，周晓明将呼吸器塞到嘴里，又掏出两个递给安丽雅和克鲁斯，然后又摸出了一些易容工具，以及一些样式普通的衣服。

汽车开始在漆黑的甬道中自动前进，三人则已经开始了换装和易容。正在忙碌中，后方忽然传来了一声闷响。克鲁斯和安丽雅怔了怔，周晓明则耸了耸肩膀说道："这些秘密基地都是一次性的，现在它自毁了。"

三人用了大概五分钟的时间完成了变装，汽车在这个时候也停了下来。他们从汽车上下来，摸索着走到了尽头，用力一推，外面刺眼的阳光就照了进来。

这里就是出口了。三人顺着出口爬了出去，又细心地将那个出口隐蔽好，就悄无声息地离开了这里。

这里距离基地至少有两百千米的直线距离，短时间内是不用担心会被人追踪到了。

这里虽然仍旧属于山区，但已经有了人类生活的痕迹。周晓明又用便携式计算机操作了一番，一台飞行汽车飞了过来，三人就乘坐着这辆汽车，一溜烟地到了希望市。

在人口众多的希望市，三人有一万种办法将自己完美隐藏起来不被政府发现。到达城市，也就意味着他们真正地安全了。

直到这时候，三人才松了一口气。来到了希望市之中的秘密据点，周晓明和克鲁斯两人立刻就瘫在了座位上，大口喘着粗气，久久说不出话来。

"喂，别老傻坐着了，我们得赶紧商量一下，接下来该怎么办？"安丽雅大声叫嚷了起来，"黑洞是没有指望了，我敢肯定，军方已经将那里变成了全世界安保最严密的地方，我们绝没有可能将黑洞从那里偷出来。没有黑洞，空间阻断计划怎么办？难道我们要眼睁睁地看着整颗地球都坠入那个空旷宇宙？还有老大，根据计算，地球坠落所带来的巨大空间动荡，极有可能将老大和他乘坐的飞船撕成碎片，我们该怎么办？"

"我们三个在这里也商量不出什么。"周晓明有气无力地说着，"虽然在地球上还有一些老大留下的势力没有被罗德里格斯知道，能被我们所用，但我并不认为这有什么用处。当务之急，是将赵蓝救出来，她担任过空间阻断计划总指挥的职责，我想，或许会有办法。"

"那你还愣着做什么，快搜集情报，看看赵蓝被关在了哪里，我们要快点制订一个营救计划。距离最终计算的时间节点只有两个半月的时间了，我们必须要快一点，晚了就真的来不及了。"安丽雅叫道。

"好，我这就去。"周晓明嘟囔了一声，将便携式计算机拿了过来，开始在网络世界中搜集情报。安丽雅则像是踩着一块烙铁一般，不停地在房间里转着圈子，神情十分焦急。

"你说罗德里格斯这家伙到底想做什么，他难道不知道这到底意味着什么吗？整个人类文明都有可能被他葬送！他到底为什么要这样做！"

周晓明在紧张地操作着什么，顾不上搭理安丽雅，克鲁斯一边喝着水一边说道："我大概可以明白罗德里格斯这样做的原因……贪欲啊……"

"贪欲？"安丽雅念叨了一下这个词语。

"没错，就是贪欲。"克鲁斯点了点头，"因为罗德里格斯没有办法接受就此失去基地，他想要我们三人及老大都死去，只有这样，罗德里格斯才能接收老大留下的所有势力和财富。想想看，在老大所留下的势力中，老大是毫无疑问的领袖，接下来就是我们三人，在我们之后，就属罗德里格斯的地位最高。如果老大和我们都死了，你说，罗德里格斯是不是就将所有老大留下的势力和财富都掌握到了自己手里？"

百忙之中的周晓明还插了一句话："罗德里格斯甚至可以将老大死去的责任推卸在我们身上，对外宣扬是因为我们的背叛导致了老大的死，然后罗德里格斯还可以用为老大复仇的名义来整合老大留下的势力，这样一来，什么都是他的了。"

"可是，可是……"安丽雅脸蛋憋得通红，最后忍不住跳了起来，大叫道，"可是这会让整个人类文明都陷入毁灭啊！科研部那帮蠢材不肯信任老大的计算结果也就算了，罗德里格斯这家伙跟了老大那么多年，难道他也不肯信任老大的计算结果？"

"你安静一点……"克鲁斯有些头痛地说着，"我问你，就算地球坠入空旷宇宙，短时间之内，不，两三百年之内，我们人类文明会受到生存威胁么？"

"不会。"安丽雅摇了摇头，"地球上的资源至少足够我们人类文明繁衍生息几百年的时间。"

"那我问你，罗德里格斯大概还能再活多少年？"克鲁斯有些没好气地说道。

"罗德里格斯今年大概五十岁了吧……他最多还能再活一百年。"安丽雅喃喃说道。

"那不就得了。"周晓明翻了翻白眼，"人类灭亡和罗德里格斯有什么关系？反正他又活不到那一天。只要将老大和我们三个都干掉，他手中就掌握了巨大的势力和财富，潇潇洒洒自由自在地过完自己剩下的寿命，然后两腿一伸死了，哪儿顾得上别人怎么样？"

"这太卑鄙了。"安丽雅不敢置信地摇着头，"我虽然见过许多坏人，甚至连头顶长疮、脚底流脓的坏人都见过，但我从没见过这么坏的……那毕竟是我们的文明，是我们的子孙后代啊……

"科研部的人还情有可原……他们并不知道他们这样做的后果，他们坚持自己的计算结果，不肯轻易取信未取得明确证明的计算数据还可以理解，罗德里格斯就完全不可以原谅了。他明明知道这样做的后果，但为了一己私利，他还是这样做了，人怎么可以坏到这种地步！"

安丽雅的感慨不断在房间内回响，克鲁斯脸上露出了一抹苦笑，周晓明的手指微微停顿了一下，叹息一声，又开始忙碌自己的事情。

此刻的赵蓝已经被带到了希望市郊区一处外表十分寻常的两层小楼里。这里的生活配置一应俱全，生活物资也不短缺，赵蓝明白，自己是被软禁了。

这让赵蓝心中十分焦急——她怎么可能不焦急呢？这毕竟是关系到整个人类文明的大事。但她坐在沙发上沉思了许久，竟然没有想到一点办法。

无论什么办法都要以获得自由为前提才能进行，可是赵蓝现在所缺少的，恰恰便是自由。而且，就算有了自由，该如何去做，她也是没有一点头绪。

赵蓝并不关心到底是谁泄的密，她只知道，基地的秘密终究是泄露出去了。而只要基地以及黑洞的事情被政府知道了，那里便一定会成为整个人类文明之中看守最严密的地方。会有无以计数的军人将那里包围得水泄不通，会有数量众多的经过了严格审查、确认可靠的科学家在那里对黑洞展开研究，想要在这种情况下将黑洞偷出来又或者抢出来？就算是拥有"大盗"之名的李云帆都不敢说可以完成吧……这次偷窃的目标可不是什么领带戒指之类的小东西，而是一颗质量有百万吨级的黑洞！这要怎么偷？抢出来？在这地球，不，在整个太阳系中，还有哪个势力能够和人类文明政府对抗？有谁能和几万乃至几十万名军人正面对抗，并将这个可以毁灭整颗地球的东西抢走？

偷不出来也抢不出来……那地球怎么办？没有了这颗黑洞，空间阻断计划失败了怎么办？

思来想去，赵蓝发现自己似乎只剩下了一个希望——李云帆是错的，科研部才是对的。只有这样，人类文明才不会陷入绝境。

情况似乎已经到了绝境，对此，赵蓝没有任何办法可想。此刻，赵蓝心中甚至出现了这样一种声音："就让地球坠到空旷宇宙中去吧！这样一来，科研部以及整个人类文明才会意识到自己的错误，到那个时候，作为早就知道了这个结果的'先知'，你会被抬到最为崇高的地位，你会拥有无穷的荣誉和财富……"

可是赵蓝十分清楚，无穷的荣誉和财富对自己并没有什么吸引力。只要能阻止地球向异空间坠落，她宁愿自己身败名裂，付出所有。

赵蓝知道自己只是一个普通人，对于财富和地位，她从来没有太多的追求。她的梦想也很简单，只想做一份自己喜欢的工作，拿一份不丰厚也不微薄的薪水，闲暇时可以驾驶着自己的新希尔维雅号飞船到处闲逛……

赵蓝认为内心的宁静要比拥有的财富重要许多。明明知道阻止地球坠落的办法，却眼睁睁地看着地球坠落，她绝对无法接受这种事情的发生，可是事情的发展偏偏将她推到了这种境地。

赵蓝拼命想要冷静下来，却无论如何都做不到。挣扎了许久，她才在撕裂般的头痛下迷迷糊糊地进入了梦乡。可是就连梦境都是黑色的，凌晨，她被噩梦惊醒再也无法入睡，干脆披上衣服来到了窗前，透着窗户看着外面那个美丽而自己却无法到达的世界。

赵蓝看不到任何警卫和看守。但是赵蓝知道，只要有必要，在这个二层小楼周围可以瞬间出现超过一千名守卫。

"不知道安丽雅他们三人怎样了。"赵蓝苦笑着想道，"会不会他们也被抓了起来？他们三人大概就没有我这样的待遇了吧……我毕竟是曾经的空间阻断计划总指挥，他们三人却是黑户。"

就在赵蓝胡思乱想的时候，黑暗的夜幕笼罩之下，在距离这个二层小楼大概几百米远的地方忽然爆发出强烈的火光，下一刻便传来了震耳欲聋的爆炸声。赵蓝心中一惊，就看到仅仅在一瞬间，以这个二层小楼为中心，方圆几百米的地方瞬间被明亮的灯光笼罩，无数人影像是从空气中冒出来的一般，瞬间就将这个地方包围，天空中也出现了隆隆的声音，超过十架武装飞机出现在了上空。

那些警卫并没有前往爆炸地点查看具体情形，而是将这个二层小楼紧紧包围，很显然是为了防止调虎离山计。如果他们就此被爆炸点吸引了力量，导致背后空虚而被敌人钻了空子，那也得不偿失。

赵蓝还没有明白到底发生了什么事，就看到有另一群人从黑暗中冒了出来，又有好几辆武装飞行汽车出现，两群人瞬间就开始了交火。但无论战斗多么激烈，始终都有至少一百名守卫不参与战斗，仅仅是严密地看守着赵蓝。

"这些人是来救我的吗？"赵蓝心中冒出了这样一个念头。但没有确定，她并不敢轻举妄动。又过了一会儿，不知道发生了什么，天空中那十几架武装飞机忽然原地乱晃，像是发生了故障，地面上，一名军人对着通信仪器大吼了好几声，然后一把将通信仪器砸在了地上。

"这是受到了干扰？还是通信频道受到了入侵？"赵蓝这样想着。

趁着守卫的混乱，一群黑衣人十分迅速地向着赵蓝扑了过来。那一百余名警卫立刻做好了迎敌的准备。但就在这个时候，赵蓝脚下的地板忽然塌陷，出现了一个黑乎乎的大洞，赵蓝毫无意外地掉了下去，一双纤长却有力的手就抓住了她。紧接着，一根麻醉针飞了出去，扎在一名试图阻挡赵蓝的守卫身上，那名守卫应声晕了过去。

这一切变故来得太快了，快到赵蓝根本就没有反应过来。从第一声爆炸响起，到现在赵蓝落入地下的大洞，总共才三四分钟而已。

大洞中黑漆漆的，赵蓝看不到东西，也不知道该如何反应，只能被动接受神秘人的操纵。赵蓝感觉到一双略显冰凉的手将自己拉了起来按到一个座位上，又有两条像安全带的东西将自己固定，然后那不知道是什么车辆的东西就猛然发动，在这一瞬间，巨大的惯性几乎要将赵蓝的心脏压出来。

一切就像是做梦一般，仅仅过了几分钟的时间，那辆车就又迅速停下，前方也开始有光线进入赵蓝的眼睛。赵蓝感觉安全带被解开了，然后那双略显冰凉的手又将自己提了起来，那双手的主人开始带着自己往前跑。在自己身边还有许多人在一同跑动，人很多，但是行动之间却丝毫不见慌乱，也没有任何喧哗，很显然，参与这次行动的人都经受过严格的训练。

直到离开了这个地下洞穴，赵蓝才看清楚抓着自己的这个人到底是谁，于是忍不住惊叫了起来："安丽雅，怎么是你？"

安丽雅低声叫道："别吵，快走。"

赵蓝便有些忐忑地闭上了嘴，安丽雅带着赵蓝快速跑了出去，乘上了另外一辆飞行汽车，其余那些黑衣人也迅速分散然后隐蔽，一转眼就从赵蓝的视线里消失，不知道去了哪里。

赵蓝乘坐的这辆飞行汽车只飞行了一段时间就又降落，安丽雅迅速将一些大概是易容用品的东西抹到了赵蓝脸上，然后为赵蓝套上了几件衣服，两人又迅速换乘了另外一辆飞行汽车，再一次开始了逃亡。

赵蓝终于渐渐平静下来，也大概知道发生了什么事情——基地以及黑洞事件的泄露，政府军方并没有抓到安丽雅三人，在知道自己被政府控制之后，安丽雅前来营救自己了。

赵蓝原本想过这个可能，但是在察觉到对自己看守的严密程度之后就放弃了这个想法。赵蓝认为，在那样严密的监管之下，不可能有任何力量能将自己救出去。但是安丽雅的行动却将赵蓝的这个认知打破了。在方才的营救行动之中，那些神秘黑衣人的行动之迅速，配合之默契，策划之严密，都大大出乎了赵蓝的预料。

那一声爆炸是第一层伪装，然后武装飞行汽车的强攻是第二层伪装，忽然涌现的大批神秘黑衣人是第三层伪装，这三层伪装吸引了大部分看守人员的注意力，但事情还没有完。通过自己之前所看到的那些东西，比如看守方人员的忽然混乱，赵蓝知道，一定有人入侵了他们的通信频道，破坏了他们之间的联系——一定是周晓明这个计算机天才干的。

一般来说，这四层布置对于营救赵蓝这件事来说已经有了相当的成功率，但这起营救事件的策划者很显然并不这样认为。为了确保成功，他们还策划了最后一层，也是最为关键的一层。在前四层布置全都发挥效果之后，无论任何人都会以为，这就是全部了，可是偏偏安丽雅直接从地下挖了一条地道通到了赵蓝的房间下方，从那里一击致命，直接将赵蓝带走了。

前面四层布置，全部都是在为第五层实际行动做铺垫而已。

这是一次近乎完美的营救行动，从策略层面和行动层面都几乎无懈可击，才能在那么严密的监管之下将赵蓝营救出来。

逃亡行动仍旧在持续着，安丽雅一边带着赵蓝逃走，一边通过通信仪器和什么人说着话。通信仪器另一端的那个人正在指挥安丽雅的行动，无论是逃跑路线还是逃跑方式，都由那个人决定，安丽雅则忠实地执行了这一切。

赵蓝明白，此刻的周晓明应该正在监视着政府方面的反应。政府在哪里安排了堵截力量，追踪人员的进展等情报都会被他知道，他会结合这些情报来为安丽雅布置出最完美的逃跑路线。

赵蓝在安丽雅的带领下连续换了至少七次交通工具，在希望市中绕了不知道多少圈，最少用了五六个小时的时间，在天蒙蒙亮的时候，才来到了一处外表十分普通的破旧建筑前。当安丽雅终于带着赵蓝进去后，便一点也不顾形象地瘫在了沙发上。

"我们安全了吗？"赵蓝有些忐忑地问道。安丽雅咕咚咕咚地喝着水，将一杯水喝完之后顺手抹了抹嘴巴，说道："当然安全了，我们冒险者小队亲自出马，难道还有救不出来的人？"

"那么……现在可以告诉我具体的情况了吗？基地的事情怎么会泄露？你们下一步打算怎么办？"赵蓝像是连珠炮一般问出了好几个问题。周晓明和克鲁斯从另外一个房间走了出来，听到赵蓝的问题，不禁有些无奈："赵蓝小姐，为了救你，我们可是都累坏了，能不能让我们先休息一会儿？"

赵蓝不禁感到有些不好意思。在听到"休息"这两个字之后，仿佛也有一种发自心底的疲倦冒了出来，紧绷着的神经也逐渐放松："谢谢你们。我只是……我只是很着急。时间已经没有多少了，可是现在我们却失去了一切，我们的计划完全被打乱了。"

"这正是我们救你出来的原因。"克鲁斯说道，"基地被政府占领了，键盘搜集了一些情报，那些情报显示，此刻至少有七万名军人、近千架武装飞机，还有巨量的地面武器将基地围了个水泄不通，将那颗黑洞从基地中偷出来或者抢出来已经成了一件不可能做到的事情，可是现在距离计算中的时间节点已经只剩下了两个半月的时间，没有这颗黑洞，空间阻断计划就不能成功，老大也无法从空旷宇宙返回。我们该怎么办？"

"我们希望从你这里得到行动指引。"周晓明接过了克鲁斯的话头，继续说道，"你和老大相处了那么久，又担任了那么长时间的空间阻断计划总指挥，你知道空间阻断计划的每一个细节，你或许会有办法让我们摆脱困局，即阻挡地球的坠落，也帮助老大回归我们的世界。"

"要我想办法？"赵蓝不由得坐直了身子，想说些什么，又发现自己什么都说不出来。

在李云帆还和地球保持着联络的时候，一切行动的指挥者都是李云帆。可是现在李云帆和地球失去了联系，那么，现在的指挥者该是谁呢？

要阻挡地球的跌落，就必须要执行空间阻断计划。要成功执行空间阻断计划，就必须借助那颗黑洞。可是黑洞已经被政府全方位管控……寻找新的能量爆发方式？这不可能。且不说时间根本不够，要知道，科研部那么多科学家耗费了那么多心血都没有找到，自己又怎么可能找到？

借助那颗黑洞是唯一的办法。可是怎么才能在政府严密的管控下将它拿到手呢？不解决这个问题，一切都是镜花水月。

"我需要思考一下……"赵蓝喃喃说道，"我需要知道我们现在手中都掌握着哪些力量，我们可以调动多少人手，可以调动多少武器装备，多少运输和交通工具，只有全部了解我们所掌握的，我才能制订下一步的行动计划。"

安丽雅三人对视了一眼，周晓明说道："这没有问题。我已经将我们剩下的力量整理出了一份资料，我现在就拿给你看。"

拿到周晓明三人整理出来的资料，赵蓝才对李云帆所留下的势力有了一个大概的了解。需要说明的一点是，这些资料中标明的所有势力和财富，全部都是和罗德里格斯没有一点瓜葛的，就是说周晓明三人只有在确定某一笔财富或者某一个势力完全和罗德里格斯无关，罗德里格斯也不知道它们的存在，这些势力和财富才会被记录在这份资料上。

他们三人这样做，很显然是出于保密的需要。既然罗德里格斯已经叛变，那就无法保证他仍旧会为某些绝密情报保密。但就算经过了这样严格的筛选，这份资料中所记载的势力和财富仍旧远远超出了赵蓝的预料。

"单单是流动资金就超过了一百亿人类币，能源、科技、金融、基建等不同种类的大型公司足足有十几家，秘密基地有七处，可调动经受过严格训练的专业人员数量超过一千人……这，这还仅仅是李云帆所留下的势力中，罗德里格斯完全没有接触到的吗？"

赵蓝满是震撼地喃喃自语着，可以肯定的是，罗德里格斯知道或者参与的势力肯定比记录在这份资料上面的还要多，而且一定多出不少，而这份资料之上就已经记载了这么多，那么……李云帆全盛时期的势力，又该多么庞大？这么庞大的势力，人类政府却始终毫无所觉，这一点，只要想一想都要让赵蓝感到不寒而栗。

但随即，那种震撼的感觉就迅速消失了。因为赵蓝立刻就想到了一点——无论李云帆的势力有多么庞大，就算李云帆此刻所遗留下来、可以被周晓明三人动用的势力是李云帆全盛时候的十倍、一百倍，面对代表着整个人类文明的政府来说，仍旧像是风中的柳絮一般，只要一阵微风就可以吹走。

因为，政府代表着超过两百亿名人类个体，代表着近千万亿人类币的经济总量，代表着超过六百万名经受过严格训练的军人，代表着超过八百艘大型宇宙飞船，代表着无可计数的工厂、公司、各种社会组织、各种政府组织……政府代表着一切。

就算李云帆的势力再庞大，也绝无和人类政府硬抗的可能。就像那个基地，看似庞大，看似实力雄厚，但只要被人类政府知道了，只需要几个小时的时间，基地就会易手。原本领导着整个基地的周晓明三人，就只能像丧家之犬一般仓皇地逃出来。

赵蓝清晰地认识到了一点，想要让空间阻断计划按照自己原本预计的那样去执行，想要将那颗黑洞在预定的时间地点按照预定的方式爆发，只能智取。

可是，以自己的智慧，真的足以抹平实力上的巨大差距吗？赵蓝没有信心。她觉得，就算是李云帆现在仍旧和地球保持着联系，李云帆也不一定能想到办法。

那么自己该怎么办呢？是眼睁睁地看着地球跌向那个空荡宇宙，然后在空无一物的空间中慢慢绝望而死，还是真心祈祷李云帆是错的，祈祷科研部是对的？

到底该怎么办？

赵蓝将资料合上，身子后仰，靠在了椅子靠背上，看着天花板发呆。周晓明三人在这时走了进来，看到赵蓝这个样子，互相对视一眼，安丽雅便说道："赵蓝，先不着急想办法，奔波了一夜，你也很累了吧，还是先休息一下，等养足了精神再说别的事情。"

赵蓝坐直了身子，紧紧地盯着面前这三个人，眼睛不知道从什么时候开始已经变得血红，就像是受到了红布挑逗的公牛一般："不，我现在不累，也没有心思去休息。我要你们立刻为我准备一台电脑，计算能力越强越好，周晓明，你要立刻为我开发一些软件，我要开始一些相关的计算。"

"可是你……"周晓明迟疑了一下。

"快去！"赵蓝催促道，"难道你们想看着你们老板在地球坠落所带来的空间震荡中粉身碎骨吗？就算你们不想救你们的老板，我还想拯救地球呢！"

"好吧。"周晓明转身离开。安丽雅和克鲁斯两人对视一眼，克鲁斯说道："暴龙，你也忙了一晚上了……这样，你和赵蓝先休息一下，我去给你们做点吃的。"

克鲁斯去准备食物，安丽雅则坐在了赵蓝身边，用略显僵硬的温柔语调劝慰道："赵蓝，你还是先休息一下比较好。"

"不。"赵蓝固执地摇着头，像个赌气的小女孩。"我不能休息。"

安丽雅很明显并不擅长劝慰人，见到赵蓝这个样子，便忍不住重重地叹了一口气，不知道说些什么好了。

过了十几分钟，克鲁斯端来了两份简单的早餐，同时周晓明也拿着一台便携式电脑走了进来："赵蓝，这台电脑连接着那个大型科技公司的中央电脑，你可以通过它来借用中央电脑的计算能力。它虽然比不上科研部那些巨型机，但大概也可以满足你的需求。你都需要什么样的软件？说一下你的需求，我立刻着手开发。"

赵蓝一边往嘴里塞着早餐，一边想了一下，说道："现在开发大概是来不及的。这样，你能不能入侵科研部的网络？直接将我需要的软件拷贝过来就可以。"

"交给我。"周晓明回答了一声，再次转身离开。赵蓝则看着面前的这台便携式计算机陷入了沉思。

当一切准备工作都做好之后，赵蓝便将自己关在了这个房间里，除了确实必要的情况，她一步都不肯离开这里。困了就趴在桌子上小睡一会儿，饿了就随便找一点东西吃，其余时候便一直守着电脑进行一些谁都看不明白的计算。赵蓝开始以一种肉眼可见的速度憔悴下去，她的头发开始变得蓬乱，眼窝开始深陷，皮肤变得暗黄，甚至就连走路都有些晃荡。赵蓝像是着了魔一般，对这世界之中的一切都漠不关心，只将全部的心神都放到了那一堆堆奇怪的数据上面。

安丽雅三人对此十分担心，但除了照顾好赵蓝，做好后勤工作之外，完全没有可以插手的地方。确实，这三人在自己的领域之内都有着登峰造极的造诣，但是对于目前所面临的这个问题，就完全一窍不通了。在失去了李云帆的情况下，将希望寄托在赵蓝身上就是唯一的办法。

时间就这样悄悄地过去了半个月。此刻，距离预定的爆炸时间只有两个月了。在将一份早餐送到赵蓝的房间中，又顺便帮赵蓝打扫了一下屋子之后，安丽雅悄悄地退出，轻轻地掩上了门。周晓明和克鲁斯几乎是同时将视线放到了安丽雅身上，希望能听到什么好消息，可是安丽雅仍旧像以往重复了许多次的那样，神色黯然地摇了摇头。

"或许我们该采取措施阻止赵蓝了。"克鲁斯说道，"我们所面对的是一个根本就无法逾越的难题，将这个难题推到赵蓝身上太不公平。我不希望看到我们最终不仅失败了，还连累她也累垮了自己的身子。"

如果从感情方面来说，这三人之间和赵蓝其实并没有多少深厚的感情。赵蓝从来都是个习惯安稳、按部就班的人，上学、工作，她的生活一向很平静。而这三人的生活显然就刺激了许多，各种大风大浪也不知道见识过多少。可以说，赵蓝和这三人根本就属于不同的两个世界。可是在相处之中，就算相互之间差异再大，赵蓝也凭借自己的表现赢得了他们的尊重。就在不知不觉中，他们已经开始将赵蓝看作自己的亲密战友，开始关心她的身体，也开始为她着想。

周晓明也感叹道："我也有这种感觉。这件事真的是太难了，难到我们根本就看不到一点希望。我们却将这一切都交给赵蓝去承担，这确实很不公平。"

听到克鲁斯和周晓明两人的话，安丽雅有些烦躁地在房间里转着圈子："说实话，我还从来没有像是现在这样过。看着赵蓝在那里殚精竭虑，我们却在这里呆坐着，什么都干不了。这种感觉很不好。"

"如果老大还在的话，那该多好啊。"克鲁斯忍不住叹息了一声。

周晓明斜着眼瞟了克鲁斯一眼，哼哼着说道："如果老大还在，罗德里格斯根本就没有胆子叛变，也就不会有后面这么多事情发生了。"

听到罗德里格斯这个名字，安丽雅恨恨地咬起了牙："这个卑鄙的家伙，等我们手中的事情忙完了，我一定要将那家伙揪出来扔到蚂蚁堆里去，让蚂蚁将他的肉一块块地咬下来！"

"罗德里格斯现在也一定在找我们。"周晓明说道，"我已经在虚拟世界中探听到了一点风声，罗德里格斯已经将老大死亡的消息散布了出去，并且将我们三人说成了叛徒，说是我们三人害死了老大，现在有不少人正在找我们呢。还有政府已经发布了SSS级通缉令来通缉我们，现在也不知道有多少警察和军人想把我们抓到监狱里去。"

"到处都是敌人啊。"克鲁斯叹了一口气。

"敌人倒不可怕，我们冒险者小队什么时候怕过别人？"安丽雅说道，"就是黑洞的事情，到底该怎么办？难道我们真的只能眼睁睁地看着老大就这样死掉，眼睁睁地看着地球跌落下去？"

"这绝对不行。"周晓明握紧了拳头，忿恨地说着，"我们不能只让赵蓝一个人想办法。再等三天，三天后如果赵蓝还没有找到办法，我们就调集所有力量，强攻基地，去硬抢那颗黑洞！"

克鲁斯说道："最新情报说，基地周围聚集的军人数量已经超过了七万，武装飞机数量已经有了两千架，太空中至少有三十五颗卫星在严密监视着基地周围的一切动静。对了，在基地东南西北四个方向各有一个大型临时军事基地建成，八一三导弹发射架已经组装了超过一百台……强攻？我们拿什么去强攻？现在就算有一只蚊子靠近基地也会瞬间被激光武器杀死。"

周晓明有些痛苦地捂住了脸："如果不做点什么，如果就这样眼睁睁地看着老大死去，我会疯掉的。我一定要做点什么，哪怕结果是死，我也要做点什么。"

"哎……"克鲁斯拍了拍周晓明的肩膀，重重地叹了一口气。

绝望的情绪在房间中蔓延。这确实是绝境了，自从冒险者小队组建以来，周晓明三人还从来没有面对过如此绝望的境地。什么都做不了，只能眼睁睁地看着事态一步步向着无底深渊发展。

"不得不说，罗德里格斯这一招实在是太毒了，就这一招，就完全使我们陷入了绝境。"克鲁斯黯然说道，"可恨，当初的我们都没有及早看清这个人的真面目。"

"现在说什么都晚了，就算将这家伙碎尸万段，也完全无法改变现在的情况。"安丽雅说道。

三人再一次陷入安静。时间在一点一滴地溜走，忽然间使蓝的房间中传出了一声闷响，像是重物坠地的声音。三人都是一惊，安丽雅的反应最快，在其余两人还没有坐起来的时候，安丽雅就已经冲了进去。

克鲁斯和周晓明两人随后而至。来到门口，他们就看到赵蓝连同她坐着的那把椅子倒在地上，而赵蓝脸色苍白，眼睛紧闭，不知道是晕过去了还是怎么样。安丽雅正蹲在地上托着赵蓝的头，手搭在赵蓝颈部大动脉上，似乎正在探查着赵蓝的身体情况。

"赵蓝怎么了？"周晓明上前一步紧张地询问着。

"没事，劳累过度，晕过去了。"安丽雅说道，"休息一段时间就好。只是……赵蓝再也不能那样劳累了。如果再那样劳累，说不定赵蓝真的会死。她的身体透支实在太大了。"

赵蓝原本就只是一个普通人。这样一个人却连续超负荷工作了半个月，一直坚持到了现在，这已经可以说是一个奇迹了。

"不能再让赵蓝继续这样下去了。该我们承担的事情，还是我们自己承担吧。"周晓明满脸凝重地说道，"让赵蓝好好休息，就算她醒了，也严格限制她接触电脑。我们三个去仔细筹划一下，制订一个强攻基地的计划，哪怕只有万分之一成功的希望我们也要去做。就算我们最终还是失败了，但至少我们尽力了，我们问心无愧。"

"我同意键盘的提议。"克鲁斯说道。

"好。"安丽雅也郑重地点了点头。安丽雅将赵蓝抱起来放到床上，细心地给她盖上了被子，打算让她好好睡上一觉。然后三人转过身，打算离开赵蓝的房间。可是在走过赵蓝的办公桌的时候，安丽雅无意间往桌子上瞟了一眼，身体立刻就僵在了那里，周晓明有些奇怪，低声呼唤了一句："快走吧。"

可是安丽雅仍旧不动。于是周晓明便也顺着安丽雅的视线看了过去。这一下，就连周晓明都愣在了那里。

一张纸躺在桌上，上面是大大的四个铅笔字"我知道了"，后面还跟着一个大大的感叹号。这几个字明显写得很用力，连纸张都给划破了。

"赵蓝知道了什么？"安丽雅猛地转过头，对着周晓明问道。

克鲁斯此刻也看到了这张纸，周晓明没有回答安丽雅的问题，克鲁斯则接过了话头："……能知道什么？能让赵蓝如此激动的……除了黑洞的事情之外，还能有什么？"

"我大概知道了。"安丽雅说道，"赵蓝心中一直有一股韧劲在支撑着她不眠不休，直到刚才，她终于找到了解决黑洞问题的办法，于是便写下了这四个字来宣泄心中的激动。因为终于找到了办法，心中那股韧劲猛然消失，她的精神支撑不住，这才晕了过去。一定是这样的。"

"可是赵蓝怎么可能知道？"周晓明反问道，"这怎么可能？那可是几万人的军队以及无数武器的严密包围，难道赵蓝会隐身法？能潜入到基地中将黑洞偷出来？"

无论怎么看，赵蓝都绝对没有找到办法的可能。可是现在，她却偏偏在纸上写下了"我知道了"这四个大字。

"只有等赵蓝醒过来之后问一问了。"安丽雅说道，"现在，我们先离开这里，不要打扰她的休息。"

三人静悄悄地退出了赵蓝的房间。

小心翼翼地关上赵蓝的房门，退到客厅之后，安丽雅猛然抓住了周晓明的衣领，用力之大甚至差一点将周晓明提起来："你说，赵蓝真的找到办法了吗？"经历过了最深切的绝望，在此刻却又猛然看到了一点希望的曙光，这怎么能让人不激动？

周晓明被勒得立刻咳嗽了起来，克鲁斯急忙说道："暴龙你别激动，赵蓝还在里面休息，不要打扰她。"

安丽雅放开周晓明，又开始搓着手绕着房间转起了圈子："到底是什么办法呢？赵蓝真的找到办法了吗？"

三人从没有感觉时间像是现在这样缓慢。安丽雅无数次凑到赵蓝房门口试图听到里面传出什么动静，但每一次都失望而归。因为害怕打扰到赵蓝的休息，她始终不敢将那扇门推开去看一看赵蓝现在的情况。

一直到房间里有轻微的呻吟声传出来，三人才一拥而上将房门打开。推开门，就看到赵蓝略有些迷茫地坐在床上，好像还没有从睡梦中回过神来。

"赵蓝，你真的找到办法了吗？"安丽雅焦急地问着，声音都有些颤抖。

赵蓝迷茫地看着安丽雅三人，似乎并不明白她到底在说什么。一直到安丽雅将这个问题重复了三遍，赵蓝才回过神来，声音也恢复了平稳："是的，我找到办法了。"

第九章　釜底抽薪

听到赵蓝肯定的回答，安丽雅三人脸上都忍不住露出了激动的神色。周晓明用尽量平淡的语气问道："你打算用什么办法将那颗黑洞偷出来？"

周晓明原本以为赵蓝会说出一个精妙无比的计划，可是没有想到，赵蓝只是平静地摇了摇头，然后说道："基地的保卫那么严密，我怎么可能从那里将一颗质量有上百万吨的黑洞偷出来？这不可能。"

在听到这个回答后，安丽雅、周晓明、克鲁斯三人的表情立刻就僵在了那里。只听赵蓝继续说道："我确实没有办法将那颗黑洞从基地中偷出来，不仅我做不到，这世界上，除了政府机构本身之外，恐怕没有任何人可以做到。不过这和我们的目的并不矛盾。我问你们，我们的最终目的是什么？"

克鲁斯说道："我们的目的很简单啊，执行空间阻断计划阻挡地球的坠落，为老大打开从空旷宇宙返回我们宇宙的通道。但要达到这个目的，就必须要用黑洞爆发的能量来代替政府计划之中的那颗氢弹……"

"对，我们的目的，仅仅是要将那颗黑洞放到预定的地点，让它在预定的时间爆炸。可是，要达成这个目的，我们就真的要将那颗黑洞偷出来？"

赵蓝的这个问题显得有些无头无尾。于是安丽雅便翻了翻白眼："不这样做还能怎样？难道我们还能指望由政府机构来代替我们完成这件事情吗？"

赵蓝认真地点了点头："没错，我们没有办法将黑洞从基地中偷出来，我们做不到这一点，那就让政府代替我们，帮我们完成这件事情。"

周晓明大叫了起来："赵蓝，你一定是在开玩笑的对吧？"

这句话确实很像是在开玩笑——如果政府真的可以代替冒险者小队用那颗黑洞代替那颗超大当量氢弹，哪里还会有后面这么多的事情？要知道，正是因为政府方面不肯接纳李云帆的计算结果，不肯放弃采用氢弹来割离空间的打算，冒险者小队才冒险执行黑洞瘦身计划，打算自己来完成这件事情。

"不，我并没有开玩笑。"赵蓝摇了摇头，"政府方面确实不肯采用黑洞来代替那颗氢弹，不过，我有办法强迫政府去这样做。"

"好了好了，都停一下。"安丽雅摸着自己的额头，挥手制止了打算继续追问的克鲁斯和周晓明两人，"我们不要再问了，让赵蓝把话说完。赵蓝，你的计划到底是什么？强迫政府？该怎样才能强迫政府接受我们的提议？"

赵蓝并没有直接回答这个问题，而是说起了一个看似有些不相关的话题："据我所知，在政府的规划中，执行空间阻断计划的主体，也即那些超大当量氢弹都是被建造成了飞船样式的，它们拥有自己独立的动力和导航系统，一艘飞船就是一颗超大当量的氢弹。在空间阻断计划执行的时候，它们会在地面工作人员的遥控下自行来到预定的空间节点然后被引爆。和其余飞船一样，它们也是在地球港的船厂中拼装而成的，现在，已经有二十多艘氢弹飞船停泊在地球港中。如果我要你们将其中一艘氢弹飞船偷出来，你们能不能做到？"

这些氢弹飞船中装载着人类文明历史上所建造出来的威力最大，同时也是当量最大的氢弹。这样当量的氢弹如果是在地球表面或者大气层中爆炸，只要一颗就可以对整个地球的生态环境造成影响。可想而知，这样战略级的武器一定会受到政府方面异常严密的监管，要将这样的氢弹飞船偷出来几乎是一件不可能做到的事情。

安丽雅三人再次对视一眼，都开始在心底默默计算起来。片刻，安丽雅回答道："这件事情很难，但并不是没有一点机会。如果让我们仔细筹划一番，且调动所有力量参与进来，我认为，我们至少有一半的成功率。"

"不，我认为只有百分之三十的成功率。"周晓明说道，"就算只有百分之三十的成功率，我们也必须要冒着身份暴露、被抓捕，或者被杀的风险。"

"我也认为只有百分之三十的成功率。"克鲁斯说道。

"好。"赵蓝点了点头，"那么我再问你们，这个成功率，比起直接从基地中将那颗黑洞偷出来的成功率如何？"

安丽雅再一次翻了翻白眼："那能比么？将黑洞从基地中偷出来的成功率连万分之一都没有。偷一艘氢弹飞船的成功率，就算是最悲观的估计也还有百分之三十，这两件事情根本就没法比较。"

赵蓝说道："那就好。那我们就去偷一艘氢弹飞船。只要我们能偷到氢弹飞船，我就有办法强迫政府接受我们的提议，用黑洞的爆发能量来代替氢弹的爆发能量。"

"喂，赵蓝，你脑袋睡迷糊了吧？"安丽雅终于再也忍不住，

"你不会是想用一艘氢弹飞船的近地爆炸，用毁灭整颗地球的生态环境来威胁政府吧？我劝你还是早一点打消这个想法，这根本就不可能成功的，在近地空间中，政府有一万种办法在你按下爆炸按钮之前将氢弹飞船击落。"

"我没有迷糊。"赵蓝说着从床上爬了起来，从电脑中调取出一份文档，叫过安丽雅三人，"你们先看看这个。"

安丽雅三人凑过去，只见那文档上面满是天书一般的数学计算过程，精通机械的克鲁斯可以勉强看懂一些符号，但对于计算整体也完全看不懂。

三人面面相觑，赵蓝拍了拍自己的脑袋："我确实有些迷糊了，忘了你们看不懂这些东西。这样吧，我简单地向你们解释一下我的计算过程。"

"我的计算表明了一个结果——如果我们可以在十天时间内，在这个节点上引爆一艘氢弹飞船，地球周围的罗巴切夫斯基空间就会产生变化，具体的变化细节就不和你们解释了，我只和你们说一说这种变化所带来的后果。我们都知道，科研部的计算结果表明，执行空间阻断计划所需要的能量强度恰好在人类文明可以掌控的范围之内。人类文明用威力最强大的武器，也就是氢弹飞船，刚好可以满足切断空间的需求。如果这个能量需求再大一点，那么就连氢弹飞船的能量爆发强度也无法满足这个需求了。

"而人类文明绝无可能在短时间内找到比氢弹飞船更强大的能量爆发模式了。我这样说，你们明白了么？"

周晓明露出了若有所思的神情，克鲁斯的脸上却已经显露出了惊喜的神色，他颤抖着问道："赵蓝，你可以确定你的计算结果是正确的吗？"

赵蓝点了点头："在这段时间中，我对这个计算过程进行了至少五十次验算，可以确定我的计算结果是正确的。只要我们可以偷到一艘氢弹飞船，并让它在这个地点爆炸，那么地球周围的罗巴切夫斯基空间就一定会产生这样的变化。"

"我明白了。"周晓明轻轻点头，"看来，我们必须要去偷一艘氢弹飞船了。这件事情虽然难，但比起偷黑洞总归是要简单许多的。"

心中放下了一块大石头的周晓明此刻也有了开玩笑的心情，看到安丽雅一脸迷茫的神色，忍不住挖苦了一番。

安丽雅被气得哇哇大叫，抓住周晓明的衣领就将他举了起来，周晓明憋得脸色通红，剧烈咳嗽了起来，在空中拼命挣扎，却无法对安丽雅造成半点影响。

"好了好了，不要闹了。"赵蓝说道，"丽雅，放他下来吧，我来向你解释一下我的计划。"

失去了李云帆之后，赵蓝已经在不知不觉中担任了冒险者小队大脑的角色。这一角色转变十分自然，在众人都还没有意识到这一点的时候，这个观念就悄无声息地占领了几人的意识，让他们本能地听从赵蓝的吩咐。于是安丽雅就将周晓明放了下来，还向他晃了晃拳头，做出了一个威胁的动作。但在赵蓝的视线扫过来的时候，安丽雅立刻就将拳头放下，做出了洗耳恭听的姿态。

赵蓝对着安丽雅解释道："如果我们可以让一艘氢弹飞船在这个空间节点爆炸，那么原本被用来执行空间阻断计划的超大当量氢弹就会因为威力不够而无法完成空间阻断计划。也就是说，科研部的方案将被完全否定。"

"这一点我可以理解。"安丽雅悻悻说道，"不过，我怎么感觉你的方案有一种损人不利己的味道？政府破坏了我们采用黑洞代替氢弹飞船的方案，你便增加罗巴切夫斯基空间的空间曲率，让政府方面的计划也不成功。"

赵蓝感到有些好笑:"从某一方面来说确实是这样的。不过还有一点,罗巴切夫斯基空间曲率增加确实会导致氢弹飞船无法满足能量需求,但是经过我的计算,这被增加的能量需求,仍旧在黑洞的爆发能量范畴之内。也就是说,我们偷走氢弹飞船并在这个空间节点引爆之后,氢弹飞船无法满足需求了,可是黑洞仍旧可以满足需求。那么你说,政府会选择怎么做呢?"

克鲁斯插话道:"简单来说就是,我们完全破坏了科研部方案的执行基础,让它完全无法执行。既然它无法执行了,政府总不可能坐以待毙吧?政府便只有接受我们的方案,按照我们的方案去执行了。"

周晓明也说道:"这其实是个概率选择的问题。在政府看来,科研部阻挡地球坠落的计划的成功率是百分之八十,而我们的计划的成功率是百分之十。两相比较,政府自然要选择执行科研部的计划。现在,如果我们将科研部计划的执行基础破坏掉,让它完全无法执行,那么政府在坐以待毙和执行成功率为百分之十的计划这两个选择之间会怎么做呢?——政府必然会选择执行成功率为百分之十的计划啊,因为就算我们的计划成功率再低,它至少也有百分之十,这总比坐以待毙要来得好吧?"

安丽雅恍然大悟:"原来如此,我明白了。不过我还有一点疑问,赵蓝,在我们引爆氢弹飞船,增大了罗巴切夫斯基空间的曲率之后,黑洞的爆发能量仍旧可以满足需求吗?"

"是的,我的计算结果表明黑洞的爆发能量完全可以满足需求。"赵蓝平静地点了点头,"正是因为这样,我才会提出这个计划。"

"赵蓝,你真是太聪明了。"安丽雅由衷地说道,"我们一直在困扰该如何将黑洞从基地偷出来,你却另辟蹊径,从另一条道路上找到了办法。"

赵蓝却叹息道："可惜，如果我一早就想到这个办法的话，我们也不至于闹得现在如此被动，也不会给罗德里格斯这个小人背叛的机会。"

事情确实就像赵蓝说的那样。如果在一年多以前赵蓝就找到这个办法，那么黑洞瘦身计划的执行就完全可以强迫政府去做了。政府的力量必然要比基地的力量庞大许多，可以调动的人员也更多，计划的制订将更为完善，成功率也更高。

周晓明安慰道："现在能想出这个办法就已经很不错了，毕竟，人总是要被压迫到绝境的时候才会将自己的潜力爆发出来。"

赵蓝想了想，随即便也释然。一年多以前的时候，李云帆还保持着和地球的通信，那个时候，不仅是赵蓝，安丽雅三人也同样在内心深处依靠着李云帆。既然有依靠，自身的懒惰就无法避免。更何况那个时候还有黑洞瘦身计划作为替代计划，情况远远没有现在这样绝望。

"那么就快点制订一个详细的计划吧……我们的时间已经不多了。"赵蓝说道，"偷一艘飞船这样的事情还要交给你们去做，毕竟你们的经验丰富。"

回想起当初自己那艘被李云帆偷走的希尔维雅号飞船，赵蓝嘴角忍不住露出了一抹笑意。希尔维雅号飞船的失窃是一切事故的开端，当初正是因为这件事情，赵蓝才被拉扯到了这次事件中。

李云帆为什么会偷自己的飞船仍旧是一个谜，不过现在的赵蓝已经不再纠结这件事了。反正只要空间阻断计划执行成功，李云帆就会返回地球的，到那个时候再向他询问这件事情也不迟。

听到赵蓝的话语，安丽雅却感到有些莫名其妙："我们偷飞船的经验丰富吗？我们可从来没有偷过飞船啊。"

看着赵蓝嘴角那抹明显是因为回忆起了什么事情才泛出的微笑，

克鲁斯便拉了安丽雅一下："暴龙，别问了，我们赶紧商量一下怎么将氢弹飞船从地球港中偷出来。这件事情关系到整颗地球的安危，也关系到老大的生死，我们一定要慎重一点。"

安丽雅叫道："可是我们真的没有偷过飞船啊。键盘、秃子，是不是你们两个瞒着我偷过别人的飞船？这么有意思的事情你们为什么不叫上我一起？"

这下，就连周晓明也狠狠地瞪了安丽雅一眼。安丽雅虽然仍旧感到有些莫名其妙，不过她也意识到这个问题不应该再继续纠缠下去了，于是闭上了嘴，只是脑袋里仍旧有无数问号在纠缠着。

要从看守严密的地球港中将一艘氢弹飞船偷出来，这件事情毫无疑问是很不容易的。为了完成这件事情，赵蓝和安丽雅三人要提前完成大量的准备工作。当然，赵蓝对于这种特种行动是一窍不通的，于是在谋划期间，赵蓝便成了一个旁观者，只看着安丽雅三人在忙碌着一些自己看不懂的东西，间或因为计划的某个小细节争论得不可开交，甚至因为要不要带个人维生设备以预防突发情况这样的小事都要争论一番。这让赵蓝感觉到，偷飞船确实是一件很有技术含量的事情，它的技术含量，大概并不比空间阻断计划低。

周晓明先是通过虚拟世界入侵到了地球港的网络中，调取出了地球港的详细线路图、安保图，以及氢弹飞船的存放地点、安保强度、人员守卫等信息，行动专家安丽雅则开始谋划详细的行动细节——从哪里登陆、从哪里进入、如何骗过安保人员、如何将间谍设备安装到氢弹飞船里面等，机械专家克鲁斯则按照周晓明和安丽雅两人的要求，开始赶制此次行动需要用到的各种设备和机械。三人的分工十分明确，一切都井井有条。

准备活动足足进行了三天时间。根据安丽雅的说法，他们还从来没有耗费这么长的时间只为谋划一件事情。这足以看出他们对此次行动的重视。三天之后，计划的一切执行细节都讨论完毕，并且做出了至少三个后备预案，于是一份计划书摆在了赵蓝的面前。

"我们出发吧，这就去偷一艘氢弹飞船出来。"安丽雅这样说道，"大盗李云帆的威名，一定不能毁在我们手中。要让人类文明之中的所有人都知道……我们冒险者小队看上的东西，就一定可以得到。"

四人在化妆易容又准备了全新的身份之后，便一同来到了地球港地面端，打算乘坐太空电梯前往地球港。

因为这次计划牵扯到许多东西，比如行动方面需要安丽雅，入侵和破解之类的相关事务需要周晓明，而机械相关的事情又需要克鲁斯，在进入到氢弹飞船之后，氢弹的当量信息、空间以及轨道之类的计算等又需要赵蓝，所以这一次行动必须要四个人全体出动，少了谁都不行。而聚集在一起目标太明显，所以四人要分批次前往地球港之中。

最先出发的是周晓明。经过安丽雅的易容之后，此刻的周晓明已经变成了一个穿着得体、神态自信、发型一丝不苟的成功男士，和过去萎靡的样子简直有天壤之别。如果不是提前就知道，赵蓝一定认不出这个人就是周晓明。

在到达地球港之后，周晓明将通过合法手续暂且在地球港中住下来，然后展开先期的破解事宜，为后续到达的安丽雅做铺垫。克鲁斯排在第三个，赵蓝则在最后。

行动中，这四人将通过提前准备好的隐蔽耳机和话筒进行联系，同时，每个人身上都带着微型摄像设备，所戴的眼镜也是经过特别改装的，在有需要的时候，四个人中的每一个人都可以在特制眼镜之上，通过那些微型摄像设备看到其他人所处的环境。至于通信频道则是专门加密的，泄露的可能很小。

在房间中等了一段时间之后，周晓明的声音传到了这里："已成功到达地球港。下一步我将到住所中去。暴龙，你可以出发了。"

安丽雅经过了易容之后，已经变成了看起来最多不过二十岁的大学生模样，虽然和之前一样漂亮，气质一样出众，但外表已经和以前有了很大差别。

在听到周晓明的进度报告之后，安丽雅站了起来，拍了拍赵蓝的肩膀，又和克鲁斯击了一下掌，然后转身离开了房间。

在这四个人之中，以安丽雅的行动最为关键。如果安丽雅进展顺利，就可以说这次行动成功了一半。

安丽雅开始前往地球港，周晓明的声音仍旧不断传过来，时刻汇报着自己的进度。当安丽雅汇报已经来到太空电梯地球端的时候，周晓明也进入到了自己的房间中，开始了对地球港安保系统的初期破解。

还在地面上的时候，周晓明就已经做了许多相关的准备工作，所以现在破解起来进度飞快。不过周晓明并不是万能的，只有虚拟世界之中的动作还不够，他还需要现实世界之中的相关硬件来支持。这些硬件，就需要安丽雅去动手安装了。

几个小时之后，安丽雅同样顺利抵达了地球港。周晓明的声音传了出来："暴龙，相关地图已经发送给你了，我需要你到如下地点去，那里有一个通风口，在通风口里面有一扇小门，小门里有一个接口，我要你将绿色的插头拔掉，然后将编号为一的设备插上去。"

"收到。"安丽雅的回答十分简洁。

"注意，A 通道之中有三名安保人员前来，你需要想办法避过他们。"周晓明的声音再一次传了过来。

赵蓝的心猛然间提了起来。因为赵蓝清晰地看到，安丽雅所处的通道是一条长长的走廊，走廊中没有任何可以隐蔽的地方。这条走廊和 A 通道相接，如果无法隐蔽，那三名安保人员在最多半分钟之后就可以将安丽雅逮个正着。

赵蓝忍不住感到有点慌乱，却听见安丽雅的声音仍旧平静："收到。"

赵蓝在特制眼镜中看到，安丽雅轻盈地向前跑动了起来，在来到这条走廊和 A 通道相接的地方的时候忽然间跳了起来，同时在空中将自己的身体舒展开来，用双手和双脚同时抵住了通道的两端，于是安丽雅便悬停在了通道上方。在安丽雅做完这一连串动作的下一刻，那三名安保人员就从 A 通道转到了这条走廊。但他们并没有察觉到此刻在自己的头顶上竟然有一个人存在，仍旧互相交谈着走了过去，在他们走过去之后，安丽雅就轻盈地从走廊顶部落了下来，然后一个转身，就来到了 A 通道之中。

这一连串动作完成得干净利落，就像是体操运动员在台上表演一般。赵蓝看得目瞪口呆，却见安丽雅已经迈开大步，轻盈地顺着 A 通道向周晓明指定的地点狂奔而去。

在将编号为一的设备安装到指定地点之后，安丽雅又马不停蹄地赶到了下一个地点，接着还有第三个、第四个……足足安装了几十个设备才告一段落。在这些行动之中，类似第一次行动之中遭遇安保人员的突发事件也不知道发生了多少，每一次安丽雅都躲过了各种险象环生。

赵蓝还知道，如果没有周晓明的配合，安丽雅的身手就算再强也没有用。周晓明不仅充当了安丽雅的眼睛，指挥着她的动作，在执行任务的道路之上，那些隐蔽的身份扫描系统、监控系统，又或者红外成像系统、激光安保系统等，也会被周晓明提前入侵解决掉。

两人之间配合之默契、行动之利落，简直让赵蓝叹为观止。

在这个过程中，克鲁斯也离开了这里赶往地球港。之前周晓明和安丽雅之间的配合只是在打通外部的通道而已，存放氢弹飞船的地方才是重中之重，那里的安保等级要比外部高出许多倍，要通过那里，单单靠周晓明和安丽雅两人是不够的，还需要克鲁斯这个机械天才的配合才行。

氢弹飞船可不是平常的东西，它停放在地球港中，如果因为什么意外爆炸了，只要一艘氢弹飞船就足以将整个地球港炸掉。地球港被炸掉的话就意味着太空电梯的彻底毁坏，意味着地球和火星之间失去了大规模物资的运输通道，在现在这个特殊的时刻，甚至意味着空间阻断计划的彻底失败。

这是关系到整个人类文明生死存亡的重要设施，对这样的地方，采取何等严密的安保都不过分。

在克鲁斯离开之后，赵蓝又等了大概半个小时，也站起来离开了这里，朝地球港出发。如果一切顺利的话，四人将在氢弹飞船存放区的第一道关卡处集合，从那里正式开展飞船偷窃计划的主体工作。

虽然早就确定了安丽雅的易容术以及周晓明所安置的假身份的可靠性，但不知道是因为心虚还是其他什么原因，赵蓝总是感到有些紧张。哪怕仅仅是有人多看了她一眼，她也会心中惴惴不安。

一路顺利通过了安检和身份验证，坐上了太空电梯，赵蓝心中才稍稍安稳了一些。她乘坐过许多次太空电梯，每一次乘坐都会被外部的美景所吸引。但这一次不同。因为心中装了太多事情的缘故，太空电梯外面那如薄纱一般的大气层、蓝绿交错的美丽地球还有深邃的星空都对赵蓝失去了吸引力。

此刻，耳机中又传来了周晓明的声音："赵蓝，我会把线路图发送给你，那上面有我为你规划好的路线，你按照指引一路前进就可以了。路线之中所有的监控设备在你经过的时候都会暂时失灵，如果有安保人员经过的话，我也会为你提前预警。"

赵蓝没有回答，而是悄无声息地在衣角某个隐蔽设备上按了一下。这表示赵蓝现在暂时不方便说话，不过已经接到了周晓明想要传达的这些信息。

"好的，暴龙，你找个地方暂时隐蔽起来休息一下吧，我们等赵蓝到了之后一同出发。我会计算好大家的出发时间并且规划好路线，确保大家同时到达第一道大门处。"

周晓明的声音消失之后，赵蓝的耳朵里便恢复了安静。在几个小时的旅程过去之后，她终于再一次来到了地球港之中。地球港仍旧是以往那种模样，在这几年中，它似乎没有什么变化。

赵蓝跟随着人潮通过了安检口，然后开始往左侧走去。那是周晓明为赵蓝规划的路线之中的第一个节点。

但就在赵蓝即将到达这个节点的时候，她忽然看到了一个熟悉的身影。这个身影的出现让她的心一下子就提了起来，甚至让她有一种想要转身逃走的冲动。

"是罗德里格斯！他怎么会在这里？"

此刻的罗德里格斯仍旧维持着以往的装扮，他穿着板正的西服，外貌虽然普通，但举手投足之间总有一种严肃庄重的气息流露出来，让人在面对着他的时候，总会不由自主地也严肃起来。

罗德里格斯身边跟着几名同样穿着黑色西服、似乎是保镖之类的人员，正在从那个节点处走向安检门。这一下正好和赵蓝走了个碰面，在这一瞬间，赵蓝的瞳孔猛然缩紧，心脏也开始狂跳。

但随即赵蓝就想到，此刻的自己并不是赵蓝。不管是从外貌上来说，还是从身份来说都和赵蓝没有什么相似的地方。所以赵蓝勉力压下了自己心中的不安，装作若无其事的样子，继续慢慢往前走着。

但方才那一瞬间的对视已经引起了罗德里格斯的注意，罗德里格斯有些疑惑地看了看赵蓝，然后径直向赵蓝走了过来。在这一刹那，赵蓝感觉自己全身的血液似乎都开始沸腾。

罗德里格斯一定知道安丽雅三人从军方围捕之中逃脱的消息，也知道自己越狱的消息。站在罗德里格斯的立场来说，只要有将四人杀死，或者让四人落入政府手中的机会就一定不会放过。而此刻距离空间阻断计划的最终执行只剩下不足两个月的时间，在这次行动之中，只要赵蓝被政府方面发现了，她的计划将会完全被阻碍，从另一方面来说，也就意味着空间阻断计划的失败，意味着整个人类文明的毁灭。

强大的心理压力让赵蓝的大脑几乎陷入了空白，但她仍旧维持着表面上的镇定。赵蓝像是没有看到正在向自己走过来的罗德里格斯一般，仍旧慢慢往前走着。

"女士，请等一下。"罗德里格斯紧走几步，从背后对着赵蓝喊出了这句话语。

赵蓝心念电转，仅仅一瞬间就在大脑之中转过了无数个念头，然后赵蓝转身，面无表情地对着罗德里格斯说道："先生，您有什么事吗？"

罗德里格斯很明显正在仔细打量着赵蓝。在赵蓝出言询问之后，罗德里格斯收回了自己的目光，然后说道："例行安保检查，请您出示您的身份证件。"

"是吗？请您先出示您的工作证。"赵蓝说道。

罗德里格斯随手从包里摸出了一份证件，递了过去。赵蓝接过来一看，心中不由得有些怪异："这个罗德里格斯什么时候成了政府雇员了？还是……这仅仅是他众多身份中的一个，就像是李云帆那样的？"

无论如何，罗德里格斯既然出示了自己的工作证，那么赵蓝就再没有推托借口。于是她只有怀着忐忑不安的心情，将周晓明为自己特制的那份假证件递了过去。虽然对周晓明的工作有十分的信心，但在罗德里格斯检查这份证件的时候，赵蓝心中还是十分不安。

罗德里格斯翻来覆去地检查了许久，又用相关仪器将这份证件的信息录入，之后就将赵蓝的身份证件还了回去，并且十分有礼貌地说道："多谢您的配合。"

说着，罗德里格斯对赵蓝鞠了一躬，然后转身离开。赵蓝装作若无其事的样子将证件重新放回包里，然后转身继续往前走着。

一直走了几十米距离，转过了几个拐角，确定身边没有别人之后，赵蓝才紧张地对着安装在衣领上的隐蔽话筒说道："我刚才遇到了罗德里格斯，他还检查了我的证件。"

"罗德里格斯？"耳机之中立刻传出了安丽雅压抑着的吼叫，那吼声之中满是愤怒，"这个卑鄙的家伙在哪儿？我要立刻去把他干掉！"

安丽雅粗重的呼吸声不断地传进赵蓝的耳朵，但她最终还是安稳了下来："哼，就让这个卑鄙的家伙再多活两天。赵蓝，你那边情况怎么样？那家伙有没有怀疑你？"

"我不知道。"赵蓝低声说道，"他检查了我的证件，还把证件的信息录入到了仪器中。周晓明，你所安排的这个假身份有没有问题？罗德里格斯如果追查的话，能不能发现漏洞？"

周晓明先是沉默了一会儿，然后回答道："假的就是假的，我虽然将它安排得十分隐蔽，但如果遇到有心人要追查，仍旧可以查出漏洞来。我建议，为了防止意外，我们要加快行动，尽快完成我们的任务，到那个时候，就算罗德里格斯发现了什么，我们也不怕了。"

"好。"赵蓝回答道，"我现在正处在地图上的这个点，我预计还需要半个小时才能来到预定集合地点，你们呢？"

"我躲在距离集合点只有三分钟路程的地方，我会和你们一同出现在集合点上的。"安丽雅回答道。克鲁斯则说道："我也有大概三十分钟的路程。"

周晓明回答道："我将在五分钟之后出发，我同样会在三十分钟之后出现在集合点。"

短暂的交谈之后，通信频道里恢复了安静。赵蓝顺着地图的指引快速往前走着，因为周晓明的提前安排和随时指引，赵蓝这一路走来竟然再没有遇到任何一个人。

也不知道在地球港之中转了多长时间、走过了多少岔路、走了多长距离，赵蓝终于在三十分钟之后来到了一扇厚重的铁门之前，看到了安丽雅三人的身影。

四人终于顺利地在这里集合了。

那铁门之上有一个大大的禁止前进的图标，在铁门左上方和右上方两个点还有两个极其隐蔽的全景摄像头。不过很显然，那两个摄像头已经被周晓明提前干掉了，否则此刻应该早就有安保人员来了。

"我查询了整个飞船存放点的七十九个入口，找到了安保最薄弱的一条前进路线，这里就是入口。"周晓明说道，"它是单纯机械结构的，没有办法通过电子设备打开。"

"我来解决它。"克鲁斯说着，从自己的背包中取出了一根像是铁丝一样的工具，他先是在铁门上不断触摸着，时而敲打一下，片刻之后，就用另一种似乎是吸盘的工具从光滑的门面上拉开了一道小门，然后将之前那根铁丝探了进去，片刻之后，一声轻微的"咔嗒"声传出，两扇铁门便错开了一道微小的缝隙。

克鲁斯直接将两扇铁门拉开，然后走了进去。剩下三人对视一眼，也跟着克鲁斯走了进去。等四个人都进去之后，两扇铁门又严丝合缝地重新关在了一起，丝毫看不出被打开过。

面前是一条幽深的走廊，黑漆漆地看不到尽头，也不知道通向哪里。周晓明却像是早就来过了千万次一般熟悉，直接带领着几人往前走去。

之前仅仅是通过耳机以及特制眼镜还察觉不到什么，现在从现实中真实地参与，赵蓝就真切地感觉到了自己身边这三个人的强悍。周晓明像是站在上帝视角一般几乎无所不知，安丽雅则足以应付任何险恶的地形，无论周晓明的要求是什么，她都能在举手投足之间完成，克鲁斯则不管遇到什么样的机械设备都在转眼之间解决。反倒显得赵蓝没有任何用处，只管跟在三人背后一直前进就好了。

但越是往前走，几人前进的速度就越慢，周晓明三人脸上的表情就越凝重。虽然不知道到底发生了什么事情，遇到了什么样的情况，赵蓝也能大概察觉到，安保应该越来越严格了，就算以安丽雅三人的能力，前进起来也愈发艰难。但不管如何，在前进中总归是没有出现意外，一路走来还算顺利。

时间一点一滴地溜走，就算全程没有参与任何技术行动，只是跟随着前进，赵蓝也有了一些体力透支的感觉。安丽雅三人却仍旧生龙活虎，看不到一点疲惫。

或许是察觉到了赵蓝的疲惫，安丽雅低声说道："赵蓝，你感觉怎么样？要不要休息一下？"

赵蓝摇了摇头，回答道："没事，我还可以坚持。我们还是抓紧时间行动吧，这里太危险了。"

安丽雅点了点头："好。"

此时此刻，在地球港的另一个地方，有一名穿着黑色西服的工作人员走向了坐在沙发上的罗德里格斯，然后低声汇报道："老板，您要查询的那个名叫'王灰'的身份证件已经被证实是假的，但是我们暂时无法确定她的真实身份到底是谁。"

"果然是假的吗……"罗德里格斯淡淡地说着，"那么……通过隐蔽手段，将这些信息交给地球港的安保组好了，让他们去解决吧，我们不要插手。"

罗德里格斯知道现在是特殊时期。他自然也有自己的情报渠道，知道此刻正有几十艘氢弹飞船储存在地球港之中。在这个时候，任何身份不明人员的到来都会引起地球港安保组的最高等级的关注。只要将自己现在获取到的这些情报转交给地球港的安保组，他们自然就会代替自己查明这些人的身份。如果刚才那个人真的是赵蓝，那就正好借地球港安保组的刀来杀人。借刀杀人这套把戏，罗德里格斯一向玩得很熟练。如果那个人不是赵蓝的话，那就当自己尽了一次公民的义务，为地球港的安全做贡献了。

这就是罗德里格斯的打算。在听到他的吩咐之后，那名手下答应了一声，转身离开，然后用一个隐蔽账户将那段信息发送到了地球港安保组那里。

此刻，赵蓝以及安丽雅三人已经进入到了飞船存放区，且距离那些氢弹飞船越来越近。随着距离的缩短，这里的安保等级也越来越高，除了自动化的安保设备之外，还不时出现来回走动的工作人员。不过周晓明已经提前获取到了监测权限，在不断的躲避之中，虽然惊心动魄，倒也有惊无险。

最惊险的情况也遇到了几次。一次是差一点被突然出现的巡逻人员逮到，幸好周晓明急中生智，有意在附近的一个监测设备上制造了一点故障，才将巡逻人员的注意力吸引了过去；还有一次是因为破解进度出现了一点迟滞，差一点就触发了激光防御设备。但万幸在最后关头，周晓明终于将那激光防御设备关掉了。否则，在无死角的激光网覆盖之下，四个人都要死无全尸。

赵蓝算是真切地体会到了冒险者小队的日常工作环境。据周晓明说，这样的事情他们遇到过五六次，每一次都是在生死一线之间。安丽雅三人似乎早就习惯了这样的生活，并且对这种生活拥有极大的兴趣，赵蓝可不一样。在行动之中，她无数次地祈祷，希望这次行动快点结束，然后将星辰之灾也快点结束，好让自己恢复正常人的生活。赵蓝始终认为，工作之余在阳光之下逛街、享受美食和美景才是自己应该过的日子。

时间就在这样的状态之下悄悄溜走，转眼间两个小时过去了。在解决了又一道关卡之后，周晓明擦了擦额头上的汗珠，略有些放松地说道："如果一切顺利的话，再过半个小时，我们就能到达七号氢弹飞船了。"

"加把劲。"安丽雅低声说道，"赵蓝之前已经引起了罗德里格斯的怀疑，他一定不会这么简单就放过这个疑点。我们的动作要快一点，尽快完成任务，然后退出。"

"好。"周晓明点了点头，再一次开始在便携式计算机上面敲打。但就在这个时候，计算机的显示屏幕上忽然出现了大大的惊叹号。赵蓝心中一惊，就见周晓明的神色在一瞬间变得严肃，在键盘上敲打的速度也加快了许多。这里的变故也引起了安丽雅和克鲁斯两人的注意，但两人都保持着安静，只是静静地看着。

周晓明足足敲打了五六分钟的时间才暂时停下，他又擦了擦汗水，低声说道："事情不妙。不知道为什么，地球港安保组提升了警戒等级，不仅加派了巡逻人员，在虚拟世界之中也开始了排查。刚才就是我留下的一个后门受到了巡查才发出的警报。"

"被发现了没有？"安丽雅紧接着问道。

如果那些后门被地球港安保组发现，那么周晓明将失去上帝视角，也将失去控制监控以及安保设备的能力。这就意味着众人将会在这里迷失。胡乱走动的话，很容易就会触发监控设备，然后受到激光或电击的攻击。就算不受到攻击，他们也绝对逃不过无处不在的摄像头的监视，很容易就会被安保组发现。一旦到了那种境地，除了束手就擒之外，四人将没有任何办法。

赵蓝也十分清楚这一点。在安丽雅问出这个问题之后，赵蓝也用关切的目光看向了周晓明。万幸，周晓明摇了摇头："被我应付过去了，暂时还没有被发现。不过巡查的频率越来越快、力度也越来越大，我的那些后门支撑不了太长时间的。"

安丽雅快速计算了一番，然后问道："能不能支撑五个小时？"

赵蓝知道，五个小时，是完成此次任务，然后从戒备区退回安全区所需的最短时间。

周晓明咬了咬牙："我尽量。"

"好，我们加快进度，争取在五个小时之内完成任务然后退出。"安丽雅说道。

警戒等级的提升让几人前进得愈发艰难，险情也开始接二连三地出现。地球港就已经是最高战略等级的设施，氢弹存放区又是重中之重，现在又提升了警戒等级，几人所遭遇到的阻力之大可想而知。如果这里只有赵蓝一个人，恐怕她的腿早就软了，但周晓明三人不仅没有受到影响，在压力之下，他们的工作效率居然又提高了许多。

一路又前进了十几分钟，周晓明停了下来，然后指了指通道上方的位置："这里是一条通风口，我们顺着通风口前进五百米，从那里能进入维修通道，我们可以顺着维修通道，直接到达七号氢弹飞船的停放点。暴龙，你先把秃子送上去，赵蓝第二，我第三，你最后。"

"好。"安丽雅答应了一声，先在克鲁斯的支持下悄无声息地将盖板打开，然后站在地上，直接用单手就将克鲁斯举了起来，克鲁斯爬进通风口；安丽雅又将赵蓝举了起来，上方克鲁斯也伸出了双手拉着赵蓝，在赵蓝也进去之后，周晓明也爬了进来；接着安丽雅原地起跳，直接抓住了通风口旁边，然后一个漂亮的翻身，就顺利地进入了通风口中。紧接着盖板又被恢复了原状，四人顺着通风口开始往前方爬去。

但就在这个时候，便携式电脑屏幕之上再一次出现了一个大大的警告标志。周晓明只看了一眼，就脸色大变："不好，安保组已经将我们的位置锁定在了地球港东区，他们已经切断了我们的后路。"

这就意味着，就算最终完成了任务，赵蓝等人也无法顺利退出这里了。

安丽雅当机立断："启动一号预案，我们乘坐氢弹飞船离开地球港，然后再转乘小船返回地球。"

安丽雅所说的小船，是一艘之前特意准备的小型宇宙飞船，这艘飞船是近地和太空两用型的，它既可以在大气层之中飞行，也可以在宇宙空间之中飞行。这样的飞船一般造价高昂，且活动范围有限，离开地球三百万千米就已经是极限。虽然它不堪大用，但乘坐它返回地球还是可以办到的。为了顺利完成这次任务，应对任务执行过程中可能出现的意外，周晓明三人在任务开始之前就已经将这艘小飞船布置在了相应的轨道上。

周晓明又开始在键盘之上快速敲打，足足过了三分钟时间，周晓明才说道："走，继续前进，我已经暂时解决了问题。"

四人顺着通风口一路前进，又在中途转到了维修通道，终于有惊无险地来到了通道尽头。赵蓝知道，七号氢弹飞船就停泊在自己下方。

安丽雅小心翼翼地打开了盖板，第一个离开了这里。在经过初步的检查，确定安全之后，其余三人依次离开维修通道，来到了停机点中。

七号氢弹飞船就静静地停在赵蓝眼前。看着这艘只有几十米长度、高度不足十米的小飞船，赵蓝心中颇有些感慨。要知道，七号氢弹飞船的制造订单还是当初的赵蓝亲自交付给制造方的。这艘飞船的设计从某种程度上来说，也是在赵蓝的领导下完成的。

当初谁都不会想到，赵蓝再一次和这艘飞船见面竟然会是在这样的情况之下。

既然已经顺利到达了这里，那么接下来的工作就该赵蓝来完成了。因为这艘氢弹飞船本来就是她领导设计完成的，没有人比她更熟悉这艘飞船的构造。

"氢弹飞船虽然不是载人飞船，但它内部也有维修舱存在，那里存着一定量的氧气和少量的食水。在离开的时候，我们可以待在维修舱中。"赵蓝低声说了一句，率先走向了这个身体之内蕴含着恐怖能量的小家伙。

"当初是我领导建造了你，那么现在，就让我对你做出一些改造吧。"赵蓝喃喃地说着，在飞船之前输入了密码，打开了维修舱的舱门。

飞船的进入密码并没有被修改，这本来就在赵蓝的预料之中。不过就算密码被修改了也没关系，在赵蓝身边还有周晓明和克鲁斯两个人，不管密码被修改成了什么，这两个人都可以将舱门打开。

赵蓝熟悉这艘氢弹飞船的一切构造。来到这里，她就像是回到了自己家中一般熟悉。她首先指出了一些通信、加密以及权限模块，然后由克鲁斯和周晓明将这些地方一一破坏掉。如果通信模块不破坏掉的话，这艘飞船在启动之后就会一直和科研部保持联络，加密和权限模块不被破坏的话，赵蓝根本就没有操纵这艘飞船的能力。

这些工作完成之后，赵蓝打开了飞船的电子系统，开始设定飞船的航向、速度，以及启动氢弹的时间节点。设定这些东西需要极其复杂的计算，而这些计算并不是给出一个固定参数然后按照公式来进行，它必须要依据质量、距离、引力大小等之前无法确定的数据作为依据。这份工作，在这四人之中除了赵蓝之外没有人可以胜任。

在完成这份任务之后，赵蓝开始修复飞船的动力系统、导航系统以及氢弹启动系统。很显然，政府是不可能将一艘完整的飞船放在这里的，事实上，在氢弹飞船被停放在这里之后，它的动力系统及导航系统的某些关键零件就会被拆除，氢弹的触发系统也会被拆除掉一些零件，导致氢弹无法爆炸。不过在开始这次任务之前，赵蓝就已经找到了解决这个问题的办法。

从地球之上自带零件前来很显然是不现实的，且不说能否通过安检，单是那重量就会给四人的行动带来严重阻碍。赵蓝想到的解决问题的办法是，在飞船之上寻找可替代的零件，从不重要的系统上将那些零件拆下来，然后经过克鲁斯的简单加工，再将它安装到动力、导航、氢弹触发等关键系统上去。这样一来，氢弹飞船虽然会丧失一些功能，导致性能降低，但至少它还能飞，能炸。而这对于赵蓝来说就已经足够了。

这份工作仍旧只有赵蓝可以胜任，她便带着克鲁斯和安丽雅开始了忙碌。赵蓝负责指挥，安丽雅负责体力活，克鲁斯则负责具体的施工。此刻的周晓明也没有闲着，他正坐在维修舱中，一面抹除自己的痕迹，拖延安保组找到自己的时间；一面尝试着打开氢弹飞船的起飞系统，并且制造虚假数据来欺骗地球港的准入和准出系统。

要将一艘飞船从地球港开出去并不是一件简单的事情。在起飞之前首先要向地球港方面申报，然后地球港会分配具体的航道以及起飞时间，在起飞过程之中还会进行一系列的安全检查，身份确认等手续，一切都通过之后才可以起飞。这艘氢弹飞船很显然并不具备这些资格，那么就需要用到欺骗的手段。

当初李云帆偷走赵蓝的希尔维雅号飞船就是用的这种手段。李云帆的那次偷窃行动甚至完美到直到赵蓝亲眼看到自己的飞船消失之后才被发现，在希尔维雅号飞船的起飞、出港等阶段，火星港方面一直将那艘飞船的离港当成正常的飞船起飞行动。李云帆手段的强悍可见一斑。

赵蓝不知道周晓明的能力能不能达到李云帆的水平，但是想来也没有那么强悍的必要。只要他可以隐瞒几个小时的时间就足够了，因为计算之中的那个空间节点和地球港之间只有两百多万千米的距离，只需要几个小时的时间，氢弹飞船就可以飞到那个地方。

正在赵蓝忙碌的时候，周晓明的声音又传了过来："你们还需要多长时间才能完成？安保组已经进一步将我们锁定在了东南区，这里的安保已经加强了至少三倍，我们随时都有可能被发现。"

赵蓝擦了擦额头上的汗水，然后回答道："再等十五分钟。准入准出系统你解决得怎么样了？"

"我需要十分钟时间。"周晓明回答道，"地球港已经开始限制飞船的出入，只有经过严格检查的飞船才可以获取通行证，所以这有一点棘手。"

"好，我们尽快。"赵蓝回答道。

当克鲁斯将最后一个零件安装到预定的位置之后，赵蓝终于松了一口气。三人迅速回到维修舱，赵蓝将飞船的导航系统、动力系统以及氢弹的触发系统全部打开，周晓明则开始对这三个系统进行入侵。当便携式计算机屏幕之上亮起一个大大的"完成"字眼时，周晓明也松了一口气："已全部完成，可以出发了。"

"好，我们赶快走。"赵蓝说话间，周晓明已经按下了一个按钮。于是一阵低沉的嗡嗡声发出，停机坪大门被打开，氢弹飞船的动力系统也开始工作。

地球港通过太空电梯连接着地球表面，地球在自转，地球港便围绕着地球转动。因为太空电梯长度高达数万千米的缘故，地球港的运转速度其实早就超过了地球的环绕速度，这样便会因为离心力的缘故为地球港带来和地球表面一致的重力。同样因为这个缘故，所有从地球港离开的飞船，就算发动机没有启动，也会拥有相对于地球高达每秒钟将近十千米的运动速度。

氢弹飞船就这样从地球港之中被"甩"了出去。在漆黑无垠的宇宙星空之中，一艘长度只有几十米的小型飞船丝毫不能引起别人的注意。不过这只是表面现象。在这虚空之中，也不知道有多少道电波在纵横来去。毫不夸张地说，就算是一个米粒大小或者更小的东西，也会被无死角雷达扫射系统察觉到。

这艘已经离开了地球港的氢弹飞船很显然无法逃过雷达扫射系统的感知。但因为周晓明的工作，雷达扫射系统、身份确认系统、安全检查系统等虽然都发现了这艘氢弹飞船，却没有一个系统对这艘飞船发出预警，也没有任何工作人员察觉到异常。这艘氢弹飞船就像是正在进出地球港的许多艘飞船一样，静悄悄地前进着。

看着渐渐远离的庞大地球港，赵蓝的心情终于平复了一点。回想起这几个小时以来所遭遇到的种种险境，经历过的种种事情，又感觉心中有点庆幸。

虽然没能按照原计划从原路返回，但乘坐氢弹飞船逃离地球港，然后再乘坐小飞船返回地球也是一样的。

终于逃出危险区域，安丽雅三人的情绪也放松了许多，久违的笑容终于再一次挂在了三人脸上。安丽雅敲着桌子，跷着腿说道："原来偷飞船这么有意思，什么时候我们再来偷一艘飞船试试。"

克鲁斯拉着脸说道："暴龙，你可得了吧，这样的事情我可不想再来第二次。这一次我们能成功，很大一部分原因要归于运气。再来一次，说不定我们会被安保人员直接击毙。"

安丽雅撇着嘴哼道："害怕就算了，大不了下次我自己一个人来。键盘，小飞船怎么样了？它和氢弹飞船在哪里汇合？"

"汇合点为三十万千米之外，我们将在一个半小时之后到达那里。时间差不多了，我现在就启动小飞船，让它到那个地点去接应我们。"周晓明回答了一句，又开始了在键盘之上的快速敲打。

周晓明的神情同样是轻松的，但随着他指尖的跳跃以及便携式计算机显示屏幕之上字符的变化，周晓明的脸迅速沉了下来。赵蓝察觉到不对劲，立刻问道："发生了什么事情？"

周晓明没有回答，而是继续在键盘上敲打着，但之前曾经出现过的错误警告又再一次出现。周晓明便一把推开了便携式计算机，有些气急败坏地叫道："妈的，我联系不上我们的小飞船了。"

"什么？！"听到这句话，安丽雅、赵蓝、克鲁斯三人同时站了起来。安丽雅上前一步，急切道："你确定？是因为什么原因？能不能再试一下？"

"原因未知，可能是被信号屏蔽了，也可能是被击毁了。"周晓明咬牙切齿地说着，"怎么会这样？"

维修舱内的气氛一时之间降到了冰点。

与此同时，一名地球港的工作人员正在对着电话神情异常凝重地说："报告元首，目前已经确定，那几名无法确定身份，但疑似基地逃亡人员克鲁斯、周晓明、安丽雅，以及越狱潜逃的前空间阻断计划总指挥赵蓝四人潜伏到了地球港的氢弹飞船存放区……目的不明……我们抓紧时间追捕……还有，我们在距离地球港三十万千米处捕获了一艘近地太空两用型小飞船……我们正在对它展开分析……"

第十章　危在旦夕

元首显然是整个人类文明之中地位最高、权力最大的人。他领导着整个人类文明，在人类文明范畴之内，他几乎可以说是无所不能。但是今天的事情，是他最近以来第二次感到愤怒，甚至可以用气急败坏来形容。

愤怒是因为无力，元首的愤怒正是因为他发现了很多很重要的事情，而这些很重要的事情，并不在自己的掌控范围之内。

第一件自然就是基地事件了。在得知地球之上存在着一颗随时可能将整个地球都吞噬掉、顺带毁灭整个人类文明的黑洞的时候，元首的心中甚至感觉到了一阵恐惧。尤其是在得知这是因为基地内讧，有人背叛告密的缘故自己才能知道这个消息，否则这颗黑洞还将在自己不知道的地方存在着的时候，他的愤怒和恐惧到达了顶点。

元首在第一时间召开了紧急会议，然后坐在指挥室之中全程观看了军方占领基地的整个过程。并在科研部的大批科学家得出了这颗黑洞暂时不会对地球造成影响的结论之后，他的心情才稍微平复了一点。

元首的生活一直很规律，但是在那天晚上，他失眠了。只要一想到这样一个可怕的东西竟然被掌握在一个"恐怖分子"手中，元首就感觉到一阵一阵的后怕。如果那个恐怖分子真的将这颗黑洞丢入了地球，那岂不是意味着……包括自己在内，这地球上的一切都要在莫名其妙中被毁灭？

一直到后半夜元首才勉强睡着，但随即又被噩梦惊醒，惊醒之后，他察觉到自己的冷汗几乎都将被子打湿了。这种情况一直在元首身上持续了好长时间，一直到最近才有所缓解。而现在……地球港方面竟然再度向他通报了一个消息，基地的潜逃人员竟然潜伏到了氢弹存放区？

他们到底想做什么！在这一瞬间，元首有一种想要暴走、想要亲自解决掉这几个人的冲动。地球港的重要性不必多说，在现在的特殊情形之下，失去了地球港就等于失去了文明的希望，而存放在地球港之中的那些氢弹飞船……只要一艘，任何一艘爆炸了，都会将整个地球港毁灭掉。

这就意味着，人类文明的命运又一次掌握在了那帮恐怖分子手中。只要那帮恐怖分子愿意，只要他们按下一个按钮，就可以将整个文明毁灭掉。

从来都是泰山崩于顶而面不改色的元首终于第一次失态了。他对着通信仪器怒吼道："你们地球港的安保组都是摆设吗？不用你们了，地球港将由军方接管！"

在发现赵蓝一帮人的目的可能是氢弹飞船之后，地球港负责人就立刻命令安保组成员将警戒等级提升到了最高，并且派出了大批人手前往停放点贴身保护那些氢弹飞船，同时他立刻向元首汇报了这件事情。在面对元首的怒吼时，他还没有想好该如何向元首解释这件事情，就再次接到了一个消息："七号氢弹飞船消失了。据现场勘查，七号氢弹飞船大概是在两个小时之前消失的，并且可以确定，这艘氢弹飞船已经离开地球港至少十万千米的距离。"

这个消息让地球港负责人在眼前一黑之后，又迅速开始庆幸。因为他瞬间就想到了一点，丢失了一艘氢弹飞船这件事情，总比氢弹飞船在地球港之内爆炸要好。也就是说，地球港被氢弹爆炸所毁灭这个可能已经可以排除掉了。

地球港负责人迅速将这件事情报告给了元首。元首也迅速想到了这一点，心中的恐惧稍微减少了一点，胸中怒气却更加旺盛，甚至有一种被气到七窍生烟的感觉："你是在跟我说，那帮混蛋在你们那号称全文明最先进的安保系统保护之下，从你们的眼皮子底下偷走了一艘氢弹飞船，而你们却在氢弹飞船消失两个小时之后才发现？你是在跟我开玩笑吗？"

"立刻！立刻去给我搜查，看那帮混蛋到底要将这艘飞船开到哪里去！"元首愤怒地吼叫着，狠狠地将电话摔在了地板上。

庞大的政府机器开始了急速的运转。在确定了这艘消失的氢弹飞船的航向，并且大概锁定了它的位置之后，足足十几艘军用飞船出发了。他们接到的命令很明确，如果那艘氢弹飞船有在"恐怖分子"操纵之下自爆的可能，则可以提前将飞船击毁。如果没有自爆的可能，则可以强行登陆这艘氢弹飞船，将那四名恐怖分子抓起来。如果遇到抵抗，格杀勿论。

追兵已经赶来，七号氢弹飞船维修舱之内则维持着死寂的气氛。原本计划用于接应的小飞船的意外消失彻底将赵蓝一行人的后路截断了。从此刻开始，他们将被困在这艘飞船上，暂时没有离开的可能。

那么……该怎么办？操纵着这艘氢弹飞船掉头返回？可是这样的话，且不说一定会被军方逮个正着然后将牢底坐穿，最重要的是……这岂不是意味着此次行动彻底失败？而此次行动失败的话，空间阻断计划怎么办？人类文明怎么办？

仍旧按照原计划前往预定的爆炸地点？那么他们四个人怎么办？随着这艘飞船一同爆炸，然后葬身在浩瀚虚无的宇宙空间之中？

所剩时间已经不多，赵蓝知道，自己必须要尽快做出决断。

赵蓝再一次被逼在了悬崖边缘。自从赵蓝被牵扯到这件事情之中，她也不知道做过多少次艰难的抉择了，但是以往的那些抉择，都没有像这次这样直接牵扯到自己的生命，也没有这一次来得急迫。

安丽雅沉默着，克鲁斯沉默着，周晓明也沉默着。情况对于他们来说同样严峻，他们早就已经习惯了在悬崖边跳舞的生活，但是这一次不同。这一次并不需要他们做出这样或者那样的抗争，生和死，就在他们的一个念头之间，完全由他们自己来选择。

时间在一点一滴地溜走，赵蓝知道，氢弹飞船消失这件事情一定瞒不了太长时间，如果自己没有料错，此刻一定已经开始有追兵在后方追赶了。如果现在不进行加速的话就很有可能被追兵追上，到时一切就都完了。而如果加速，难道真的要跟随这艘氢弹飞船一同葬身在星辰大海之中？

赵蓝的大脑在急速转动着，思考着任何可能为己方带来转机的方案，但很遗憾，她没有找到任何办法。面对着无边无际的星辰大海，这艘飞船便是飘浮在其中的一叶孤舟。人只能待在这叶孤舟之上，离开了，便是死。

最终还是安丽雅打破了沉默："赵蓝，如果这艘氢弹飞船顺利地在预定地点爆炸，它所引起的罗巴切夫斯基空间曲率的变化，可以被科研部的那帮科学家察觉到吗？"

"可以。"赵蓝点了点头，"他们没有那么傻。"

周晓明瞟了安丽雅一眼，说道："哪里有那么麻烦。我们直接将空间曲率的相关变化告诉他们不就得了，这飞船上又不是没有无线电通信仪器。"

克鲁斯也说道："这样，就算我们最终死了，科研部那帮人也会知道如何去应对这次危机了。他们只有一个选择，那便是用黑洞代替原定的大当量氢弹，我们的目的便也达到了。"

这三人都没有提该如何抉择的事情，但这对话之间分明已经表露出了他们的意愿。他们愿意跟这艘飞船一同爆炸，哪怕一同葬身在这星辰大海之中，也不愿意返航。

赵蓝并不知道他们是因为李云帆还是因为人类文明才做出的这个选择，赵蓝也并不关注这个问题。赵蓝只知道，在有必要的情况下，如果要让自己为整个人类文明牺牲，自己也会做出肯定的回答。

只是赵蓝心中还有一点忧虑。用黑洞来代替原定的大当量氢弹并不是一件简单的事情，并不是只要将黑洞放到那个地方然后就万事大吉，这个过程会牵扯到十分复杂的各种问题。赵蓝毫无疑问是担任这件事情负责人的最佳人选，因为赵蓝既熟悉黑洞的事情，又熟悉科研部的事情。在自己死去之后，赵蓝没有信心自己的代替者可以将这件事情做好。

但随即，这份忧虑就淡去了："科研部中没有傻瓜，与其担心他们，不如来想想自己。我还是先将自己的事情做好吧。"

安丽雅、克鲁斯、周晓明三人都做出了表态，现在，只有赵蓝还沉默着。于是这三人的目光就一同看向了赵蓝。

赵蓝从沉思之中醒来，对着三人轻轻一笑："既然如此，那还有什么好说的呢，开始加速吧，能以一艘飞船作为我们的棺木，以一颗大当量氢弹的爆炸作为我们葬礼上的礼花，以这无穷星辰大海作为我们死去之后的墓地，我们……还有什么可以挑剔的呢！"

维修舱之中的气氛立刻轻松起来了。安丽雅三人相视一笑，周晓明率先伸出了自己的手掌，克鲁斯紧随其后，安丽雅第三，赵蓝没有丝毫犹豫，也伸出了自己的手。于是，四只手掌便紧紧握在了一起。

"有你们的陪伴，这黄泉路上也不寂寞啊。"周晓明感叹道。安丽雅则笑着说道："何止不寂寞，如果真的有幽冥的话，我们冒险者小队的名号也必将在幽冥之中传扬。"

"算我一个。"赵蓝也笑着说道，"有机会要请示一下你们老板，看看你们冒险者小队还肯不肯接纳新成员。"

"这个我们三个就可以决定了。"克鲁斯异常认真地说道，"我们决定，接纳你成为我们冒险者小队的第五名成员。至于老大那边……我敢确定，他一定很乐意你的加入。"

"赵蓝，欢迎你的加入。"周晓明和安丽雅异口同声地说道。

"那好，从现在开始，我们就是队友了。"赵蓝说道，"可惜这里没有酒，我们不能庆祝一下。"

赵蓝是通常意义上的那种乖乖女，从出生到现在还没有喝过酒，也不知道酒到底是什么味道。不过现在不知道为什么，赵蓝心中忽然有了一种强烈的渴望，想要拿一杯酒来，狠狠地灌上一口，感受一下传说中的刀子划过喉咙的感觉。

"谁说没有酒呢？"克鲁斯满是神秘地说着，然后用手在怀里摸索一番，等手出来的时候，手中竟然多了一个扁平的钢质酒壶。克鲁斯将酒壶放在耳朵边晃了晃，然后说道："还剩下一多半，够喝了。"

安丽雅立刻柳眉倒竖："秃子！你这家伙，我说过多少次了，执行任务的时候不许带酒！说！在这次任务的时候你偷喝了多少？！"

克鲁斯便显得有些尴尬，头顶也似乎变成了红色："就喝了一点……就一点。你知道的，干活的时候没有酒，人就总是提不起精神来。"

"哪儿有那么多废话。"周晓明说着，直接将酒壶从克鲁斯手中抢过来，拧开壶盖，仰起头，直接喝下了一大口，然后一抹嘴巴，大叫了一声，"爽！"

"给我留一点！"克鲁斯叫了一声，然后又将酒壶抢过来，同样灌了一大口。酒壶还没有放下来，安丽雅就将它抢到了手中，也喝下了一大口，然后说道："罢罢罢，今天我也破一次规矩。"

安丽雅喝完之后，十分自然地将酒壶递给了赵蓝。赵蓝毫不犹豫地接过，然后仰起头，将酒壶中剩下的一小半全部灌到了嘴里。然后赵蓝就感觉到似乎有一道火焰从自己的嘴巴一直通到了肚子里，似乎整个人都开始燃烧起来。

紧接着赵蓝就开始了剧烈的咳嗽，一边咳嗽一边毫无淑女气质地大叫着："好酒，真是好酒，原来酒这东西这么好喝。"

看着赵蓝的模样，安丽雅三人一同哈哈大笑，赵蓝拍了拍胸脯，也开始笑了起来。

片刻之后笑声停止，人还是那四个人，但给赵蓝的感觉却完全不一样了。赵蓝小时候便失去了父母，自此之后一直是一个人生活，也没有什么朋友，早就习惯了孤单的滋味。现在心中却感觉十分温暖，她第一次感觉到，自己并不孤单。

"好了，开始干活吧，趁着追兵还没有追上来，我们赶快到那个空间节点去……"

浩瀚无垠的宇宙之中，以那颗硕大的蓝色星球为背景，这一艘小飞船尾部喷射出了亮蓝色的火焰，开始向着前方那无垠的星辰大海前进。

那个空间节点距离地球有两百万千米的距离。当然，这个距离是直线距离，而飞船在航行的时候很显然不可能走直线。赵蓝早就提前测算过航道，最终的结论是，飞船需要航行二百三十万千米的距离才可以到达那个空间节点。而以这艘飞船的动力系统，它至少需要再航行三个小时才能到达。

人类政府军方现有的战斗飞船的最高航速大概是每秒钟二百千米，算上加减速所需的时间，它要追上这艘氢弹飞船至少需要四个小时的时间。这就意味着，从理论上来说，那些追兵并不会给这艘氢弹飞船造成影响。唯一需要考虑的就是原本就在空间节点附近的飞船接到拦截命令前来拦截自己。但是，人类文明虽然已经踏入了星际时代，飞船总数量其实还是很少的，恰好在那里存在一艘拥有拦截能力的战斗飞船这样的事情基本上没有可能。

不过无线电信号的速度却是光速。于是，氢弹飞船在赵蓝的指挥之下开始加速的时候，信号接收设备接到了来自军方的信息。信息之中的措辞很严厉，态度也很强硬。

"赵蓝！安丽雅！克鲁斯！周晓明！你们四个听着！追捕你们的飞船已经出发，只要几个小时就可以追上你们，你们是没有逃掉的可能的！立刻停止无意义的抵抗和逃跑企图，立刻投降，我们承诺，法院一定会公平公正地审判你们的罪行！"

"如果你们试图抵抗的话，我们将会采取强制措施，甚至有可能直接动用舰载武器将你们的飞船击毁！放弃抵抗，放弃抵抗，立刻投降，立刻投降！"

赵蓝瞟了一眼不断传出话语声的通信仪器，耸了耸肩，直接伸出手将它关掉了，于是维修舱之中再一次恢复了安静。

"放心吧，不到万不得已的时候，他们绝不会进攻这艘飞船的，我和他们打过许多次交道，他们的行事风格我很清楚。"赵蓝说道。

"你说他们是不是闲着没事干……明知道我们不会投降，却还总是浪费口舌。"安丽雅冷哼道。

"谁知道呢？或许是习惯吧。"周晓明插了一句话。

所有航行参数都已经设置好了，飞船已经进入到了自动航行模式，众人便闲了下来。除了周晓明每隔一会儿就会汇报的航行信息之外，维修舱之中再一次恢复了安静。

若是一直忙碌着的话也还好，至少没有闲心去想别的事情，一旦闲下来就不一样了。或许是因为方才那一大口酒的影响，赵蓝感觉此刻自己的思绪很乱。

赵蓝毫不怀疑自己内心的坚定程度，但是……和这艘飞船一同赴死，一同毁灭在这星辰大海之中只是迫不得已的选择，如果能活下去的话，谁会想死呢？

但是……就算不想死，又能怎么做呢？

赵蓝来到舷窗前，开始对着舷窗之外漆黑的星河发呆。在这一刻，她想起了许多东西，有小时候和父母在一起的温馨画面，有上学时被人欺负之后孤独无助地缩在墙角哭泣的画面，有毕业之后获取到理想工作的意气风发，有被人冤枉时的气急败坏……

这许多幅画面一直在赵蓝脑海之中闪现。直到现在，她才发现，人生之中，自己似乎还有许多东西没有经历过，甚至连一场恋爱都没有谈过。

赵蓝想将这些事情列一个清单，一个一个地盘点自己到底还有哪些事情没有经历过，但仅仅尝试了一会儿，她就放弃了这个想法。因为没有经历过的事情实在太多了，她自己根本就没有办法将这些事情数清楚。

"距离到达预定地点还有一个小时。"就在这个时候，周晓明的声音传了过来，打断了赵蓝的思绪，"按照现在的速度计算的话，追兵将在一个半小时之后航行到这个空间节点。唔，他们追不上我们的。等他们到达的时候，我们的飞船早就已经爆炸了。"

　　"有半个小时的时间差么……"赵蓝默默地想着，就在这时，赵蓝脑海中忽然闪过了一个念头。赵蓝立刻转身，因为过于激动，她的脸都变成了红色。

　　"或许……我们不用死，我想，我有办法了……"

第十一章　绝处逢生

只要能活着，这世界上没有人愿意去死。赵蓝如此，安丽雅如此，周晓明、克鲁斯两人同样如此。甚至，这世界上的任何一个人都是如此。之前做出跟随这艘飞船一同死去的决定，只不过是因为迫于无奈，实在没有别的办法而已。毕竟，和自己的生命比起来，还是人类文明的未来更加重要。如果鱼和熊掌可以兼得，既可以完成任务，又可以保全自己的生命的话，那就最完美不过了。

所以，在赵蓝说出"我有办法了"这句话之后，周晓明三人立刻就站了起来。安丽雅甚至一步就跨到了赵蓝面前，紧紧握住了赵蓝的手："你想到了什么办法？"

赵蓝紧紧地咬着嘴唇，努力在脑海之中思考着。方才的灵光一闪只是转过了一个念头而已，她必须要将这个念头抓住，然后对它加以完善，最终才能形成一个完善的方案。

赵蓝一边努力地思考，一边慢慢说着："追兵和我们之间的时间差有半个小时，也就是说……也就是说……只要我们能提前离开这艘飞船，然后找到办法在太空中生存半个小时的时间，之后就会有军方的飞船发现我们，他们一定会将我们救回去的。"

"可是，我们该如何才能在太空之中生存半个小时呢？"安丽雅紧接着问道。

人类短暂地暴露在宇宙真空环境之中是不会死去的，但这个时间上限也就只有几秒钟而已，超过了这几秒钟，人类身体就会受到严重且不可逆的伤害，再长一点就会死去，变成宇宙中一块冰冷的石头。要在没有任何维生设备的情况下在太空中生存半个小时的时间……这不可能，没有人可以做到。

赵蓝努力地思考着，紧紧抓住"离开飞船生存半个小时"这一点，试图将方才那一闪而逝的一点灵光找回来。随着赵蓝的思考，一个完整的计划逐渐呈现在了赵蓝的脑海之中。赵蓝看了一眼计时器，那上面显示着倒计时五十九分钟，这个时间大概是足够执行这个计划的，于是赵蓝心中便松了一口气。

"我们自然不可能不穿戴任何防护设备地在宇宙真空环境之中生存半个小时……但是维修舱至少还能支撑两个小时。我们只要在飞船爆炸之前，想办法将维修舱和飞船船体脱离，离开这艘飞船，我们便可以躲过氢弹的爆炸！到时，我们只要在宇宙中漂流，等待军方战斗飞船的营救就可以了！"

"这艘氢弹飞船当初是在我的领导之下设计出来的，我熟悉它的每一处构造，虽然在建造的时候根本就没有考虑过将维修舱和飞船船体脱离，但我仔细想了一下，我认为这是完全可以做到的一件事！尤其是在我们有一个机械天才的情况之下。"

赵蓝急切地说着，一口气将自己的构想说了出来。

这个方案其实很简单，但在之前，所有人都从潜意识之中忽略了这个想法。因为不管是赵蓝还是安丽雅三人，都在潜意识之中将飞船看作了一个整体。在这生死危急的紧要关头，只有赵蓝一个人想到了这一点。

周晓明和安丽雅眼睛一亮，同时将视线放到了克鲁斯身上："怎么样秃子，能不能做到？"

　　克鲁斯紧张地思考了一会儿，然后同样语速极快地说道："你的构想有两个问题，第一，这艘氢弹飞船并不是专门的载人飞船，它上面没有完备的维生系统，可以维持我们生存的仅仅只有这个维修舱而已，那么，我们该如何在维修舱之外进行施工？毕竟我们是要将维修舱和船体分离，不在外部施工的话根本就没有可能做到这一点。"

　　"第二，就算我们成功地将维修舱和船体分离了，它的动力从哪里来？不要忘了，此刻维修舱和这艘飞船拥有同样的运动方向和运动速度，如果没有额外的推动设备的话，就算它和船体分离了，它也会跟随飞船一同前进，必然就会受到氢弹的波及，这样一来，分离维修舱就没有意义了。"

　　克鲁斯的思维十分敏锐。在赵蓝提出这个构想之后的一瞬间，他就想到了这两个问题。赵蓝略微思考一下，同样以极快的语速开始回答："第一个问题容易解决，你要知道，我们完全没有必要将整个维修舱全部分离出去，我们完全可以只分离维修舱的一个部分，比如我们现在所待的这个房间。这样就可以在维修舱内部进行施工，并不需要到维修舱外面去。

　　"第二点，关于动力的问题……克鲁斯，这个问题要你来解决。你要在维修舱里寻找一下，看看有没有什么可以利用的工具让你做一个推进器出来。"

　　克鲁斯稍微思考了一下，然后立刻说道："好，我来试一试。"

　　赵蓝紧接着说道："克鲁斯，我熟悉飞船构造，我先给你讲解一下它的大概结构并且画一个草图给你。周晓明、安丽雅，你们两个检查一下我们所待的这个房间的密封性能，如果它的密封性能不够，你们找些东西修补一下。"

赵蓝又看了一眼计时器，发现仅仅剩下五十六分钟了。于是她不再多说，立刻抓过画笔，匆匆画了一个草图出来，又带着克鲁斯开始了解飞船维修舱的大概构造，周晓明和安丽雅两人则立刻开始检查这个房间的密封性能。

所有人都明白这次行动意味着什么。那不断减少的时间就像是死神的催命符一般，让人一点都不敢松懈。每一个人都忙碌了起来，开始为自己生命的延续而奋斗。

克鲁斯在大致了解了维修舱以及该区域飞船船体的构造之后立刻就开始了工作。维修舱中有各种工具，此刻这些工具便发挥起了作用。只见克鲁斯从这里拧掉一颗螺丝，从那里拆掉一块盖板，锯断一根钢柱……克鲁斯的行动看起来完全不成章法，互相之间没有一点联系，但赵蓝知道，克鲁斯的脑袋里一定有一个很完整的行动方案在指挥着他的动作。

忙碌了十几分钟，在克鲁斯锯断最后一根钢柱之后，赵蓝忽然感觉自己所处的这个房间震动了一下。克鲁斯擦了擦额头上的汗水，然后说道："我已经成功地将这个房间和飞船船体分离了。"

赵蓝忍不住叫道："干得好！现在该解决动力系统的问题了，你快一点找找，看能不能找到可以用来制作推进器的东西。"

克鲁斯摇了摇头："现在制作一个推进器不现实。不说工具不够，留给我们的时间也没有那么多。我刚才想了想，我认为，我们制作一个弹射器比较好。"

"弹射器？"赵蓝重复了一遍这个词汇。

克鲁斯肯定地点了点头："对，就是弹射器。我可以制作一个机关，当我们都进入到这个房间之后，再触发这个机关，它就会将我们的房间弹射出去。但是弹射器的功率大小我不敢保证，它所为我们提供的动力能否让我们在飞船爆炸之前离开飞船足够的距离……这就要看天意了。"

"有希望就好，总好过现在这般等死。"赵蓝叫道，"那么还等什么呢？"

克鲁斯点了点头，随手拿过一堆奇形怪状的工具和材料加工起来。赵蓝完全不懂他在干些什么，所拿的这些东西又和弹射器有什么样的关系，但看他认真的样子，想来这个东西应该很管用。

又过去了将近二十分钟。在最终将那个东西制作成形之后，克鲁斯拿过了一个粗大的弹簧，用力按它，试图将弹簧压扁，但就算克鲁斯用出了全身的力气，弹簧却仍旧只有小小的一点变化。

克鲁斯便将求助的目光看向了安丽雅，安丽雅走过来，用两只手轻轻一按，那弹簧便被压缩到了极致。安丽雅问道："是这样吗？"

"对，就是这样。"克鲁斯叫道，"快，把它放到这里来。"

安丽雅将弹簧放到了那个凹槽里面，然后又在克鲁斯的指挥下，将这个弹射器安装到了指定的地方。克鲁斯取出长长的一根绳子，一端系在了弹射器某个开关上，另一端系在了房间的舱门之上。

"准备好了吗？"克鲁斯说道，"只要我将这个舱门关上，这个房间就会完全密封，同时也会触发机关，弹射器便会将我们弹射出去。"

赵蓝和周晓明各自找了个地方将自己固定起来，安丽雅则在固定自己的同时用一只手抓住了克鲁斯。全部人都做好准备之后，克鲁斯抓住舱门狠狠一拉，舱门关上了。

舱门关闭的同时牵动了外面系在它上面的那根绳子，将动力通过绳子传递到了弹射器的某个开关上面。那根被压扁的弹簧猛然恢复原状，它的弹射又触发了其余的连续开关，于是整个弹射器都发动起来了。

在这一瞬间，赵蓝的身体狠狠撞上了墙壁，过了好久才回过神来。

赵蓝知道，刚才其实并不是自己的身体动了，而是自己所处的这个房间动了。因为惯性的存在，自己才会狠狠地撞在墙壁上。

这一下猛然弹射差不多将整个房间之内的布置全都毁掉了。各种杂物在房间中乱飞，甚至还有一些之前没有固定好的工具猛然撞到了钢化玻璃上，万幸它们并没有将钢化玻璃击穿。

回过神来之后的赵蓝第一个反应是看向窗外，看到氢弹飞船那熟悉的钢铁躯体。她确认，弹射成功了，此刻，自己所处的维修舱的这个房间，已经脱离了那艘注定要在惊天动地的大爆炸之中死去的氢弹飞船，自己以及安丽雅三人的生命不用在这里终结了，他们的生命再一次得到了延续。

克鲁斯被碰破了脑袋，此刻正有鲜血从那里涌出来，在失重的维修舱内凝结成了一颗颗的血珠飘浮在空中。但克鲁斯一点都没有顾及这些东西，他直接趴到了窗前，眼睛紧紧地盯着那不断远去的七号氢弹飞船，似乎正在计算什么。

"经过目测，我们脱离氢弹飞船的速度大概在每秒钟二十三米，此刻距离氢弹爆炸还有十七分钟的时间，在这段时间中，我们可以和氢弹飞船之间拉开大概二十三千米的距离。这个距离足够么？"

克鲁斯将询问的眼光看向了赵蓝。"要看运气。"赵蓝立刻回答道，"这里是太空，并不是大气层内。"

氢弹爆炸的主要杀伤方式其实并不是辐射和高温，而是冲击波。这样一颗当量的氢弹如果是在地表爆炸，它引发的冲击波足以摧毁方圆两百千米之内的所有建筑，两百千米之外的建筑也会因为巨大的声浪和冲击波而严重受损。和冲击波比起来，氢弹的辐射和高温伤害就显得十分微不足道了。

但这里是太空环境，并没有空气存在，而空气的存在是生成冲击波的必要条件，没有空气便没有冲击波。这也就意味着，在太空环境中爆炸的氢弹将失去它最为强大的杀伤手段，只能以高温和极高强度的辐射来对周围环境造成影响，具体来说就是携带着极高能量的伽马射线以及可见光。

宇宙空间中本来就存在着大量的各种有害辐射，载人飞船上会装备防辐射层以保护在内生存的成员，而氢弹飞船并不是载人飞船，它上面仅仅加装了一点防辐射层以保护聚变燃料以及飞船内部的各种仪器，这一点防辐射层对于保护人体来说是完全不够的。也就是说，从氢弹飞船离开地球港的那一刻起，赵蓝以及安丽雅三人就已经在承受着有害宇宙射线的照射了。

不过这一点并不需要过于担心。因为现在人类文明的医学科技已经发展到了极高的水平，治疗一点辐射病完全不在话下。但是……如果这辐射强度太高，甚至高到可以一瞬间就将人杀死，又或者高到可以将维修舱之内的维生设备毁坏的地步呢？

可以肯定，氢弹飞船爆炸的时候所释放出的辐射强度一定很高。但是这辐射到底能否在一瞬间就将距离二十三千米之外的人杀死，又或者将维修舱之内的维生设备毁坏却属于未知，所以赵蓝才说需要看运气。

"看运气"这三个字意味着最为无奈的一种情形。在这种情形下，人类个体所做出的任何努力都会被忽视，事情的最终结果完全不受人类个体的意愿支配。不管你想什么、做什么，你都无法对最终结果造成影响，它会是怎样就是怎样，无法更改。

在赵蓝说出"看运气"这个答案之后，维修舱之内出现了短暂的寂静。片刻之后，安丽雅笑着说道："这个结果已经足够好了呢。毕竟，在之前我们生还的几率可是百分之零，而现在，我们生还的几率已经提升到了至少有百分之五十，这还不够吗？我们还有什么好奢求的呢？"

此刻的赵蓝心中却有一些自责："都是我的错，如果我能早一点想到这个办法就好了。早一点想到这个办法，就意味着我们可以和氢弹飞船之间再拉远一点距离，那样我们生还的几率就会提高很多。"

安丽雅安慰道："赵蓝，这不是你的错，灵感这东西又不受我们的掌控，你能在那个时候想到这个办法已经很了不起了。"

赵蓝默默地摇了摇头，想说点什么，可是又不知道该怎么说，只好继续保持着沉默。

计时器上倒计时仍旧在持续着，此刻，那个数字已经跳到了八分钟。这就意味着，再有八分钟时间，氢弹飞船就会到达预定的地点，它内部提前设置好的程序会在它到达预定地点的一瞬间将氢弹引爆。

"那种画面一定很壮观吧……"赵蓝默默地想着，出神地看着舷窗之外，看着那艘已经快要从自己视野中消失的氢弹飞船。

维修舱是从氢弹飞船侧面弹射出来的。这样一来，维修舱就在拥有和氢弹飞船相同的前进的运动轨迹的情况下，还拥有了一个侧方向运动的力。选择这种方案是经过慎重考虑的，因为如果维修舱是从氢弹飞船后方弹射出来的话，它将会拥有和氢弹飞船完全相同的运动轨道，所不同的仅仅是运动速度而已。那将会导致维修舱在氢弹飞船爆炸之后不断靠近爆炸地点，从而承受更多的辐射。而这对于维修舱以及生存在维修舱之内的四个人来说，毫无疑问是毁灭性的结局。

漆黑的宇宙中，除了太阳系的几颗行星仍旧在放射着淡淡的光芒外，再也看不到其余的星星。星辰之灾的到来让昔日繁华的夜空变得空空荡荡。就在这空荡一片的宇宙空间中，一艘氢弹飞船和一艘维系着四个人生命的维修舱在共同前进着。

倒计时跳动到了一分钟。也就是说，在一分钟之后，氢弹飞船就会爆炸，命运的迷雾也将被最终揭开。是生是死，就看那一瞬间了。

所有的努力都做了，能想的办法都想了。那么，从现在开始，迎接命运的审判吧。

"等氢弹爆炸的时候，千万不要直视它。"赵蓝说道，"那光芒一定会很强烈，如果直视，会在一瞬间刺瞎我们的眼睛。"

安丽雅三人点了点头，十分有默契地挤到了赵蓝身边，全部背对着氢弹飞船的方向。

赵蓝直直地注视着计时器，看着那个数字不断跳动，从五十九跳动到了三十，又从三十跳动到了十，又从十跳动到了……零。

氢弹飞船悄无声息地爆炸了。任何一颗核弹在地面爆炸都会是惊天动地的大事情，它所引发的地面震动甚至在地球的背面都可以被仪器检测到。但这里是太空，不是地球。于是，氢弹飞船的爆炸除了让维修舱内的光度陡然间提升了一个量级之外，没有引发任何其余的动静。没有声音，没有震动，只有亮光闪了一下，仅此而已。

但就在这一瞬间，赵蓝忽然间有了一种恶心想吐的感觉。赵蓝知道这是怎么回事，人体在一瞬间遭受到大剂量辐射的时候就会有这种感觉。这意味着氢弹飞船爆炸所释放的辐射已经严重伤害了自己的身体，如果得不到及时救治，自己将在未来几个月内全身溃烂，以一种凄惨至极的方式死去。

但这并没有让赵蓝心中忧虑，反而让她放轻松了一点，甚至暗暗松了一口气。因为能感受到恶心，这至少意味着自己没有被一瞬间杀死。而既然没有死，依靠人类文明先进的医疗科技，自己就有复原的可能。

但这一次劫难很明显没有这么简单就被渡过。赵蓝忽然感觉自己身边的维修舱的墙壁有了一种温热的感觉，与此同时，自己竟然感受到了似乎有风吹在自己脸上，还有，维修舱之中的照明灯在闪烁了几下之后，竟然熄灭了。

赵蓝知道，一定是氢弹爆炸释放出来的高能射线在一瞬间损坏了维修舱的线路设备，导致维修舱失去了能源供应，所以照明设备才会熄灭。

在这一瞬间，维修舱内陷入了绝对的黑暗。那是如同水银一般沉重的黑暗，没有丝毫亮光，看不到任何东西。

天空中没有星星，弹射之前特意进行的姿态调整让维修舱最厚重、不透明的那一面对准了太阳，所以太阳光也无法照射到维修舱之内来。

在维修舱陷入黑暗的瞬间，赵蓝的心跳几乎都要停止了。此刻她甚至生出了一种错觉，她感觉到自己正自由自在地飘浮在虚无缥缈的宇宙空间中，除了自己之外，这世界上没有任何其余的东西。那深入骨髓的恐惧和孤寂压抑着她的心灵，让她有一种想要发疯，想要拼尽全力大声嘶吼的冲动。

但她终于将这种感觉压抑下来了，颤声说道："大家……都还好么？"

黑暗之中传来了周晓明的一阵呻吟，安丽雅则在赵蓝发出声音之后飘浮到了她身边，用一只手抓住了她。安丽雅的那双手仍旧平稳而有力，没有一点颤抖。

"我还好，键盘的情况不太好。"克鲁斯做出了回答，"辐射损坏了维修舱的能源供应模块，高热融化了一点维修舱的墙壁，让维修舱出现了微小的缺口，此刻，维修舱内的气体正在向外部泄漏……"

"可以修复它吗？"赵蓝颤抖着问道。

"很难。我只能在维修舱内部施工，我们没有办法出舱行动。不过我可以试一试。暴龙，我这里有一个打火机，你拿着给我照明，我尝试修复电路设备。"克鲁斯说道。

维修舱内虽然有自带的能源以及氧气循环系统，但这些东西的储备很有限，而火焰的燃烧会额外消耗更多的氧气储备。不仅如此，它还可能引起火灾，甚至爆炸。在平常时候赵蓝几人自然不会选择点火，但在现在这个时候，除了用这个打火机来照明之外，已经没有别的办法了，就算会冒很大的风险也要这样做。

赵蓝感觉安丽雅抓着自己的那只手松开了，她听到维修舱之内传来了一阵响动，在啪的一声之后，打火机的微弱光芒照亮了维修舱内的狭小空间。

在打火机的光芒映照下，安丽雅的脸庞一半被照亮，一半仍旧隐藏在黑暗中，看起来异常怪异。但这光明的出现仍旧让赵蓝猛地松了一大口气，感觉自己的心跳也开始从剧烈跳动到恢复正常。

纯粹的黑暗会给人带来很大的心理压力，从而导致人体出现一系列的应激反应。因为在漫长的进化过程之中，"黑暗通常意味着危险"这一条准则已经深深地镌刻在了人类的基因中。打火机的光芒虽然微弱，但它毕竟是光，只要是光，就可以驱散黑暗，驱散笼罩在人们心头的恐惧迷雾。

赵蓝出神地盯着打火机的火焰，视线一刻都不愿意移开。在这太空环境中，那打火机的火焰并不是平常时候的向上的长条状，此刻的它是球形的，内部是蓝色，外部则是黄白交错的颜色，看起来十分漂亮。

打火机的火焰之所以是向上的长条状是因为重力存在的缘故。正是因为重力的存在，密度较低的热空气会上升，冷空气会下降，气流的流动裹挟着火焰的形状，将它压迫成了长条状。而这里并没有重力，所以热空气便不会上升，自然也不会形成气流。火焰便恢复了它本来的样子，也就是球形。

在这一团火焰的映照下，克鲁斯首先粗略地检查了一遍维修舱的整体环境，找到了气体泄漏的那个点，然后将手中那块似乎是胶皮的东西贴了上去，并且将其固定好，于是那因为空气流动而始终萦绕在赵蓝耳边的风吹的声音就消失了。

以严格的维修手册来说的话，克鲁斯的维修方案很显然是不合格的，不仅不合格，甚至可以说是大错特错。不过现在毕竟是特殊时期，赵蓝几人的目的并不是依靠这个维修舱在这里长久生存下去，他们的目的仅仅是依靠这东西支撑半小时而已，既然如此，这维修方案便也没有过于精细的必要。

在首先堵住了空气泄漏点之后，克鲁斯开始检查维修舱受损的电路设备，试图将能源供应恢复。能源供应同样是重中之重，没有能源，空气循环净化系统便无法运转，温度维持系统也无法运作。最重要的一点是，无线电收发设备无法使用。

没有空气循环净化系统，随着人体的不断呼吸，二氧化碳会在空气中不断积聚，最终造成二氧化碳中毒并夺去人的生命。没有温度维持系统，热量会以辐射的形式不断地从维修舱之内逸出，扩散到外面冰寒无边的宇宙星空中去，赵蓝几人有被冻死的风险。没有无线电收发设备……他人就无法联系后续赶来的军方飞船，这个小小的维修舱很可能被忽略。

这里毕竟是漆黑广袤的宇宙空间，相距几十甚至几百千米的距离，谁能察觉到远方的一个被黑暗所隐藏的、什么信号都无法发出的小小的维修舱呢？如果赵蓝几人不主动呼救，后续赶来的军方飞船大概会认为他们已经葬身在了那惊天动地的氢弹爆炸之中，就此返航，再也不会理会他们。到了那个时候，才是真正的绝境。赵蓝几人将真正化身为宇宙中的冰冷石头，在这星辰大海之中漂流到永远，漂流到时间和空间的尽头。

所以恢复维修舱的能源供应是重中之重。在打火机那忽明忽暗的光芒照耀之下，赵蓝看到克鲁斯的神色异常凝重。他在维修舱之中飘来飘去，看看这里，看看那里，却始终未曾动手进行修复工作。

足足过了两三分钟的时间，克鲁斯才说道："抱歉，我无法将维修舱修复好。它受损太严重了，必须要进行出舱作业，再借助合适的工具我才能恢复它的电力供应。"

赵蓝的心变得绝望起来。赵蓝知道，克鲁斯的话说了等于没说。出舱作业？现在怎么可能有出舱作业的条件？且不说没有宇航服，也没有合适的维修工具，单单是没有隔离舱这一点就已经堵死了出舱作业的可能。没有隔离舱就意味着克鲁斯要出去的话就必须直接将舱门打开，而只要舱门一打开，维修舱内的气体就会在极短的时间之内泄漏出去，那只会让待在里面的这几个人死得更快。

克鲁斯的话语让维修舱之内再一次陷入了寂静。既然他都没有办法将这东西修好，那么……还有谁能有办法呢？

难道……真的要待在这维修舱之中，随着温度的降低以及二氧化碳浓度的缓慢升高而死去，最终化身成宇宙中的冰冷石头，自此漂流到永远？

赵蓝的心中一直有一个声音在怒吼着："不！我绝对不接受这种结果！我们经过了千难万险，终于才走到了这个地步，只要我们能支撑过半个小时，只要我们能将求救信号发送出去，我们就会得救，我们怎么可以在这个时候死去！这绝对不可以！"

可是……那又该怎么办呢？

安丽雅轻轻地叹了一口气，说道："大不了就当我们并没有从氢弹飞船中逃出来好了。在执行这次任务之前，我们不是早就做好了献出生命的准备了吗？"

在安丽雅说话间，周晓明又发出了一声似乎无意义的呻吟。赵蓝便用手扶着舱壁飘浮到了周晓明身边，轻轻呼唤道："键盘，你还好吗？"

周晓明并没有回答。赵蓝摸了摸他的额头，发现那里烫得惊人。赵蓝的心中愈发不好受了。或许是周晓明身体比较虚弱的缘故，也可能是因为别的原因，在方才的变故中，周晓明遭到了比其他人更加严重的伤害。

安丽雅也飘到了这里，看了一眼周晓明，有些黯然地说道："键盘，你再坚持一会儿，你的痛苦……不会持续太久的。"

很显然，安丽雅所说的痛苦不会持续太久，并不是说周晓明会康复，而是说……这里的所有人都会死。只要死去，那么痛苦自然就没有了。

赵蓝不愿意接受这个结果，她此刻正处在无边的痛苦和自责之中，她之所以会感到痛苦和自责，自然是因为自己没有及早想出让维修舱和氢弹飞船分离这个办法。如果可以早一个小时，不，只要早半个小时想到这个办法的话，维修舱和氢弹飞船之间的距离就将扩展到五十千米以上，而依据在现在距离之下维修舱受损情况来作为计算基点的话，如果距离能扩展到五十千米以上，那么维修舱所受到的伤害将完全在可以承受的范畴之内。所以赵蓝才会如此痛苦和自责，因为她认为是自己造成了现在这样的后果，是自己葬送了所有人的性命。

但就在这无边的痛苦和自责之下，赵蓝的心灵深处忽然出现了一点闪光，这让她像是抓到了一根救命稻草一般，感觉自己的精神一下子振奋了起来。

赵蓝并没有找到具体的应对办法，但那一闪而逝的一点灵光，让她意识到，现在并不是完全的绝境，自己仍旧有机会解决现在这个难题。

　　那么……到底该怎么做呢？

　　赵蓝开始仔细分析现在所面临的困境。她将那纷繁复杂的事务分类整理，按照逻辑思维一条条地将它们归纳出来，最终，她将现在面临的所有困境分为了两条。

　　第一个困境是如何在这破损的维修舱之内生存半个小时以上。因为只有在半个小时以后，军方的飞船才可能前来救援他们。

　　面对这个问题，赵蓝思考的结果是没有任何办法，但没有办法并不意味着自己一定不能支撑过这段时间。空气净化循环系统已经停止工作，那……单纯依靠现有的维修舱内的空气储备，能否支撑半个小时？保温系统已经失效，维修舱内的温度会很快降低，那么在低温之下，自己以及安丽雅三人能否支撑半个小时以上？

　　这些都是不确定的，不确定意味着不一定会生，但也不一定会死。

　　第二个困境是如何向后续到来的军方战斗飞船传递信号，让它们发现自己。

　　赵蓝此刻所面临的困境只有这两个。第一个困境她选择交给命运，第二个困境就不行了。赵蓝必须找到办法，在军方的战斗飞船到来之后，向他们传递信息，好让他们来救援自己。无法传递信息就没有救援，就算能在二氧化碳浓度不断提升以及低温环境之下支撑过半个小时，迎接众人的也将会是死亡。

　　只要找到传递求救信息的办法，众人就有继续活下去的希望。

　　此刻，克鲁斯的那只打火机已经熄灭了，维修舱之内再一次恢复了完全的黑暗。就在这完全漆黑的环境之中，赵蓝的大脑正在高速地运转着。

这里是漆黑空旷的宇宙空间。赵蓝几人所乘坐的是一艘失去了电力供应的氢弹飞船维修舱。这个维修舱没有任何动力，无法做任何自主的加速或者减速又或者改变航向的动作。这就意味着，赵蓝几乎什么都做不了。

但方才出现的那一点灵光让赵蓝意识到，一定有什么东西被自己漏掉了，一定有办法可以达到传递信息的目的。

赵蓝缩在维修舱角落，努力思考着这个问题。

该如何在这空旷黑暗的宇宙之中传递信息？

答案是通过电磁波。无线电信号也属于电磁波的一种，可是现在无线电设备已经无法使用了。那么，除了无线电信号之外的电磁波呢？

一个名词闪现在赵蓝的脑海之中——可见光。

可见光当然可以用来传递信号。古代的烽火台，燃起烽火后远处的人就能看到烟柱或火光而得到预警，这从严格层面来说其实也属于用可见光传递信息。近代的灯塔、霓虹、招牌，也可以算作可见光传递信息的例子。

那么自己该如何得到可见光？要知道，维修舱中的照明设备因为失去了能源供应已经无法使用了。

赵蓝继续努力地思考……然后，就像是压抑已久的思绪忽然之间爆炸了一般，她猛然间想到了一个可能——

这个维修舱当初同样是在赵蓝的领导之下设计建造出来的，她熟悉它的每一处构造。所以现在赵蓝猛然想起来，空气循环系统的过滤模块中安装着一个小型的蓄电池，要将它拆下来并不需要去往舱外，在舱内就可以完成这个任务。空气循环净化系统虽然被毁坏了，但那个小型蓄电池还有很大的可能是完好的。只要将它拆下来，再将它接通照明系统，维修舱内是不是就能恢复光明？只要维修舱可以恢复光明，再按照一定的规律控制它闪烁着一明一暗，那么它就很有可能引起附近的飞船注意。虽然引起注意的几率仍旧比直接通过无线电呼叫要小得多，但这总归也是一个希望。

想明白了这一点的赵蓝立刻恢复了精神。她满是急切地说道："克鲁斯，我想到了一个办法需要你去试一试，在空气循环净化系统的过滤模块有一个小型的蓄电池，我要你将它拆下来，然后将它接到照明设备上，等军方的飞船来到和我们一定的距离之内以后，我们可以通过可见光向军方求援！"

克鲁斯立即说道："可以在维修舱之内拆卸吗？"

"可以！"赵蓝给出了肯定的回答，"拆卸它并不需要出舱！"

猛然间又看到希望，安丽雅的声音也开始变得急促："赵蓝，你快点将位置指出来，克鲁斯，展现你机械天才实力的时候到了！"

"交给我。"克鲁斯简短地回答了一句，在赵蓝的指引下找到了那个地方，立刻就开始了工作。

克鲁斯的手指很粗很短，但却异常灵活。他并没有借助任何工具就完成了蓄电池的拆卸工作，在办完这件事情后，克鲁斯又立刻将主照明灯的盖板打开，然后将线路直接扯了出来，并且将它截断。

"我需要做一个小型的变压设备来解决蓄电池和照明灯之间的电压不对等问题。"克鲁斯低声说道，"这需要十分钟的时间。"

"预计军方飞船将在十五分钟以后进入我们周边五十千米范围。"赵蓝也低声回答道，"这是极限距离，为了防止受到氢弹爆炸残余辐射的影响，他们一定不会再靠近了。他们在这里停留的具体时间未知，但预计不会超过十分钟。这是我们最后的机会。"

"好。"克鲁斯答应一声，立刻开始了忙碌。在克鲁斯灵巧的双手操作之下，一个怪模怪样的东西渐渐成形，它很粗糙，甚至它的线路都是简单地拧在一起而没有经过任何焊接，也没有任何隔离，但在主照明灯的线路接到它上面之后，照明灯竟然亮了。

赵蓝的精神立刻一振，但是下一刻灯光就熄灭了，维修舱内再一次恢复了黑暗。

"怎么了？"赵蓝低声问道。

"这个蓄电池所存电量有限，它最多只可以支撑照明灯亮一分钟时间。"克鲁斯回答道，"刚才那一下只是在做测试，确定一下它是否能用。"

"好吧，那就开始等待吧。"赵蓝说道。

蓄电池只能支撑一分钟的时间，那么赵蓝几人自然不肯将这一点宝贵的照明时间浪费在现在。在军方飞船靠近到一定距离之后再亮起灯光才是最合适的做法。

那么现在就真的只能开始等待了。

"大家尽量减缓呼吸，不要有大的动作，这样才能节省氧气。还有，大家都聚到一起来吧，温度越来越低，大家聚在一起有助于保温。"赵蓝说道。

于是安丽雅和克鲁斯两人就一块向赵蓝聚拢了过来。赵蓝将已经昏迷的周晓明放在中间，三个仍旧维持着清醒的人一起将周晓明包围了起来，试图用自己的体温来温暖他的身体。

黑暗和寂静像是无处不在的幽灵一般将赵蓝几人紧紧包裹着，这里什么都没有，有的只是虚空。

在近乎绝对的黑暗之下，时间的流逝仿佛也变慢了。这里很安静，安静到赵蓝几乎可以听到自己的心跳声和呼吸声。那声音似乎拥有一种奇妙的韵律，让人在心脏的跳动声音之下，有一种脑袋晕晕沉沉、想要就此睡过去的冲动。

赵蓝意识到，现在维修舱之内的二氧化碳浓度一定已经上升到了很高的程度，自己已经出现了轻微的二氧化碳中毒迹象。这样下去是不行的，她知道，自己只要睡过去了，那就一定醒不过来了。

这样的环境会给人带来很大的压力感。在这种精神压力之下，再加上不断提高的二氧化碳浓度和不断降低的温度，人很容易就会精神崩溃，直接陷入到沉睡中就此死去。在这种时候，说说话、聊聊天是最好、也是最经济的应对方式。因为要说话就需要调动大脑组织语言和逻辑，还会激活脑补回忆区块，这对稳定精神和提升心理承受力是很有好处的。

于是赵蓝慢慢地说着："闲着也是闲着，我们来聊聊天吧？安丽雅，当初你是怎么加入冒险者小队的呢？克鲁斯，你呢？"

安丽雅回答道："其实也没有什么好说的……我、键盘、秃子三个都是孤儿，从小在孤儿院长大，然后老板将我们带走，教我们各种知识，对我们做各种培训……我们自然而然地就和老板组成了一个团队。冒险者小队这个名字是后来我们开玩笑取的，然后就一直这样叫了下来。"

安丽雅说话的声音有些磕磕绊绊，但总体还算顺畅，逻辑也很清晰，这表明安丽雅的状况还不错。于是赵蓝又转而问克鲁斯道："秃子，你的年龄应该和安丽雅、周晓明差不多吧，为什么你看起来那么老？头发都要掉光了。"

克鲁斯悻悻说道："你问我，我去问谁？如果能找到我父亲母亲的话，我还想问一问他们，为什么将我造成这个样子，让每一个我喜欢的姑娘看我都像是看蛤蟆一样。"

安丽雅对此嗤之以鼻："你分明就是懒，缺少运动又吸烟酗酒、晚睡熬夜才弄成这个样子，连这也要怪你父母的话，你父母也太冤了一些。"

赵蓝想安慰克鲁斯几句，但这时候昏迷的周晓明忽然动了动身子，然后又发出了一声似乎无意义的呻吟。赵蓝的心情愈发沉重了。

这一声呻吟也让维修舱内再度陷入了安静。想到周晓明的状况，几人心中便满是担忧，可是在这里又没有任何办法。

可是这样沉默下去终究是不行的，安丽雅很显然也知道这一点。于是在片刻沉默之后，她开口询问道："赵蓝，你对这宇宙了解得比较多，你能不能告诉我，如果一直没有人来救援我们，如果我们就这样一直漂流下去，最终会到哪里去？"

赵蓝思考了一下，然后回答道："我们现在的速度已经远远超过了第三宇宙速度，也就意味着，太阳系的引力无法再束缚我们，我们会直接脱离太阳系，然后远航到无穷无尽的星空去。至于我们会到哪儿去……"

赵蓝努力地思考着出发之前了解到的航行线路图，根据轨道参数，又结合自己知道的星体相对位置做了一番简略的计算，然后回答道："我们大概会在四年后脱离太阳圈，到达日球层顶，在大概两万四千年后掠过天狼星，唔，虽说是掠过，但和天狼星的距离大概也有一光年……以后……我们大概会到蟹状星云吧，蟹状星云和我们的距离有六千五百光年，我们航行到那里需要一千五百多万年……再远就无法估算了，距离实在是太远了。"

"能不能脱离银河系？"克鲁斯紧接着问道。

赵蓝盘算了一番，然后回答道："大概是不行的，我们的速度不够，无法挣脱银河系的引力。就算我们可以脱离银河系，也需要几亿年了……到达最近的河系，更是需要几十亿年的时间。"

"这宇宙真他娘的大啊。"克鲁斯毫无风度地爆了一句粗口，"几亿、几十亿年的时间，我们仅仅从一个河系到达另一个河系而已。天知道那个时候地球还存不存在，还有没有人类文明。"

赵蓝也轻轻地叹了一口气，将自己的视线放到窗外，虽然什么东西都看不到，但她还是痴痴地看着。

宇宙的广袤和虚无让人从内心深处感到绝望。和这个宇宙相比，银河系算什么？太阳系算什么？地球又算什么？自己现在所进行的这番抗争，自己所做的这一切，到底有什么意义？反正也只是一粒微尘之上的一个渺小文明的生死而已，就算最终灭亡了又有什么关系？反正穷尽自己一生之力，乃至穷尽一整个文明的智慧、精力和时间都不见得能了解到这广袤宇宙的万一……这一切的存在，又有什么意义？

　　绝对虚无安静黑暗的宇宙空间是沉思的最好时候。此刻，赵蓝的思绪就飘了很远很远。现在的赵蓝甚至感觉到，在以往的时候，自己真的不应该那么乖、那么按部就班，自己实在是应该去将所有能尝试的东西都尝试一遍的。

　　这种看似放纵的想法和之前在氢弹飞船之上因为有许多事情没来得及做的遗憾并不相同。现在的赵蓝想得更深了一点。因为她发现，和这个宇宙比较起来，自己的人生似乎是纯粹的无关紧要、没有意义的，一切的道德和法律、美好和情感，都没有意义。

　　既然如此……为什么还要去追求别人的赞赏，又或者自己内心的满足？为什么不放弃这一切，单纯地只追求肉体上的欢愉？醉生梦死，夜夜笙歌？

　　理智在告诉赵蓝，这样是不对的，但是在这幽暗虚无的宇宙空间之中，她的思绪却丝毫不受理智的影响。

　　赵蓝感觉自己的呼吸有点急促，脑袋也有些晕沉，似乎有一种喘不上气来的感觉。在这一刻，她猛然间感觉到了危机，于是立刻调整自己的心态，将那些毫无缘由的想法抛出了脑海，同时平心静气，凝聚精神，这样才感觉好受了一点。

　　这一切完全是下意识的，完全是依靠求生的本能。在清醒过来之后，赵蓝想起刚才的想法，心中不禁啼笑皆非："我刚才还在想人生的一切都没有意义，在我察觉到危险的时候，却立刻不由自主地采取求生措施以保持这'毫无意义'的生命和躯体。"

"或许我们更多的是在依靠本能活着吧，身体的本能告诉我们要逃避危险，要努力获取别人的赞誉，努力获得更多的社会财富，努力追求自己内心的满足和宁静……精神上虽然明知道这一切都是没有意义的，但精神终究无法战胜本能啊。"

安丽雅的话再一次打破了宁静："秃子，你怎么在发抖？"

克鲁斯哆嗦着说道："我很冷。"

克鲁斯这么一说，赵蓝也感觉到了彻骨的寒意正在不断地侵蚀自己的身体。

维修舱已经失去了温度控制系统，这就意味着维修舱之内的温度正在不断以辐射的形式逃逸到宇宙空间中去。这是一个无法逆转的过程，赵蓝几人同样对此毫无办法。唯一可以祈祷的就是在他们几人被冻成冰块或者被二氧化碳毒死之前，得到军方的救援。

赵蓝看了一眼计时器，发现时间已经差不多了，便将那几根线头摸索了过来，然后将它们接上。维修舱里立刻就恢复了明亮，但片刻之后，她又将电线分开，维修舱内就又变得黑暗。如此反复，在第六次的时候，那个简易变压器忽然爆出了一团火光，然后瞬间熄灭。赵蓝再将电线接上的时候，照明灯就没有了任何动静。

于是赵蓝便说道："求救信号已经发出去了，接下来就等待救援吧。"

其实，对于能不能等到救援这件事情，几人心中都没有确切的答案。因为军方飞船的航行轨道仅仅是依靠粗略的人工计算来获得的，这就意味着很有可能会发生误差。很可能军方飞船的航行速度增加了一点、减慢了一点，或者航行方向改变了一点，甚至就算军方飞船按照计算进入到了预定范围之内，却根本就没有注意到这里的一点闪光从而将这里忽略过去了……这一切都是很有可能发生的。

但所有人都没有提起这一点。赵蓝想，在希望中死去，总要比在绝望中死去好一点。

赵蓝仍旧在努力寻找话题和安丽雅以及克鲁斯交谈着，试图以这种方式保持清醒，可是她感觉就连自己的大脑都开始运转困难了，一些以往很容易就心算出来的数据，现在努力思考却仍旧得不出答案，甚至连二位数的加减运算都要仔细想一会儿才能算出来。

不知道过了多长时间，不知道漂流了多久。当克鲁斯和安丽雅都相继陷入沉寂不再说话的时候，赵蓝也到了昏睡过去的临界线附近。她想，在这种没有痛苦的情况之下死去，似乎也是一个不错的选择。

但就在赵蓝即将陷入昏睡的时候，她忽然看到维修舱之外出现了一点闪光。

星辰之灾的到来已经让星河之中的星辰消失殆尽，仅仅留下了几颗太阳系内的行星孤独地分布在茫茫星空之中。赵蓝早就知道那些行星的分布位置，所以她很清楚，从那个方向是不可能看到闪光的。但现在她看到了……这就只能证明一件事，那就是，这闪光一定是人造物体发出的。

在这个时候出现人造物体……这意味着什么？除了原本就计划到来的军方飞船之外，赵蓝想不出任何其余的可能。所以她的心情终于放松了下来，她终于如释重负地闭上了眼睛，陷入了昏睡。

"终于可以好好地睡一觉了。等我醒来的时候，应该就在温暖的床上，沐浴着明亮的灯光了。"这是赵蓝失去意识之前脑海中闪过的最后一个念头。

第十二章　背水一战

维修舱彻底沉寂了下去。它仍旧在这虚无黑暗的宇宙中漂浮着，就像是一颗没有任何生命迹象的、在太阳系之中为数众多的冰冷石块。但站在战斗飞船之中的船长知道，这一定不是天然的物体，天然物体怎么会发出闪光呢？

和所有执行此次任务的军人一样，船长也十分痛恨这些狡猾而又卑劣的恐怖分子。他虽然对于现在的情况知道得并不太多，但"从地球港之中偷窃了一艘氢弹飞船"这件事情，就足以让他将自己的愤怒情绪倾注到这些人身上了。

在执行这次任务之前，他已经暗暗下定了决心，只要这几名恐怖分子表露出不肯投降的意愿，他就立刻下令将氢弹飞船击毁。但这艘氢弹飞船在他追上之前就爆炸了。

他还曾为没有亲手抓到这些恐怖分子而心中遗憾，但就在这个时候，飞船上的观测仪器察觉到了在左舷三十七千米之外的一些诡异闪光。于是他立刻就明白了，那些恐怖分子并没有跟随氢弹飞船的爆炸一同变成灰烬，而是在氢弹飞船爆炸之前就想办法逃了出去，现在大概油尽灯枯，实在没有办法了，才用这种方式来向自己求援。

于是，这艘战斗飞船就派出了一艘小型护航飞船靠近了那个闪光点，伸出机械臂将外表破破烂烂的维修舱抓了起来，然后拖回了战斗飞船中。船长又指挥着军人们将维修舱放到了大厅中打开。

维修舱之内是四名已经失去意识、陷入昏睡中的恐怖分子。船长立刻便将这几人认了出来，他们毫无疑问就是通缉名单之上的那四个人，分别是赵蓝、安丽雅、克鲁斯，以及周晓明。

但这四人现在的情况好像很不好，于是船长又指挥着随行军医对他们进行了紧急抢救。只要有一线希望，就算是再罪大恶极的罪犯都会得到救治，因为让他们在清醒状态下接受审判也是维护法律尊严的一种方式。

所以当赵蓝醒过来的时候，第一眼看到的是白色的天花板，下一刻脑袋里就传出了一阵剧痛，这痛苦让她忍不住呻吟了一声。一名穿着白大褂的人走了过来，用简短却有力的话语命令道："躺好，不要挣扎。"

赵蓝这才发现，自己已经被束缚带紧紧地绑缚在了病床上。绑得很紧，就算是想转一下脑袋都做不到。于是赵蓝便放弃了挣扎，用虚弱的声音询问道："他们呢？情况怎么样了？"

军医回答道："他们很好。虽然还没有醒过来，但已经脱离了生命危险。"

在这几人中，赵蓝最担心的是周晓明。因为周晓明的情况最不好，在遭受低温和缺氧困境之前他就已经晕了过去。现在听到这个回答，赵蓝的心情便放松了一点。

赵蓝继续问道："我们正在返回地球吗？"

军医戴着大大的口罩，所以赵蓝看不到他的脸，但从军医的眼睛之中，赵蓝仍旧看到了一点讽刺的目光："不返回地球，难道要去冥王星吗？"

军医的意思很明显。在军医看来，赵蓝几人是罪大恶极的犯罪分子，将他们逮捕送到地球的法庭之中接受审判才是他们最好的归宿。

赵蓝便低低地哦了一声。她对此其实并没有什么心理压力，因为她知道，科研部的那帮人一定很快就可以发现罗巴切夫斯基空间的变化，然后得出采用超大当量氢弹爆炸的方式已经无法达到阻断空间的目的，进而想到采用存放在基地中的黑洞来执行空间阻断计划才是唯一的办法。而只要科研部的人想到了这一点，赵蓝几人就没有危险了。

因为赵蓝才是最合适的担任这次行动总指挥的人选。她知道，科研部以及政府方面一定不会被个人的喜好或者厌恶控制自己的思维，他们考虑事情的唯一衡量标准就是利益。到了那时，政府方面的人就一定会将自己从监狱之中捞出去，他们就算捏着鼻子也会认下这件事情的。

这是赵蓝心中早就计划好了的事情。在她原本的计划中，就算此次偷窃氢弹飞船的计划最终成功了，就算一切顺利，就像是计划好的那样，他们几个人最终乘坐着接应的小飞船顺利回到了地球，她也会露面主动和政府方面的人员接触的。

所以赵蓝坦然地接受着军医的治疗，并且十分配合。这种行为却让军医有了一种别样的心态，这从他看向赵蓝的那满是惋惜的眼神就可以察觉到。赵蓝并不打算对此事做出解释，军医却终于忍不住开了口："赵蓝，你说你这样做又是何必。我听说你以前是在科研部担任职位的，你原本拥有大好的前途，现在却……唉。"

军医深深地叹了一口气。因为军医知道，以这几人犯下的罪行，经过法庭审判后，他们一定会得到最严厉的惩罚。

赵蓝仍旧维持着表情的平静，并没有回应医生的话，而是询问道："医生，请问我的病情严重吗？"

军医愣了一下，然后回答道："唔，不算严重。我已经采用基因修复药物消除了你因为承受了过量辐射而可能导致的病症，二氧化碳中毒的症状也已经被消除了。只要你按时服用药物，最多再过半个月你就会恢复健康了。"

"好的，谢谢您。"赵蓝说道。军医便满是遗憾地看了赵蓝一眼，然后转身离开了这里。

在病床上又躺了不知道多长时间，赵蓝慢慢地开始感觉到重力的存在，她知道，这艘飞船应该已经停泊在地球港了。

太空中没有重力，地球港则因为离心力的缘故存在着人工重力。现在自己不可能在地球上，那么就只可能在地球港了。

一队穿着军装的军人来到了赵蓝的病房。几名女军人打开了赵蓝身上的束缚带，又为她铐上了手铐，一行人便簇拥着她离开了这个房间。顺着曲折的走廊走了一会儿，越过几个台阶，她便看到了地球港那显眼的标志。

赵蓝并没有看到周晓明几个人。她很清楚，对于他们这样的犯下了严重罪行的罪犯，政府方面一定会采取分开押送的方式，就算到了地球也一定会被分开关押。

赵蓝知道，在科研部发现罗巴切夫斯基空间曲率产生变异之前，自己大概是没有和安丽雅几人见面的机会了。

她一直表现得很顺从，很配合。或许是出于人道主义方面的考虑，政府人员并没有苛待过她。除了限制人身自由之外，她的所有诉求基本上都会得到满足。在政府人员的押送之下，她乘坐着太空电梯，从地球港返回到了地球表面，随即就被关进了监狱。

上一次是软禁，关押赵蓝的地方是一处设施齐全的二层小楼。这一次就没有那么高的待遇了。监狱之中虽然整洁，但总有一种很难闻的味道，气氛也十分压抑。但赵蓝心中却感到十分放松，甚至在这个时候有了一个很好笑的想法："我这大概也可以算作二进宫了吧。不知道等我出去之后，我的履历之上会不会留下污点。"

这房间只有十几平方米的面积，但赵蓝仍旧感觉这里要比太空之中好上太多。在这里毕竟可以脚踏实地，不用担心二氧化碳中毒、不用担心被冻死、不用担心被饿死……

所以赵蓝便在很轻松的心态之下睡着了。好久没有睡安稳了，她迫切地需要好好地睡上一觉。

早在赵蓝被发现与基地方面有联系，且一直在暗中为基地的动作提供掩护的时候，科研部就已经做出了剥夺她一切职位的决定，并且任命了新的空间阻断计划总指挥。新的空间阻断计划总指挥是一名德高望重的长者。元首认为，在空间阻断计划进行到这个的现在阶段，其实已经并不需要太多的创新性思维了，只要按部就班地走下去，不求有功、但求无过，不出乱子就可以了。在这种情况下，长者毫无疑问要比年轻人更适合这个职位。

这名长者名叫维克多。在赵蓝被拘捕以后，就是他在一直负责着空间阻断计划的相关事宜。事实也确实像元首之前预料的那样，维克多的工作做得十分完善，一切都在按部就班地进行着，没有任何地方出现差错。

维克多是一个严肃沉稳的人，不苟言笑，行事极有条理。也正是这样沉稳的人，元首才会放心地将这件关系到整个人类文明的大事交给他去做。可是现在，在接到科研部某个监测小组的紧急报告之后，维克多失态了。

在那一刻，维克多愤怒的吼声响彻了整个科研部："那帮混账！他们是铁了心要将地球和人类文明推入火坑吗？"

"你确定你所提交的报告之中的数据全部都是真实正确的吗？！"维克多愤怒地对着前来提交报告的年轻科学家吼叫着，那名年轻科学家被吓得浑身发抖，在听到维克多询问自己之后，用十分勉强且磕磕绊绊的话语回答道："是，是的，维克多先生……在提交这份报告之前，我，我们已经会同其余观测小组反复检查了几十遍之多，我们，我们确认这份报告之中的数据的准确性。"

"立刻通知下去，召开紧急会议！"维克多再度怒吼了一声。

会议足足持续了三个小时。此刻已经到了深夜，年迈的维克多顾不上休息，匆匆赶到元首府邸。元首本来已经休息了，在听到助手提到空间阻断计划总指挥维克多有重大紧急事项汇报之后就又起了床。

元首隐隐有一种不祥的预感。元首了解维克多是怎样的人，能让一向沉稳严肃的维克多在这个时候紧急前来向自己汇报……那么事情一定很重大。

在等待维克多的时间中，元首一直在会客室踱着步子，从来不吸烟的元首在短短十几分钟时间内竟然连抽了两根烟。

维克多面色阴沉地来到元首宅邸，顾不上客套，直接就对着元首说道："阁下，空间阻断计划恐怕无法执行下去了。"

元首的手掌便在这一瞬间紧紧地握了起来。元首勉强维持着自己语气的平静，然后询问道："到底发生了什么事情？为什么空间阻断计划无法执行下去了？"

维克多咬牙切齿地说道："还不是因为那帮混蛋！因为他们偷走了氢弹飞船，并且将氢弹飞船在三号空间节点处引爆了！"

元首紧接着询问道："请问，维克多先生，这又意味着什么？"

维克多深深地吸了几口气，这才继续往下说。

"具体的观测数据我就不拿给阁下您看了，我简单向您汇报一下。"维克多说道，"您知道的，采用大当量氢弹来执行空间阻断计划是我们已经确定的方案，同时，您也应该知道，我们所能制造出来的威力最大的氢弹，刚刚好可以满足空间阻断计划的要求。但是您知道吗……赵蓝那帮人在三号空间节点处引爆了一艘氢弹飞船，这艘爆炸的氢弹飞船增大了罗巴切夫斯基空间的空间曲率，而空间曲率的增大，则导致了原本刚好够用的超大当量氢弹不够用了……是的，就算我们仍旧按照原有的计划顺利地让这些氢弹飞船各自在预定的地点爆炸，我们也无法阻挡地球向异空间的坠落了……因为罗巴切夫斯基空间的空间曲率已经比之前增大了……"

元首的脸色在瞬间苍白了起来。在这一刻，就算以元首的涵养，都忍不住在心中生出了一种将赵蓝活活掐死的冲动。元首怒不可遏地吼叫了起来："赵蓝这个混蛋！我说他们那帮人为什么要偷一艘氢弹飞船，还将氢弹飞船在第三空间节点处引爆，原来他们打的是这个主意！难道，难道，她就那么想看到人类文明在绝望之中死去吗？这是罪大恶极的反人类罪，这是对整个人类文明犯下的严重罪行！在法庭审判赵蓝的时候，我一定要亲自出庭充当证人去指控她！"

元首的胸膛剧烈地起伏着，脸色涨得通红，在吼出这段话之后就剧烈咳嗽起来。助手立刻从外面走来，取出了一片白色的药片并且倒了一杯水，元首将药片喝下去之后才平静了一点。

在这个时候，元首才想到，最近一段时间以来，自己连续三次出现了情绪失控的状况，第一次是基地黑洞事件，第二次是地球港氢弹飞船失窃事件，第三次就是现在了。而这三件事情……每一件，每一件都和赵蓝有关！

元首尽力控制着自己的情绪，但那声音却仍旧有些发抖："科研部……科研部对这件事情做过评估了吗？你们，你们打算怎么办？"

"我们不知道该怎么办。"维克多有些黯然地说着，"距离预定的时间已经只剩下了一个月多一点，错过了这个时间段我们就永远没有机会了。而在这么短的时间之内……我们怎么可能找到比大当量氢弹威力更大的能量爆发方式？"

"如果没有办法的话，我们就只能做好坠入异空间的准备了。"元首喃喃说道，"谁知道异空间是什么样子的呢？不确定的事情真的太多了，我们人类文明就此灭亡的可能性也实在太大了……"

维克多刚想说些什么，就在这个时候，他随身携带的通信仪器响了。维克多接通之后，只说了一个"喂"字就不再说话。听筒之内不断传出急切的声音，元首听不清楚里面在说些什么，只能看到维克多的脸色越来越凝重。

维克多足足听了十几分钟的时间才放下电话。元首问道："又发生了什么事情？"

维克多脸上则露出了一点苦笑："元首阁下，恐怕您亲自出庭指控赵蓝的想法要落空了。我的建议是，您不仅不能指控赵蓝，反而应该现在就把她放出来，并且为她恢复空间阻断计划总指挥的职务。"

元首愤怒地拍起了桌子，大声吼叫着："她对人类文明犯下了如此严重的罪行，我为什么要将她从监狱里放出来？"

维克多静静地说道："刚才执行委员会向我汇报说，他们找到了比超大当量氢弹威力更大的能量爆发方式了——是黑洞。黑洞在生命末期的辐射异常剧烈，这是比氢弹爆炸威力更加庞大的能量爆发方式。如果我们用这颗黑洞来代替三号空间节点原本预定的氢弹飞船，我们的空间阻断计划就还有一线成功的希望。而赵蓝是最了解黑洞以及空间阻断计划的人，没有人比她更适合这个职位。"

"可是……"元首迟疑着说道，"赵蓝是一个深刻的反人类分子，就算她再适合这个职位，我也不能将这个职位交给她……"

维克多直接打断了元首的话语："元首阁下，难道您还不明白吗？这一切其实都是赵蓝的计划。我仍旧记得，在决定要执行空间阻断计划的那个会议上，她提出异议说，按照她的计算，现有的氢弹当量并不能满足空间阻断计划的需求，她提议我们要寻找更高的能量爆发方式。而当初的科研部直接以悬殊的票数否定了赵蓝的提议。"

维克多停顿了一下，继续说道："我可以肯定，虽然科研部否定了她的提议，但她并没有放弃这个想法，依然坚持着自己的观点，并一直在寻找着威力更加庞大的能量爆发方式。很显然，那颗不知道从哪里来、不知道赵蓝怎么得到的微型黑洞就是她设想中的、比氢弹威力更大的东西。她一直在设想用这颗氢弹代替第三空间节点上的氢弹飞船，但我们直接否定了她的提议，所以她才会采取接下来的一系列手段，逼迫我们不得不按照她的方案来执行空间阻断计划。"

"现在她成功了。"维克多幽幽说道，"我们已经被逼迫到了绝境，除了采取她的方案之外，我们没有任何其余的办法了。"

元首正在静静思考着什么，维克多继续说道："所以赵蓝并不是反人类分子，她同样想拯救这颗地球、拯救整个人类文明，只不过她设想中的营救方案和我们确定的方案并不相同，而最终执行哪种方案的决定权并不在她手中。所以她才采取这种偷窃氢弹飞船在第三空间节点将其引爆、增大罗巴切夫斯基空间的空间曲率、让氢弹失效的方法，来逼迫我们接受她的方案。"

当元首将自己的思绪梳理清楚的时候，心中又开始愤怒起来："赵蓝到底是哪里来的信心？她凭什么就认为自己是对的，认为科研部数万名科学家的计算结果是错的？难道她自认为要比整个科研部还要厉害？"

"我认为这个问题可以放到以后再去讨论。"维克多加强了语气说道,"元首阁下,您要明白,现在的我们已经没有选择了!虽然我心中也十分痛恨赵蓝的固执,但我仍旧不得不这样说,除了按照她的方案执行之外,我们没有任何其他办法!这样说吧,在原定的空间阻断计划已经失效的现在,按照她的方案执行下去,我们有百分之十的几率拯救地球和人类文明,不按照她的方案,我们的地球和人类文明就必然跌入异空间!这两个选项,元首阁下,您会如何选择?"

元首喃喃道:"我当然会选择百分之十的希望。"

"那么,您为什么还在犹豫呢?"维克多说道。

元首闭上眼睛,深深地吸了几口气,再睁开眼睛的时候面容就恢复了平静:"抱歉,维克多阁下,刚才我被愤怒冲晕了头脑,失去了理智冷静的判断能力。现在的我已经平静下来了。我问你,你们科研部真的确定只有赵蓝才是最适合担任空间阻断计划总指挥的人吗?"

维克多点了点头:"是的,我们科研部的评估结果就是这样。科研部之中有很多人熟悉空间阻断计划,包括我在内,但是我们都不熟悉那颗黑洞的控制方案,而熟悉黑洞控制方案的人又不熟悉空间阻断计划。现在的我们也没有足够的时间让人去熟悉这两方面的工作了。只有赵蓝,既熟悉空间阻断计划,又熟悉黑洞的控制方案,所以,只有她才适合这个职位。"

元首苦笑了起来:"我从来没有想到过会有这样一天,我们整个政府、整个科研部乃至整个人类文明,竟然会被赵蓝这样一名弱女子玩弄在股掌之中,而我们还不得不认栽。我们这一次的跟斗,摔得有点大啊……"

元首感叹着,维克多则静静地听着。

"好吧。"元首继续叹息道,"我亲自去见一见赵蓝,跟她谈一谈。"

维克多点头道:"元首阁下,您应该这样做的。同时,我想赵蓝也会很乐意再担任空间阻断计划总指挥一职,毕竟这是她的计划,是她一直谋求的结果。"

从那惊险的太空逃亡返回地球以后,赵蓝虽然已经身处安全的环境,但仍旧会忍不住做噩梦。那一段经历实在太惊险、太艰难了,就算是现在想起来,她还会感到一阵阵的后怕。

每一次从噩梦中惊醒,每一次睁开眼睛看到苍白的天花板,看着狭小的囚室,闻着监狱中特有的难闻气味,赵蓝都会在心中暗自庆幸许久,庆幸自己一觉醒来是在地球之上,而不是在危机四伏、稍微一个疏忽就会步入死亡深渊的太空。

监狱的环境虽然简陋,但在此刻的赵蓝看起来却像是天堂一般。

今天已经是赵蓝被关押的第三天了。虽然被关押在监狱中,但她仍旧得到了人类文明已经十分发达的医疗体系的精心救治。她的身体在一天天地恢复,每过一天,她就感觉自己的精神健康了一分。到现在,除了有时候仍旧会有轻微的头痛,以及行动之中略感无力之外,她感觉自己已经和健康人没有两样了。

最让赵蓝欣慰的是,身体状况最坏的周晓明也被从死亡线上拉了回来。据狱警说,周晓明虽然仍旧不能下床活动,但意识已经清醒了,完全恢复健康只是个时间问题。

氢弹飞船偷窃计划在执行过程之中虽然偶有波折,但最终的结局却是圆满的。能取得这个成果,赵蓝已经十分满意了。

"已经三天时间了,科研部那帮人应该已经发现罗巴切夫斯基空间的曲率变化了吧……如果我没有料错的话,政府方面的人应该这两天就会过来了。"赵蓝这样想着。

在这个念头刚转过去的下一刻，赵蓝就听到囚室之外传来了一阵喧哗声。片刻之后，喧哗声停下，一个皮鞋敲击地面的声音就传进了她的耳朵。她抬起头，看到囚室之外站了一个人。

这个人只有中等个头，身体甚至有些微微的佝偻，但看起来却像是一座大山一般，充满了沉稳肃穆的气质，好像他的肩膀可以扛起整座山峰。赵蓝心中一惊，暗暗想着："倒是没想到，竟然是元首亲自出面来找我。"

狱警打开了囚室，元首便直接走到了房间里面，站在了赵蓝面前。

赵蓝静静注视着元首，没有说话。元首则直接说道："赵蓝，你的目的达到了。"

赵蓝对此并没有感到意外，因为这原本就是赵蓝已经计划好的东西。于是赵蓝便也十分干脆地说道："元首，那么现在，我可以出狱了吗？"

"你可以出狱，你也将恢复空间阻断计划总指挥的职务。"元首在狭小的囚室之中踱着步子，"事情发展到现在已经什么都不必多说了，但我要告诉你，我让你重新担任空间阻断计划总指挥的职务，并不代表我认同你是对的。你要知道，你所做的事情有百分之九十的几率将人类文明陷入灭亡，只有百分之十的几率拯救人类文明。所以，至少是现在，你身上的罪名仍旧不可撤销。如果最终你的计划失败了，你仍旧要承担你所做事情的一切责任。我敢保证，你一定会受到人类文明现行法律体系下最严厉的惩罚。"

赵蓝默然，他知道元首话语中的意思。

有时候对和错是很难区分的，就像赵蓝所做出的一切，谁都不知道究竟是对错。这要到最终结果出来之后才可以进行评判：如果成功了，她就是以一己之力拯救整个人类文明的大英雄；如果失败

305

了，她就是以一己之力毁灭整个人类文明的罪大恶极的罪犯。

一边是天堂，一边是地狱。划分天堂和地狱的，仅仅是一条模糊的细线而已。

"我仍旧坚信我是对的。"赵蓝说道，"你们的计划是错的，你们将会葬送整个人类文明。只有我的计划才能拯救人类文明。"

元首转过身来，瞟了赵蓝一眼："多说无益，还是用实际结果来说话吧。你究竟是天使还是恶魔，这个谜题的答案将在一个月零五天之后揭晓。"

"我还有一个条件。"

元首眼中寒光一闪，但语气仍旧维持着平静："说说看，是什么条件？"

赵蓝说道："我还需要几个助手来帮助我执行这个计划，安丽雅、克鲁斯和周晓明，我希望您能暂时将他们放出来，让他们协助我工作。如果我们的计划最终失败了，您再将我们四个人一同抓起来也不迟。"

空间阻断计划总指挥的工作其实并不需要用到安丽雅他们，赵蓝之所以提出这个要求，无非是为了满足一点私心。毕竟监狱外的环境总要比监狱内好一些，能有好的环境，赵蓝自然不希望安丽雅他们继续待在阴冷潮湿的监狱中。

元首缓缓地点了点头："我答应你这个条件。"

"那么……合作愉快。"赵蓝主动对着元首伸出了手，元首迟疑了一下，也和赵蓝握手。

握完了手，元首直接转身离开了监狱。几名狱警随后进入囚室，直接将赵蓝带离监狱，送到了科研部大楼。

看着仍旧高耸的、在阳光照耀之下熠熠生辉的科研部大楼，赵蓝心中无端地生出了许多感慨。在楼下静静地站了一会，赵蓝微微地笑了笑，迈步进入了科研部大楼。

"科研部是我人生中最重要的一个跳板，至于跳下去之后，我，以及整个人类文明会进入天堂还是地狱，就走着瞧吧。"

赵蓝的事情只有有限人知道，大部分工作人员其实并不知道在她身上到底发生了什么事。他们只是听传言说赵蓝被捕了，然后星辰之灾指挥小组换了新的总指挥。但没有想到，仅仅不到一个月的时间，赵蓝就归来，并且再度担任了空间阻断计划总指挥的职务。

看着众人疑惑的目光，赵蓝淡然一笑，并没有对自己的事情做出任何的解释，而是直接来到了办公室。她叫来了自己的助手，吩咐道："将我离开这段时间的任务进展全部报给我看。"

助手片刻之后就拿来了一沓厚厚的资料。赵蓝翻看了一下，发现维克多这位曾经代替过自己一段时间的总指挥工作做得相当不错，一切都在按部就班地进行，一切都井井有条，没有一点疏漏的地方。这让赵蓝接手工作的难度降低了许多。

赵蓝再一次进入工作状态，重新进入到那种整天忙于计算数据，召开会议，商讨方案，督促并检查施工，检查氢弹飞船建造，并且在空间节点处安置氢弹飞船等工作的日子。

和维克多不同的是，赵蓝还有了一项新工作，那就是检查黑洞瘦身计划的进行。之前是偷偷摸摸地去，现在黑洞的存在已经曝光，这件事情已经变成合法的了，赵蓝终于不用再像做贼一般，而是开始光明正大地进入基地。

在用合法手段来到基地后，赵蓝才察觉到此刻基地的安保手段究竟严密到了什么地步。人类政府几乎是将所有最高精尖的武器和最精锐的军人都布置到了基地周围，以防止有心怀叵测者来这里搞破坏，内部的安保等级也严格到了烦琐的地步。基地里面到处都是荷枪实弹的军人,几乎每一条走廊和通道里都有一个二十四小时值守的检查站。可以说,政府方面已经将基地的安保事宜做到了极致。

跟随赵蓝一同来到基地的克鲁斯和安丽雅两人在见识了基地的安保强度之后,暗暗庆幸当初没有采取强攻手段。当初如果采取强攻,几乎可以肯定,就算安丽雅组织了一万名武装人员前来,也绝对会在基地十千米范围之外就被全部消灭。成功的几率不是万分之一,而是零。

这也从一个侧面显露出了政府方面对这颗黑洞的恐惧心态。赵蓝完全可以理解这种心态,因为当初,当她第一次得知地球之上存在着一颗黑洞的时候,也感到十分害怕。这和一次洪水、一次地震,又或者一次火山爆发不同,这是一旦出现意外就可以毁灭整颗地球的东西。

在赵蓝被抓捕之后,基地方面一直在进行的黑洞瘦身计划就被停止了,取而代之的是大批科学家整天在近距离观察这颗黑洞的各种物理特性。要近距离观察一颗黑洞并不是一件简单的事,就算人类文明的科技发展到了现在,所观测到的最近距离的宏观黑洞也和地球有超过一千光年的距离,在这样的遥远距离之下进行观测,所取得的资料实在是非常有限。

在得到对这颗黑洞进行近距离观测的机会之后,一些理论物理和高能物理科学家甚至激动地宣称,因为这一颗黑洞的存在,人类文明在科技发展的道路上将会节省至少三百年的时间。这颗黑洞完全有能力推动整个人类文明往前跨越一大步。

所以,当赵蓝以空间阻断计划总指挥以及基地负责人的身份宣布重启黑洞瘦身计划,并且要将这颗黑洞在一个月时间之后蒸发殆尽的时候,她遇到了以几名德高望重的老年科学家为代表的、至少由数千名科学家组成的群体的强烈抗议。那几名老头子甚至直接闯到了赵蓝的办公室，唾沫横飞地说了半天，将口水喷了赵蓝一脸。面对这些功勋卓著的科学界前辈，赵蓝丝毫不敢造次，只能在那里赔着笑脸耐心地解释。

那群科学家其实也都明白这个道理，他们也很清楚，和整个人类文明的命运相比，一颗黑洞确实显得无关紧要。于是他们就提出了一个极端复杂的行动方案，这个方案计划将这颗黑洞的质量降低到十二万吨而不是原定的十万吨，这样一来，它的寿命就将从大概四天增长一倍，达到八天。然后将这颗十二万吨的黑洞运到第三空间节点——在计算中，一颗十二万吨的黑洞的辐射功率也是可以满足空间阻断计划的需求的，在完成空间阻断计划之后，在这颗黑洞的质量降低到不足四万吨之后，再紧急为它灌输物质，将濒死的黑洞抢救回来。这样一来，人类文明就既完成了空间阻断计划，又保留了这颗黑洞。

但这个计划太复杂也太精密了。且不说在具体操作之中所遇到的困难以及意外，单说低质量黑洞的辐射功率就是很难解决的一件事情。因为它的辐射功率太恐怖了，黑洞的辐射会在物质靠近它之前就将物质推开，这就会造成它无法进食的局面。为了解决这个问题，科学家们还需要制造一套极其复杂的装置。

越复杂的计划就越容易出纰漏。哪怕执行这个计划仅仅将总体计划的失败率提升一个百分点，这也是赵蓝无法接受的。所以赵蓝只有硬下心肠，拒绝了科学家们的提议。

赵蓝可以理解这些科学家的焦急心情。事实上，赵蓝自己本人也是极端惋惜的，她也想将这颗黑洞永远掌握在人类文明手中，让人类文明中的科学家们可以将这颗黑洞研究透彻。但她必须要为整个人类文明负责，所以她不得不忍痛下定决心，牺牲这颗黑洞，也牺牲未来从这颗黑洞身上获取到大量实验观测资料的可能，忍痛将它销毁掉。

　　科学家代表们最终失望地从赵蓝的办公室离开。在诉求被拒绝之后，他们倒也没有采取其余的对抗措施，而是抓紧一切时间围绕在黑洞身边，尽一切可能地收集实验数据。对此赵蓝自然也是持支持态度的，只要不违反原则，她通常都会批准这些科学家的观测计划。

　　黑洞瘦身计划就在这种情况之下重新开启了。现在已经是夏天，失去了大自然的强大温度调控能力，布置在基地周围的千万个散热器的工作受到了极大的阻碍。因为在赵蓝被捕的那段时间黑洞瘦身计划暂停，原定的数据没有达到，现在她就必须在更短的时间之内，为黑洞减去更多的质量才可以达到预定目标。这是一个很艰难的任务，就算将散热系统的功率开到了最大，黑洞的质量降低速度仍旧达不到预期。

　　在这个时候，人类政府的力量就参与了进来，在一举解决了赵蓝所面临的困境的同时，也让她再一次见证到了人类文明整体力量的庞大。仅仅五天的时间，政府方面的施工人员就将散热器的数量提高了一倍，散热面积也提高了许多。于是黑洞质量降低的速率终于达到了赵蓝的要求。她那颗一直悬着的心终于放了下来。

　　时间就这样一点一滴地溜走，倒计时天数终于跳到了五这个数字。这就意味着，在五天之后就是空间阻断计划正式执行的时候了。所有的氢弹飞船都布置到了预定的空间节点，只有三号空间节点处仍旧空空荡荡。

　　明天黑洞的质量就将降低到十万吨，十万吨的黑洞拥有大概四天的寿命。那个时候它将会被运输到三号空间节点，在那里不受人工干扰地自由辐射，并且在预定的时间点前后三个小时内辐射完自己的全部能量，最终消失在这个宇宙中。

所有的运输工具都已经准备好了，负责运输黑洞的重型宇宙飞船也早就停泊在了地球港。为了迎接黑洞的到来，地球港和太空电梯从五天之前就已经戒严，除了拥有政府特别通行证的人员和物资之外，一切社会人员禁止入内。工作人员在这段时间严格检查了太空电梯和地球港的每一个部件，以最严格的态度确保黑洞运输行动万无一失。

所有的东西都已经准备好了，就等时间节点一到运输这颗黑洞了。

夜已经深了，赵蓝却仍旧翻来覆去无法入睡。这件事情真的太重要了，虽然已经做了万全的准备，任何能想到的东西都已经做了，但她仍旧感觉有些不放心。

于是赵蓝便叫起了安丽雅，两人一同来到了黑洞周围，打算随意地走动一下，看看能不能再找到什么漏洞，以便及早弥补。

但就在两人来到黑洞喂食设备附近的时候，赵蓝看到了一个人影。

安装在基地中的黑洞散热设备和喂食设备是控制黑洞质量的两个最重要的工具。散热设备自然就是那些安装在基地周围的散热器了，喂食设备则是一条直通电场控制箱的物质传送带。黑洞是不挑食的，不管什么东西它都可以吃，所以喂给它的一般都是一些山石泥土或者废弃物之类的东西。

赵蓝就是在这里看到的那个人影。那是一个中年男性，穿着基地内部统一的白制服，看起来没有任何异常。就算是深夜，基地之内自然也是有大量的工作人员在工作着的，所以看到一个人影完全不是什么奇怪的事。只是这里是黑洞喂食设备附近，一般少有人来，于是赵蓝便走过去，打算看看这名工作人员在做些什么。安丽雅也跟了过去。

听到身后传来的脚步声，那名穿着白大褂的工作人员猛然间转身，赵蓝刚想问些什么，就察觉到那名工作人员的神情有些异样，仔细看了一下，就发现他的表情像小偷忽然间被主人逮到一般惊慌。

这里没什么人，基地中的守卫也没有在这里站岗。但赵蓝看了看跟在自己旁边的安丽雅，心情就放松了下来。赵蓝走过去询问道："你是哪个部门的？你在这里做什么？"

"我……我是……"那人一开始说话的声音有些结巴，但片刻之后就恢复了流畅，"我叫艾伦，是一名高能物理学家，我来检查一下今天喂食给黑洞的是什么样的物质。我们的工作组有一个课题，研究不同的物质在高速围绕黑洞旋转的过程中会产生什么不同的现象。这是我的工作牌。"

那名工作人员说着将挂在自己胸前的工作牌摘下来递给了赵蓝。赵蓝检查了一遍，发现确实就像他所说的那样。这名工作人员所说的理由也是合情合理的，虽然赵蓝对于这个项目并不是太了解，但也知道确实有这样一个研究课题。

一切都没有漏洞，一切都很合理，但赵蓝心中还是有点奇怪。赵蓝在心中暗暗地想着："为什么在看到我来到这里的时候，这个人会惊慌呢？"

但随即赵蓝就想到："在这样安静的环境之下，猛然间听到脚步声，被吓一跳大概也是正常的吧，应该是我多虑了。"

所以赵蓝便将工作牌还了回去，然后说道："好的，那你继续，我就不打扰你的工作了。"

"我的工作已经做完了，这就要离开了。"那名工作人员说着就要离开这里。但就在这个时候，一直保持安静的安丽雅忽然说了话："请等一下。"

那名工作人员转过身来，神情愈发不自然："请问，您还有什么

事情？"

安丽雅笑眯眯地说道："你的脸部皮肤似乎不太好啊，你看，这里都有死皮了呢……"

赵蓝心中有点奇怪，还没有反应过来，就见安丽雅的手迅速伸向这个工作人员的脸，然后用力一撕，就像是变魔术一般，面前这个工作人员立刻就换了一副脸孔，变得和之前完全不同。

赵蓝发出了一声惊呼。面前这个人，这张脸，这不是罗德里格斯吗？

罗德里格斯怎么会出现在这？他怎么会拥有艾伦的身份？已经深夜了，他独自一人在这里鬼鬼祟祟地想要做什么？

赵蓝心中涌出了一连串的疑问，却见安丽雅脸上的笑容更加浓郁："倒是没有想到，罗德里格斯，竟然是你啊，我们真是好久不见了呢。这段时间你过得好不好？有没有将老板留下来的遗产消化掉？"

当初正是因为罗德里格斯的出卖，基地才会被政府占领，赵蓝才会被抓到监狱里，赵蓝和安丽雅他们差一点死在太空之中，才险之又险地挽回了局面，这一切多出来的麻烦，全都是因为罗德里格斯！

赵蓝刚想出声呼喊警卫，就听罗德里格斯大叫了一声，转身就跑。赵蓝满是焦急地叫道："安丽雅，快点抓住这家伙，千万不能让他跑了！"

"不着急，不着急。"安丽雅轻松地说着，随手将自己随身携带的手机掏了出来，然后用力一扔，将手机向惊慌逃跑的罗德里格斯砸了过去。手机划出了一道漂亮的弧线，准确地砸在了罗德里格斯的脑袋上。他大叫一声，脚步一个踉跄，猛然摔倒。前方正好是一个为黑洞喂食的物质入口，他一个没有抓稳，竟然一下子掉了下去。

安丽雅耸了耸肩膀："抱歉，用力大了一些。"

赵蓝焦急地叫道："快，快把传送带关掉，我们要抓住罗德里格斯，问清楚他到底在这里搞了什么鬼。"

但是很显然已经来不及了。对黑洞的任何操作都需要层层上报，就算是身为空间阻断计划总指挥的赵蓝也不能随意对这颗黑洞做出改变。等赵蓝终于匆忙上报，然后审核，最后停止为黑洞进食的时候，罗德里格斯已经不知道到哪里去了。

赵蓝又匆匆跑进监控室，调出了电场控制箱一级传送通道中的视频资料，从显示设备上看到了让人毛骨悚然的一幕。

画面首先显示出的是惊慌大叫、拼命挣扎的罗德里格斯，但传送带的速度太快了，他根本就没有逃走的地方。于是赵蓝就看到，在罗德里格斯掉入喂食口之后的一分钟，他就跟随着黑洞的食物一同来到了隔离舱。紧接着，在自动抽气设备的工作下，隔离舱内的空气密度开始迅速降低。罗德里格斯在拼命嘶吼、挣扎，但此刻不会有任何人来救他。赵蓝看到他的身体上鼓起水泡，眼睛向外突出，身体开始有一种膨胀的趋势，就像下一刻就会爆炸一般。

液体的沸点和大气压力密切相关，大气压越低，液体的沸点便越低。而人体内存在着大量液体，比如血液、组织液及细胞液等等。现在气压降低了，那些液体的温度却没有降低，于是它们便开始了沸腾，也正是因为这些液体的沸腾，罗德里格斯的身体上才会出现水泡。这是真正意义上的热血沸腾。

人体在太空的真空环境中并不会爆炸，因为那里的温度太低了。但是隔离舱内的温度不一样，那里的温度甚至要比室温还高一点，所以在身体内部的压力之下，罗德里格斯的身体才会膨胀。

罗德里格斯仅仅挣扎了一会儿就没有了动静，毫无疑问是死了。在真空中死去是很痛苦的一种死法，但即将施加到他身上的折磨很显然还不止如此。在隔离舱之内变成真空环境之后，自动仪器又开

始运转，他的尸体便随着黑洞的食物一同来到了下一个加工环节。

在这个加工环节中，所有喂给黑洞的食物都会被加工成高温气体，因为只有这样才能确保黑洞的进食速率。于是罗德里格斯的尸体在高温之下，跟随着那些食物一同化作了飞灰，然后被倾倒进了电场控制箱。

罗德里格斯就这样死去了，然后被黑洞吞噬。这颗黑洞虽然会在不久的将来以霍金辐射的方式将自己体内的所有东西再度"吐"出来，但很显然，那些基本粒子已经无法再度组装成一个完整的罗德里格斯了。

罗德里格斯这个人自此完全从这个宇宙消失了。虽然对他这个人没有任何好感，但看到一名同类这样凄惨的死法，赵蓝还是有点反胃。

她调取出了时间再早一些的监控，然后又实地检查了一番，最终确定了罗德里格斯想要做些什么。

他想做的其实很简单，那就是将黑洞的喂食速率降低百分之五，同时略微修改一下黑洞的质量监测设备，在隐瞒住基地内众多工作人员的同时，稍微降低一点黑洞的质量。

在进行这个工作之前，罗德里格斯很显然是经过周密计划的。在如此严密的监管之下，他很显然不可能对黑洞大动手脚，降低黑洞喂食速率的百分之五已经是在不被监管人员发现的前提之下所能做到的极限了。而他这样做的目的也很简单，那就是要破坏这一次空间阻断计划，因为执行空间阻断计划对黑洞的质量有着极其严格的要求，赵蓝以及科研部的一切计算都是依靠黑洞的确切质量来进行的，如果黑洞的质量发生了变化，那么空间阻断计划失败的可能性就会上升到一个可怕的程度。

空间阻断计划一旦失败，地球就会跌落到李云帆所存在的那个

空旷宇宙中去，罗德里格斯就可以借助地球跌落所带来的巨大空间波动杀死李云帆，阻止李云帆回到地球。

不管是罗德里格斯还是赵蓝几人都知道，只要李云帆一回到地球，在知道了罗德里格斯的背叛之后，李云帆一定会用自己的手段将罗德里格斯找出来，然后给他施加最残酷的惩罚。罗德里格斯没有应对李云帆报复的信心，便只能抢先出手，想办法将李云帆杀死。只要可以杀死李云帆，只要可以确保自己的利益，罗德里格斯才不会理会地球怎样，也不管人类文明会怎样。

这是一个已经完全疯狂、彻底失去了理智的人。

在了解到这一切的前因后果之后，赵蓝再一次感到了一阵后怕。如果不是今天晚上自己因为不放心而出来巡逻，恰好撞破了罗德里格斯的阴谋，他的计划完全有成功的可能。因为罗德里格斯背后也有一整个优秀的团队，而为了执行这一次计划，那个背后团队一定已经筹划了很长时间，制订了严密的行动方案。

在清楚了解这一切之后，赵蓝迅速将这些事情上报给了元首。在听闻竟然有心怀叵测的破坏分子潜入到基地之中进行破坏，并且差一点成功之后，元首再一次震怒了。他连夜叫来了军方领袖，将其劈头盖脸地大骂了一顿。受了气的军方领袖连夜来到基地亲自坐镇，抽调了大批最精干的情报工作人员对基地中的所有人进行了最为严格的审查和过滤。在抓住三十七名破坏分子连夜严格审讯，确保他们还没有来得及对基地进行破坏，并且将他们所供述的同伙全部抓捕归案之后，赵蓝的心情才算是平复了下来。

这个夜晚，整个基地中风声鹤唳，几乎所有人都没有休息。每个人都紧绷着一根弦，生怕在这最关键的时刻出现什么差错。但这个夜晚最终顺利度过了，由赵蓝亲自带队的审核小组以最严格的态度审查过黑洞的各项物理参数，并且在确保了运输机械的正常之后，

对这颗黑洞的搬运工作终于开始了。

为了确保安全，前一段时间政府就已经直接将基地所处的山峰的山头削掉了，搬运工作开始之后，工作人员只要打开山顶的盖板，就直接可以在上空对装载着黑洞的电场控制箱进行操作。

原本李云帆和赵蓝确定的运输方案是用五百余架喷流直升机共同协作来运载这颗黑洞，但是参与运输的喷流直升机越多、操作难度就越大，出现意外的可能性也就越大。而在运载过程中一旦出现意外，就极有可能是黑洞落入地球并最终毁灭整颗地球的结局。

虽然这个方案有这样那样的缺点，但是李云帆和赵蓝却不得不这样选择，因为这是在他们承受能力之内的唯一的可行方案。但现在政府参与进来就完全不一样了。在元首的首肯下，服役于军方的两艘巨型空天航母卸下了所有非必要载荷，又经过了一系列的专业改装，然后在经验最为丰富的操作人员的操纵下来到了基地上空。

空天航母的威力自然不是喷流直升机可以比拟的。五百多架喷流直升机才可以拉动这颗黑洞，而只要两艘空天航母就可以办到这一点。于是由高强度碳纳米管制成的绳索就被安装到了空天航母上，另一端则安装在了电场控制箱之上，将黑洞、电场控制箱以及相关的承压设备一起吊装了起来，然后向太空电梯那里行去。

就算是赵蓝也只在电视上面看到过空天航母这样的大家伙，这是她第一次在现实中见到空天航母。空天航母飞到基地上空的时候就像是两片乌云一般，受到空天航母遮挡的地方立刻就进入了黑暗，一直等到空天航母离开，基地才恢复光明。

"这家伙真的好大。"赵蓝忍不住说道。

此刻的赵蓝正和安丽雅三人乘坐直升机向太空电梯处赶去。周晓明现在已经恢复了健康，听到赵蓝的感叹，周晓明也忍不住叹息起来："以前我总感觉我们冒险者小队已经很厉害了，但是和政府

比起来，我们还真的不够啊……你看，我们拼死拼活才凑齐五百多架喷流直升机，政府倒好，一个命令，直接就两艘空天航母开过来了。"

赵蓝转头，就看到安丽雅、克鲁斯、周晓明三人都有一种灰心丧气的神色。很显然，这是在真切地见识到了政府的强大实力以后有些丧失信心了。以前虽然也知道政府很强大，但那毕竟是通过数字了解的，并没有一个直观的感受。

赵蓝安慰道："这就是个人智慧和集体智慧之间的差别，咱们冒险者小队再厉害，加上我也只有五个人，算上所有工作人员也不过几万人的水平，而政府呢？足足有两百多亿人，这个数量差距实在是太大了。"

周晓明点了点头，克鲁斯则说道："反正我们的身份已经暴露了，就算最终的结果证明我们的方案是正确的，就算我们真的拯救了整个人类文明，估计政府也不会再让我们胡来了。唉……其实，在政府的追捕下东躲西藏的日子虽然刺激，但现在想来也并没有什么意思，如果可以的话，此次任务结束之后，我想拥有一个光明正大的身份，能自由自在地走在大街上而不用担心被警察逮捕。"

安丽雅和周晓明同时点了点头，赵蓝的心中便愈发宽慰。赵蓝已经和安丽雅三人有了深厚的感情，这段时间她也一直在思考一个问题，此次事件结束后该如何安置这三个人。继续放任他们搞各种小动作，不说自己，政府就肯定不会答应，而如果要让这三个人好好生活，他们已经过惯了无法无天的日子，会甘心平稳下来吗？

现在看到三人心意产生了变化，赵蓝便十分欣慰。她有把握，只要最终结果证明自己和李云帆制定的方案是对的，只要自己真的拯救了地球和人类文明，政府方面不说嘉奖，前账一笔勾销是一定的。到了那个时候，这三个人便能像自己一样，以自己的身份光明

正大地生活在这世界中了。

工作之余几人可以聚在一起胡吃海喝、聊天侃地，赵蓝还可以和安丽雅一同逛街、购物和美容……这种生活，赵蓝只要想一想就感觉很美好。

"当然，这一切能否实现，最终还是要看空间阻断计划能否成功。"赵蓝暗暗地想着，"如果事实最终证明是我们错了，那我们大概要到监狱中度过一辈子了。"

空天航母最终将装载着黑洞的电场以及承压装置平稳地放到了超巨型拖车上。这种拖车一共有几万个特制轮胎，它是政府方面紧急调集了数百辆巨型拖车临时拼装在一起的。它不仅具有强大的动力，还具有超强的负载均衡性能，十万余吨的黑洞质量会大致均匀地散布到它的每一个轮胎上。

这辆超巨型拖车负责将黑洞运载到太空电梯的位置，然后数百台巨型吊装机械会一同将黑洞吊装到太空电梯的上行装置中，然后再通过电梯将它运到地球同步轨道中去。一艘重型运载飞船已经等候在那里了，到时候，这艘重型运载飞船会负责将这颗黑洞运输到第三空间节点去，让它在那里度过自己生命的最后一段时间。

和许多人预想的情况并不一样，这颗黑洞不会被直接运送到距离地表几万千米远的地球港之中去，它会被运送到距离地面只有几百千米的地方。

这种方案是经过了精密的计算才设计出来的。原因很简单，太空电梯在距离地表越远的地方围绕地球运转的速度就越快、重力就越低，一直到地球的重力完全消失、转而以离心力为主为止。将这颗黑洞运送到几百千米的地方去，在那里，黑洞刚好可以稳定地环绕地球运转，既不会因为速度过快而脱离地球引力场，也不会因为引力过大而落到地球表面。

在这样的地方，可以简略地将这颗黑洞看作"自由漂浮"着的，在这样的情况之下对这颗黑洞进行操作才是最安全快捷的。

数百辆巨型吊车同时将自己长长的机械臂伸向了这颗黑洞，通过最新科技制造出来的超高强度绳索在这一刻绷得笔直。那个装载着黑洞以及电场设备、负载均衡设备的巨大的箱子被这些巨型吊车吊装了起来，然后被放到了太空电梯地面端的巨大运输设备中。

在这整个过程中，共有数万名军人参与了安保警戒工作。无数荷枪实弹的军人将整个太空电梯地面端围了个水泄不通，就算是赵蓝都不能在这里面随意走动。任何进出这里的人或物都会接受最严格的检查，同时元首还签署了特别命令，赋予这里的军人不经警告直接开枪的权力。

也就是说，只要军人认为某一个人是有威胁的，同时这个人只要表露出一点点不肯配合的迹象，军人就有权力直接开枪将其击毙。

赵蓝对这一条命令是持欢迎态度的，因为她很清楚现在的自己在做什么事情。可以说，如果有一名恐怖分子或反人类分子想要毁灭整颗地球或整个人类文明，此刻是他行动的最佳时机。因为只要有一颗威力强大一点的炸弹在电场控制箱旁边爆炸，毁坏了电场控制箱的设备，又或者毁坏掉了负载均衡设备，这颗黑洞就会落入地球，然后毁灭整颗星球。

特殊时期采取特殊手段，在这个时候，采取何等严厉的安保措施都不过分。

元首和赵蓝一起参与了整个运输过程。一直在接到这颗黑洞已经成功入轨、从此开始以一个恒定的速度围绕地球运转之后，元首和赵蓝的心才彻底地放了下来。

根据力学定律，一个物体的质量越大，要改变它的运动状态就越困难。而这颗黑洞的质量高达十万吨，此刻的它已经处于地球环

绕轨道之上，这也就是说，除非由政府出面采取大规模行动，否则从此刻开始，没有任何人可以将它再推回到地球之中。换句话说就是，这颗黑洞对地球的威胁从此彻底地消除了。

有一颗黑洞和自己处于同一颗星球之上毕竟不是一种良好的体验，现在终于将它送了出去，所有人便都可以安心了。

但这次任务执行到现在还没有结束，在之后还有很多工作要做。

太空中，一个由特别行动小组操纵的重型载货飞船开始缓缓接近这颗自由漂浮在太空之中、围绕着地球运转的黑洞，然后打开舱门，像是一头怪兽一般张开大嘴将电场控制箱吞噬到了自己体内。在将它固定好之后，重型载货飞船开始了缓缓加速。它一直环绕地球轨道飞行了两圈才获取了挣脱地球引力场的速度，于是它便呈一道抛物线离开了地球，开始向着第三空间节点行去。

在算上这颗黑洞的质量之后，重型载货飞船的总质量上升到了一个可怕的程度。原本设计的大推力发动机面对这样的质量的时候有些力不从心。就算发动机冒着过载烧毁的风险全力工作，还是迟迟无法将飞船的前进速度提升到合适的地步。迫不得已，地球方面紧急在这艘飞船加装了六个助推器，这才将前进速度提高了，并且在预定的时间点之上将这颗黑洞送到了第三空间节点处。

在到达预定地点之后，这艘重型载货飞船打开了舱门，将这颗黑洞连带着束缚着它的电场控制箱又吐了出来。随后飞船远离，在飞船离开之后，电场控制箱自动停止了工作，并且打开了它上面的一个出口。

从此刻开始，黑洞终于毫无遮挡地暴露在了太空环境中。但这里是近真空环境，就算它和外界接触，也找不到可以进食的东西。

电场控制箱上装备的推进器开始点火工作，在将黑洞留在这里后，它就在推进器的推动之下飞向了浩瀚无垠的太空，自此消失了踪迹。

除了这颗黑洞之外，剩余三十多个空间节点处已经全部按照计划布置上了当量不同的氢弹飞船。只需要来自地球的一个信号，这些氢弹飞船便可以爆炸，但现在距离预定的时间节点还有一天，还没有到它们爆炸的时候。

科研部以及军方联合派出了大量的科研以及安保力量检查着这些装置，并且为这些装置提供必要的保护，确保它们不会受到破坏。地球方面，赵蓝已经在科研部之中待了好几天时间，一直在紧张地检查着任务有没有疏漏，有没有什么被自己忽略的地方。

城市仍旧灯火辉煌，就算到了深夜，市区的繁华地带仍旧挤满了人。人们娱乐、购物、品美食、观美景，一切都一如往常。偶尔有人抬起头来看一看漆黑一片、没有星星的天空，也只是惊鸿一瞥，转瞬就会收回自己的目光。

这是一次关系到整个人类文明的重要行动，人类文明的命运将在此次行动中被宣判。但是这件事情并没有对大众造成影响，除了抱怨一下天空为什么这么黑之外，没有人会在这件事情之上浪费自己更多的精力。

第十三章　等待

今天的天气很不错，积蓄了一天的热气在之前那几个小时中已经消散殆尽，此刻有风，但并不大，吹在人脸上让人感觉就像是情人的手在温柔地抚摸着自己一般。

疲惫的赵蓝就在这个时候离开了自己的工作岗位，来到了科研部大楼的顶楼，站在栏杆前，看着天空。

空气中弥漫着不知道是什么花的香味，到处都是闪烁的霓虹，到处都是开心欢乐的人群。这是一个十分美好的夜晚，除了天空之中没有星星之外，一切都是那么完美。

负责赵蓝贴身安保工作的安丽雅也紧跟着来到了这里。

夏夜的风很凉爽，吹在身上有一种很舒服的感觉。赵蓝就这样静静地站着，下面人群的喧哗声似乎都可以传到这里。

赵蓝忽然间有些感叹。

"我们人类文明的历史已经有好几千年了……你说，在这世界上，以及历史上，存在过多少像我们这样的人呢？从不暴露在公众的视线中，只在暗中从事着对于整个人类文明来说都至关重要的工作。成功了，一切波澜依旧，公众不会感觉到任何变化；失败了，却能为整个人类文明带来灾难。"

安丽雅撇了撇嘴："那谁知道呢，反正这么长时间了，人类不也平安过来了。这社会啊，就是有分工的，该做什么就去做什么好了，想别人的工作做什么？就像我现在，保护好你的安全就行了，至于你的工作，我可一点都不关心。就算你最终失败了，也只能证明本该如此，我就算再关心，也没有办法改变这个事实啊。"

赵蓝对这个回答有些无语："你的心可真大。"停顿了一下，赵蓝又说道，"如果一切顺利的话，几个小时之后，你们老板就将回到我们的宇宙了呢。在他回来之后，你打算怎么做呢？"

安丽雅先是愣了一下："什么怎么做？"然后又摇了摇头，"该怎么做还是怎么做呗，倒是你，如果我没记错的话，你连老板长什么样子都不知道吧？怎么，想好了没有，在和老板见面之后的第一句话说什么？"

这下倒换成是赵蓝发愣了。她从来没有想过这个问题，虽然她也一直在隐隐地期盼着和李云帆的会面，但她所想的，从来都是"见面"本身，还没有来得及去想更多的东西。

愣了一会，赵蓝有些无奈地摇了摇头："到时候再说吧。走，我们下去吧，再将相关布置检查最后一遍，几个小时后就到时间了呢……"

在转身离去之前，赵蓝最后看了一眼没有任何星星的漆黑的天空，然后在心中对自己说："我会将失去的所有星辰全都找回来的……"

夜渐渐深了，繁华的街道便慢慢安静了下来。科研部却仍旧灯火通明，人头攒动。

这注定是一个不眠的夜晚，不仅赵蓝，就连元首、政府方面诸多高官以及科研部的所有工作人员全部如此。因为今天晚上就是空间阻断计划最终执行的时候。

随着倒计时的数字慢慢变小，赵蓝的心也越提越紧。在又检查了一遍所有布置、确认全部安排都没有疏漏之后，她开始了等待。

元首就坐在赵蓝的旁边看着工作人员忙碌着。他的表情很平静，但赵蓝仍旧可以从他的眼睛之中看到那深深的忧虑。很显然，元首一直都不信任赵蓝，就算到了现在也是如此。如果不是最终迫不得已，他绝对不会接受这个计划。

赵蓝并不知道元首心中在想些什么，但她知道此刻元首身上的压力。身为所有人类的领导者，他即将面临自己人生，也是整个人类文明历程之中最大的一次冒险。成败直接关系到人类文明的生死存亡，而最终结果即将在一个小时之后揭晓。

控制大厅中的气氛紧张而严肃。所有工作人员都在沉默之中忙碌着，哪怕此刻所有的工作都已经做完了，他们仍旧在机械性地一遍又一遍地测试着之前的布置。赵蓝可以理解这种行为，因为在这种压抑而肃穆的气氛之下，没有点事情做的话总会让人感到不自在。

倒计时渐渐跳动到了三十分钟。就在这个时候赵蓝站了起来，悄无声息地离开了这里。

赵蓝离开了科研部，步行来到了外面的大街上。此刻大街上已经没有了行人，深夜的时候，就算是夏天，那风中也夹带了一丝凉意。她紧了紧衣服，慢慢走着，不知不觉中竟然来到了华生广场，来到了赵华生那座巨大的雕塑下面。

赵蓝再一次抬起头观察着这座雕塑。赵华生的表情延续了几百年，从这座雕像建成到现在一直都没有变过。雕像下面仍旧堆满了鲜花，赵华生的目光仍旧平静而悠远，他就那样一直看着远方，就像是在看着人类文明的未来。

赵蓝痴痴地看着这座雕像，同时在心中默默祈祷着："我的祖先，请您保佑我们的文明，也保佑我。”

赵蓝忽然感到很害怕，就像是小时候害怕虚构出来的鬼或者恶魔一样，但是现在并没有什么具体的东西让她感到恐惧。她抬头看了看天，心中便明白了过来。

“虽然我一直很坚定地进行着我的计划，但我其实一直在害怕啊……害怕失败，害怕葬送了整个人类文明……是的，我很害怕。”

小时候害怕的时候自己可以跑到父母的怀抱之中，那么……现在害怕的时候呢？

赵蓝背靠着赵华生那巨大的雕塑基座坐下，然后双手抱住膝盖，将脑袋埋在手臂之中，像是一个受了欺负的小女孩。赵蓝早就没有了父母，在这世间也没有可以依靠的亲人，安丽雅他们虽然已经成了自己的朋友，但自己此刻的情绪并不适合对他们倾诉。

那么……便倾诉给赵华生，倾诉给这位曾经给了自己信心和温暖的先祖听吧。

但赵蓝又不知道该说些什么了。她心中感觉到了一点温暖，但恐惧仍旧在持续着。于是她便一直看着天，一动不动。

时间在一点一滴地溜走，赵蓝抬起手腕，看了看手表。上面显示着，距离氢弹最终的引爆时间还有一分钟。在一分钟之后，是生是死就会揭晓。

赵蓝又等了一阵，便看到极遥远的西方天空传来了一下闪光。一闪即逝，就像是一颗流星一般，仅仅持续了几秒钟的时间。她在心中默默回忆了一下，便想起来，那是第二十一号空间节点的方向。此刻那里有闪光传来，这便证明，处在那个空间节点上的氢弹飞船已经爆炸了。

筹划了将近五年时间，中间产生许多变故、经历了许多波折的空间阻断计划在这一刻，终于开始执行了。

在这一刻，赵蓝原本应该更紧张才对，但是不知道为什么，她心中忽然没有一点恐惧了。她就那样静静地看着天空，就像是在看一场焰火表演。

在第二十一号空间节点上的氢弹飞船被引爆之后的瞬间，从东南方、西北方、东北方、南方等几个方向也依次传来了闪光。闪光之间有几秒钟甚至十几秒钟的延时，但赵蓝知道，那些氢弹飞船其实是在同一时间爆炸的，只不过因为距离的不同，它们的闪光传递到地球的时间也产生了差异而已。

赵蓝数了一下，天空中的闪光点一共有十七个。这和当初的计算相符。因为三十多个空间节点是分布在地球四周的，有一些空间节点处在地球的背面，就算它们爆炸了，她也看不到那里传出的闪光。

在第十七个闪光之后，赵蓝再也没有看到从天空中传出来的任何动静。于是她便知道，空间阻断计划已经执行完毕，结束了。

谋划了几年时间，消耗了人类文明大量财力物力的空间阻断计划就这样结束了。

赵蓝知道，空间阻断计划一定进行得十分顺利，但是顺利并不意味着计划本身最终获得了成功。检验计划是否获得成功的唯一标准是效果，而如果效果符合预料的话……她将在大概六分钟之后看到天上的星星。

星光跨越宇宙中那辽阔的荒漠同样需要很长的时间，依照距离的不同，这个时间可能需要几十亿年。但赵蓝并不需要等待那么久，因为那些星星发出的光线一直在持续着，只不过在来到地球附近这被扭曲的空间的时候才消失无踪，从而在地球的视线之中消失的。只要地球周围的空间恢复了正常，那些光线从原本的扭曲空间的边缘来到地球，仅仅需要大概六分钟。

赵蓝心中仍旧维持着平静，又或者是因为紧张和期待过度了，反而变成了平静也不一定。反正她就这样背靠着赵华生雕像的巨大基座，抬头看着天空，神情平静，一动不动。

在六光分距离之外布置探测器先行观察星光是否恢复正常是没有意义的，因为就算在那里布置了探测器，探测器向地球传回的信号也是以光速前进的，等信号到达了地球，地球方面也几乎同时可以察觉到天上是否有星星出现了。所以人类文明并没有特意在太空之中布置探测器。

星光对所有人都一视同仁。不论你是掌握了最先进探测仪器的文明科研机构，还是正在为明天该去哪里讨一口饭吃的乞丐。星光如果出现，所有人都可以同时看到；星光如果不出现，所有人都看不到。

所以就算此刻的赵蓝离开了满是先进仪器的科研部，她也可以在同一时候获得和科研部相同的资讯。所以她仍旧在这里静静地等待着。

她不知道时间过去了多久，不知道在自己的等待之中是一个小时的时间溜走了，还是仅仅只度过了一分钟。她几乎已经失去了时间的概念，就这样一直看着天空，一直在天空之中寻找着那对自己至关重要的东西。

赵蓝的余光忽然从北方的天空之中察觉到了一点亮点，但当她将视线转移过去的时候，那一点亮点又消失了。她心中有些怅然若失的感觉，她想，这大概是自己的错觉吧。

但是随后，那个亮点就又出现了，不仅如此，它还在迅速提升着自己的亮度，片刻之后，它就变得明亮无比，在漆黑空无一物的天空中像是一颗熠熠生辉的宝石。

赵蓝的瞳孔猛地缩紧。她随即转头，就看到原本还漆黑、空无一物的天空不知在什么时候已经被漫天星辰占满。前一刻天空中还什么都没有，现在就已经像是变魔术那样，在一瞬间之中变得拥挤不堪。

在这漫天星辰中，赵蓝迅速找到了熟悉的北斗七星、织女星、牛郎星……

星辰的缓慢消失足足持续了几年的时间，星辰的出现却只用了一瞬间。

旁边的科研部大楼里已经传来了隐隐的欢呼声，赵蓝也在这个时候露出了笑脸，对着天空之中的星辰打了一个招呼："嘿，好久不见，你们还好吗？"

华生广场中依旧安静，此刻，科研部大楼之中却已经是一片欢腾。在赵蓝看到天上出现星辰的时候，科研部的工作人员也在一瞬间察觉到了。

这一刻，不需要借助任何仪器，不需要做任何推测和计算，所有人都知道，空间阻断计划成功了，那一片罗巴切夫斯基空间已经跌落到了未知的宇宙空间中，但并没有波及地球。此刻，地球仍旧好好地存在于原本的宇宙之中，并且受到了星辰的热烈欢迎。

那些倾洒到地球上的星光就是星辰为了欢迎地球的回归而释放的焰火。人类文明终于再一次依靠自己的科技和能力，赢得了这一次挑战的胜利。

数年来的压抑和忧虑，数年来的殚精竭虑和辛苦谋划，在这一刻终于得到了丰硕的回报。虽然这一切并不能向社会公布，但站在这里的每一个人都很清楚，这一刻必将被记录到史书中，在过了保密时限之后可能会公布，到了那时，或许已经垂垂老矣的人们才能知道在自己小时候或者年轻的时候，人类文明到底经历了怎样的惊心动魄。

欢呼声将整个控制大厅都淹没了。人们在这里笑着，跳着，流着眼泪拥抱着。就连元首也猛地站了起来，似乎想要跳起来欢呼一下，但终究是顾忌身份没有做出来，只是脸上那兴奋的笑容却怎么都掩饰不了。

元首等这一刻已经等了太久，原本健壮的元首因为这件太过让人忧心的事情而提前衰老。但他十分清楚地知道一件事情，那就是，荣誉并不属于自己，荣誉属于赵蓝，属于那个外表看起来十分文静，但内心异常坚韧的战士。

元首开始扫视整个控制大厅，试图寻找赵蓝的踪迹，但他并没有找到。他十分迫切地想要将这个消息告诉赵蓝，同时向赵蓝郑重地说一声对不起，但现在看来是做不成了。

元首忽然感到自己的背后有些湿润。在这个时候，他才察觉到，自己已经不知道在什么时候被冷汗打湿了衣服。他想起了自己为赵蓝所布置的那一切阻碍，想到了赵蓝几乎是险死还生才最终不得不执行了她的计划，想起了当初科研部会议之上对赵蓝提议的毫无转圜余地的否定，想到了很多很多的事情……

"原来，在拯救人类文明的过程中，只有赵蓝一个人在坚定地奋斗着，我，身为人类文明元首，不仅没有给赵蓝提供哪怕一点点的助力，反而一直扮演了一个拖后腿的角色……"

最终事实证明赵蓝是对的，反过来，也就证明了原本科研部制定的计划是错的。如果……如果当初是按照科研部的计算数据去执行空间阻断计划，如果赵蓝一直运气不好，在逼迫人类政府妥协的过程中遇到了意外，并没能将那艘氢弹飞船在第三空间节点引爆……如果当初赵蓝在偷窃氢弹飞船的过程之中被安保人员抓住……

有太多的如果了。而这些如果只要成立了一个，人类文明的命运将会和此刻截然不同。那个时候的自己，大概只能在控制大厅中痛苦地接受地球最终坠入未知空间的结果吧……

元首越想越后怕，冷汗也越出越多，就连双手都有一点颤抖。他几乎已经沉浸在了那十分有可能到来，但最终并没有到来的可怕未来之中无法自拔。但就在这个时候，他的视线越过了巨大的落地窗，看到了外面天空之中的漫天星辰。

于是元首的心情忽然间便安定下来了。他的脸上露出了如释重负的笑容，然后站起来缓步走到了落地窗前，看着那璀璨的星星，满是感慨地想道："不管怎么样，我们最终还是成功了，地球并没有坠入到未知空间中去，不是吗？"

"是赵蓝为人类文明带来了这一切，当然，因为这件事情仍旧处在保密中的缘故，我无法给赵蓝应得的荣誉，让她去接受整个人类文明的尊崇。但是，在我力所能及的范围之内，我一定要竭尽所能地奖励她。同时我想，给赵蓝以最高限度的奖励这件事情，大概没有人会反对吧……"

"只是……赵蓝去了哪里呢？"元首这样想着，恰好看到了旁边的安丽雅。元首知道赵蓝的安保是由安丽雅负责的，于是便向安丽雅问道："赵蓝去了哪里？"

安丽雅在这个时候才发现自己一直跟随的赵蓝不见了，心中一惊。元首察觉到了安丽雅表情的变化，于是便说道："走，我们一起去找找吧。"

于是安丽雅便跟随元首一同走出了科研部大楼，也沿着空旷的大街，向华生广场走去。

此刻的赵蓝仍旧背靠在赵华生那巨大的雕塑基座之上，一直看着天空中那璀璨的星辰，迟迟不愿移开视线。

"星辰都回来了呢……李云帆，你什么时候回来呢？我还有好多问题想问你。当初的你为什么要偷我的飞船，你的知识都是从哪里来的，你的黑洞是从哪里来的，在你身上都有着什么样的故事呢？"

人类的劫难已经过去，人们已经可以开始欢呼庆祝了，但属于赵蓝的牵挂还没有完全消失。星辰回来了，但李云帆还没有回来。现在的赵蓝并没有在想星辰之灾的事情，而是在想李云帆这个充满神秘的男人。

之前在星辰之灾没有结束的时候，赵蓝就已经折服于李云帆的学识和智慧，但这只是单纯的对于智慧和学识的崇拜，并不掺杂个人感情。但现在，星辰之灾已经被成功解决了。在这个时候，赵蓝再回想起自己和李云帆每天维持交流的点点滴滴，想起最终和李云帆失去联系，在没有李云帆作为依靠的情况之下自己孤身一人在这世界中奋斗……她的心中就多出了一种别样的感情。至于这感情到底是什么……她自己也不知道。

"原来，我早就习惯了李云帆的存在，习惯了去依靠他，有了难题就去找他啊。"赵蓝这样感叹着，"只是后来和他失去了联系，我才不得不自己去奋斗……"

赵蓝出神地想着什么，不知道什么时候，一个穿着洁白运动衣、留着短发、戴着眼镜，看起来休闲且阳刚的男人，手中捧着鲜花慢慢地走向了赵蓝，站在赵蓝面前，恰好挡住了赵蓝看星星的视线。

男人嘴角挂着淡淡的笑容，低着头看着赵蓝。

赵蓝也看向了这个站在自己跟前的男人。在这一刻，赵蓝忽然感觉，这个人好像在哪里见过，但不管赵蓝怎么想，就是想不起来。赵蓝心中迟疑了一下，刚想问这个男人是谁，就见那男人微笑着说道："小姐你好，请问你需要鲜花吗？"

男人的声音充满磁性，十分平静，但那平静之中却充满了力量。这声音让赵蓝听起来有一种异常的熟悉感，但赵蓝一时之间想不起来自己到底在哪里听到过。

那男人继续站在原地不动，只用一种饶有兴致的神情看着赵蓝，然后感叹道："哎……原来我李云帆的魅力已经低到这种地步了吗？主动送花给别人，别人都不肯要。"

这一句话传进了赵蓝的耳朵，像是有魔力一般，赵蓝将视线看向了这个男人，仔细打量着他，满是迟疑地问道："李……李云帆？"

"除了我，这世界上还有别人叫李云帆吗？我提前从那个空旷宇宙回来了。"男人笑着说道，同时面向赵蓝伸开了自己的双臂，"我想……现在的你，大概不介意给我一个拥抱吧？"

前一刻赵蓝还在想着李云帆，这一刻，李云帆就这样突然站在了赵蓝的面前。

赵蓝说不清自己心中对于李云帆到底是什么样的一种感觉，只感觉心中酸酸的，眼睛里似乎也有液体要涌出来。

但此刻的感觉又和那时候有些不同，不过李云帆给赵蓝的那种依靠的感觉却是相同的。在长达数年时间的相处之中，赵蓝早就习惯了李云帆的存在，习惯了遇到困难的时候去找李云帆，后来又遭遇了长达半年的失联期，现在又猛然间看到了李云帆……

但赵蓝还是有些迟疑，她嗫嚅着问道："你……你真的是李云帆吗？你怎么回来得这么早？"

李云帆懒洋洋地说道："怎么，不欢迎我回来？"

"欢迎，当然欢迎。"赵蓝低下了头，低声说着。

李云帆仍旧维持着懒洋洋的语气："欢迎就好……或许是我们之前的计算有些不对吧，毕竟这宇宙太大，太神奇了。在预定的时间节点到来之前，我们的宇宙就已经和那个宇宙打开了通道，我便顺着那个通道出来，一刻都没有耽误地返回了地球。"

赵蓝轻轻点了点头："原来是这样。"

"那么……你到底介不介意拥抱我一下？"李云帆笑着说道，"我的胳膊都已经酸了呢。"

赵蓝扑哧笑了一下，然后像一只快乐的小鸟一般飞奔过去，一下子扑到了李云帆的怀里，紧紧地抱住了他。感觉着从李云帆怀中传来的温暖，赵蓝的眼泪不知道为什么就流出来了。

此刻，天空中繁星点点，夏夜的晚风习习吹来，城市虽然仍旧霓虹闪烁，但却没有一点喧哗。就在华生广场中央赵华生的巨大雕塑之下，赵蓝和李云帆两人紧紧拥抱在一起。

拥抱了一会儿，赵蓝感觉自己的情绪渐渐缓和了下来，就问出了那个一直萦绕自己心中的问题："当初你为什么要偷我的飞船？"

"在回答这个问题之前……我先问你一个问题。"李云帆说道，"你有没有感觉我很熟悉？很像是你早就认识的人，但你却无论如何都想不起来我是谁。"

赵蓝问道："你怎么知道？"

"我当然知道。"李云帆嘴角又挂上了深邃的笑容，"从你父母去世之后，我就一直在你身边，存在于你身边每一个地方。你在路上偶然遇到的一个路人，你去的奶茶店之中的服务生，你上课偶尔遇到的同学，你出去旅游碰到的游人……都可能是我。"

赵蓝挣开李云帆的怀抱，满是疑惑地看着李云帆的脸，继续问道："这……这怎么说？"

"很简单啊。"李云帆笑着继续将赵蓝抱了过来，"因为从许久以前我就已经在关注你了啊。我存在于你生活之中的每一个角落，在暗中保护着你，帮助着你，否则，你的人生怎么会这样顺利？一个无父无母，也没有亲人，只顶着一个赵华生后人头衔的小女孩……怎么可能连一点社会的丑恶都遭遇不到呢？这样跟你说吧，如果我没记错，这些年我一共帮你解决了三十七次可能遭遇到的抢劫，解决了六十九次可能遇到的骚扰，至于恶意刁难、被人背后陷害的事情，更是不知道解决了多少。"

赵蓝微微怔了一下，忍不住陷入了回忆。赵蓝以前也曾经感叹过自己的顺利，现在听到李云帆这样说……赵蓝回忆一下，似乎还真的是这样。自己在这一生中，真的没有遇到过什么困境。唯一遇到的一件事情是在安丽雅一帮人的整蛊下被那个败类警察调戏，但那个时候李云帆已经陷落到了另外一个空旷宇宙……

可是这又是为什么？李云帆为什么要一直守着自己？

"我知道现在的你一定很好奇。"李云帆笑着说道，"我当然会把原因告诉你。"

李云帆继续说着，声音变得悠远："那是在大概二十年前……那时候的我，仗着一点小聪明在这世间胡作非为，但在一个偶然的情况下，我遇到了一个老人。我无法形容那个老人的智慧，就算是现在的我，也仍旧感觉他的智慧像是汪洋大海一般无边无际。他似乎知道这人世间的所有东西，无论是科技还是文化，人生还是艺术，他全都知道。"

"老人收我做了徒弟，然后足足教育了我七年的时间。没错，我现在的所有成就，全都是以我那七年所受到的教育为基础的。"李云帆悠悠地说着，"在十二年前，也就是你父母去世的那一年，老人跟我说，他要离开地球了，他有一件事情要拜托我。"

李云帆注视着赵蓝，轻轻说道："他拜托我的事情，就是要让我好好地照顾你。"

赵蓝无法想象在李云帆轻描淡写的描述之中存在着多少已经沦为陈年往事的秘密，但赵蓝知道，那一段故事一定很精彩。在故事的结局之中，老人离开了地球，而李云帆却成了人类文明之中最富传奇色彩的神秘人物。

那么……那个老人是谁？他为什么要委托李云帆来照顾自己？

　　还没等赵蓝将这个问题问出来，李云帆就说道："不要问我。直到我和老人分开，老人也没有告诉我他到底是谁，没有告诉我为什么要委托我来照顾你，至于他离开地球之后到底去了哪里，我也不知道。我只知道……他彻底地改变了我的人生，我崇拜他，他交代我做的事情，我就算献出生命也要做到。"

　　赵蓝的心绪同样被疑惑所充满。就算想破了脑袋，也想不清楚，那个李云帆所说的神秘的、充满了智慧的老人到底是谁，以及为什么要这样做。

　　李云帆仍旧在慢慢地说着，话语已经在不知不觉中充满了深情："赵蓝，我一直注视你十二年的时间。我看着你从一个中学生一直成长到现在。在我心中，你就像是一颗明珠一般，通体晶莹、纤尘不染。

　　"在刚接到老人委托的时候，我还对你很不耐烦，但是慢慢地，我被你的善良深深地迷住了。从那个时候开始，我就下定决心，我这一生，一定要和你在一起，一直到我们都垂垂老去。

　　"赵蓝，你愿意一直和我在一起吗？"

　　赵蓝在心中挣扎了许久，但那句"我愿意"始终没有冲出喉咙说出来。许久之后，赵蓝才开口，却并没有回答这个问题，而是问道："你还没有告诉我……当初的你为什么要偷我的飞船呢？"

　　李云帆嘴角的笑容迅速变成了苦笑："不偷你的飞船，我怎么和你接触呢？那时候的我已经计划好了接下来一系列和你接触的流程，但谁能想到我会遇到那样的意外呢！"

　　赵蓝无论如何都不会想到，这个困扰了自己好几年时间的谜题的最终答案竟然会是这样。在这一刻，她甚至有了一种哭笑不得的感觉："原来你也只是为了向我搭讪。"

李云帆笑道："这个搭讪手法不够高明吗？"

"倒是挺高明，就是……就是有点太大费周章了吧。"赵蓝也笑着说道，"从火星港中偷一艘飞船出去可不是那么容易的事情呢。"

"那我再找一个简单点的搭讪方法好了。这样，美女，你愿不愿意和我在一起啊？"李云帆用一种满是调戏意味的口吻说道。

赵蓝脸一红，但随即就扑哧一声笑了出来："那就看你以后的表现啰。"

凌晨的华生广场上，两人的笑声传出了很远。广场边缘，元首和安丽雅两人渐渐走来，听到这阵笑声，元首不由得疑惑了起来："赵蓝是在和谁说话？怎么这么开心？"

元首心中疑惑，安丽雅却已经几乎僵在了那里。因为安丽雅敏锐地察觉到一个男人的声音，这个声音自己几乎已经熟悉到不能再熟悉。当初，是这个声音的主人将自己和周晓明、克鲁斯三人从福利院之中带出来，然后教给他们知识，培育他们。

"老……老大……"安丽雅颤声说了一句，丢下元首，向着声音传来的方向跑了过去。

看到奔跑过来的安丽雅，赵蓝脸色再次一红，立刻挣开了李云帆的怀抱，颇有些不自然地站在了李云帆的旁边。而满是激动的安丽雅似乎根本就没有看到站在一边的赵蓝，只是满脸热切地盯着李云帆，嘴唇哆嗦着，却说不出话来。

李云帆懒洋洋地看了一眼安丽雅，点了点头，说道："暴龙啊，我没在的这段时间你做得不错。去，将秃子和键盘两人也叫过来吧，我先和客人谈谈话。"

"是，老大！"安丽雅一个立正，转身就离开了。李云帆脸上再一次挂上了和煦的笑容，缓步向着那个跟随着安丽雅而来的老人走去。

元首在看到李云帆的一瞬间就察觉到了这个年轻人不同寻常。在听到安丽雅叫这个年轻人老大之后，立刻就在心中确定了这个人的身份。

元首是整个人类文明的领袖，但李云帆所领导的势力却始终游离在政府视线之外。如果不是李云帆因为意外离开了地球，说不定直到现在人类政府都察觉不到李云帆势力的存在。

虽然李云帆领导的势力比起整个人类文明来说要差了许多个数量级，但最重要的一点就是，李云帆所领导的势力其实并不受到政府的掌控。而且……以他的能力，如果专心在政府机构中发展的话，在未来的某一个时刻，他的地位不一定会比自己低。

只是李云帆这个人生性洒脱，不喜欢受到束缚而已。

元首虽然是整个人类文明的领袖，但在李云帆面前，元首却并不能感觉到自己身份的优势。而李云帆很显然也没有将自己看得比元首低一层，他就那样很自然地走到了元首的身边，然后伸出了手。元首也平静地伸出了手。这一个地上势力的领袖，和李云帆这个地下势力的领袖的手便握在了一起。

"李云帆？久闻大名，你好。"元首说道。

"元首你好。"李云帆回答着，不着痕迹地缩回了自己的手，"我们两人见一面相当不容易，时间紧急，我也不想耽误时间。我就开门见山了，元首，我有一件事情要和你商量。"

"哦？什么事情？"元首皱起了眉头。

李云帆的话语很干脆："我向政府交出我的一切势力，不做任何保留，政府将我的身份洗白，让我可以光明正大地行走在这世界上，如何？"

面对李云帆的提议，元首的回答滴水不漏："我现在并不能答应你，我要先调查一下你这段时间的所作所为才能做出决定。如果你没有违背人类法律的地方，自然一切好说；如果有违背法律的地方，那一切要以法律来说话。"

李云帆笑道："如果我继续隐藏我的势力，政府抓不到我的。你们对我没有一点办法。我之所以提出这个要求，仅仅是想以我自己的真实身份和赵蓝在一起而已。"

赵蓝也走到了两人身边，笑着对元首说道："元首，到了这个时候，我想已经可以告诉你实情了。事情的经过其实是这样的，在当初我对科研部的计算结果提出异议的时候，元首，难道您真的认为我的智慧已经达到了可以颠覆整个科研部决议的地步吗？不，我没有那么厉害。其实我的计算过程全部是李云帆教给我的，借用黑洞来执行空间阻断计划也是李云帆的提议。所以，严格来说，拯救了人类文明的最大功臣其实并不是我，而是李云帆。我只不过是一个执行者而已。"

元首早就调查过赵蓝的资料，早就得出了"赵蓝只不过是一个平常的科学家"的结论，元首之所以坚决反对赵蓝的计划，这个结论也占据了相当一部分原因。但是结果竟然是赵蓝成功了，赵蓝才是对的。

现在赵蓝的说法瞬间解答了元首的疑惑，所以元首立刻便确认了赵蓝话语的真实性。事实是，赵蓝有了李云帆团队的支持而已。

"原来是这样。"元首点了点头，"你们是拯救了整个人类文明的大功臣，你们之前所做的事情全部一笔勾销。政府也不会将你的产业全部收缴，除了一些必须要掌握在政府手中的，比如情报、军工等会被收缴外，剩下的，正常的产业仍旧是你的。

"同时，政府会立刻商议对你们的功劳进行奖励。具体的奖励方案，我会尽快拿给你们看。或者你们也可以向我提出要求，只要政府可以拿出来的，一定会尽量满足你们的要求。"

李云帆和赵蓝对视了一眼，随即转头看向了元首，微笑着说道："那就多谢您了。"

　　"不用谢我。"元首满是感慨地说着，"赵蓝之前受到了许多误解，平白多了许多磨难，尤其是我，在这次事件中不仅没有成为她的助力，反而拖了她的后腿。幸亏她坚定不移地完成了计划，否则此刻我们的人类文明恐怕已经坠落到异空间了。这样的功劳，无论是什么奖励都不过分。"

　　赵蓝笑着摇了摇头，李云帆则说道："既然如此，我恰好想到了几个要求，这就说出来，请元首您考虑一下。"

　　"第一个要求是，在我和赵蓝的婚礼上，我希望您能亲自参加，同时要通过有影响力的媒体进行转播，我要向全人类宣告，赵蓝已经成为我的妻子。"

　　赵蓝暗暗地掐了李云帆一把，李云帆神色却没有一点波动，仍旧维持着笑容。元首思考了几秒钟的时间，答应了下来："这没有问题，但你要给我一点时间准备。"

　　"好的。"李云帆点了点头，"第二个要求是，我要一艘军方最新装备的星河级宇宙飞船。"

　　元首并没有问李云帆要这艘飞船想要做什么，而是直接说道："给你一艘宇宙飞船没有问题，但是在交付给你之前，会提前拆除飞船上的所有武器装备。"

　　"这是当然。"李云帆说道，"我的要求只有这两个，没有别的了。"

　　"好的。"元首说着，然后伸出了手，"合作愉快。"

　　李云帆也伸出了手，两人的手便再次握在了一起："合作愉快。"

　　赵蓝对于星河级宇宙飞船也有所耳闻。可以说，星河级宇宙飞船是人类文明发展到现在所生产制造出来的最为先进、性能最好、最为复杂的飞船，甚至用"工程学奇迹"这样的称号来形容它都不过分。这样的飞船在整个人类文明之中也仅仅生产出了三艘而已，而且全部装备在了军方之中，并没有实现民用。

赵蓝并不明白李云帆要这样一艘飞船是想做什么，但她没有多问。

谈完了事情，李云帆和元首之间的气氛就融洽了许多。元首背着手，在华生广场之上踱了几下步子，抬起头看了看天空，就忍不住感叹道："多美的星空啊，算起来……我已经有好几年没有见到这么漂亮的星空了。"

李云帆笑道："这星空会一直存在下去的，您以后可以每天都看，一直看到厌烦为止。"

元首笑着摇了摇头："再好的东西也不能频繁享用，那样很快就会失去吸引力的。对了，你们两个要不要去参加一下科研部的庆祝酒会？"

"还是算了。"李云帆说道，"我刚刚返回地球，有些累了。"

"那好，等你们确定了婚礼日期，通知我一声，我一定会准时赶到的。"元首说着转过了身子，"再见。"

赵蓝和李云帆一同对着元首的背影挥了挥手，同声说道："再见。"

元首刚离开，安丽雅、克鲁斯、周晓明三人就急匆匆地跑了过来。在见到李云帆的时候，三人几乎都已经激动得说不出话来了。李云帆微笑着摆了摆手："现在什么都不用说，我们先回家。"

于是一行五人便沿着幽静的街道回到了华生广场附近的住所。在各自坐下之后，安丽雅三人先是向李云帆汇报了一些和他失去联系之后所发生的事情。李云帆只是静静地听着，并不说话，只是在听到罗德里格斯叛变的时候皱了一下眉头。

"既然这家伙已经死了，那就不用再说别的了。我们现在都是有正常身份的人，那些打打杀杀的事情以后也不要再做了。"李云帆淡淡地说着，"安丽雅、周晓明、克鲁斯……你们三人跟了我很长时间了吧？"

安丽雅三人同时说道："是的老大，已经有十几年时间了。"

李云帆叹息道："一晃之间，这么多年时间已经过去了。你们跟了我这么长时间，虽然收获了许多东西，但失去的东西也不少。我想，你们也该体验一下正常人的生活是什么样了。从现在开始，你们不要再跟着我了。我名下的公司和财团会分别转赠到你们名下，以后你们就过自己的日子吧，闲暇时刻谈谈恋爱、旅旅游、探探险，也挺不错的，不是吗？"

安丽雅三人的脸色同时一变，总是大大咧咧、风风火火的安丽雅甚至眼圈一红，连泪水都涌了出来。这种景象，赵蓝之前可从来没有见到过。

"老大，您，您不要我们了吗？"安丽雅说话的声音都有一些颤抖。

李云帆柔声说道："你们三个就像是我的小兄弟小妹妹一般，我怎么可能会不要你们呢？只是从现在开始，你们也该有自己的生活，不该再以我为中心了。如果你们有时间了，想起我来了，随时可以来看我啊，我和赵蓝一定会十分欢迎你们的。"

三人便同时松了一口气。安丽雅脸上仍旧挂着泪水，脑袋却已经用力地点着："老大你放心，我们一定会经常来看你的。"

"好了好了，大家都累了一晚上了，现在先去休息吧，我还有些话要和赵蓝说。"李云帆摆了摆手，安丽雅三人就各自分散，回自己房间中去了。

赵蓝可以肯定，李云帆之前提出的交出自己所有的势力，换取元首为自己这帮人的身份洗白并不是为自己要求的，而是为安丽雅三人要求的。很显然，李云帆在这个问题上和赵蓝想到了一起，都认为安丽雅三人应该拥有自己的生活了。现在一切事情都得到了圆满的解决，赵蓝的心绪便也放松了下来。

"你的心中一定还有许多疑问吧？"等安丽雅三人离开之后，李云帆对赵蓝说道，"时间还长着呢，你慢慢问，我一个一个地回答你。"

赵蓝心中确实有许多许多的疑问，但在这个时候，那些疑问忽然全部都消失了，一个都想不起来了。现在，赵蓝才真切地领会了一个道理，和以后的人生相比起来，之前的疑问之类的东西，其实都是无关紧要的。

那些小的疑问都消失了，但唯有一个疑问赵蓝始终保持着十足的好奇心，那就是李云帆的黑洞到底是从哪里来的。之前罗德里格斯说李云帆的黑洞是从地球周围捡到的，但这很明显不可能，而人类文明也不可能有制造黑洞的科技。

于是赵蓝便问道："我只有一个问题，你的黑洞到底是从哪里得到的？"

第十四章　最后的谜团

李云帆随手拿起茶几上的水杯喝了一口，眼睛也眯了起来，似乎陷入到了遥远的回忆之中："在回答你这个问题之前……我先问你一个问题。赵蓝，你真的相信人类文明政府已经失去了探索宇宙的雄心，就算已经在火星之上建立了城市，也不愿意再走一步，去探索木星吗？"

赵蓝下意识地说道："难道不是……嗯？"

赵蓝以前确实是这样想的，但现在李云帆问出了这个问题，她才察觉到这里面实在有些古怪。政府和科研部中没有蠢材，尤其是文明的领导者更不可能犯下这样愚蠢的错误。他们不可能不明白只有星辰大海才是人类的归宿，那么……到底是因为什么，人类政府一直在严厉限制对木星的探索呢？

见赵蓝陷入了深思，李云帆才说道："其实人类政府早就到达过木星系了，甚至更远一些的天王星和海王星都到达过。至于冥王星就不清楚了，以我掌握的情报，人类政府一直有登陆冥王星的计划，但不知道具体执行了没有。"

赵蓝的反应很快："你是说，人类政府早就到达过木星，只是因为某些原因，而将这些事情隐瞒了下来？"

在想到这一点的时候，赵蓝心中有了一点羞愧。因为她还清晰地记得，在当初自己第一次参加科研部大会的时候，曾经当面毫不留情地批评元首失去了进取精神，让元首很难堪。谁能想到，失去进取精神的并不是元首，只是自己没有看清这一切而已。

"难得元首那个时候还能忍气吞声，不仅没有当面反驳我，反而当众承认了自己执政的错误……"赵蓝暗暗地想着。

对于赵蓝的问题，李云帆直接给予了肯定的回答："是的，政府隐瞒木星载人探索计划的原因是不想让民间势力参与进来。因为很显然，在现在星际大开发的时代背景之下，只要人类政府已经探索过了木星系统，那么后续的民间势力就必然会要求更进一步，要求在木星系统中抢占地盘和利益，这将会成为无可阻挡的趋势。为了避免这种情况的出现，人类政府干脆宣称木星系统没有经过探索，这样一来，就从根本上避免了麻烦。"

赵蓝下意识地问道："那政府为什么要避免这种情况呢？先经过政府的探测，然后引入社会力量对木星系统进行开发，这不是一件有利于人类的事情吗？"

"因为在木星系统中存在着一个天大的秘密。"李云帆满是神秘地对赵蓝说道，"人类政府之所以禁止民间力量参与木星系统探索，一是为了保证这个秘密不被其他人发现，二是为了避免可能出现的意外以及危险。"

赵蓝的心像是猫抓一样心痒难耐。她知道这个秘密一定十分重大，人类政府为了保守这个秘密，甚至不惜冒着"故步自封""失去探索精神"之类的骂名严格禁止木星探测计划。但这到底是什么秘密呢？什么样的秘密才有资格让人类政府付出如此巨大的代价？

"我获取到的那颗黑洞就与这个秘密有关。"李云帆悠悠说道，

"当初我刚刚从老师那里知道这个秘密的时候，我也很震惊，但当我真的到了木星系统，亲眼看到的时候，我才确认这一切都是真的。

"这个秘密就是——在木星系统上存在着一个，或者多个未知文明遗迹。"

当"未知文明遗迹"这个词汇被李云帆提出来的时候，赵蓝惊讶地捂住了自己的嘴巴，脸上满是震惊。

"是的。"李云帆轻轻地点了点头，脸上满是感叹，"就是一个未知文明在那里留下的遗迹。我们人类文明一直在纠结于自己是不是宇宙之中的唯一，一直在致力于寻找外星文明，可谁能想到，就在我们的太阳系之中就存在着一个外星文明的遗址。"

"你是说，因为木星系统中存在着一个外星文明的遗迹，为了保守这个秘密，同时为了防止这个遗迹可能带来的危险，人类政府才会选择隐瞒登陆木星系统的事情？"

"大概就是这样的。"李云帆摊了摊手，"当然，政府阻挡不了我。我依靠自己积累下来的力量来到了木星系统，按照老师所说的位置在环木星轨道上找到了第二个遗迹，并且在那个遗迹中找到了这颗黑洞，然后将它带回了地球。我可以肯定，政府现在一定在对木星系统展开搜索，只有在确认所有可能存在的遗迹都掌握在手中之后，木星探索计划才会获得通过。"

"我所找到的那个遗迹和政府所控制的遗迹并不是同一个，但基本上可以肯定这同属于一个外星文明。按照我自己的估算，如果我们可以一直按照现在的科技发展速度发展下去，大概需要三百年的时间才能追赶上那个文明的科技水平。"

三百年的时间相对于一整个文明来说很短，甚至短到有些不起眼。按照三百年这个差距来衡量的话，似乎地球文明和那个未知文明之间的科技差距并不算大。但赵蓝知道事实并不是这样。就像是从现在算起三百年前大概是赵华生的那个时代，在那个时代，人类文明在月球上建造一个小基地就已经倾尽了全力，而现在的人类文明呢？甚至可以在火星上建造一个大城市。这还只是最明显的进步，其余的地方，太空电梯、地球港和火星港、超大规模快速地下交通网络、飞行仪器、空天航母，等等，和三百年前比起来简直一个天上一个地下。

而且人类文明的科技发展速度一直呈加速状态，那么让人类文明再发展三百年的时间会是什么模样？赵蓝不敢想象。但现在李云帆说，留下了那个未知遗迹的未知外星文明的科技水平，大概就要比地球文明先进三百年。

比地球文明领先三百年的文明制造出黑洞来，这是完全可以理解的事情。

但这其中有一个很重要的问题——这个遗迹的历史是多久？如果这个遗迹已经有了一亿年的历史，那么，那个文明现在的科技水平又发展到了怎样可怕的地步？

李云帆好像看到了赵蓝眼中的疑惑，继续说道："我已经测定过那个遗迹的历史了，测定结果是在五亿到六亿年前之间。因为时间过于久远的缘故，那些遗迹中的设备早就已经彻底损坏了，但因为那里是太空环境，所以它们还大概保持着自己的结构。我想，以人类政府的资源和手段，能从这些遗迹中获取到一些科技也说不定。"

"五亿到六亿年前！"赵蓝再一次被这个数字震惊了一下。数亿年的时间……这是何等遥远的岁月。那个时候的地球上大概只有最原始的多细胞生物而已，但就在那个时候，就有一个未知的外星文明来到过太阳系，他们在太阳系中留下了一些遗迹后又飘然而去，不知道从哪里来，也不知道往哪里去。

李云帆继续说道："在我发现这颗黑洞的时候，它的质量只剩下了两百余万吨，所以我才能为它瘦身，然后才有机会将它带回地球。根据这个时间点和剩余质量计算，在那个遗址还运转着的时候，它的质量在三点四亿吨到三点六亿吨之间，仍旧属于微型黑洞范畴，所以它仍旧有极大可能是人工制造出来的。"

赵蓝此刻的思绪几乎已经陷入了一片空白，不知道该说些什么。李云帆所说的这些话语实在是太过惊人了，让她在短时间内根本就无法消化。

如果太阳系中真的在五亿到六亿年前就存在一个比此刻的人类文明还要先进三百年的文明……现在他们还存在着吗？是消逝在了这茫茫宇宙中，还是仍旧存在着？如果已经消逝，是因为什么原因消逝的？如果仍旧存在着，那么经过这么长时间的发展，他们的科技又将到达什么样的地步？

比起整个宇宙，不，仅仅比起太阳系的年龄，人类文明的历史真的是太短了，人类文明实在是太年轻了。人类有文字记载的历史最多不过五千年而已，而太阳系的历史呢？足足四十五亿年。这之间相差了多少数量级？

李云帆继续说道："我对这个外星文明遗迹所知道的东西并不比你多多少。所以你无须再问我更多的东西，因为我也不知道。"

李云帆的话就像是有魔力一般，总是让赵蓝在不知不觉中就陷入到了深沉的思考中。赵蓝想知道这一切东西的来龙去脉，想知道这个文明的一切，想知道他们究竟掌握了哪些宇宙奥秘……

李云帆温柔地看着赵蓝，轻声说道："不要再去想那些问题了好吗？和这些虚无缥缈的东西比起来，我想，珍惜我们有限的人生才是最重要的。"

"再回答我最后一个问题。"赵蓝说道，"当初你为什么要将这颗黑洞带回地球来？你难道不知道这对于地球来说有多危险吗？"

李云帆的表情便满是无奈："这件事情确实是我做错了。那个时候的我自信心太过膨胀，认为这颗黑洞在我手中不可能出现意外，还有，那个时候的我想在有必要的时候，用这颗黑洞作为筹码来要挟人类政府屈服于我。其实说到底还是虚荣心在作祟。你想，手中掌握着一颗黑洞，只要我愿意，我随时可以毁灭整颗地球，这是多拉风的事情啊。当然，现在我已经没有这种想法了，也幸好那颗黑洞在地球上没有出什么乱子。"

赵蓝不由得翻了翻白眼，忍不住在脑海之中勾勒出了一个狂妄年轻人的形象。

"这件事情到现在也该终结了。"赵蓝这样想着，"星辰之灾结束了，李云帆回来了，我的疑问也被解答了大半，剩下那些疑问……我这一生恐怕都找不到答案了，也别再浪费精力去想它们了，就将这些未解之谜留给未来人类的子孙们去解答吧。"

三个月之后。

元首如约完成了自己的诺言，在亲自参加李云帆和赵蓝婚礼的同时，还带来了大量的媒体记者。

元首所答应的星河级宇宙飞船在经过改装后也顺利送到了李云帆和赵蓝手中。这艘飞船原本至少需要一百人才可以操作，但经过改装之后，只需要一个人就可以操作了。当然，它原本的许多功能也无法使用了。但那些功能都是为了战斗而开发的，李云帆和赵蓝两人也用不到那些功能。

在拿到飞船之后两人便迅速决定，要来一次冥王星探险作为蜜月旅行。

明明是一场说走就走的旅行，但是在地球港中，赵蓝却迟迟不肯登上飞船，似乎在那里等待着什么人。

李云帆不断催促，赵蓝却始终不肯出发。直到看见远处跑来三个提着大包小包的人后，赵蓝脸上才出现了笑容。

等到离得近了，李云帆才看清楚，那三个气喘吁吁的人赫然是安丽雅、克鲁斯和周晓明。

李云帆的脸迅速垮了下来，恼怒地大吼起来："喂！暴龙、秃子、键盘！你们三个来做什么！这是我和赵蓝的蜜月旅行，你们来凑什么热闹！"

周晓明笑嘻嘻地说道："老大，这星河级宇宙飞船个头那么大，房间那么多，放心好了，我们三人一定会躲在角落里，绝对不会打扰你和赵蓝的好事的。"

安丽雅白了周晓明一眼，叫道："键盘，你瞎说什么！明明是我们舍不得和老大分开那么长时间，所以才不辞辛苦，放弃了我们自己的事情，而选择和老大一同前往冥王星探险的好吗？"

克鲁斯也笑嘻嘻地说道："就是，老大，当初您可是说好了不管我们什么时候来看您，您和赵蓝都会欢迎我们的，现在老大您不会是要反悔吧？"

李云帆的脸上满是无奈："原来你们早就计划好了……好了好了，不要废话了，快点上船吧，我们马上就要出发了。"

安丽雅三人一同欢呼起来，赵蓝脸上也露出了笑容："不要忘了，我也是冒险者小队的一员呢，现在我们冒险者小队才总算是凑齐了。那么……我们还等什么呢？出发，开启我们的冒险之旅！"

"出发，出发！"

图书在版编目（CIP）数据

地球纪元 . Ⅱ，星辰之灾 / 彩虹之门著 . —— 北京：新星出版社，2017.8
ISBN 978−7−5133−2690−2

Ⅰ . ①地… Ⅱ . ①彩… Ⅲ . ①科学幻想小说－中国－当代 Ⅳ . ① I247.5

中国版本图书馆 CIP 数据核字（2017）第 148254 号

幻象文库

地球纪元Ⅱ：星辰之灾

彩虹之门 著

策划编辑：贾 骥
责任编辑：曹晓雅
责任印制：李珊珊
封面设计：冷暖儿

出版发行：新星出版社
出 版 人：谢 刚
社 址：北京市西城区车公庄大街丙3号楼　　100044
网 址：www.newstarpress.com
电 话：010−88310888
传 真：010−65270499
法律顾问：北京市大成律师事务所

读者服务：010−88310811　　service@newstarpress.com
邮购地址：北京市西城区车公庄大街丙3号楼　　100044

印 刷：北京玥实印刷有限公司
开 本：910mm × 1230mm　　1/32
印 张：11.25
字 数：272千字
版 次：2017年8月第一版　2017年8月第一次印刷
书 号：ISBN 978−7−5133−2690−2
定 价：39.00元

版权专有，侵权必究；如有质量问题，请与印刷厂联系调换。